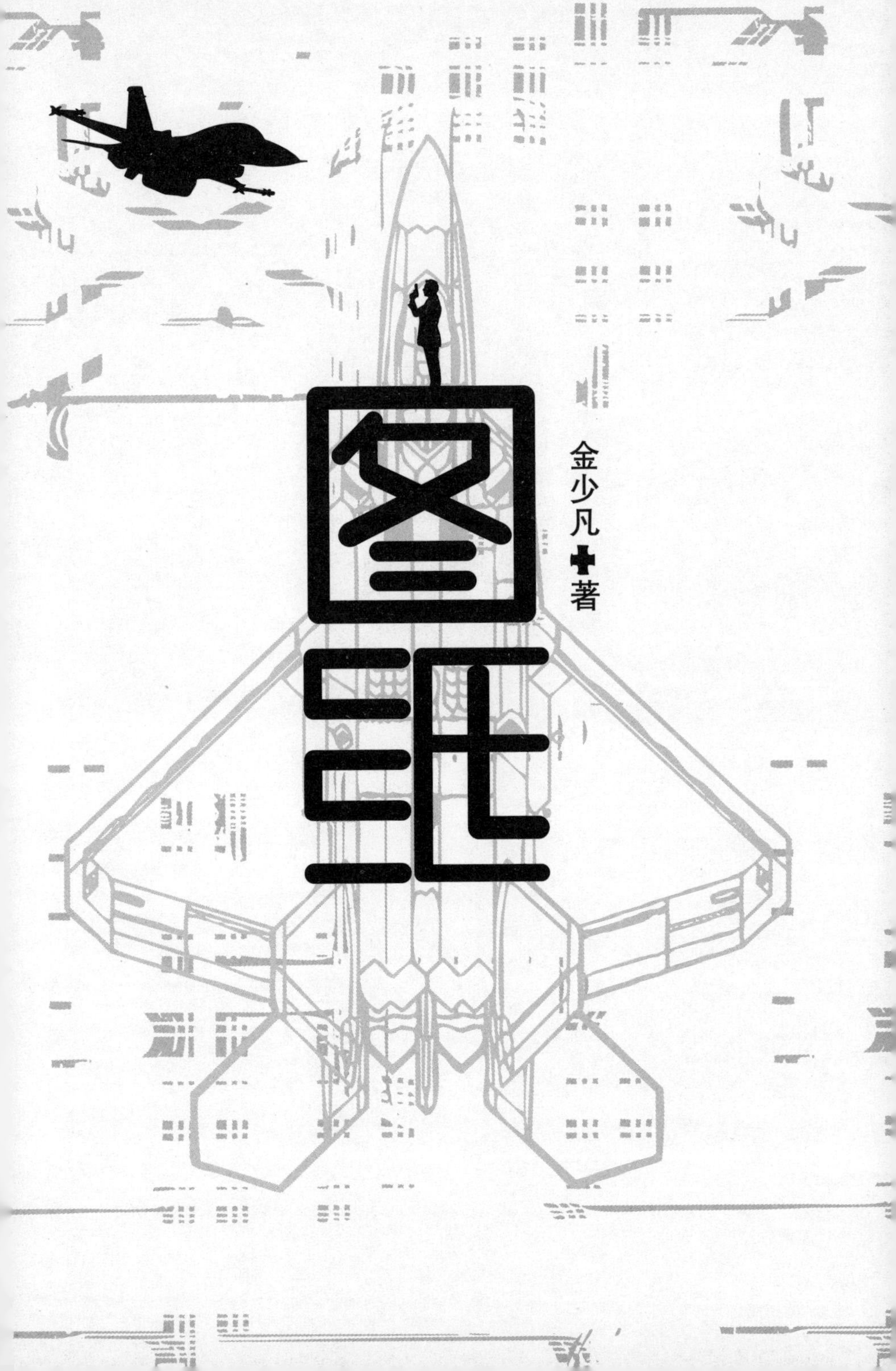

图纸

金少凡 著

01

这是一段惊心动魄的故事。

不过，在讲述故事之前，我想先告诉您，我曾经为要讲述的这些故事被抓捕过。

两次!

地点——某厂禁区。

抓捕者——我很熟识的那个哨兵。

我的确是想潜入某厂的禁区。为了一架飞机和一张秘密图纸。

但可惜的是哨兵毫不留情。

抓捕我的过程大体是这样的：哨兵先是朝我笑笑，好像要跟我这个熟人打声招呼，待接近了我之后忽然把脸一绷，大喝一声不许动!紧接着就把我的手臂给反剪了过去。

您知道，哨兵们是天天要进行擒拿格斗训练的，因此，我的手臂经他一拧便再动弹不得了。

再之后，我被押往审讯室。

途中，我没敢乱说乱动。因为我知道，此时，他，我熟悉的那个哨兵，正端着上了刺刀的半自动步枪，紧跟在我的身后，我俩的距离不会超过一米远。半自动步枪上的刺刀我虽然看不见，可是我的后背，已经开始感觉到从刀尖儿上传递过来的那股逼人的寒气了。于是我规规矩矩地按照他的命令慢慢前行，不敢越雷池一步。

我要告诉您，某厂禁区的哨兵是单列，直属某军区，拥有无限开火权，因此，我不想让他啪的一声把我撂倒在地。

如果是那样的话，就没人给您讲述下面的故事了。

其实，出生在20世纪的人大都记得那架飞机。有好多人甚至还能说出它被击落前前后后的故事。那家伙当时十分猖狂，在我们的领空上肆意乱飞，就跟在自家的后花园里散步差不多。我方虽多次提出警告，还提出外交照会，但其置若罔闻。嘿，有本事你打我啊！那浑蛋飞行员知道我国尚无远程导弹，在天上叫板。

这叫板声激怒了一位将军。

将军姓黄，叫黄——我不能说得再具体了，因为那样就要涉及一段密级很高的秘密了——将军一撸胳膊，骂了句操你妈的，用高炮给我揍那丫头养的！

将军下令之后，我方连夜改装高炮，改装炮弹，调集军事大比武时期的神炮手。开炮前，将军跟神炮手说，给你三发炮弹，你今天要是把这架飞机给老子揍下来，要媳妇给媳妇，要军阶给军阶，要啥老子给你啥！你小子有种没有？神炮手出列，给将军敬了个军礼，一句话没说，之后把上衣一把扒光，赤膊上阵。填弹。计算。屏息。怒眼。咬牙。绷筋。蹙眉。瞄准。咬住。之后就听砰砰砰三声炮响。再看天空，三团硝烟腾起，一片火光乍现。

那架飞机在空中划出了一道弧线，栽落了下来！

这是一段传说。这个传说当时家喻户晓。大家为之津津乐道。

不过，之后的事情便鲜为人知了。

那架飞机被秘密运抵边远偏僻的某厂之后，在解剖研究的过程中，消息被严密地封锁。人们只是从小道消息中隐隐约约地听说，围绕着这架飞机有特务活动，还发生了三次爆炸事件！

是的，的确是出现了特务活动和爆炸事件。

并且，让您绝不会想到的是，那一连串惊心动魄的故事，就发生在了我们身边，甚至就发生在了厨子小郝、水暖工金子英、傻子旺财和车工史乃慧的身上。

02

我就是水暖工金子英。

那架飞机运抵某厂之后的某一天，也就是某厂进入一级战备状态之后的某一天，我便以身试法，因为要潜入禁区，被哨兵一举擒获。

您应该能想象事情有多严重！

动了要进入厂内禁区的念头纯属偶然。

我一说纯属偶然，您一定就知道了我从前根本就没有想要进去过，对吧？

嗯，不管您认为对与不对，不管您是否相信我的话，反正我在动那个念头之前，的确是没有想过非要进入禁区不可。没有进入禁区的特别红色通行证是我之所以不去想的原因之一。原因之二是我想也是白想，因此，我干脆就不去想，这个逻辑很简单。原因之三是我们进厂的时候都经过了严格的保密教育，我们工厂的《保密手册》有一百多页那么厚，针对禁区的也有好几十页之多，禁区执勤的哨兵拥有无限开火权就在这其中赫然地印着，还用了粗体字，因此我也不想非要进入禁区招惹什么不必要的麻烦。另外再补充一点，我们不是没有机会进入禁区的，禁区里有一座锅炉房，还有一座茶炉房，锅炉房和茶炉房都归我们水暖队管，每当锅炉房或是茶炉房出问题了，需要维护了，我们就必须进入禁区去修理，去修理的时候，我们班长骆驼祥子就要挑人点将，然后去厂保卫科办理特别通行证，通行证上有持证人近期免冠的照片（我们水暖队每一名工人的照片厂保卫科都有备份），并且还有进入禁区和离开禁区的具体时间。由于嫌进入禁区经过哨兵时手续繁杂、冗长，不仅需要经过盘查，并且还得填表盖章什么的，所以每当我们班长骆驼祥子选人时，大家就都躲着，都强调说自己手头儿的活儿还没干完，没时间，而每当这个时候，我们班长骆驼祥子就会跟我们瞪起他那对儿小眼睛，说他妈的，你们就忍心看着我一个人耍猴儿啊？咱们还他妈的是不是阶级弟兄？如果瞪一回眼珠子不管用，没人吃他那一套，没人搭理他，他便会掏出烟来点头哈腰地往每个师傅手里递，之后张师傅李师傅地叫，说，得了，不看僧面看佛面，帮兄弟一回行不行？只当是给我老祥家去盖小厨房儿行不行？

那么，我是怎么忽然之间就动了非要进入禁区不可的念头的呢？

可恨就可恨在小郝身上。

小郝在禁区的食堂里当炊事员，一天，他趁禁区保密车间里工作人员不备，钻到那架飞机里面鼓捣了一会儿，之后便有显摆的资本了。那天他兴致勃勃地把这件事偷偷地跟我说了，自然，说的时候他是添了些油盐，加工了一番的，因为这小子的工作本身就是炒菜的厨子嘛，所以他添点儿油加点儿醋什么的纯属正常。不过，这小子绘声绘色的叙述，到底还是把我的胃口吊了起来。

我说了，可恨就可恨在小郝身上。这小子成心逗我。

那天我所在的水暖队篮球队，要跟小郝所在的伙食科篮球队打比赛，在篮球场上做着准备活动跑篮儿的时候，我们的球正好落在了小郝的手里。我让他给我扔过来，他不扔，非让我过去拿，因此我必须走近小郝，到他手里去拿球。

小郝见我走近了，先没马上把球还给我，而是把脑袋凑近了我的脑袋很神秘地跟我说了那件事。

小郝说，禁区的保密车间里有架飞机你知道吗？

我说听说过。回答的时候，我多少有些不屑，我当时的意思是，禁区里的秘密不光就你一人知道，我们水暖工也地上地下管着整个厂子呢，不比你们厨子知道的少。

听说过，见过吗？小郝见了我的不屑，便也把不屑充斥在了脸上，问我，进去过吗？

我只得收了脸上的不屑，摇头，实话实说，没。

小郝立即就得意了，说，只是听说，没见过吧？跟你说，我见了，并且哥们儿还进去坐了坐。说哥们儿还进去坐了坐时，小郝还挑起了大拇指，晃悠着指着自己的胸口，那样子自豪的不得了。

我说是吗，真的？我故意装得很平淡，尽量不让他看出来我感到很惊奇的样子。

小郝听我问是吗，就一撇嘴，说，是吗？您把那个“吗”字儿给我去了！当然是真的了，骗你是孙子。

接下来，小郝就开始给我形容那架飞机。

他问我，你知道飞机怎么进出吗？

我说顶上的舱口啊。

他说废话，傻子都知道顶上的舱口能进出。关键是怎么进出？怎么上下？

我摇摇头，说不知道。说完不知道，我又猜是不是有梯子？

他夸张地笑了，说，你真老帽儿，地地道道的土老帽儿，你土得都从身上掉泥渣儿，飞机里拢共就那么大点儿的空间，有放梯子的地方吗？告诉你怎么进出吧：飞机驾驶员的座椅是可以升降的，把控制的扳手一扳，座椅自动升起来，就跟顶部的舱口持平了，人就能从舱口走出来了，明白吗？人要想钻进去呢，就往座椅上一坐，靠体重，就把椅子给压下去了，椅子降落了，人自然也就钻进去了。那椅子，可好玩儿了，前后可以调节，神奇得厉害！

小郝说完，见我不说话了，就问我：不知道吧？

我没话可说，只能点点头再摇摇头。

接下来，小郝又跟我说了许多飞机里面不为人知的东西，他说飞行员前面是密密麻麻的仪表盘，红的、绿的、黄的，各种颜色的都有。还有一排排的按钮儿：管开炮的，管开枪的，管投弹的。说完了这些，他又说了飞行员头上的耳机，说完了耳机，他又说了操纵杆儿，说完操纵杆儿他就说，要不是怕被工作人员和哨兵发现了，他一点火儿就能把飞机给开出去，开出去他就朝天上轰一炮过过瘾！说的时候他唾沫星子横飞。这时我已经听得入了迷，小郝的唾沫星子喷了我一腮帮子，我竟然全然不顾。

这时，裁判吹响了比赛开始的哨子。

小郝只得把他对飞机的描述戛然而止在飞机被打烂了的尾翼上。我意犹未尽，忙说中场休息时咱们再说。

比赛到了中场休息时，我又赶紧找到了小郝，让他继续，小郝就又跟我说了飞机里面的另一个新鲜玩意儿，他说，有个小铁盒儿，特精致，你知道那是干什么用的吗？我连连摇头。他说那是装压缩饼干用的。压缩饼干，吃过吗？我又连连摇头。他说那玩意儿可真是管用，吃糖豆儿大小的那么一块儿，你猜，能顶多长时间？

我第三次连连摇头，摇得我几乎有些头晕。

他眉飞色舞地说，一天，12个小时！

我很惊讶，问，真的？

他说当然，骗你是孙子！

我竟然全然忘了这小子是个厨子，添油加醋是他炒菜的看家本领，于是兴冲冲地一句“你什么时候带我也去看看”脱口而出。

后来我才知道，小郝那小子根本就没吃过什么压缩饼干，至于把飞机里面各部位各零件儿都描述得那么精彩、那么生动，至于什么能把飞机开出去，并且还朝天上轰上一炮之类的，完全是为了勾引我，完全是在给我设圈套，因为他偷偷摸摸地钻到飞机里面之后，先坐在了炮手的位置上，无意中拉开了炮膛的门，结果炮膛里面的一颗填充着沙子的模拟炮弹便从炮膛里退了出来，炮弹有八九十厘米那么长，有几十公斤那么重，这颗炮弹从炮膛里退出来之后，就结结实实地砸在了小郝的胸口上，咚的一声，小郝被砸得像猪一样号叫了起来。之后，这小子的胸口疼了半个多月，胳膊好长时间不能抡铲子炒菜。

小郝这小子给我设圈套，就是也想让我坐在炮手的位置上，也挨上这么一砸！

回过头来还说那天在篮球场上。

小郝巧舌如簧的一番描述，我的胃口就这么被这小子给吊了起来。

那架神奇的飞机开始诱惑着我，让我情不自禁地想要到禁区里面去看看了。

因为禁区的一个哨兵我们早就认识，有几次我们在一起聊天时，他拿起了我手中的管钳子看新鲜，我拿过他的半自动步枪来也看新鲜；他问我管钳子怎么使用，我问他半自动步枪怎么填弹；我给他演示管钳子的使用方法，他给我演示怎么装卸弹夹，之后我还好几次端着他的半自动步枪做劈杀、刺杀、瞄准的动作，甚至还把它扛在肩上走了几个正步，体验了一下当兵的神圣。因此，我首先找到了那个哨兵，问他能不能让我进去，问的时候，我摸着他半自动步枪上的刺刀。哨兵扒拉开我的手，摇摇头说不行，你必须有红色通行证。我说咱们都不是外人，我也不止一次地进入过禁区，况且我进去找的人也不是外人，是食堂的小郝。哨兵说小郝我认识，你要找他我给你打个电话，让他出来不就完了？我再没话说了。

从正门进不去，我只得想其他的办法。

一天，我在禁区外面转悠，见禁区很隐秘的一个角落里，紧贴着围墙长着一棵很不起眼的歪脖树，歪脖树的脖子不但往围墙外面歪，并且还有一个树干伸到了墙外面，于是，我就凭借着打篮球练就的弹跳力一蹦，就够到了这个树干，之后一用力便爬到了树上。

可是让我万万没想到的是，我刚刚爬到歪脖树上，还没顺着树身滑到禁区的地面，就被那个哨兵生擒活捉了。

活捉了之后，我被关了起来，并接受了各方面的审问。

这之后，过去了许多年，厂里许多被尘封了的档案，由绝密降低了密级转为了机密，再由机密转为了秘密，最后被解除了秘密，我才从这些解密的档案中知道了我被抓的那个时候，国际上剑拔弩张、一触即发，甚至大有动用核武器打起新一轮世界大战的紧张态势。我才知道了这个紧张态势的导火索，竟然就在我们厂；这个紧张态势的导火索，竟然就是禁区保密车间里的那架飞机；这个紧张态势的导火索，竟然就是秘密展开的一个代号为“TZ 行动”的较量……

03

咱们现在就开始说有关那架飞机的故事——“TZ 行动”的故事。

首先说一句题外话，我这个人讲故事不愿意故弄玄虚，喜欢上来就直奔主题，我向来反感有的作家为了赚取稿费，或者是为了卖弄一下文笔，一般都会在小说的开篇，先写一些废话，除了以彰显自己的高深莫测之外，这些废话还会把编辑和读者搞得晕头转向、迷迷瞪瞪。比如，有的作家在小说的开篇往往都先描写一番天气，往往都是天上的云啊，空中的风啊，有没有雨或雪啊，太阳到了中午的时候，笑嘻嘻地从云雾当中露出脸来了啊等，让人不知所云。我绝不这样。我这个人讲究实惠，就比方说吃面条，我喜欢抄起筷子来就伸到锅里捞干的。

那么，咱们就来讲有关那架飞机的故事——“TZ 行动”的故事。

这个故事绝对精彩。它充满了惊险和刺激；它险象环生，悬念不断。我这么讲，绝不是跟说评书的学习，先卖一个关子，然后下台去敛钱，或是有意提醒您，您如果心脏不好，请事先准备好速效救心丸什么的。绝不是这样。因为这个故事确确实实非常精彩。首先，这个故事，也就是“TZ 行动”牵扯到了我们工厂，牵扯到了工厂里面的核心保密机构禁区，更重要的是“TZ 行动”还关乎一场国际性的战争，一场有可能使用核武器的战争。

明白了吗？

那好，咱们就来讲围绕着那架飞机发生的故事——“TZ 行动”的故事。

故事必须从我们厂讲起。

其实，我们厂有正式的厂名，还有代号。代号就好比我在篮球场上打比赛身上总要背着的号码，其作用不言而喻。

我一直觉得我们身背代号的工厂是一个很神秘的地方，那座宽大厚重的大门里面，始终有我看不清的东西，始终有我感觉到高深莫测的地方，里面拥有着我永远也看不清的被封闭着的东西。这种感觉从我参加了工作，每天都要进出工厂大门至少两次，每天都要在目光平视、面无表情、荷枪实弹的哨兵面前掏出证件来，证实自己身份的那一刻便开始了，并且到现在也未曾消失过。

不过，说实话，在我被分配到这家工厂之前，我对这些一无所知。都说这个世界上什么都有卖的，就是没有卖后悔药的，这话一点儿不假。到了这家工厂之后，特别是经历了咱们要讲述的故事当中的许多事情之后，我一直在想，如果当初我知道这里充满了如此地神秘和恐怖，我宁可选择在一家商店当售货员或是在一家饭店里当服务员，也绝不到这家国营大厂里来当水暖工。

我参加工作的时候，社会上绝大多数的青年，或者应该说所有的青年，都巴望着被分配到这样一家拥有代号的国营大厂。进了这样的单位，工作环境好，劳保待遇高这暂且不提，单说一件事情，您就知道大家为什么非要托关系走后门地硬要进这家工厂了。那时候社会比较乱，我们青年人解决问题的方式往往都要靠叉架。叉架就是两个人动手，付诸武力。但是一般在叉架之前还需要自报一下家门，盘一盘道。盘道的盘，意为询问，道表示道行，两个字加在一起，就是相互交换一下底细，亮一亮底牌的意思，这样做的好处是防止大水冲了龙王庙，一家人不认识一家人。自报家门、盘道的过程一般是这样——准备动手的一方，揪住另一方的脖领子，或者是指着对方的鼻梁子质问：孙子，你他妈哪儿的？如果对方回答说我是哪个哪个饭店的，那么，揪着对方脖领子的人便会挥拳上去，叉架立即开始。但是如果对方回答说：哪儿的？说出来吓死你，告诉你，记住了，老子某厂的！那么，揪住对方脖领子人的手便立即就软了下来。

某厂在我们那个地方，地位就这么特殊。

不过，我进某厂的时候，可不是为了叉架时能镇住什么人。因为我在学校一直都是好学生，我从不叉架，也没参与过集体叉架。我被分配到某厂感到最荣幸的第一点是，进了这样的企业人就显得神秘、神气，显得神秘和神气了之后呢，其地位就会无形地比别人高，地位高了呢，不用说，就连找对象都占优势。第二点是，国营企业的工资高。高多少呢？就拿二级工人的工资作比较吧，非国营企业二级工的月工资是 41.5 元，而在有代号的国营大企业里就能拿到 41.71 元。看到这两个数字您或许会笑，认为这两个数字之间才有 2 毛 1 分钱的差距，应该可以忽略不计，不过，一看您就不是从我们那个时代过来的人，那个时候一般的四五口之家，到肉铺去割肉，大都是扔给卖肉的 2 毛钱，然后用荷叶托着薄薄的一条肉回家，炒一个肉菜。

那么，那个时候是什么时候呢？

1969 年。

04

1969年的春天，我经过了层层的政审，被分配在了某厂。

我记得等待通知书的那天，我是在十分焦急的状态中度过的。

应该说，那天所有待业的青年们都很焦急，但唯独我比别人要更焦急许多，抑或是许多许多。因为，虽然大家谁都没有出门，都静静地在家里等待着分配通知书的到来，都心怀忐忑地等待着命运将要作出的最终裁决，可是他们所有人在这一天的上午，最迟中午的时候，都从繁忙的邮递员同志的手里，接到了属于自己的那份通知书，不管是忧是喜，不管命运如何，他们都得到了，而唯独我的那份通知书，在那一天，甚至那一天再往后的一周之内都杳无音信。

我开始怀疑我是不是在共和国的花名册上。

我开始怀疑上帝是不是已经把我给遗忘了。

那一周，说实话，我觉得比我有生以来所经过的18年的岁月都要漫长。

好在一周之后的一个傍晚，有人给我打了一个传呼电话，街道边上卖糖果的大爷接到这个电话，慌忙迈着蹒跚的脚步，颤颤巍巍地跑着来叫我，说，小子，区上的一个干部来电话找你。

我的工作这才有了着落。

吃了定心丸之后，我问那个干部我的通知书怎么没寄过来，反倒落在了他的手里。对方说，写错了，写错了，你叫金子英，信封上写的是陈子英。

我的心情一下子就好了，好了过后我没追究任何人的责任。当然了，心情好了之后我的话自然也就多了，我问那个干部我被分配到了什么单位、条件好不好、待遇高不高？对方说你的政治条件不错，政审完全合格，你被光荣地分到了市内最大的国营大企业！

我对那家国营大企业早就心存好奇，或者说是心存向往，于是继续问具体到那里做什么？什么工种？

对方可能是不知道，也可能是还有其他的电话要打，总之他说别问那么多了，能分配到这样的企业是你的福气，到了那儿好好干就是了。最后还叮嘱了我一句赶紧去报到，今天是15日，明天是16日，按照劳资惯例，你要是15日之前报到，就能领整月的工资，要是16日再去报到，就只能领下半个月的工资了。你抓紧时间今天去吧，看是否还能在人家下班之前赶上报到。

我刚才说了，在我们那个年代，去肉铺割肉是个什么样的状况了，所以您也就能够理解，我那天为什么会放下电话，便慌慌张张地跑去报到了。因为那半个月的工资，是瓷瓷实实地可以让我们全家吃上若干顿肉菜的。

还好，某厂是家大企业，并没有跟我计较什么15日报到还是16日报到，也没有听我解释什么我的姓名是金子英，可是通知书上却写成了陈子英之类的话。一个负责劳资的高个子女同志，大步流星地把我带到了厂医务室，做了大概的体检之后，她就又大步流星地把我带到了一间会议室里。

会议室里全部都是刚刚报到的青年工人。

见到这么些人我的第一感觉是踏实了，因为这么些人都在，说明领导还没有给他们分配工作，如果前几天，这么些人都被分配下去了，那就坏了，他们要是把车、钳、铣、刨、磨这些好工种都占上了，那我可就没好工作干了。

这么些人都集中在了一间会议室里，显然并不是在等我。我入座之后，便有一个从青工里选出来的头头儿走了过来，悄声地发给了我一套文件，我一看，最厚的一本是《保密手册》。翻开《保密手册》，我就看到了扉页上印着的两句话：第一句是忠诚党的保密事业！第二句是不该知道的绝对不问，不该说的绝对不传！

这两行字用了重磅的黑体。

再往后翻，我越翻心里就越发寒，越翻心里就越紧张。原来仅仅知道某厂的大门把守得森严，每天都会有双岗，两个哨兵手持步枪站岗那只是在显示自身的实力，只是在显示自身的威严，可没想到厂区内部，却用那堵厚厚的高墙，围堵着如此之多的秘密。

首先，在厂内设有一个禁区。禁区是它的名字，同时也是它的内容，禁区用高墙和电网加以保护。《保密手册》里说了，禁区是厂内最高级别的保密机构。任何人不得以各种借口刺探其中机密。禁区当中的工作人员也不得以任何方式泄露其中机密。禁区内的工作人员凡通信、通话都要经过核查并做存档、录音处理。所用办公纸张除归档之外，一律销毁。禁区高墙以外十米的范围之内不得坐卧停留。禁区的哨兵拥有无限开火权。进入禁区需要特别的红色通行证。

其次，厂内按照密级，每一栋建筑都被标注了赤、橙、黄、绿四种颜色。每一个职工都会根据自己所从事的工作，所能够涉及的密级，按等级配发赤、橙、黄、绿四种颜色的工作证，而每个等级的工作证，所能持证活动的范围，也有严格的规定。

将来咱们的工作证肯定是绿色的。坐在我身边的一个人，看我手捧跟小说一般厚的《保密手册》看得入神便捅捅我，跟我说，我们都在这儿坐了一周了，真够烦的。

没说分配工作的事情吗？我问他，并跟他介绍说，我姓金，黄金的金。

没，所有的青工都等着知道分配什么工作呢，可是他们就是不着急分配。那人回答说，他姓郝。左面一个赤色的赤，右面一个软耳朵。说着，还用手指头把那个郝字在空中写了一遍。写完了，他说现在是保密教育阶段，等咱们通过了保密教育考试，接下来还要去学军，下部队。

我说要封闭学习啊，怪不得通知书上说，要携带洗漱用品和被褥前往报到呢。

一周的政治培训和保密教育过后，我们接受了厂保卫科的考试。拿着我们的答卷，保卫科科长赵德还比较满意，说，这帮孩子不错，高中生就是高中生，要是在前清，都是举人，你看看人家的答卷，字儿是字儿，答案是答案，样样都说得过去。

保密考试过后，果真我们又被送到了部队进行为期两周的军训。

军训的时候，我跟小郝的接触就比较多了。多的原因是我俩住在一间宿舍里，他在我的上铺，我在他的下铺。接触多了，我便发现了小郝的一个毛病，这家伙特爱逞强，特爱显摆，凡事都要高人一等他才觉得心里头舒服。就比方说我们来到军营之后吧，他见我们门前有个篮球场，于是就问我，哥们儿，你会打篮球吗？我含糊其词地说会那么一点点。他便说，一点点不够，这样，等休息的时候我教你。休息的时候到了，他便率先跑到排长的办公室去借篮球，之后就拉开架势教我比一点点更多的东西。他先让我防守，然后示范运球过人给我看，结果没做几个动作，便被我把球断了下来，紧接着我双手持球，先往左做了一个假动作，之后迅速用左腿迈过小郝将其卡在身后，然后单手上篮得分。小郝被我晃晕了，还差点儿摔倒在地。

有了这次经历，小郝不再跟我提打篮球的事了，不过他还总想找一个什么茬口，来让我觉得他是老大。

05

连续几天，我觉得军营里的气氛异常。干部、战士的脸上都是严肃、凝重、紧张！

小郝在熄灯号响之前很神秘地跟我说有情况了。

我问他什么情况？

小郝用手指了指天上。

我急忙问要揍它吗？

小郝像是整个部队的最高指挥官似的说，当然，揍丫头养的！

我问什么时候？

他说让它再蹦跶一会儿，咱们正在调炮和人呢！

我问那家伙飞得那么高，欺负咱们的高炮够不着它，咱们拿什么打？

他说我们从不打无准备之仗，瞧好儿吧你！

我问这么肯定，你怎么知道的？这时熄灯号响了，于是我们只好各回各铺。

小郝爬到上铺后把头垂下来，看了看我，之后笑了笑，我猜他的意思是，小子，这回你服了吧？

因此我也朝他笑笑，那意思是说真的假的，你胡编乱造的吧？！

小郝没看懂我的意思，他大概以为我是在夸他，表示对他佩服得五体投地，于是把脑袋收回去，心满意足地翻身睡觉去了。

睡到半夜，一阵撕心裂肺的声音把我从睡梦中惊醒了。

警报……警报……

全宿舍的人立即惊慌失措地在屋里乱成一团。

我和小郝哆哆嗦嗦地摸索着自己的衣服。慌乱中，我把衬裤穿反了，而小郝可能是在穿裤子的时候，忘记了自己是在上铺，我先听到咚的一声闷响，随即听见他嗷的一声惨叫，我也顾不得想他是不是在想站起身子来时，头撞在了天花板上，光着脚趴在地上寻找着我的大头鞋。

紧急集合！

排长冲进宿舍朝我们喊——

一级作战准备！

06

1969 年的春天来得特别晚。

时令都快到惊蛰了，可是北风依然呼啸，大雪依然漫天飘洒。

我们紧急集合的那个早上是 1969 年 3 月 2 日的凌晨。我们随整个军营的军人紧急集合之后，接到的命令是作好一级作战准备，随时准备参加战斗。因为进了某厂，我们就成了民兵，就成了国家的预备役战士。

大雪没用几分钟，便把我们列队在门前的青工全部都变成了雪人。

我们得到的第一道命令是马上验明血型。

排队等待验血的时候，我问小郝，验血这是要干吗？

小郝偷偷地跟我说，不是让别人给咱们输血，就是让咱们给别人输血。

我还是不明白，就问他，为什么要输血？

小郝很简单地回答了我两个字：打仗！

果然是打仗。

我所在的兵营里一片紧张。所有的人都停止了说笑，从部队首长到下面每一个士兵，每个人的脸上都布满了凝重。天，依然飘着大雪，偌大的兵营，显得格外空旷，格外寂静，寂静得都能听到每一片雪花落地的声音；寂静得都能听到每个人的心脏跳动；空旷得见不到一个人走动，甚至平日里叽叽喳喳的鸟儿也停止了飞翔。枪，已经擦好了，并且不止擦了一遍。弹药，已经配发到了每一个士兵的手里，他们胸前的子弹带，都被装得满满的。此时，兵营里的空气似乎是凝固了，凝固得让人觉得恐慌。

兵营里寂静无声，无人走动。主楼门前加派了岗哨，我看到大约有一个排的士兵一字排开，荷枪实弹冒着大雪守卫在楼前。似乎他们还规定了口令，没有得到正确的口令，谁也别想靠近主楼一步。同时，我还看见在主楼的楼顶上，不知什么时候，已经架设起了天线和雷达。因此，我猜想，主楼里面，应该就是整个部队的指挥部，或者这场战斗的总指挥部。那些天线和雷达正在对着天空捕捉着随时传递过来的电波。这电波或许来自天上，很高的云层里；或许来自另一个方向的遥远的北京，不管怎么说，只要有电波传来，就应该是战斗的开始！就应该是我们地面部队火速展开地面行动的开始！

我的心开始狂跳了！

我自己都能感觉到我心脏跳动的力度了！

我，太渴望参加这场战斗了。因为我们这一代人，就生活在了崇尚英雄的年代里，刘胡兰、董存瑞、黄继光，狼牙山五壮士、红色娘子军，这些英雄的人物，这些英雄的故事，伴随了我们成长的每一个脚步，因此，正因为没有赶上战争年代而感到遗憾的我忽然感觉到，天上的飞机简直就是一个天赐良机，简直就是一个让我也能学习英雄，也能当一回英雄，体验一回英雄的天赐良机！

我的心继续着狂跳！

我看了看身边的小郝，见他呼吸急促，我猜想，此时这小子的心，也在狂跳！

我把目光从小郝的脸上转移到了主楼上。

主楼前，一个排的执勤士兵，在风雪里岿然不动。一阵风裹挟着大片大片的雪花朝着主楼的方向冲了过去，然而，当风吹到士兵们的近前时，却被士兵们的威严喝退了。风拐了一个弯儿，又吹向了另一个方向。

就在我看着那一个排的士兵的时候，主楼楼顶上的雷达忽然停止了转动。这一细微的变化，被我们的排长第一个注意到了，他迅速地拿眼睛朝我们大家扫视了一遍，之后用低沉而有力的声音朝我们喊道：大家注意了。排长的话音刚落，兵营的上空便响起了刺耳的警报声。

集合！排长立即喊出了命令。

大头鞋在积雪上发出吱吱的急促的碾轧声时，我感觉浑身有些发抖。并且，我的手和小郝的手不自觉地就紧紧地攥在了一起！

07

砰！砰！砰！

三声震耳欲聋的炮声。

紧接着，灰暗的天空上炸开了三团火焰，火焰漂亮、耀眼！

碎片仙女散花似的漫天飞舞。之后，一个大家伙儿冲出了火焰，拖着一条灰色的尾巴，在高空中划了一条弧线，朝着地面坠落了下来。

一周后的凌晨。边境线上寂静无声。蒙蒙的白雾，遮蔽了树木和山峰。一个黑影从界碑后面闪出来，迅速地消失在了黎明前的朦胧暗色里。

两个小时之后，距离边界小村光明屯不远处的马路上出现了一名警察，恰在此时，他的身后忽然传来了突突突的马达声，警察十分警惕地回头看去，见一个农民开着拖拉机正往自己跟前驶来，于是便把刚才提起来的心放下，十分高兴地招手，问农民开车去什么地方，农民从拖拉机的驾驶室里探出头来，说自己要去郝家庙。警察喜出望外，于是立即掏出一包“大前门”香烟扔进驾驶室请求搭车。农民对警察的大方很感激，于是点头应允，并亲自跳下车来，把警察扶上后面的拖斗。

拖拉机开出一段路之后遇到了边防检查站，检查站工作人员要求警察出示证件。

警察不慌不忙，从口袋里掏出边境通行证递过去。

工作人员看了看边境证，又让他出示工作证，于是，他又从兜里掏出了饶河县公安局的工作证和出差介绍信。

证件齐全，检查站的工作人员挥手放行。

几十分钟后，拖拉机到了郝家庙，警察跳下车，谢过农民，告辞而去。

是夜，警察在郝家庙镇上的“工农兵旅社”出乎意料地被捕了。

公安人员从他的背囊里查获两枚高爆燃烧弹。

警察的真名叫窦祥松。被捕后，很快就交代了其充任敌方间谍，受命潜入中国执行炸毁飞机，阻止我方解析飞机核心技术的犯罪事实。

1969年9月21日代号“羚羊”的间谍，在国内负有命案，逃亡国外的窦祥松被判死刑，执行枪决。

……

08

仿佛是一夜之间，天气便转暖了。

又仿佛是一夜之间，山里的野花便一下子睁开了眼睛。

这些花，就像是忽然从地底下冒出来似的，红的、黄的、粉的，在一丝一丝从草甸子上吹拂过的山风中挺着胸、昂着头，舞蹈般地摇曳。

我们这个地方就是这个样子，每年的春天都要姗姗来迟，就仿佛是街头上那群耄耋老人扭动着的大秧歌儿，先是往前挪两步然后再往后退三步，之后再向前挪三步然后紧接着又往回退两步，左挪右挪、前进后退，尽管锣鼓点儿敲得很紧密，唢呐吹得也震天动地，但却总前进不了多少。等到了某一天，清晨人们推开房门，忽然捕捉到了弥漫在空中的一股浓烈的青草的味道，意识到春天已经走进了草甸子，可是还没等人们换好春装，在某一天的夜里，春天竟然又在人们的睡眠当中悄然地消失了。

我们这里的春天格外地短暂。

短暂得让人稍不留神就过去了。

好在春天走了之后，没把那些盛开的花也一股脑儿地带走，它把它们留在了草甸子上。

被留在草甸子上的这些鲜花，都有着与各自相称并且漂亮的名字。蓝色的，呈五角形，尾部拖着五个漏斗一样尾巴的叫蒌蒿；红色的，张开着六片花瓣儿鲜嫩欲滴的叫山丹；花蕊伸得老长，而花瓣卷曲着的散发着丁香一样味道的叫苟丽子。不过，尽管各式各样的花各有其名，然而，这片草甸子却一直没有一个称谓。

草甸子没有名字。一直没有。

好像从来就没有。

人们只知道它叫草甸子。

人们只管它叫草甸子。

无论是谁，无论是到那里去采花、采蘑菇还是游玩，一律都说，走，上草甸子上去。

草甸子没名字。这让人听起来不免会觉得有点儿可怜。它的上面布满了那么多有名字的鲜花，长满了那么多有名字的蘑菇，并且它就坐落在长白山山脉的脚下，可是它自己却没有一个属于自己的名字。

我在一张常用布帘遮挡着的军用地图上曾经看到过这块草甸子，或许是因为草甸子这三个字不能代表它所在的地理位置，或许是草甸子这三个字不足以说明它所在位置的重要性，因此，上面用一个数字作了标注。在四周连绵不断的长白山山脉的围拢当中，草甸子像是一个被呵护的婴儿，很安静、很惬意地躺在中央，在它的上面，印着一个阿拉伯数字“6”。

跟厂里的许多人一样，我一直没有用“6”这个阿拉伯数字称呼过草甸子。

我觉得用它来代表草甸子有点儿滑稽可笑。

我觉得它跟草甸子一点儿也不沾边儿。

我曾经问过比我早进厂一周的小郝，问他这么漂亮这么辽阔的草甸子，为什么一直就没个名字。小郝说他也不知道。说完了就煞有介事地跟我说，其实用数字来标示这块草甸子完全是战备的需要，完全是为了体现它的重要性。他问我，能看出这块草甸子战略位置的重要性来吗？我摇头说看不出来。于是，他就拿石头在地上很耐心地画，他先画出了封闭在草甸子四周的长白山，之后又在草甸子的位置上标注了阿拉伯数字“6”，说，你看，这块草甸子的当中是什么？我顺着他手的移动，说，当中是咱们厂。他说，对，当中就是咱们厂。他很仔细地在地上画出了厂区的概貌，这其中包括各车间的位置以及禁区的所在位置。他拿石头反复地在禁区上点着，说，对于咱们厂来说，6号，也就是草甸子就像是一块隔离带，这块隔离带十分开阔，开阔就具有相当高的战略意义，这点你懂吗？我似懂非懂。我含含糊糊地摇头。小郝就扔了石头很不屑地说，你成不了战略家。他说，开阔地的作用很大。听说过邱少云的故事吧？邱少云潜伏在敌人碉堡前的开阔地里，为啥一动都不能动？为啥身上着了火也不能动？因为稍微一动就会立即暴露。

我开始有点儿明白开阔地的战略意义了。

几十年之后，“TZ 行动”的绝密文件解密，我从那份曾经的绝密文件当中看到了多次被提及的 6 号，才知道了这块草甸子曾经在“TZ行动”当中所起到的作用。

那时候我才觉得它就应该叫 6 号。

09

春天过去了之后，草甸子上的花依然很灿烂地开着。

从小郝用石头在地上画的那张图上，感知了草甸子的重要战略位置后，我便时常走到草甸子上去观望。观望并无具体的内容，并无主题思想，有时是长久地对着厂区凝视，有时是用眼睛盯着草甸子上的各色鲜花遐想。

小郝说得对，我成不了战略家。

因为我发现，我对着草甸子上盛开的鲜花遐想所用的时间似乎更长。我对草甸子上的花，比草甸子当中的那片水泥建筑更感兴趣一些。我总会在草甸子上一面遐想一面跳跃着，去采撷我所喜爱的鲜花——红的、黄的、粉的，大朵的、小朵的，盛开着的、含苞待放的，孤独一支的、一束多蕾的——我会按照我的心思，把这些鲜花排列组合，搭配成我所心仪的色调和造型。我还特别会对某一种鲜花的品种去作精益求精的探求，比方说在其他地方很难见到，或者说在我们这块草甸子上，所独有的那款蓝色的花。这款花，从上方俯视着看，呈五角形，其模样有些类似于田间地头，门前屋后随处可见到处攀爬的喇叭花，但是你要是从花的下面看，也就是仰视着看它，它却在“喇叭”的根部长着狭长的漏斗，而且漏斗不是一个，沿着“喇叭”的五个边，每个边的下面都有一个。这款花，我们当地祖祖辈辈都称为 liú hào（音：流浩），至于这 liú hào 两个字是哪两个字，这两个字怎么写，问谁谁都摇头说不知道，我问我身边的工人师傅，工人师傅这样回答我。我后来改问在科研楼里办公的知识分子们，知识分子们也这么回答我。

不仅如此，回答了不知道，他们还会把架在鼻梁上的眼镜往上推一推，问我，小金，你小小年纪怎么会忽然对这野花野草感兴趣了？会不会是得了花痴病了？要是得了这种病可就麻烦了啊，这种病可是很难治愈的！你们锅炉房的老严可就是个例子啊！

为了弄清这款花到底叫什么名字，这一天我决定从草甸子上挖一棵回家养着。因为那个时候，我还没钱买一架照相机，而我身边的人似乎也都没钱买这么一个高端的奢侈品。

上午将近11点的样子，趁着我们班长派我到厂区最边缘，最靠近草甸子的锅炉房干活儿的机会，我拿了工具便跑到了草甸子上。为了保险起见，我在草甸子上一连挖了三棵 liú hào，连根挖出来了，我又给这三棵 liú hào 的根部包了一坨潮乎乎的泥土。

带着这些花回到厂区，正好到了吃中午饭的时间，于是我就用一只手托着它，跟在人群的后面走进了食堂。取饭盆时，我又不由自主地朝左右两边看了看。这里用了“又”字，是因为我最近添了一个新毛病，一走进食堂，就会不由自主地左右张望。这个新毛病的根源，来自一名跟我一起进厂的青工——当然是女性了——她叫史乃慧，个子极高，身材又极匀称。

我们所有的青工参加完那场战斗之后，便马上结束了军训，被填充到了厂内的各个部门。小郝被分配到了伙食科，之后又被伙食科二次分配在了禁区的食堂里当了炊事员。

我因为那场战斗脚被冻伤，暂缓分配，住进了厂医院，就是在住院期间，我认识了同样也在厂医院住院的史乃慧。伤愈出院之后，我被分配到了水暖队当水暖工。史乃慧的命运比我要好，她被分配到了机加工车间当车工。

被分配到锅炉房里当水暖工，曾经让我在很长一段时间抬不起头来。因为锅炉房里脏，到处都是黑漆漆的、呛得人喘不过气来的煤烟子。我们每天不是蹲在地上鼓捣暖气，就是趴在地上鼓捣厕所，要么就是用一根很长的竹坯子，伸到化粪池或是下水道里去疏通管道，每天不是一身汗水就是一身粪水，总之没有一丝一毫的好味道。这样的工作，这样的味道，我的师傅们，似乎是在经过了悠悠岁月的蹂躏之后，很欣然地接受了，而我则接受不了，无法忍受。每当走进锅炉房，我总感觉是走进了地狱。因此，每天走出“地狱”时，我都要求自己一定要洗澡，多搓几遍香皂，头上、脖子上、腋下、肚脐眼儿，顺着再往下，一直到每一个脚趾头，到处都要搓到洗到。甚至中午去食堂吃饭我也要换下工作服再用香皂洗把脸。

托着花走进食堂，并且在取饭盆儿时左顾右盼，并不是因为我没来得及换工作服，并不是我怕别人闻到我身上的臭味儿。

其实，我是在看史乃慧。

我想看看她是不是已经到了食堂。

史乃慧似乎并不嫌弃我的水暖工的身份，似乎也并不在乎我的工作环境，似乎也不在乎我身上是不是有什么样的味道。她是第一个，也是唯一一个走进锅炉房里来找我的女青工。并且，她一走进锅炉房，就更加显出了我们锅炉房里的寒酸，就更加显出了我们锅炉房里的工人的肮脏和龌龊。我们的锅炉房里面一向很黑，白天也需要开着电灯。她推门进来的那一刻，锅炉房里立即就斜着射进来了一束光，在这束光的照射下，锅炉房里的煤烟和粉尘便开始肆无忌惮地在空中弥漫。

她对着我们锅炉房的一个青工问，金子英，小金，在吗?

小金呢? 小金，有人找。喊我的人叫陈晨方，人送外号色盲青年，是我们班长的徒弟，也是跟我们一批进厂的青工，史乃慧进门后其实并没有问他我在哪儿，并且他就坐在我身边，可是见到有女人进来，他便忽然来了精神，一边喊一边把很淫荡的笑挂在了脸上。

这个笑，让我的心里极不舒服，我怕这笑让史乃慧看见了会看不起我们这些水暖工，于是绕过色盲青年陈晨方赶紧往门口走。走到她面前，看着漫天飞舞着的煤烟在不住地往她身上落，我很尴尬，结结巴巴地问她什么事，怎么找到这儿来了？

她说没事。路过，随便看看。后来又说没什么大事，想问问你现在正看什么书。

我用手胡噜着后脑勺儿说没看什么书，就是刚从厂图书馆里借了一套《鲁迅全集》，正准备看呢。

我一说《鲁迅全集》，就听身后有人开始嗷嗷地起哄。紧接着，我又发现史乃慧的脸腾地一下红了。我立即回过头去看，只见我们班里的师傅和青工们正在相互之间，用手在自己的胸前和屁股后面，做着波浪形的起伏状的高耸的动作。色盲青年陈晨方更过分，他甚至把饭盒里吃剩下的一个窝头拿起来，塞到衣服里面，把自己的胸垫得老高，并且还不住地用手在上面抚摸。

有了那次经历之后，史乃慧便再没去过锅炉房。但是，我俩又总能在食堂里巧遇。我们厂的职工食堂多少有些像大车店。食堂里十分空旷，靠窗户摆着一大排饭桌，差不多一面窗子底下一个。饭桌是方的，桌子旁边没有椅子，吃饭时大家一律站着。在食堂的中央放着一个大木桶，木桶里有一些刷锅水——当然了，食堂方面管里面的东西不叫刷锅水，美其名曰高汤——供大家吃完饭之后享用。

我和史乃慧的巧遇一般总会在这个大木桶旁边。

排队买完饭，我一般会和几个男青工，围在木桶北边的那张桌子旁吃，而史乃慧则和另外几个女青工，围在木桶南面的那张桌子旁吃。吃饭的时候，我俩几乎谁也不看谁，都貌似很专注地一面参与着同桌人的聊天，一面吃着自己手里端着的饭，但是心照不宣的是我们俩都能同时把碗里的饭吃完。吃完饭，我先走到大木桶的边上，拿起桶里的勺子舀一勺高汤倒进碗里，之后再把勺子放进木桶，这时候史乃慧总会伸出手来，从我的手里接过勺柄。整个吃饭喝汤的过程，我们从不说一句话。

我一边伸手取饭盆儿一边左顾右盼，迎着我的目光，史乃慧很准时地走进了食堂。见她排了土豆肉片的队伍，我便在她边上随便找了一个队伍去排，以保证能跟她并肩地站在一起。并着肩的时候，她的眼睛一直在看我手里托着的那几棵花，我的眼睛也一直看着我手里那几棵花。这期间，她偶尔对着花笑笑，我知道她笑是什么意思，那意思好像是说一个大男人怎么拈花惹草的。于是为了跟她解释清楚，我就在跟着队伍往前走的时候故意问身边的人，说这花也不知道叫什么名字，我想把它种上，然后好跟人请教。那人看了看花，说一会儿打饭时你问老梁，他知道得多。

老梁是食堂的管理员，也是采购员。

我一般在打饭时，轻易不排他负责卖饭的队伍，因为这小子特色，卖饭时凡是遇见女的，咔嚓就在菜盆里给你盛一大勺子菜，倒你碗里还不算完，还会再拿勺子在菜盆里挑一两块肉找补找补。而遇上男的，他一勺子下去只给你盛半勺菜，并且在往你碗里倒之前还会用力地摇晃勺子，直到把上面的肉摇下一两块来为止，你要是问他这够一个菜吗，他就俩眼一斜，嘴角一撇，十分不屑地说，吃不吃？吃不吃？捣什么乱呢？你看看你牙还没长齐呢，吃那么多消化得了吗？！你不怕撑死啊？

经旁边的人提醒我才意识到，我排的恰好就是老梁负责卖饭的队伍。

见已经排到了老梁的面前，再想去换队伍排怕是有些不合适了，于是我只好硬着头皮把手里的饭盆儿递到老梁的面前。旁边队伍里已经买完土豆肉片的史乃慧这时正转身要往外走，或许她是想让老梁能多给我盛点儿菜，于是就说，梁师傅，您知道得多，您给看看，小金手里这花叫什么名字？老梁看也不看，就说了句，liú hào。为了讨好他，我忙把手里的花伸到他面前，问，哪个 liú hào？那俩字怎么写？老梁没看花，接过我手里的饭盆儿，往里倒了半勺菜，没搭理我，而是面朝史乃慧色眯眯地笑了笑，说了句，慢走啊。

转身往外走的时候，我在心里骂了老梁一句，说，小子，你等着，有你求我的时候！

吃完饭，史乃慧在木桶旁边，从我手里接过盛汤的勺子时偷偷地跟我说，十分钟后让我在她宿舍楼下等她，她宿舍有本辞海，她要帮我查查这花到底叫什么名字。我说不行，待会儿我要回宿舍换衣服，一点钟我们水暖队篮球队要和伙食科篮球队打比赛。她就说那你把花给我，我帮你查查这花的名字。我说好吧，并嘱咐她一定帮我把花给种上。她说看能不能找到花盆，如果能找着，就帮我种上。

把花交给了史乃慧之后，我在一点钟之前赶到了篮球场。

裁判和记录员们都到了，我们队和小郝他们队的篮球比赛准备开始。

我和我的队友做着准备活动。我是队长，慢跑了几圈后，我指挥着他们跑篮儿。一个队员的球没传好，球飞出去了老远，落在了对方小郝的手里。我朝他伸出一只手去，示意他把球给我们扔过来，小郝看了看我，不但不给球，反而招手让我到他跟前去。无奈，我只好朝他跑了过去。

之后的事情您自然已经知道了——小郝那小子心怀叵测，神乎其神、添油加醋地跟我说了禁区里那架飞机的事情，最后的结果是我被蛊惑了，千方百计地想进入禁区，但是禁区的哨兵发现了我的企图，一举将我擒获。

几十年之后，我在中方的“TZ行动”计划里读到了这样几段文字：

1969年5月15日，截获敌方3号电台密电，获悉特务利剑已经秘密潜伏至112地区（长白山脚下某地段，此处距离某厂尚有150公里——作者注）受命对飞机实施破坏。我方已作好防御准备。

……

长白山地区进入春季以来，冰雪消融、土地、公路也随之开始变得松软。飞机自重37t，加之运载汽车的重量，总重量超过50t。因此行进速度大大下降。

……

1969年5月20日24时01分，晚于计划27小时15分，飞机运输车队安全驶入安全区域6号地区。

1969年5月21日1时03分，飞机运抵某厂禁区。敌方3号电台突然停止发报，与特务利剑的联系中断，利剑的下一步行动不详，其去向不详。为了防止敌人进一步的破坏活动，以某厂保卫科为主的飞机保密、保卫工作立即开启。全厂进入一级战备状态！

在解密的档案中读到了这几段文字后，我赶紧翻开了我的日记本，核对我被禁区哨兵抓获的日期。

我日记上写的是：1969年5月28日。

10

我被关了整整三天。

关押地点是禁区里面的一间审讯室。

看到这里，任何一个有法律概念的读者可能都会提出一个疑问来，那就是某厂怎么会有权力抓捕我，甚至关押我三天之久？

我被关押起来，或者说某厂被赋予了那么重大的司法权力，完全是因为那个特殊的年代。那个年代很动荡，到处都显得支离破碎和杂乱无章。您在吃早餐的时候一定吃过豆腐脑儿。豆腐脑儿刚开始的模样是很规矩、很有条理的，白白嫩嫩的豆腐躺在碗底下，上面薄薄地覆盖上一层褐色的汤汁，白褐分明，有条不紊，可是一到要吃豆腐脑儿的时候格局就被破坏了，经过勺子在碗里搅动，好端端的一碗豆腐脑儿便就此支离破碎、杂乱无章了。我们所处的那个年代大体如此。给您举几个例子，那个时候我们每周的周六下午都要组织政治学习，而政治学习的时间，我们每一个在场的工人，往往又身兼着法官的职责。那是一个工人阶级领导一切的年代。兼职法官的工作程序大体如下：第一，我们班长骆驼祥子会从他的上级那里拿一份或几份犯罪分子的材料回来；第二，我们班长骆驼祥子会把这些材料让我们传阅；第三，传阅完毕，班长骆驼祥子开始让我们每个人发表意见，也就是判决。他首先宣读材料上的内容——张三，男，36岁，犯罪前系某场职工，于某年某月某日某时于某地强奸妇女一名，且强暴该妇女时手段极其恶劣、残忍，先将其打晕，之后扒光衣服对其进行蹂躏长达数小时之久，大家说，该判什么罪？为了表示对张三的愤慨，于是大家便纷纷痛斥张三不如禽兽、禽兽不如，接下来就会十年、二十年、无期徒刑、死刑的呼喊。我们班长骆驼祥子听了大家的意见便作出最终裁决，用秃了头的铅笔在材料上写下歪歪扭扭的一行字：大家一致意见，判无期徒刑！再一个例子出自我们班的青工陈晨方。陈晨方那家伙最大的特点就是色，见了女的就想挑逗，就想长驱直入，因此进厂没多久我们就送给了他一个雅号叫色盲青年。有一天色盲青年陈晨方下班，趁着天黑在草甸子上跟一个女青年搂在一处正做好事，恰好有厂保卫科的保卫干事持枪巡逻经过，于是隐身于草甸子里的两个人被当作特务抓获。色盲青年陈晨方被抓获之后，也被关进了审讯室，他被关的时间比我还长，他被关了七天。

我被抓之后，我师傅赵武第一个得到了消息。他能得到消息的原因有两个：其一，我师傅赵武是我们班的副班长；其二，厂保卫科科长赵德是他的同乡，仅从两人的名字上相信您也能看出来，两个人应该还是同一辈分、叔伯兄弟关系的同乡。按照常规，凡是有因为违反厂纪厂规、保密条例被抓被关的，厂保卫科会在第一时间通知其所在部门的领导。因此，基于上述两个原因，不管是出于官方的程序还是出于私人的关系，保卫科科长赵德把电话第一个先打给了我师傅赵武，是理所当然的事情。我师傅接到电话后相当着急。一着急他结巴的毛病肯定会更加严重，而结巴的毛病一严重，他就根本无法跟别人进行交流，因此，他接到电话后就去找了我们班长骆驼祥子，他的意思是想让他出面去趟厂保卫科，帮着协调一下。这里顺便介绍一下我们班长骆驼祥子。我们班长姓祥，名字叫祥姜明，因为个子细高又有些驼背，所以人送绰号骆驼祥子。骆驼祥子这家伙很精明，您一看他长在脸上的那对儿贼乎乎的、滴溜儿乱转的小眯缝眼儿，就知道此人不但会来事儿，并且还属于能说会道，能把死人给说活了的那种。骆驼祥子是我们班的外交家，我们班里凡是有需要对外协调、对外交涉的事情，他是不二人选，他不仅适合做这种事情，并且还非常愿意去做这种事情。可是这次我师傅请骆驼祥子去保卫科帮忙协调我被关的事情时，骆驼祥子却不肯为我师傅出面，不肯为我出面。骆驼祥子不肯出面的原因我很清楚，甚至我在听说我师傅请他去厂保卫科跑一趟的时候，就猜到他是不会去的，因为骆驼祥子和我师傅不在一个组织，两个人分别加入的是两个不同的对立着的革命造反派。

这样，我师傅就只好亲自前往厂保卫科了。因为他是我们班的副班长，因为他是我师傅。

我说过了，我师傅是个结巴，口吃相当严重。一般在说一句话之前他都是先把嘴张开，之后就啊——啊——啊的先啊上好几声，啊的同时，他的面部便开始抽搐，等抽搐完了，也啊完了，他才会把要说的话磕磕绊绊地说出来。而等他说出来了，听着的人不是早就等得不耐烦了，就是忍不住笑喷了。因此，与人交谈是他极力隐藏着的一个短处。

经过了一番踌躇，我师傅独自一人进了厂保卫科的大门。自然，当他极难为情地刚一张口说话，便惹来了一阵哄堂大笑。

第二个知道我被关的人是史乃慧。我不是说过了吗，她是已经习惯了每天中午在食堂里跟我在木桶旁边见面的了，我被关的第二天中午，一心想要把查到的 liú hào 的学名告诉我的她，在木桶旁边两天都没有见到我，心里便有了一种不祥之感，于是，她就大着胆子第二次走进了我们锅炉房。她站在烟尘滚滚的锅炉房门口，用手捂着鼻子问我师傅我怎么了，是不是出了什么事？我师傅就结结巴巴地告诉她说，小金想闯禁区，结果被抓了。史乃慧知道了我被抓，并且就关在禁区的审讯室里，于是就给小郝打了个电话，说让他给我做点儿好吃的，然后再想办法送进审讯室，史乃慧说饭钱她出。要饭票和现金都成。小郝便流氓大哥假仗义地说，小史，说什么呢你，说什么呢你？小金那也是我哥们儿，我们俩学军就睡上下铺，患难兄弟！就那么鸡毛蒜皮的几个饭钱，还用得着你出啊？你要是出了，还不如给我俩大嘴巴呢！其实，我最懂小郝，他说这话的时候，在女人面前假充仗义是一方面，另一方面他也是在掩饰，在表示歉疚。掩饰什么呢？歉疚什么呢？还用问吗，我为什么被抓啊？为什么被关呢？还不是由他引起来的吗？他小子从史乃慧的电话里得知我被抓了，被关了，心一下就虚了，就毛了！

小郝到底用什么办法，把他亲自做的好菜好饭，给我送进审讯室里来的，我始终也没听他说过。他不说，我也懒得问，反正他欠我的，他想尽办法把好吃的给我送进来，那是理所应当。另外，他想尽办法进入审讯室，也有他的个人企图。他一进来我就看出来了，他最想知道的是保卫科的人都审问了我什么，我都交代了些什么。我知道他小子是怕牵连上自己，怕保卫科的人把他也关上几天。因为我们学徒的那个年代，政治表现相当重要，如果因为违反《保密手册》被处分了，那可是不得了的事情，轻则推迟出徒一年，重则开除厂籍。

小郝进了审讯室后，用祈求、讨好的眼神看着我，我便用了一个笑容告诉他你放心，没你的事。小郝看懂了我的意思，于是就把心放到了肚子里，他长舒一口气，一身轻松地把饭菜摆在了我的面前，并做了请的手势。

我再次示意让小郝放心，我并不是在欺骗他。

我真的没有说关于飞机的任何事情。没有说小郝钻进过那架飞机，还拉开过炮膛，见过里面的炮弹，甚至还曾经有过要把飞机开出去轰上一炮的念头，也没有说小郝如何引诱我，让我动了闯禁区的念头。因为我也知道推迟出徒一年和开除厂籍的利害。

保卫科的人在审问我时，我说我进禁区纯属意外，纯属事故。我说我那天在禁区外面走，忽然发现禁区里面，靠近墙边的歪脖树上，落着一只野鸡，学名叫雉鸡，一两尺长的样子，红白黑三种颜色，特好看，于是我就上树去捉它。听到这儿，保卫科的人就说编，继续编，有鼻子有眼儿地编。他说，我知道你会写小说，在中学的时候就写，还被推荐到辉南县文化馆学习小说创作，可是，这不是你写小说虚构的时候，是你交代问题的时候，坦白从宽、抗拒从严，老实交代，你进禁区到底要干什么？！我就在脸上摆了一副极其无奈的表情，说，我真的是为了要上树捉那只野鸡，真没有别的企图。保卫科的人就又打断了我的话，说，就算是你真想捉，我们也相信你是想捉，难道那野鸡就等着你上树去捉吗？你一晃悠树，它不飞吗？我忙解释，说，它真没飞，它是等我伸手快要捉住它的时候，才扑棱一下子飞走了的。就是它一飞，我一惊慌，才从树上掉下来，掉进禁区里面的。保卫科的人听完了我的解释一拍桌子，说，小金，青工金子英同志，别再编故事了，我警告你，还是那句话，坦白从宽、抗拒从严，你把态度放端正一点儿，放老实一点儿，如实交代，要想蒙混过关那是不可能的。说完转身走了，嘭的一声关上门之后，他对看守我的哨兵说，什么时候他想清楚了，想交代了再说！

我被关了三天就忽然被放出来了。我比色盲青年陈晨方少关了四天。

放我的那天保卫科科长赵德来了，他先到我说的禁区墙边上的那棵歪脖树下转了一圈，之后跟看守我的哨兵和跟随的保卫科科员说，这小子说的可能是真的，因为他说他小的时候也有过一次类似的经历，一只野鸡也落在这样的一棵树上，他也是悄悄地爬到树上去捉野鸡，同样也是都接近它了，手都碰到了野鸡的翅膀了，那野鸡才扑棱的一下飞走的。赵德说，野鸡的视力不是很好。

我获释之后回到了班里。当时的时间大概是上午 10 点钟，正是班里工间休息的时间。推开锅炉房那面黑漆漆、脏乎乎的大门，见全班的人都在，我多少有些拘谨、有些不自然地站在门口。站定之后，我第一个看见了我们班长骆驼祥子，他坐在了锅炉房里面一个高于地面的平台上，他坐的那把椅子靠背上如果要是再多一块虎皮，头顶上再有几束光打下来，我觉得他就是电影《林海雪原》里那个土匪首领座山雕。我朝骆驼祥子的位置看了看，我想对他笑一笑，并叫一声班长，说我回来了，说我没什么事儿，说关我纯属一场误会，说我上树就是想捉一只野鸡，结果一不留神掉进了禁区。可是我的嘴一向很笨，我努力地想这么做，然而我的嘴却始终张不开。我唯一能做的是四处踅摸，准备找一处地方坐下来。正好色盲青年陈晨方的边上有一个水管阀门，上面还铺着一块木板空着没人坐，于是，我就朝色盲青年陈晨方的旁边走了过去。

你站那儿！我们班长突然说话了。他的声音很洪亮地从那个高台上传下来。这声音还真让我觉得他很有座山雕的威严。

你站那儿！班长骆驼祥子说，我有话跟你小子说。

我赶紧原地不动，站好了。

骆驼祥子开口刚要说什么，可是一看手指头上夹着的烟快要燃尽了，于是就从耳后取下另一支烟来，在椅子的扶手上磕了几下，烟的上端被磕空了之后，他便将手指里夹着的那个烟屁往上一按、一转，两支烟就很自然地被衔接在了一起。

本来，我应该代表组织去保卫科接你。因为这是组织程序。骆驼祥子把两支烟接好，继续抽着。这家伙永远都是这样，从一上班把第一支烟点燃，到下班两包烟报销，就只留一个烟屁。

可是我们大家都忙于抓革命、促生产，没腾出时间来。骆驼祥子从嘴里吐出一口浓烟来，浓烟顺着他的脸往头顶上升腾，他被熏得眯起了眼睛。班里有个处分决定，我给你宣布一下。他把眯着的眼睛很努力地睁了睁，说，从即日起，你金子英要接受一个月的监督，这叫以观后效！在被监督期间，要接受组织安排的各项工作，不得擅自行动，有事请假，每天向班长汇报当天的工作。小金，你听明白了吗？

我说，听明白了，可是班长，我，我没犯错误啊，干吗要监督我啊？

骆驼祥子把烟从嘴上挪开，瞪起小眼睛说，你没犯错误？没犯错误怎么把你给关起来了？禁区的哨兵怎么不来锅炉房把我给抓起来啊？怎么不把我给关起来啊？

我忙进行解释，把我糊弄保卫科那帮人的故事讲给骆驼祥子听。可是骆驼祥子不断眨巴的小眼睛里，透出了很狡猾的光芒，他说，得了，爷们儿，你师傅结巴赵跟赵德什么关系，大家都知道，把什么事情都说明白了就没意思了，就这么着，你从现在开始，接受监督！这对你是政治上的爱护！

班长骆驼祥子宣布了对我实施监督的决定后，大家便起身去干活儿。我这才发现锅炉房里原来没有我师傅赵武。我忙扯了一把小常师傅，悄悄地问他，我师傅上哪儿了，怎么没在锅炉房里？小常师傅示意我跟他出去。到了锅炉房外面的厕所旁边，他才偷偷地跟我说我师傅病了。我忙问我师傅怎么病了？什么病？严重吗？小常师傅说严重，吐血！听说我师傅吐血了，我便有些慌张，赶紧问他怎么会吐血呢？吐了多少？是不是住院了？小常师傅说骆驼祥子那孙子玩儿阴的，他安排他那派的人干轻活儿，安排咱们这一派的人干重活儿，拆卸主楼上的暖气！拆卸完了再从七层上往楼下扛！一组暖气七八百斤呢，就我、小郑、你师傅我们仨扛，结果你师傅便累吐血了。听小常师傅说到这儿，我马上意识到我师傅吐血跟我有直接关系，因为小常师傅和小郑是师徒，我师傅和我是师徒，从七层楼上往下扛七八百斤重的暖气，本应小常师傅师徒俩扛一头儿，我和我师傅扛另一头儿，重量平摊在四个人的肩膀上，而我被关不在，本应压在我肩膀上的那份重量，便增加到了我师傅的肩膀上，扛着两倍的重量，再下七层楼，他不被累吐血才怪！

听了小常师傅的话，我不顾骆驼祥子给我规定的监管禁令，火速地跑向了厂家属区，跑向了我师傅家。

我师傅家冷冷清清的，就他一个人斜靠在床上。我师娘是厂里的清洁工，这个时候，或许正在偌大厂区的某一个角落里，清扫着马路上的落叶。他儿子是个傻子，长期被寄养在乡下老家。屋里由于疏于整理显得很凌乱，桌子也没有收拾，早上吃剩下的半个窝头以及半小碟腌萝卜还在上面摆着，任凭空中飘浮着的尘埃在上面一层一层地降落。屋里由于空气不流通，因此充斥着一股很浓的咸菜味儿。

我师傅斜躺在床上，他用手示意我自己倒点儿水喝，随便坐。看着他有气无力的样子，看着他惨白的面容，我的喉咙一下子就抖动了起来，我想说句师傅真对不起，我不在，让您受累了，可是我的嘴笨，一句像样的话也说不出来。

我师傅的性格跟我差不多，都不擅于表达，因此他从我涌出泪水的眼睛里，看懂了我要表达的意思，于是他安慰我说，这不赖你，你别过意不去。说完，他指挥我去大衣柜里取样东西给他。我忙起身去了。

我从大衣柜里取出一个铁盒子递给他，他用颤抖的手把铁盒子打开，从里面拿出一个存折来，之后说让我到合作社（既是百货商店、蔬菜店又兼备银行的功能——作者注）取 20 块钱出来。

我问他取钱干吗？

我师傅说，咱们得请人家赵德吃顿饭。

听了师傅的话，我异常惭愧，因为犯事儿的是我；因为造成师傅吐血的是我；因为师傅吐血了，都没舍得取钱为自己买点儿营养品，却要拿出钱来替我请赵德吃饭。

我的眼泪一时间就又唰的下来了，我忙捂住我师傅的手，说，师傅，千万不能这么做，我已经够对不住您的了，再让您出钱请客，我，我——我磕巴老半天，也没说出“我”字后面的话来，其实我本来想说“那我还是人吗”，可是我的嘴笨，到了坎节儿上，就不听使唤了，就张不开了。

我师傅看我又掉了眼泪，就跟我急了，说，行了，大小伙子，哪儿那么些眼泪啊？别娘们儿似的！擦了！说着话，就扔给了我一条毛巾。等我把眼泪擦了，我师傅仍然执意要我去合作社取钱。

我试着跟他商量，您看用我的钱好不好？

我师傅反问我，用你的钱可以，可你有钱吗？你学徒工，一个月16块钱的伙食费，你拿钱请了客，一顿都吃了，这一个月你怎么过？

我被我师傅问住了，觉得不用我师傅的钱还真没什么好办法，可是我又担心他的身体，于是就再次跟师傅商量，说咱们能不能过几天再请，等您好点儿了。

我师傅这回是彻底急了，他霍地从床上坐起身来，说，等几天，等几天，等几天你的档案里被塞进闯禁区的记录怎么办？那可是你要背一辈子的污点儿！你一辈子也别想将这个污点儿去掉！跟我嚷了这几句话后，我师傅忽然咳嗽了起来，我赶紧走过去帮他拍后背。拍后背的时候，我见他用手捂了捂嘴，之后我又看见了他手心里粘着的红红的血渍。

中午，我和我师傅请保卫科科长赵德吃饭。

吃饭时，我师傅几乎没有动桌子上的菜。他一面咳嗽着，一面跟赵德按照自己家乡的习惯连干了三杯酒。这期间我想阻止他，因为他的这个身体状况，酒喝多了无益，会更加不利于他的康复。可是我师傅却多次挡开了我伸出去要阻止他的手。喝酒的时候，我师傅几乎没什么话，他把酒杯端起来就只说了四个字：都在酒里！他把杯子跟赵德碰得啪啪响，一口把酒干了后再把酒杯朝下抖一抖。

第三杯喝完，我发现我师傅的脸色更加惨白了，无意间，我看到了他攥在手心儿里的手绢，那上面鲜红鲜红地浸满了血。

行了兄弟，用咱们老家的话说，都在酒里了！赵德喝完第三杯酒，把酒杯倒扣着往桌上一放，说，你想说什么我知道了。我会怎么做你也都知道了。说完，就跟我说，小子，你得感谢你师傅啊，懂吗？师徒如父子，你师傅是在拿命保你呢，懂吗小子？！

我连忙点头说懂，我懂。

要不是你师傅，说实话，你三天出不来。赵德拿眼睛盯着我，说，要不是你师傅，这回你最轻得受个处分，并且推迟一年出徒，另外有关材料还得进档案，懂吗？

我继续点头，说懂，我懂。

小子，这个材料要是进了档案，你一辈子也别想翻身了，就好比你的出身是地主，你永远就被归到了有污点的那类人里了，懂吗？

我的眼泪再一次流出来了，我哽咽着说我懂，懂！我哽咽的时候，看见我师傅又用手绢抹了一把嘴。

跟我说实话。赵德此时的态度变得缓和了一些。你进禁区到底是要干什么？

我迟疑了一下，又看了我师傅一眼，便跟赵德说了实话，我先从那天要进行篮球比赛说起，直至说到了小郝进入了那架飞机之后怎么跟我炫耀，我怎么被他的炫耀给诱惑了，再之后我怎么发现了那棵歪脖树，怎么策划的潜入禁区去看那架飞机。

赵德听后，立即就把一副痛心疾首的表情挂在了脸上，他拧着眉毛说，你呀你呀，让我说你什么好呢？这么说吧，小金，你要是我儿子，我这会儿非扇你俩大嘴巴不可！我的亲爷爷，我的祖宗，你想进禁区去看飞机，还想钻到飞机里面玩儿？你知道那飞机是什么吗？

我摇头，说我不知道，只知道是一架破飞机。

混账东西！赵德拍着桌子说，破飞机？你简直就是个白痴！那是世界上最先进的一架飞机！为这架飞机，你知道都发生了什么吗？

我摇头。

特务！敌人派出了特务！他们要炸毁它！赵德说到特务的时候，把声音压低了：第一个代号叫“羚羊”，刚一入境就被咱们逮住了！紧接着，敌人又派出了代号“利剑”的特务……你知道他们为什么要炸毁这架飞机吗？里面有先进的技术！这技术领先于咱们20年！小金，我跟你师傅是打小儿光着屁股长大的哥们儿，要不是你师傅的这层关系，我绝不会跟你说这些，你知道，现在咱们厂是一级战备状态！禁区更是特级战备状态！

我恍然大悟，这才知道了事情的严重性。

我开始后怕，开始浑身发抖。

我师傅也开始浑身发抖了，我看他有些支持不住了，就让他靠在了我身上，起身要背他回家。

赵德看了看我师傅赵武，说了句兄弟，我办事你放心吧，然后就示意让我们回家。临出饭馆门的时候，赵德嘱咐我说，刚才的话千万不能外传，那可是要坐牢的。

我说我知道，您放心。说完了，就背起我师傅。

赵德犹豫了一下走到了我身边，把嘴凑近了我和我师傅，小声说：据我们掌握的情报，特务“利剑”已经开始行动，也不排除已经潜入厂里的可能性。为此，咱们制订了一个“TZ行动”计划。TZ，懂吗？

我摇头。

特战！

11

晚上下班前，我犹豫了一下，但还是找到我们班长骆驼祥子，汇报了当天的工作，骆驼祥子煞有介事地坐在他惯常坐的那把椅子上，跷起二郎腿来，一面听一面把烟叼在嘴上不住地点头，等烟屁快烧到手指头上了，他就拿镶嵌在脸上的那双小眼睛眨巴眨巴地看我，我明白，他是想让我给他上烟，可是我平时不抽烟，于是我便说班长您等着，我去给您买包烟，他听了便很得意地笑了，说了句算你小子有份孝心，算了吧，大老远的别去了，你去把帮我把自行车擦一遍吧。还有啊，你上午去你师傅家没跟我请假，也没跟班里的任何师傅打好招呼，这可不行，下不为例啊！

给骆驼祥子擦了自行车，我就直奔了篮球场，这时篮球场上已经有了动静，啪啪啪地有人在拍球、投篮。我以为是小郝先到了，便扯着嗓子喊了声小郝，场上没人答应，但拍球声却在继续。循着拍球声我快步走进篮球场一看，场上果真不是小郝，而是一位上了年纪的老者独自一人在投篮。我一面做着准备活动一面观察着老者，细高的身材，敏捷的动作，标准的投篮姿势，一看便知年轻的时候有底子，是个练家子。正琢磨着厂里凡是爱打球的人我都认识，可眼前这位老者我从未见过的时候，小郝走进了篮球场，一进场，他先跟老者打了招呼，管他叫了声马叔儿。看到这一幕，我就更加奇怪了，不知道他什么时候有了这么一位马叔儿。

小郝跟老者打过招呼后连忙朝我跑了过来，还没等我问他这老者是谁，他先双拳一抱，说，哥们儿，大恩难报！大恩难报！说完就很郑重地给我作了个揖。

我说行了行了，别假招子了。

小郝说这绝不是假招子，我是从心里感谢你，跟你说，要不是你小金够哥们儿，讲义气，哥们儿我这回可是真栽了。你要是被关三天，我他妈的就得被关三十天，弄不好开除厂籍也说不定。

看小郝说话还真是发自肺腑，我就顺着他的话说，行了，知道我小金够哥们儿，讲义气就行了。以前的事，翻篇儿了，不提了，我被关的时候你不也给我送好吃的去了吗，咱俩也算是扯平了。

小郝赶紧截住我的话说，那可扯不平，一码归一码，你的大恩难报，我小郝永远都欠你一份人情，你记住了，我小郝迟早还你！说完，小郝又低声跟我说，哥们儿，咱们来一个刘关张桃园三结义怎么样？

我听了，笑笑说，刘关张桃园三结义那得是三个人，现在咱们就金郝两条汉子，怎么结？

小郝于是就做出了一个很神秘的表情，说，你等着，一会儿会有另一条好汉过来。

我问他另一条好汉是谁？

小郝不答，只是说瞧好儿吧，那位，绝对够哥们儿，算得上一条好汉！

我和小郝把话说到这儿，就开始投篮，小郝于是就冲着老者招招手，喊了声马叔儿，过来一起打吧。

老者听见小郝叫他，便一扬手先把手里的球朝我们扔过来，之后站在篮球架子下去擦汗。

我忙问小郝，这马叔儿是谁啊？你家亲戚？

小郝回答我说，就是我说的那位好汉的爷爷。

我更加奇怪了，正待追问那位好汉到底是谁，球场上忽然跑进一个女的，定睛再看，竟是史乃慧。

史乃慧进了篮球场先跟老者叫了声爷爷，之后便朝我跑了过来。

显然，三天没见到我，她的心里透着欣喜。

小金，你出来了？跑近了，史乃慧很兴奋地问我。

我说嗯，上午出来的。说完，我就冲着小郝比画，那意思是说，你说的那条好汉不会就是史乃慧吧？

小郝显然已经明白了我的意思，于是就说，我跟你说的那条好汉就是她。

我有些不解，有些疑惑。

小郝看出来了，便跟我说，你被关的时候，人家小史可是冒着危险给我通风报信的，是她让我给你做好吃的送进去的，并且人家还要出饭钱，哥们儿，就冲这点，你说她够不够义气？

我忙点头，说够义气！但是我说咱们现在不能桃园三结义。

小郝问我为什么？

我说我现在正在接受监督。为期一个月。这一个月，你俩都得离我远一点儿，以免招惹麻烦。

正说着，老者擦完汗走到了我们的跟前。小郝刚要把老者介绍给我，老者却先开口问我，你就是小金吧？

我一听老者跟我叫了小金，似乎是早就认识我，便马上回答说是。

老者就笑了，说，被关了三天对不对？

我有些不好意思，点头说是，今天刚放出来。并问他是不是小郝告诉您的。

老者说是小慧告诉我的。

听老者跟史乃慧叫小慧，我就把目光投向了史乃慧。

史乃慧很郑重其事地把我和老者介了介绍，她说老者是她爷爷，她奶奶前不久去世了，爷爷身边没人很孤单，于是她就把他接到厂里来了。介绍我时史乃慧说小金，金子英。金色的金，老子的子，英雄的英！

我忙说算了吧，什么英雄啊，狗熊吧！要是真的英雄，就不会被禁区的哨兵抓，乃至一关关三天了。

老者连忙摆手说，别那么说，别那么说，被抓虽然是坏事，可是坏事有时候也可能变成好事，咱们不是都学哲学了吗？马克思主义哲学，坏事变好事，这是符合辩证法的。再说了，毛主席他老人家不是也说了吗，我们不怕犯错误，犯了错误改正错误就是好同志。老者的一番话让我和小郝面面相觑，我俩似乎谁也没想到他说出话来一套一套的这么有水平。

打篮球的时候，我趁着捡球，走到史乃慧跟前，悄声问她，她爷爷退休以前是做什么的？史乃慧说先当兵后复员，退休前是国家某机关的处长。我立即对老者肃然起敬。我想继续再问，怎么小郝跟老者叫马叔儿，难道你姓史你爷爷他姓马吗？可是这时候篮球场上忽然又来了几个人，吵吵着跟我们三对三对抗，小郝听了便喊我赶紧过去打比赛，我只得离开了史乃慧。

打完篮球，我和小郝告别了史乃慧和她爷爷，去我们锅炉房洗澡。您别看我们当水暖工不怎么样，平时一身水一身粪的，可是也有一个别人比不了的优势，那就是洗澡方便。自己的锅炉，随便往池子里放点儿水就能痛痛快快地洗上一回，并且，想在池子里泡多久就泡多久。

进了锅炉房，我就去往池子里放水。脱衣服的时候，小郝问我史乃慧那姑娘怎么样。

我回答说挺好的！

小郝听了不甚满意，说，我问你她怎么样？

我就又回答了一次，说史乃慧挺好的！

小郝说去你的，你别跟我兜圈子，我问你她怎么样？

我还是回答挺好的，并反问他你耳朵没毛病吧？

小郝就说小金你小子跟我装糊涂。

我说我没装糊涂。

他说你就是装呢！

我说谁要是装谁是孙子!

小郝这才信了我的话，于是就挑明了说他在他们食堂里找了个女朋友。

我问他是谁?

他说是小年。

我说小年不错，文文静静的。

脱光了衣服，水池子里的水也快满了，我俩就跳进了洗澡池里。往身上撩了一把水之后，小郝靠近了我小声问我，小史你没碰过?

我立即正色地说，说什么呢你，怎么可能呢？我们是革命同志!

呦呦，啧啧，革命同志——小郝一脸的蔑视，说，得了，别拿革命当幌子了，虚伪！革命同志就不结婚生孩子了？

我反唇相讥，说，结婚是结婚，两码事。

小郝继续着他对我的蔑视，说，那结婚以前呢？不恋爱吗？不拉拉手接接吻吗?

小郝这么一问，我没话可说了。

看我无话可说了，小郝就跟我说，他和小年干了那事儿了。接下来，他就跟我非常细节地说了女人的身体和干那事儿的经验和体会。他说女人吧，其实也挺想的，她们要是想起来，欲望比男人还强烈，但是她们呢，又总要让男的主动，所以你要理解女人。就说史乃慧吧，从她对你的态度上就能看出来，她希望你和她那个，你要是在关键的时候不冲上去，那可就伤了她的心了。这女人，你要是一旦把她的心给伤了，你就是日后付出再大的努力，想让伤口复原，简直比登天还难!

小郝说完这番话，我们俩沉默了好长时间。沉默中，我俩互相搓了后背，之后又换了一池子干净水，舒舒服服地躺在水里泡了半个钟头。

洗完澡临走时小郝跟我说，小史不错，你要珍惜。

我说知道。放心。

小郝说，别那么虚伪，早点儿把她拿下。

我点点头。

等小郝洗完澡走了，我洗刷洗澡池时才想起来尽跟他扯什么女人了，而将关于小郝的为什么他跟老者叫马叔儿，而史乃慧跟老者叫爷爷，为什么史乃慧姓史，而老者却姓马等问题抛诸脑后。

12

因为每年的6月1日按照惯例单位要给有小孩的同志放半天假，因此这天早上上班，我们班长骆驼祥子在安排工作时就没有把我、小常师傅和小郑派到主楼继续拆卸暖气片。因为小常师傅有三个孩子，并且都还小，因此他便百分之百地被纳入了放假的范围内。小常师傅下午放假，自然我和小郑扛不动七八百斤重的暖气片，再说，没有小常师傅的监督，我俩也准不玩儿活儿，不是磨洋工，就是到其他青工的工作部门聊天，于是班长骆驼祥子一眨巴他那对儿小眼睛，就说小常、小郑还有小金，你们今天就别去主楼了，你们去机加工车间锅炉房。

骆驼祥子刚一说到机加工车间锅炉房，色盲青年陈晨方便拿胳膊肘捅了我一下，那意思是说这回小金你合适了，机加工车间锅炉房跟机加工车间仅一墙之隔，站在锅炉房的门口，隔着窗户就能看到史乃慧和她的车床。

色盲青年陈晨方捅我让我非常反感，因为我明显地感觉到，他的眼神里夹杂着一股猥琐的成分，于是我就推搡了一下他的胳膊。

色盲青年陈晨方很会耍无赖，我一推他，他就势一倒，便把身子靠在了小郑的身上。小郑被靠得不舒服了，一推他，他就又把身子靠在了我身上。

骆驼祥子看见了，就说小金、小郑你俩干吗呢，不知道开会呢？严肃点儿！小金，你别忘了，你现在还正在接受班组的监督呢！

批评了我和小郑，骆驼祥子继续说工作，他说机加工车间锅炉房的设备，去年冬天取暖的时候，就出现漏水问题了，一直就拖着没修，再说取暖期修锅炉太麻烦，得停火、撤水，还得等炉子的温度降下来，好在这老哥们儿对得起咱们大家伙儿，让咱们坚持到了供暖期结束。关于这套设备的维修，我是这么考虑的，不宜大动，那家伙跟光绪他姥姥似的，老掉牙了，不经折腾，一折腾就得散架子，所以咱们先修修补补再说，能坚持一年是一年，勤俭持家嘛，东西虽然是公家的，但是跟咱们个人过日子一样，都得讲究个勤俭节约。

骆驼祥子眨巴着小眼睛有条有理地说着，小常师傅却在不停地乜斜着眼睛瞪他，并且悄声跟我嘀咕：上下两片嘴儿，抹了香油似的，会他妈的说着呢，你看吧，他是光说人话不干人事儿，修锅炉，你看他动手吗？他们那派的人动手吗？呸！还不是得咱们这派的人钻锅炉滚煤烟子干活儿？你看着，待会儿他准得说让你去接你师傅。

果不其然，说完机加工车间的锅炉以修补为主的方案后，骆驼祥子就点了我的名字，他说小金，你待会儿就去趟家属区，去你师傅家，把你师傅给接过来，修补锅炉咱们班谁也没有他那把金刚钻儿！另外，小常，你带你徒弟小郑，加上小金，你们几个给赵武师傅打下手儿！

什么他妈东西！小常师傅听到这儿，偷偷地骂了一句，起身摔门出去了。

小常师傅出去后，我鼓了鼓勇气，跟骆驼祥子说，班长，我师傅他病着呢，吐血了，那台锅炉能不能过几天修，等他好了再修。

骆驼祥子把一支快要燃尽的烟接到另一支烟上，笑着问我，过几天修？那这几天呢？咱们干吗？

我说咱们厂子十几座锅炉房呢，先修其他的不行吗？

骆驼祥子把烟使劲儿地抽了一大口，吐出来，眯着小眼睛，继续着他的笑，呦呵，我只听说过朝鲜有个姓金的当国家主席，没听说过咱们厂的水暖队有个姓金的当大班长啊？

见他损我，我的火气便开始往上蹿，可是我还是尽量地压抑着，说，我没说我是班长，我也没有要指挥您的意思，我只是想给您提一个建议。毛主席不是教导我们说吗，我们都是来自五湖四海，为一个共同的革命目标走到一起来了，我们的同志要互相关心、互相爱护、互相帮助嘛。

呦呦，到底是业余作家，你看看，出口成章，一套一套的，有培养前途。骆驼祥子一脸讽刺地跟我说，互相关心、互相帮助，没错儿。互相嘛，就是你帮我我帮你，对不对？你师傅他病了，我帮他了，我叫小郑给他送医院看病了，看了病我还让小郑给他送家去了，没帮吗？现在班里的革命工作需要他了，他也要帮帮班里了，不是这个道理吗？

我说道理是这个道理，可是我师傅他病没好呢！

没好吗？骆驼祥子把小眼睛瞪得溜儿圆，故作疑惑地问我，没好吗？我怎么听说，他昨天中午，还陪着保卫科科长赵德喝酒呢？！

骆驼祥子说完就把小眼睛眯起来朝着我笑。他这种笑我特讨厌，一看见这种笑，就会立即让我想起电影里的地痞无赖来。我拿无赖没辙，只好骑车去了我师傅家。

我师傅经过一夜的休息似乎精神好了些，脸色也不再那么惨白了。我没敢跟他说骆驼祥子的那番话，只是说班长请您这把金刚钻儿出山，去修补修补机加工车间的锅炉，说完，我问他身体能不能行？

我师傅没说能行也没说不能行，他叫我从他家大衣柜里把那筒茶叶拿出来。

我问他拿茶叶干什么？

他说小常师傅早就跟我要这筒茶叶喝了，我一直没给他，咱们拿上，待会儿给他。

拿出了茶叶，他叫我把大衣柜锁上，把钥匙放在大衣柜底下的一个鞋盒子里面，之后又嘱咐我说，昨天取钱的事，先别跟你师娘说。

我问不跟她说她从存折上看不出来吗？

我师傅说看不出来，她不识字。

我用自行车带着我师傅很快就来到了机加工车间的锅炉房。我师傅一来，小常师傅便立即凑过来，把骆驼祥子刚才说的话跟我师傅学了一遍，最后还说这孙子真他妈的阴、真他妈的损，他娘的他脑瓜顶上长疮脚后跟儿上流脓，简直是坏透了，脏活儿、累活儿都派给咱们干，节约了，受表扬了，他他妈的擎好儿。我师傅听了，显得十分淡定，没说什么，只是用手势告诉我让我给他去拿工作服。

我师傅换好了工作服，就从锅炉的进煤口爬进了锅炉里面。他用手电在炉膛里照了照，又拿榔头在炉膛里敲了敲，之后用手扇着从锅炉缝隙里，瀑布一样滚落下来的煤灰，说，你们几个就在外面吧，人多了进来也施展不开，再说这活儿你们也干不了。

听了师傅的吩咐，我便把头探到了锅炉里面，见我师傅在狭小的空间里，半蹲半站地拿着骑马蹲裆式的姿势，就有些担心，问他能行吗？

我师傅转过头来跟我说，行不行的也得干，咱们就是吃这碗饭的。人常说咱们是水暖工，瞎胡闹，铅油麻当焊药。小金即可，咱们就是这么一个行当，穷对付，瞎糊弄，可是不对付，不糊弄又不行，这个行当呢，是好汉子不愿意干赖汉子还干不了。这修补锅炉多少还算是一门手艺吧，待会儿，你就趴在这儿看，我一点儿一点儿地教给你，将来用得着用不着的，反正艺不压身吧。

我说嗯。

我师傅就一伸手，说，电钻。

刚把电钻递给我师傅，忽然听见锅炉房的门被敲响了。

门一敲响，我的心就开始紧张，因为史乃慧就在隔壁，她要是听见动静到这里来找我可就麻烦了。以前她去我们休息的大本营锅炉房找我，那里的条件还稍微好一点儿，平时还总要象征性地打扫一下，环境勉强还能说得过去，可现在的这个锅炉房里到处都是垃圾和煤灰，我们几个又都穿戴得比要饭的强不了多少，脸上粘着锅炉上的煤烟，跟化了妆的小鬼儿似的，我怕她见了我会难堪，我也怕见到她会感到难堪。于是我便让小郑问问敲门的是谁，如果是史乃慧就说我不在。

小郑还没问是谁，门就已经被推开了。

进来的是食堂的管理员老梁。

找了半天，他妈的才在这儿找到几个能喘气儿的！老梁进门就喊，怎么他妈的到这么个阴山背后的地儿干活儿来了？结巴赵，小常儿，常立本儿，出来出来！

我师傅在锅炉里面没听见老梁嚷，小常师傅在锅炉侧面听到了，就闪身出来，冲着老梁喊，嚷什么嚷什么？我们几个要是都不喘气儿了，你小子给我们打幡儿摔盆儿啊？你小子给我们披麻戴孝啊？说着话就把手伸给了老梁。

老梁乖乖地从兜里掏出烟来，递给小常师傅一支，又象征性地让了让我和小郑，之后说，怎么他妈的把你们几个给发配到这么个阴山背后来了？

小常师傅用火柴把烟点着了，然后使劲儿地把火柴棍儿往地上一扔，说，还不是他妈的那孙子冒的坏水儿。说吧，你什么事儿？

没事。老梁说。

小常师傅说，没事？不可能。

老梁说真没事，真的。

小常师傅就说没事是吧，烟也抽了，您请回吧，我们爷儿几个忙着呢，不送啊。说完就把老梁往门外头推。

老梁于是赶紧说有事有事，请你们帮个小忙儿，举手之劳的小忙儿。

小常师傅停住手，说，你他妈的就是牵着不走打着倒退。有话说，有屁放，什么事儿？

老梁看了看我和小郑，说，你给安排一下，看让哪个小师傅帮我把自行车给焊焊，大梁裂了个口子。

小常师傅把手一伸，说，可以。有什么说法儿？

老梁说，小常儿你别老逗了，说正经的，帮我焊焊。

小常师傅说谁跟你逗了，我问你有什么说法儿？

老梁想了想，说，这样，下回食堂吃炸油饼，你让这两位小师傅去，提拉一大兜子回来行不行？

听老梁说让我们去他们食堂拿油饼，我便接了话说，得了吧梁师傅，您的话谁信呢，上回我们去食堂干活儿，吃一块炖排骨您都不让。

我师傅这时候从锅炉里探出头来说，油饼不油饼的再说吧，老梁，我可是听我们班的徒弟们说了，说你见着男的就少给菜，一勺不满不说，还要晃悠晃悠抖搂下几块肉去。老梁，咱们可是阶级弟兄，你往后多关照一下我们班这小哥儿几个，行不行？

老梁赶紧说行行行，你赵大班长说了，我坚决照办。

老梁说了行，我师傅就让我去给老梁焊自行车大梁。因为我对他有气，心里曾经骂过他，说等你求我的时候再说，所以我就有意地让他帮我抬落满了煤灰的氧气瓶，让他帮我拽泥水裹着的焊枪和管线，焊接的时候让他扶着自行车，我又有意地把氧气开足，把火花弄得四处飞溅，结果火花落在了他的脚面上，烫得他直跺脚，但又不敢躲开，等自行车焊好了，他低头一看，自己刚穿在脚上的一双新尼龙丝袜子，已经被火花烫的布满了窟窿，他一心痛，就又跺起了脚，并且比之前跺的还要响。

写到这里，我不得不停住笔，停住往下面发展的故事，改说一下锅炉，我师傅钻进去的那台锅炉。因为说完了锅炉，我们才能比较顺畅地把故事说到“TZ 行动”上去。

我先给您描述一下这台锅炉的模样。

这是一台 1500t 的锅炉。1500t 是水的容量，也就是说机加工车间的这台锅炉能烧 1500t 水。这台锅炉的形状基本上和吉普汽车相似，有类似于汽车鼻子的一部分，后面连接着类似于汽车车厢的一部分，两部分加起来，构成了一台完整的锅炉。

锅炉鼻子的那部分是煤的燃烧区域，锅炉车厢的那部分是煤火的余热区，设计这个区域，主要是为了最大可能地吸收燃煤的全部能量。

当然了，燃煤是为了烧水，水就在锅炉里面。

锅炉的鼻子部分，也就是燃烧区，是由一片片串联在一起的繁体字“門”形状的炉片组成的。这些炉片都为铸铁构件，体积庞大，重量不轻，每一个炉片的重量要在200公斤左右。我们如果想拆卸这些炉片均要请求吊车的帮助。

那么，锅炉鼻子部分的“門”字形炉片一共串联着多少片呢？告诉您，从前到后，一共56片，56片炉片串联起来的长度有七八米，重量就由您去算吧。

说完这台锅炉的形状和构造，我们继续我们的故事。

我师傅这时候就在那扇“門”里。他刚才不是念了一段顺口溜儿吗，水暖工，瞎胡闹，铅油麻当焊药，他在“門”里面要把那56片锅炉片当中坏掉的那些，也就是56个“門”其中的一个“門”或几个“門”漏水的地方，用铜版打上补丁，铜版和锅炉片之间像药膏一样要抹上一层铅油和麻的混合物。但是要想打上这个补丁，就必须先用电钻在坚硬的铸铁锅炉片上打孔，只有打了孔，锥上丝扣，才能用螺丝钉将铜版固定在铸铁的锅炉片上。

我师傅开始打孔。电钻嗡嗡地开始叫。叫了一会儿，我师傅跟我说不行，打不了孔，钻头伸不到要打孔的位置。我把我师傅的话转告给了小常师傅，小常师傅说，那没别的办法了，只能拆卸锅炉片，把它们一个个地拆散了，你师傅才能找到打孔的位置。

于是，我和小郑便用大锤敲打锅炉片的缝隙，以便一片片地把锅炉片分开。

这时候，用钢筋铁骨来形容锅炉十分恰当。首先，它的的确确是用铸铁构成的；其次，它本身又经过了一冬天的火烧淬炼，就好比是孙悟空进了太上老君的炼丹炉，被炼就了不败金身，因此，锅炉片和锅炉片之间连接得十分牢固，在我和小郑十八磅大锤的轮番轰击下，它除了冒出几个火星子表示愤慨之外，居然纹丝不动。一下下重锤砸下去，就如同我们用手指头弹它的脑崩儿一般。小常师傅见此状况，在下面待不住了，他操起一条撬杠，霍地一下蹿到炉台上，瞅准了锅炉片的缝隙拼死地撬过去，砸！随着他从牙缝儿里挤出来的那个砸字，我和小郑运足了力气，拼死地把大锤砸向了锅炉片！

嗨——大锤砸下，锅炉房里发出了轰隆隆的一声巨响。

巨大的响声中，我感觉被一股势不可当的力量猛然击了一掌，我无法控制自己了，被一下子从锅炉上掀了出去，落在了老远的地方。

随后便是天旋地转，炉倒墙塌，锅炉房的房顶也随之咔嚓一下砸到了地面。

我立即被笼罩在了一股浓烟当中。

一瞬间，我没有了意识。

一瞬间，我不知道发生了什么。

一瞬间，我不知道我身在何方。

突然，我听到了一声歇斯底里的号叫：

——小郑……

——小金……

——老赵……

——人呢?

——快来人哪!

刺耳的叫声让我渐渐地反应过来了，这声音是小常师傅的，而锅炉房里一定发生了什么，于是我挣扎着站了起来，我也发出了同样声嘶力竭的呼喊：

——常师傅……

——赵师傅……

——小郑……

——人呢……

——来人哪！

寻着我的喊声，小常师傅摸摸索索地找到了我，他抚摸着我的脸说，孩子，你没事吧？

我把头靠在了他的肩上，惊恐地说，没事。

小郑这时候也挣扎着从瓦砾当中站了起来。

我们三个抱在一起的同时想起了我师傅，于是赶紧就奔向了锅炉。

锅炉已经歪歪斜斜地倒向了一边，56组炉片组成的锅炉断成了几截，犬牙交错着。我师傅被这些犬牙压挤在了缝隙里。血，鲜红鲜红的，一口口地从他的嘴里喷出来，直喷射到了对面的锅炉片上。空气中弥漫着血腥。

我们慌了手脚。

我们连声呼喊着救人。

我们围绕着坍塌了的锅炉一圈圈地乱转，可是，面对几十吨重的一个庞然大物，却束手无策！

我师傅口里的血还在喷。可是已经明显地失去了力量。

我们三个人像发了狂的狗四处乱转，漫无目的地四处寻找着解救我师傅的办法。突然，小常师傅停住了脚步，他站定在了锅炉的炉灰出口处，那是一扇很小的门，或者应该说它是一个很小的窟窿，而这个小窟窿能通到我师傅遇难的地方。小常师傅想从这里钻进去试试，我们三个人里也唯有身材瘦小的他才能钻进去试试，然而，钻进去或许也面临着死亡，因为偌大的倒塌了的锅炉已经没有了支撑，它随时都有彻底崩塌的危险。小常师傅似乎已经疯了，我见他的双眼里充斥着血的颜色。只见他把上衣一扒，匍匐下身子，朝着那个窟窿一头便钻了进去。

我师傅被小常师傅拖出来的时候，厂医务室的大夫也赶到了。锅炉房的外面还停着一辆解放牌大卡车。

大卡车载着我师傅奔往辉南县县医院时，正值中午开饭时间。大家都看到了一个身穿白大褂的大夫站在车厢里，挥舞着一条白色毛巾在为卡车开道。

于是大家开始了各种各样的猜测和议论。

不到一顿饭的工夫，一条小道消息便传遍了整个厂区——特务“利剑”炸毁了机加工车间锅炉房！

13

我和小常师傅、小郑一起护送着我师傅赶往了县医院。到了县医院我和小郑急着跟抢救室的大夫说了我们的血型，并且撸胳膊挽袖子准备给我师傅献血，急诊室的大夫一把把我俩推开，把一个氧气面罩按在我师傅的鼻子上，紧接着呼啦又上来了四五个大夫，这几个人飞快地将我师傅推进了抢救室的大门。

我和小郑开始在抢救室门口转着圈地等待消息。小常师傅蹲在地上掏出一支烟来叼在嘴上，然后用他那双沾着我师傅血的手擦火柴，或许是火柴盒在他从锅炉的出灰口往锅炉里面钻的时候被压坏了，或许是他不住颤抖的手不听使唤了，我看见他把几根火柴都弄断了也没能将火柴擦燃。

我这时忽然想起来，我的兜里应该有一个打火机，那是昨天打篮球的时候跟小郝要的。小郝这个人爱显摆，打篮球之前他掏出来一个造型很别致的打火机让我看，我立即就被这个打火机的颜色和外形吸引了，打火机是一个啤酒罐的造型，颜色为鲜艳的红色，这样新颖造型的打火机在那个年代几乎没人见过。于是我立即就从他的手里把打火机抢了过来，问他哪儿来的。他跟我争夺着，说外国货，托人从香港带回来的。我说难怪没见过，给我吧。他把打火机夺了回去，说美得你，我等它都等了一年了，好不容易才有亲戚从香港给带回来。我问他你家有海外关系？小郝说别瞎说，没有海外关系，要是有海外关系我能进咱们厂吗？是我家一个亲戚在土耳其大使馆工作，回国时路经香港给我买的。我说既然是这样，你再让你家亲戚给你从香港带一个，这个给我吧。小郝舍不得，说你也不抽烟，要它干吗？我说看着玩儿不行吗？说完，我就到他的手里去抢。小郝赶紧把打火机揣到怀里。我于是就说，你不是说你欠我的吗？你不是说我大恩难报吗？说假话呢吧？一个破打火机你都舍不得，还提什么报大恩呢？算了，咱也别桃园三结义什么的了。小郝听我说了这话，犹豫了片刻，之后恋恋不舍地把打火机拿出来，送给了我。

见小常师傅擦不燃火柴，我便想掏打火机给他把烟点上，尽管我知道医院里不让抽烟，但是我还是非常想让小常师傅能在这个时候抽上一口。因为我见他浑身一直不停地在抖；因为他现在是我和小郑乃至躺在抢救室里我师傅的主心骨。可是当我把手伸到裤兜里时，却没摸到那个啤酒罐造型的打火机。裤兜里没有，我又在上衣兜里摸，上衣兜里没有，我又重新摸了一遍裤兜，浑身上下的口袋都摸遍了，可是依然没找到。

哪儿去了？我开始问自己，明明我是带着它去的机加工车间锅炉房，明明是在换工作服时，我把它很仔细地塞到我工作服的裤兜里的，怎么会一下子找不到了呢？锅炉房发生爆炸的时候，我被一股力量掀翻在地，滚出去老远，难道是在我翻滚时，打火机掉出去了？不对，我觉得这不大可能。猛然间，我想到了那个令人讨厌的老梁，那家伙死缠烂打地让我帮他焊自行车，那么焊枪是谁点燃的呢？我还是老梁？当时我记得我为了惩罚他，是让他双手扶着自行车的，既然他的双手都扶在自行车上，那么点燃焊枪的就一定是我了？一定是我用打火机点燃了焊枪后，顺手就把它放到了锅炉的炉台上。

正为丢了小郝给我的打火机懊恼时，抢救室的门忽地一下被打开了。

谁是家属？

我……我……小常师傅哆哆嗦嗦地从地上站起来回答说。怎……怎么……样……大夫？他两只眼睛很惶恐地望着从抢救室里走出来的大夫问。

大夫没说话，只冲我们摇了摇头。

大夫，不行了？小常师傅拽着大夫的白大衣追问。

大夫把小常师傅的手攥在手里，说太晚了，人到这儿就已经没气儿了！

小常师傅听了眼泪唰的一下就流了下来，他摇着大夫的手说大夫，求求你了，你再给想想办法，我们，我们身上有血，我们给他输血！他说，大夫，你不知道，他们家不能没有他，他老婆残疾没正式工作，他儿子也是残疾每个月需要他寄钱回老家……

我们几个的眼泪没能挽留住我师傅的生命。

我师傅没留下一句话就这么默不作声地走了。

他被一个人留在了县医院太平间那个冰凉冰凉的冷柜里。

我师傅去世后，厂里在主楼前的公告栏里贴了讣告。

但是让我无论如何也想象不到的是，我师傅赵武的名字，竟然与此同时会出现在"TZ 行动"的绝密文件当中。因为我丝毫也想象不出来，赵武，一个普普通通的，结结巴巴的水暖工，他会和禁区里面那架飞机有什么关联；我丝毫也想象不出，这么一个高端的、计划缜密的特战行动，怎么会和我师傅赵武在那么一个时刻形成交汇。

因此，在翻看解密了的"TZ 行动"档案时，我格外精心，格外仔细。我一直不相信，我师傅赵武的名字，出现在这个特战行动计划当中，是一件真实的事情。不过，让我感到非常遗憾的是，赵武，水暖工赵武，因为锅炉倒塌献出生命的赵武，却真真切切地出现在了那份绝密档案当中。

为了让您也跟我同样相信，我把文件摘抄如下：

1969 年 6 月 1 日，某厂机加工车间锅炉房发生爆炸，水暖工赵武因锅炉倒塌牺牲。总指（“TZ 行动”总指挥部，——作者注）□□□□□□□□□□□□□□□□□□□□□□赵武□□傻子□□□□□□□□□□□□……

那些方框不是我故意搞上去的，是因为在我翻看这份文件之前，它曾经被冷落了一段时间，在那段时间里，它和许许多多被解密了的档案一起，被堆积到了一个既当水房又当储藏室的房间里等待处理，因此受潮湿的命运在所难免。又因为那个年代的墨水尚且没有那么好的耐潮湿、耐腐蚀性，于是被潮湿侵蚀了的档案之中，许许多多的文字已经难以辨认了。为了弄清楚我师傅赵武的名字为什么会在这么一份绝密的文件中出现，并且还占用了两页纸之多，为了弄清楚他会跟这个高度机密的“TZ 行动”有什么关联，我曾经找到退了休的原机要室主任老张，我问他是否记得这些斑斑驳驳的纸上当时记录的是什么？

老张虽已退休，但是他仍然保持着讳莫如深的机要人的习惯，他说那么久远的事情了，他怎么会记得那么清楚？不过，他到底还是在我的恳求下给我提供了一个线索，他说这份档案是当时机要室的机要员林金如同志，用上海英雄牌钢笔书写的，你不妨去问问他，他一定会记得文件的具体内容，因为林金如同志是个过目不忘的天才，就因为他有这方面的天才，我才把他调到机要室来的。

于是，我赶紧抱着这份残缺的档案去找林金如。

到了林金如家我才知道，老同志已经于一年前作古了。

14

锅炉房出了事故之后，厂里马上谣言四起，大家见了面的第一句话便是用十分惊恐、十分神秘的口吻说不得了了，了不得了！特务已经潜伏到厂里了，没想到这特务隐藏得还挺深，竟然就藏在咱们厂的锅炉房里，于是几乎所有的人都认为我、小常师傅、小郑已经被关押起来了，并且都坚信不疑。在那个信息封闭且获悉信息渠道单一的年代，小道消息作为民间唯一获取新闻的途径到处泛滥，十分猖獗，它的传播速度和大家对它的认可程度及追捧度是史无前例的。在无数条来源不同的小道消息当中，比较流行的，占主导地位的不仅把我们三个人划归到了特务的行列，而且还紧跟当时国内国际大形势，紧贴某厂的工作内容，把那架飞机被击落的相关情节也安排了进去。

在这些小道消息中，我们三个人都被赋予了极其神秘的传奇色彩：我们经过了专门的特务训练，各个都身怀绝技、武功高强。我们的任务是随时听从指示，炸毁那架飞机。我们和上级联系的方式是通过收音机收取命令，而我们收取命令的收音机就是上海电子管厂生产的“熊猫”。我们三个每天都会聚在这台收音机旁边收听秘密指令，当然，指令是用密语组成的，别人很难听懂，比方说电台里会说冬瓜到货了，5 分钱一斤，5 分钱一斤，请表兄和表弟速到合作社购买，请表兄和表弟速到合作社购买。

小道消息中说，5 月 31 日晚 11 时，夜深人静，熊猫牌收音机里突然传出了紧急命令——炸毁禁区的飞机，于是我们三个人立即行动，在第二天，也就是 6 月 1 日执行了这道命令。至于为什么炸弹爆炸的地点不在禁区，而是在机加工车间锅炉房，我们没有将飞机炸毁，却将锅炉房里炸了个屋毁人亡，不同来源的小道消息又有着不同的说法，有说我们在准备奔赴禁区之前，预先在机加工车间锅炉房调试炸弹，结果炸弹意外爆炸的；还有说原本我们是想去禁区执行爆炸任务的，可是红色通行证一时没批下来，而禁区的警备又十分森严，因此我们便来了一个调虎离山，先在机加工车间锅炉房实施爆炸，等把厂里的警备力量吸引到机加工车间这边来之后，再乘虚而入，一举将禁区里的飞机炸毁。

小道消息开始在厂区内疯传，其传播的势头，就好比三九天在山谷里穿行的山风，迅猛而强劲。

小道消息让某厂蒙上了一层神秘而又恐怖的阴影。

小道消息让所有的人开始恐慌和焦虑。

小道消息让我、小常师傅、小郑一时间成了厂里的名人。接下来的日子里，厂里许许多多原先不认识我们的人，都争相四处打听我们三个人的情况，而且越是跟我们锅炉房疏远的，没有业务往来的，对我们不了解的人，越是对我们怀着强烈的兴趣。他们四处打听我们的个人情况，包括我们多大年龄？长什么样儿？特长和爱好是什么？有没有老婆或女朋友，老婆和女朋友是不是厂内的？在哪个部门？等等。当然了，在我们三个人当中，我，小金，自然便第一个被人们所感知，因为我在篮球场上，特别是晚上，在有灯光的篮球场上出现的频率，很容易让他们所记忆，并且我还因为欲闯禁区被哨兵抓捕过一次，被连续审问过三天！

好奇心驱使人们争相要知道我们，要了解我们，要掌握我们，就好比一个耍猴儿的把锣敲响了，人们便呼啦一下子围拢了过来，大家踮起了脚尖、伸长了脖子拼了命地要看场子当中的那只猴子。

在人们好奇心的驱动下，我们的大本营锅炉房频繁地被陌生人造访，我们锅炉房那扇落满了煤灰的破旧不堪的大门，经常被人们嘎吱地推开了再砰地关上，因此，经年累月在锅炉房里趴伏着的灰尘便被搅动了起来，于是它们便开始肆无忌惮地四处飘浮，且无孔不入。在飘浮着的烟尘中接待这些人，让我们班长骆驼祥子花费了很多的气力，每天几十次上百次地回答这些人提出来的几乎是同样的、枯燥的问题，他的神经几近崩溃。

与此同时，小郝和史乃慧也忽然被无数相识的或者陌生的人造访。造访的形式也多为突然袭击，造访的地点有的是在上班的路上，有的是在工作的过程中，有的是在食堂里，有的甚至在厕所中。这些相识与不相识的人当中，男人都会找到小郝，问他一些稀奇古怪的事情，比方说有人跟小郝提出了对我的质疑，说小金这小子弹跳那么好，原地跳起来就能抓住篮筐，是不是特务机关给训练出来的？不然你小郝怎么跳不了那么高？而女人们则多是去找机加工车间的史乃慧，打听我在行动坐卧当中，暴露过特务的迹象没有，见没见过我有什么异样的举动，比方说我贼眉鼠眼四处窥视什么的，比方说我是不是有一个小本子，上面写的都是别人看不懂的密码什么的，还有些知道史乃慧帮我把 liú hào 种到花盆里的女人提醒她，赶紧回去看看那盆 liú hào，说不定里面藏着什么秘密和机关呢！

应该说小郝和史乃慧在我们锅炉房刚一出事故，也就是刚刚发生爆炸之初是不相信这些小道消息的，他们认为那些小道消息纯属谣传，纯属无稽之谈，可是舆论是相当有蛊惑力的，舆论的力量——破坏力和摧毁力也是无限的，当有如此之多的人对着他们的耳朵天天地、轮番地、信誓旦旦地、确凿铿锵地说我们三个如何如何，说我们三个这样那样，再加上机加工车间锅炉房的忽然爆炸也的确十分蹊跷，因此慢慢地他俩便也开始有了一些动摇，开始对我们三个到底是不是特务，到底是不是真的要炸毁那架飞机，到底是不是已经被关押了起来，在心里打上了问号。

这个问号总在心里画来画去地让他们都感觉很难受。小郝觉得，那个难受的劲头儿，就好比是打篮球时自己的状态不好，不是运球时被对手断掉就是投篮时球不沾篮筐，要么就是传球不到位直接送到了对方的手里，对方接到球后长驱直入杀了他一个回马枪，而自己只有眼睁睁地看着人家上篮得分的份儿。史乃慧觉得，那个难受劲儿就好比是自己的手不听使唤，或者说已经不是长在自己的胳膊上了，按照图纸用车床加工零件时，她不是进刀深了就是进刀浅了，加工出来的零件不是多一道儿就是少一道儿（道儿是机加工的术语，一道儿为一毫米——作者注），总之不管她怎么调整刀具，不管她怎么调整自己手臂和手腕的力量，她车出来的零件始终都是废品。

这个问号总在心里画来画去的，还让他们觉得不知道这个时候自己应该怎么办抑或是怎么摆脱。因为他俩毕竟还年轻，毕竟都还在学徒，毕竟还没有很强的处事能力。

同样总在心里把这个问号画来画去的，除了小郝和史乃慧之外，还有另一个人。这个人就是史乃慧的爷爷——马叔儿。

马叔儿虽然退休赋闲，可是架不住流传在厂内的小道消息风强势劲、如雷贯耳，他听而闻之在所难免。

这个问号总在心里画来画去的，似乎让马叔儿感觉比小郝和史乃慧更加难受。那个难受的劲头儿，就好比自己做饭总是心不在焉，难以专注，不是忘记了放盐就是忘了放醋，要么就是烧干了锅，弄得满屋子甚至整条街道上都飘着呛人的、令人呕吐甚至令人窒息的煳巴味道。

是的，这个问号总在马叔儿的心里画来画去的，一定会让他比小郝和史乃慧的心里更加难受。这一点，我十分坚信，十分肯定。即便是小郝和史乃慧两个人都不这么认为，甚至都持否定的态度，我也十分坚信，十分肯定。

我之所以这么想，原因有如下几种：

一、马叔儿他不是厂里的职工，这样他便没有任何证件，没有证件他就不能随意地在厂里走动，不能在厂里随意走动，就好比一个人缺少了耳朵或是嘴巴要么是腿脚或者胳膊，这样他想知道的事情就无从知晓，想诉说的事情就无处诉说，而人往往还就有那么一个天性——越是不能知道的时候就越想知道，越是不能诉说的时候就越想诉说，并且还愈演愈烈。

这个原因我觉得起决定性的作用！

二、马叔儿毕竟阅历较深，考虑问题全面，我和史乃慧那点儿朦朦胧胧的爱情，他早已有所察觉，他关心我，关心我是不是特务，是否要炸毁那架飞机，是否已经被抓，完全是替孙女史乃慧在作未来的考虑，因为那个年代，一个人的政治前途至关重要！

这个原因我觉得也起决定性的作用！

三、马叔儿在退休前在某国家机关是一处之长，惯于掌控全局，惯于运筹帷幄，因此掌握情况，了解事实，判断真伪和指挥若定已经融入了他的生命，就像他爱好打篮球一样，无论年龄多大，体力如何，只要一看见篮球场他就会兴致无限，跃跃欲试。

这个原因我觉得同样起决定性的作用！

基于上述原因，在我们锅炉房出事的第二天，在篮球场上，马叔儿找到了小郝。当然，马叔儿找小郝说我的事情是在秘密之中进行的。

小郝在做准备活动时见马叔儿抱着篮球走过来，就问他，马叔儿，您不是说今天不来打篮球了吗，怎么又来了？

马叔儿把篮球扔给小郝，一边脱衣服一边说，嗨，我昨天听天气预报，说今天有大风，我想算了，有大风我就不来了，可是没想到今天却是蓝天白云，阳光灿烂，一点儿风没有，我就在家憋不住了。

小郝接了马叔儿的篮球，用手一转，之后把旋转着的球顶在自己的食指指尖儿上，说，那气象局说的话您也相信？您不知道那个歇后语吗？气象预报小孩儿撒尿——没谱儿！

马叔儿哈哈一笑，说，是没谱儿，跟你说小郝，我要是当气象局局长，我早辞职一百次了。

两人说着话，马叔儿便不知不觉地靠近了小郝，之后借给小郝拔一根白头发的时机，对小郝说，小金的事情你知道了吧？

小郝说嗯。

马叔儿说，你应该去看看他，打听打听消息。你们是好朋友。

小郝有些犹豫，说，我……

马叔儿听出了小郝的犹豫，于是给他打气儿，说，去吧，你去不会有事，你只是个小厨师，不会引起任何人的注意。

于是，在机加工车间锅炉房爆炸过后的第三天下午，小郝来到机加工车间附近的一条马路上，去等上班要从此经过的史乃慧。小郝此时的心情应该说是相当复杂，作为朋友，有他关心我，替我担心的一面，可是考虑自身，又有万一我真的就是特务，他害怕受到连累的一面，因为他毕竟跟我透露过禁区里那架飞机的消息。因此，在等史乃慧的时候，他是把自己隐蔽在一棵大树后面的，他从树后面伸出半个脑袋来，不住地朝马路上窥看，那样子多少有些像我们小时候玩儿捉迷藏。待看见背着军用挎包的史乃慧走近了，他就用两只手做了喇叭状放在嘴上，压低了声音朝着史乃慧叫了一声。史乃慧听到了小郝的叫声，并且很快地就明白了小郝的意思。她停下了脚步，朝左右很警惕地看了看，之后赶紧也躲到了那棵树的后面。

自己的身子完全让那棵树挡住后，史乃慧问小郝什么事？有没有小金的什么消息？

小郝再一次伸出脑袋往马路上看了看，然后说，没有。你有吗？

史乃慧很茫然地摇了摇头。

小郝显然是已经想好办法了，他扯了一把史乃慧的衣袖，说，我问过保卫科的人了，小金他们现在在招待所里。说这句话的时候，小郝显然是省略了一个“关”字。

在招待所？史乃慧也有意地回避着那个“关”字。

没错！小郝说，我想去那儿看看，你去不去？敢不敢去？

史乃慧把肩膀上背着的军用挎包往身后一甩，说，有什么不敢的，走！

谨慎起见，两个人兵分两路往厂招待所走去。

离开那棵树时，小郝让史乃慧先待在树后别动，等他走远了再从树后面出来。

两个人还作了约定，等到了招待所附近，史乃慧先隐蔽在招待所对面的一个影壁墙后面，小郝走近招待所探明情况后再以咳嗽为号招呼史乃慧，若是小郝咳嗽一声，表明一切正常，若是小郝连续咳嗽，就像是患了重感冒似的，史乃慧就立即撤离。

厂招待所坐落在厂区和家属区的衔接部位。

在《保密手册》里面，没有关于它的特殊条例（某厂的《保密手册》里进出没有特殊规定的还有厂医院、食堂、公共浴室、合作社以及除禁区之外的所有锅炉房——作者注）。也就是说，凡是厂里的工作人员和家属随时都可以进出，就好比每天早、中、晚进出食堂一样。

可是，那天小郝和史乃慧还没走近招待所，远远地便看见招待所的大门口加派了岗哨。

两名荷枪实弹的哨兵，站在了大门口的两侧！

15

说实话，招待所门前加派了岗哨的事情，我一直都不知道。尽管我从医院回来，就直接被安排住进了招待所，并且一住就是好几天，但是这期间我从未下过楼，也没跟楼外面的任何人取得过联系，因此，我一点儿也不知道外面有关于我们三个人的谣传，以及招待所门前加派了岗哨。

我没下过楼的原因我想您应该也知道，我们工作的机加工车间锅炉房出了严重的事故，事故不仅造成了房倒屋塌、锅炉损毁，还造成了我师傅的不幸死亡。按照当时我国制定的安全生产条例，这次事故无疑属于造成了人员伤亡的特大、恶性事件，这样的特大、恶性事件，按规定是要由国家专属的机动技安部门（机动技安为机械动力技术安全的简称——作者注）调查取证后，上报国务院安全生产领导小组的，因此，事故发生后，厂机动技安处的相关领导、直属上级的机动技安局的相关领导、工厂所在的省机动技安局的相关领导不敢懈怠，立即组成了联合调查组，着手对此次事件取证调查。这些领导于事故发生的第二天就从各个不同的单位风尘仆仆地赶到了厂里，厂里也立即在招待所里给这些领导设立了办公室。至于我们三个人之所以也住进了厂招待所，厂保卫科科长赵德是这样跟我们说的，他说你们三个人是此次事故的亲历者和幸存者，让你们住进招待所，是为了在调查小组的领导们开调查取证会时，能够随叫随到。

至于我为什么这几天都没下过招待所的楼，还有另一个原因，那就是我们三个人不仅要参与、配合各级领导的调查取证工作，而且还要负责照顾我师傅赵武一家人。因为在调查组的领导到达厂里之前，我师傅的家人和亲属，便被组织上安排住进了厂招待所。我师傅的家人有我师傅的妻子——我师娘，有我师傅的儿子——傻子旺财，亲属是得到噩耗通知赶来的我师傅的叔叔大爷哥哥姐姐等人。让这些人住进招待所，自然也是参照了国家相关的抚恤条例，由厂工会和我们水暖队工会一起操办的。

在招待所里，我第一次见到了我师傅的儿子——傻子旺财。

给我介绍傻子旺财的是厂保卫科科长赵德，是他在我师傅出事后，亲自回老家，把他接到厂里来的。看着我师傅的儿子傻子旺财傻呆呆地对着我发愣，我一时无言以对，甚至手足无措。

赵德就给我使了一个眼色，示意我跟他走出屋子。

我跟着赵德来到了他的房间。他让我坐下，并且还特意去给我倒水。我说科长，叔儿，我自己来。他用钳子般的大手一把将我按在了椅子上，之后倒了水，把一个印着“奖”字的搪瓷缸子递给了我。我连忙双手接了过来，然后捧在怀里。我的眼睛开始有些发热。

认识这茶缸子吧？他问我。

认，认识。我的喉咙有些发紧。我，我师傅的。

嗯，说明你小子还没忘记你师傅。赵德问我，你师傅生前对你怎么样，你小子不会心里头没个数儿吧？

我的鼻子开始发酸了。我说，叔儿，我师傅对我的好儿，我都记着呢，这辈子也不会忘！

赵德说记不记着不在嘴上，我可不听你光凭嘴说。

我说那您就看我的行动。

行，我就等你这话呢！赵德朝身边的傻子旺财看了看，说，你师傅生前有块心病，就是旺财，他一直都牵挂着他，现在他没了，在那边儿，我想，他也一定最放心不下他。

我说，叔儿，我师傅没了，往后我照顾旺财。

赵德用发红的眼睛看了看我，说，老话儿说得好，师徒如父子，你师傅就你们俩，你为大，旺财为二，从今往后，我就代表你师傅，把照顾旺财的事儿交给你。

我说叔儿您放心，往后我一定照顾好他！

赵德眨巴了下眼，两颗晶莹的泪滚落了下来。他说，你师傅可在天上听着呢。你要说到做到！

我就是说给我师傅听呢！我一把把脸上的眼泪抹了，说，您是我叔儿，往后我要是没照顾好旺财，您就大嘴巴抽我！

从我和赵德之间有了那一番对话之后，我便担负起了照顾我师娘和我那个傻子兄弟的职责。从那一刻开始，我觉得，我就是我师傅的儿子。我没跟任何人商量，就在我师娘和傻子旺财住的房间里布置出了我师傅的灵堂——照片是厂照相室的师傅给放大的，白花是我自己亲手一枝枝地扎起来的——灵堂布置停当了，我就叫傻子旺财和我一起给我师傅守灵。我给他拉过一把椅子来，让他面对着我师傅的遗像坐好。旺财看了看我师傅的遗像，说，我认识这个人，这是我爷爷，他问我，我爷爷的照片怎么跑到这儿来了？我说这张照片不是你爷爷的，是你爸爸的，是我师傅的。旺财就跺起了脚，闹着说就是他爷爷的照片，说他爷爷的照片怎么会挂在这里，放回去，放回去！小常师傅在另一个房间听到了傻子旺财的喊声急忙跑了过来，吓唬傻子旺财道，你胡闹什么，赶紧坐好，再不坐好我让警察抓你信不信？傻子旺财不听，还闹，还吵吵着要把我师傅的照片取下来送回老家去，于是小常师傅就冲着楼道高喊，警察，警察，赶紧过来，把这个傻子给我铐上，带走！傻子旺财听见小常师傅喊了警察，又见小常师傅举手做了要打他的动作便被震慑住了，他乖乖地坐在了椅子上，不敢再说话了。

到了晚上，小常师傅来到了我们身边，他说要跟我一起给我师傅守灵。

我说您是师傅辈儿的，您就不用受这个累了，守灵的事由我们小辈儿人来就行了。我说有您在这儿给我们当个主心骨儿就行了。

小常师傅说守守吧。跟他坐坐，我心里头才会踏实。

看着我师傅的遗像，我俩开始沉默。好一会儿，小常师傅才说，这人哪，就是他妈的命！说完了，他就转过头来问我，小金，你信不信命？

因为我的脑子里一直想着我师傅掏钱为我请客的事，想着我师傅跟赵德喝酒时不住地拿手绢擦嘴，血把手绢染红了的事，所以小常师傅的问话我一时没反应过来，我含糊其词地回答，说，命？我，我，我不知道。

现在这世道乱了，不能提命了，一提命，就说你是封建迷信，就得打倒你，然后再踏上一万只脚让你永世不得翻身。小常师傅很不以为然地说，其实，要我说，人他妈的这一辈子，就一个字儿，命！凡事命都给你安排好了。你说你师傅，有这场灾难，不就是命中注定的吗？那机加工车间的锅炉必须维修，维修就必须补补丁，补补丁就得你师傅来，除了他，咱们班组谁也没那个金刚钻儿。所以，我说不认命不行，这人谁也不能跟命争，争你也争不过，还说你师傅，本来好好地在家休息，休病假，命里注定你就是这么个死法儿，休病假阎王老子也得把你从被窝里提拉出来！

说到这儿，小常师傅忽然就把神态一改，用一副十分神秘的表情对着我，并且很小声地突然跟我说，我觉得，你师傅他知道自己要死，他有预感。

小常师傅的话和他那副神秘的表情吓了我一跳，因为是在为我师傅守灵，所以我立即从心里涌上来一股惊悚的感觉，鸡皮疙瘩马上就乍了起来。

我很紧张地问他，是吗？

小常师傅十分肯定地说，是，我敢肯定！

小常师傅脸上的表情越发神秘了，他近似于逼迫地问我，你从家里把你师傅接到锅炉房里来，他给我带什么来了，你还记得吧？

我磕磕巴巴地说，记得，一筒茶叶！

小常师傅听了我的回答，立即就反问我，他为什么在这个时候要给我带筒茶叶？

我摇头，然后再摇头。

不过年不过节，又不是到我家去串门儿，他非要到锅炉房里来干活儿的时候送我一筒茶叶干什么？小常师傅像巫师一样瞪起眼睛来盯着我说，说明他已经预感到自己就要死了！

听了小常师傅的分析，我的头皮一阵阵发麻。我忽然想起了我师傅让我从他家大衣柜里，取出那筒茶叶时的情形——他把大衣柜的钥匙交给我，然后说你去把那筒茶叶拿出来带上。我问他带茶叶干什么？他说小常早就想喝这茶叶了，送给他。我取出茶叶后，把大衣柜锁了，之后准备把大衣柜钥匙还给我师傅，我师傅却让我把钥匙放在大衣柜下面的鞋盒子里。想到这里，我还真发觉我师傅当时的话语和表情都很怪异，无论是拿茶叶还是放钥匙，处处都好像是在暗示着什么。于是我便接了小常师傅的话说，这事儿是有些离奇古怪，尤其是那把钥匙，他平时可是一直把它挂在自己的皮带上的啊！

小常师傅深深地吸了一口烟，之后若有所思地说，是啊，这人都有心灵感应啊，他知道自己这一去就回不来了，所以，他……就把什么都……安排好了……

守灵的那一夜，小常师傅断断续续地说着我师傅，说一会儿，他就点燃一支烟放在我师傅的遗像前。在他给我师傅点烟的时候我发现，他的兜里装着不同包装的两盒烟。他给我师傅点的是牡丹，给自己点的是工农。（牡丹、工农是烟的品牌。牡丹为高级香烟，当时只在春节时每户凭证限购两盒——作者注）

那一夜，小常师傅和我师傅一人抽了两包烟。

我师傅去世后的第三天，我师娘终于没能扛住那突如其来的打击，病倒了。由于我、小常师傅、小郑都是只会干粗活儿的人，整天跟锅炉打交道，从来就没有伺候过病人，况且我师娘又是个女的，因此，一时间我们面对着躺在床上的师娘感到束手无策，心里虽然想去照顾她，可是却感觉无所适从。这个时候，小常师傅就把他老婆，常师娘叫了过来，帮忙伺候我师娘。常师娘的到来，让我们三个人长舒了一口气。

刚安顿好常师娘，我忽然发现，在招待所对面的那个影壁墙旁边站着两个人，两个人是一男一女，定睛再看，那男的是小郝，那女的是史乃慧，于是我忙推开窗子，朝两个人呼喊。

和小郝、史乃慧见了面之后，我的第一句话是你俩怎么会在招待所的楼下？其实当时还想问史乃慧一句话，问她几天不见，心里头是不是，是不是想我？并且说不管你是不是想我，反正我挺想你的。史乃慧的心很细，她看明懂了我眼睛里蕴含着的意思，就说，我，我们挺惦记你的，来这儿是想看看你，结果一到招待所门口，见有哨兵站岗就没敢进来。小郝则傻乎乎地说，听说你被关起来了，我们特担心。另外，马叔儿也特担心你，他让我来看看你，了解了解情况。马叔儿说我只是个小厨师，我来不会引起任何人的注意，所以，我和小史就跑来了。听了小郝和史乃慧的话，我一下子惊住了，我这才知道了已经风靡全厂的小道消息；这才知道了全厂广为流传的，关于我们三个是特务，以及我们三个已经被公安部门关押起来的传说；这才知道了我们所在的招待所，已经增派了哨兵把守。

议论着这些小道消息的时候，史乃慧很细致地察看了我在招待所的房间，伸手摸了摸我床上的褥子和被子，之后很关切地问我在这里吃得怎么样？睡得好不好？而小郝那小子则三句话离不开本行，听史乃慧问到了我吃得怎样，就立即想到了他那个跟吃饭相关的工作，于是便叫苦不迭地说，他妈的这几天累死我了，禁区里面呼啦一下，不知道从哪儿涌来了百十号人，我们食堂的工作量一下子就增加了好几倍。光和面蒸馒头这一项，就得比平时早起床一个多小时。

当时听小郝叫苦，我心里并没有产生什么跟他工作量陡然增加相关的联想，或者说，我对禁区里面怎么会忽然涌来了百十号人没有产生任何想法。只是几十年后，我翻看那份解密的“TZ 行动”档案时，才忽然发现了跟这百十号人，以及跟我们所在的招待所增派哨兵相关的记载：

1969 年 6 月 2 日，按计划从全国各地选派的研究专家、技术工人等 100 余人集于某厂禁区。飞机的解析工作正式开始。

……

奉总指命令，专家、技工集体入住厂招待所，厂招待所实施 24 小时 2 级警备……

16

我是那个时候开始准备写小说的。

说实话，我打算要写小说的念头仿佛是在一瞬间形成的。

更准确地说，应该是小郝和史乃慧跟我说了整个工厂的人都在关注着我、小常师傅、小郑，几乎所有的人已经认定了我们三个就是特务，并且我们是三个罪大恶极的人，已经被关押起来了，这些小道消息之后，我那天晚上彻夜未眠。

彻夜未眠不是我心里发虚，去想如何才能平息那些小道消息，如何才能澄清事实还我清白，而是我忽然觉得我手里掌握了许多的素材，比如说保卫科科长赵德曾跟我偷偷透露过的，特务千方百计地要炸毁飞机，不让我们得到超越我们20年先进技术的事情，以及一个代号为“利剑”的特务很可能已经潜入了厂内的事情；比如说我被禁区里那架神奇的飞机吸引，曾经想要闯入禁区的事情；比如说我被禁区的哨兵抓捕过一次，并接受了三天的审问的事情；比如说我工作的锅炉房突然发生了爆炸，并且这爆炸大有稀奇古怪的神秘成分蕴含其中；再比如说厂内流传着的那些小道消息已经经过了民间的创作加工，基本上奠定或是构成了一个反特小说的框架雏形。

于是，经过了一夜的思忖，我在第二天早上从被窝里钻出来时，便忽然有了要写一部小说的冲动。

这里还要说的是，我打算写小说，其实这也并非想入非非，痴人说梦。因为那个时候，我想要当一个文学青年的理想，已经有了好几年的历史了。可以说，我在上高中时就已经全校闻名了。那时候我写的鼓舞青年人斗志的诗歌诸如：我们年轻/像一轮红日刚出海/我们健壮/像一排排白杨要成材/我们生得壮/我们长得快/我们是革命的新一代，就已经当作格言被全校乃至全辉南县的中学生们传抄了。我的诗被大家传抄了之后，我就被辉南县文化馆相中了，他们发通知让我去文化馆小说创作组学习小说创作。不过，到文化馆学习小说创作之后，我并没有出什么成绩，我写出来的小说一直得不到辅导老师的认可，他一直说我的小说过于平淡无奇，他一直让我要站在革命的风口浪尖上，让我要抓重大题材，写重大事件，他说那样才能抓人，才能感人，才能有所成就。

小郝和史乃慧跟我说了厂里关于我们三个人是特务的传言之后，一直认为之所以写不出风口浪尖上的小说，是因为一名中学生不可能有那样生活体验的我终于感觉到，我的时机来了！一个重大的题材已经摆在了我的面前！我只需稍稍运用一下写作技巧，就能轻而易举地、合情合理地将我所掌握的素材，分配到一部反特小说当中去。

于是，我就决定了要写小说！

写一部反特的谍战小说！

我要让小说惊心动魄、扣人心弦！

我要让读者一口气地把小说读完，并且让他们读完了之后，好几天都心神不定地喘不过气来！

我开始尝试着构思这部小说。

我觉得我首先要确定小说的立意和主题。

想到立意和主题，我就想到了我的稚嫩和马叔儿的老成。我决定要向马叔儿请教。马叔儿既当过兵——侦察兵，又当过国家干部——处长。他不仅能用侦察兵的知识丰富我小说的内容，也能用他处长的政治觉悟和理论水平，帮助我提升小说的立意和主题。因为立意和主题太重要了，我以前写的小说，辉南县文化馆的指导老师不总是说，没有把故事中的人物，放在风口浪尖上锤炼吗？这回我一定要在马叔儿深厚理论水平的指导下，让人物在时代的大潮中经风雨见世面！

当然了，要写好小说，我觉得还不能放过任何细节。我想，要想知道更多的细节，还必须要进行深入的采访。通过采访深挖故事很有必要。因此我就又想到了另一个人——厂保卫科科长赵德。把采访的对象定位在赵德身上，不仅是因他手里掌握着厂里以及禁区里那架飞机的全部秘密，更是因为他和我师傅是老乡，是叔伯兄弟。

因为我们锅炉房事故还没调查清楚，因此保卫科科长赵德就要长时间地待在招待所里，陪同各级来调查取证的领导们。

因为事故不调查清楚，我师傅的事情就没有结论，我师傅的事情没有结论，他的后事就没法处理，而他的后事没法处理，我师娘等一干人就一直要在招待所里住下去。

说这么啰唆，我是想告诉您，在招待所里，我随时都能有机会接触赵德。

果然，就在我打定主意要写小说的这个早晨，也就是我打定主意要采访赵德的这个早晨，我陪着我师娘、傻子旺财刚一走进招待所餐厅，迎面就碰上了他。

赵德不是到招待所餐厅来用早餐的。他到餐厅来是要找我，这完全出乎了我的意料。

赵德很有耐心地看着我喝了两碗稀饭，吃了两个馒头，三块酱豆腐和一碟子咸菜，之后问我饱了没有？没吃饱再来一个馒头。我点头说饱了，说完，还打了一个很响亮的饱嗝儿。之后，我问他找我什么事？赵德没说话，带我走进了他在招待所待着的那间办公室。他一面掏出火柴来擦火点烟一面跟我说，待会儿，大概10点钟，事故调查组的领导们要再次召开事故调查会议，领导们要做最后一次调查取证，然后把此次机加工车间锅炉房爆炸的事故原因写成书面报告，上报国务院安全生产领导小组。

我点点头表示知道了。与此同时，我看着赵德一根接一根地扔掉没擦着火的火柴棍，忽然便又想起了从小郝那里要来的那个打火机，觉得它在这次锅炉房事故中丢失了，实在是有点儿可惜。

赵德似乎是注意到了我看在他手上的目光，于是他索性把那个已经很难擦燃的火柴盒扔在了桌子上，只把未点燃的烟叼在嘴里，说，我想在开调查取证会之前先跟你聊聊，看看你还能不能给我提供一些新的情况。

我说没有了，我说调查组的领导无论是开会时还是私下聊天中，都问过我好几次了，我能回忆起来的就是那么多了。

赵德听了，就把嘴里的烟拿出来，一把按在烟灰缸里把它给揉碎了，说，小金，应该说咱俩不是外人，你师傅和我是堂兄弟，我一直拿你当侄子看待，这一点我想你应该知道。

我忙说我知道，知道，您对我的好儿，我不会忘记。

赵德打断了我的话，说，咱们没那些时间扯闲篇儿，我先开门见山地跟你说说实情吧。今天领导小组，就要对你们锅炉房的此次事故，对你师傅因伤致死的事故做一个了断，为什么这么着急呢，究其原因一个是上面，国务院安全生产领导小组对这件事的报告结果催得比较紧，另一个原因，我看出来了，这些领导们并不愿意花更多的时间了解、深究细节。

赵德的话，让我明白了一件事情，事故调查小组的领导们对此次事故的结论性意见，跟他个人的看法并不一致。从他上次和我师傅喝酒时，跟我们偷偷透露的特务想尽办法要炸毁那架飞机，以销毁其中的技术秘密，和今天在领导小组主持召开最后一次调查取证会议前，他主动要跟我再次了解事故的细节这两件事情上看，他始终没有把这次锅炉房的爆炸事件，当成一件很普通的事故，而是把它当成了特务活动的一个延续，或者可以直接这样认为——赵德已经把这次事故认定是特务“利剑”所为。我忽然觉得赵德的这个看法或叫猜测，与流传在厂里的小道消息何其相似，又与我正在构思着的小说情节何其相似。于是我便紧皱了眉头，冥思苦想了起来，我决计从我的脑子里，翻检出什么有价值的东西来以帮助赵德。

我从我们班长眯缝着他那双小眼睛派活儿开始想起，之后是我去我师傅家接病休在家的师傅，之后是我帮着他换工作服，换了工作服我师傅就一个人钻进了锅炉，再之后就是食堂的管理员老梁来求我帮他焊自行车，焊完了自行车老梁走了，没过多久我师傅说电钻无法在锅炉里面打孔，小常师傅听说在锅炉里面打不了孔，于是招呼我和小郑抡大锤卸锅炉片，就在我们铆足了劲儿把十八磅大锤砸向锅炉片的一瞬，轰然一下，房倒屋塌，锅炉房里立即腾起了冲天的烟尘，我、小常师傅、小郑一瞬间被掀翻在地，被一片瓦砾掩埋。

回忆到这里，我冲着赵德摇摇头，表示我还是没能想起来更新的东西。

赵德看见我摇了头，就又掏出了烟，又从桌子上拿起了那盒儿擦不着火的火柴。

看到赵德的这个动作，我的心头不由一振，忽然之间，火柴盒在我的眼前被放大了，并且还化作了一块砖头，呼啸着朝我的心头飞砸了过来。我不由自主地闪了一下身子，就在我身体晃动的一瞬间，倏然，这块砖头在半空中戛然停住了，它开始抖动，在我很惊奇地眨了一下眼睛之后，它便变幻成了另一副模样。

我的心不由得再一次被震动了，我感觉我浑身上下甚至我的头皮开始一阵阵地发麻，与此同时，我感觉到我的心跳开始骤然加快，我的心脏开始在我的胸腔里疯狂地冲撞——我分明地看到了我丢失在锅炉房里的那个打火机！

我的紧张表情显然已经被安保老手、厂保卫科科长赵德那双很犀利的眼睛捕捉到了，他连忙扔了火柴盒和嘴里的烟，开始和我一同紧张了起来。

你想起什么来了？他急切地问。

不知道是由于激动还是由于惊恐的缘故，忽然之间我开始觉得我的嘴皮子有些不那么利索了，我结结巴巴地说，我，我想起了，想起了一件事。

快说！赵德的目光越发的犀利了，快说！

我说一、一、一个、个打、打、打火、机……

17

砰——

又是一声爆炸的巨响。

响声尖厉而冲撞。响声迅速地形成了冲击波，像夜幕中撕裂天空的闪电，一下子便把我的心穿透了！

应该说，从锅炉房的爆炸事件之后，我还心有余悸，我的心里还存在着对某种响声的条件反射，因此，听到爆炸声，我的第一反应是立即抱住脑袋，把身子蜷缩起来。而赵德出于职业习惯，对外界的任何风吹草动都保持着职业敏感，因此，寂静当中陡然的一声巨响，立即就引起了他的警觉，只见他霍地从椅子上站起来，并像弹簧一样把自己弹射了出去。看着赵德的背影，感觉到头顶上的天花板并没有坍塌，我松开了抱在脑袋上的双手，迟疑了一下，也朝房间外面跑去。

响声发自招待所的水房。

奔跑的过程中，我猜测着是不是特务搞破坏？是不是他在水房里面的烧水锅炉里安放了炸弹？

朝着水房奔跑时，我才知道我的脚上，竟然穿的是招待所的拖鞋，因为我刚冲出房间没几步，我的两只脚上，便空空的什么都没有了。

不许动！

我忽然听见了赵德的声音。那声音在空旷寂静的招待所里，显得十分威严。

特务！我停顿了一下。因为我觉得我有必要停顿一下，因为如果万一发生枪战，我应该有一样东西拿在手里，用于攻击或是防身。招待所的楼道里空空的，什么也没有，甚至哪怕一个拖把，于是我在慌乱中，只得回身找到了我甩脱了的一只拖鞋。

不许动！站好了！

随着赵德的第二声喊，我悄悄地光着脚，攥着一只拖鞋接近了水房。

我还没看到水房里到底发生了什么，事态是个什么样子，特务是背向还是面对着我，就见常师娘神色慌张地从水房里跑了出来。紧接着就又有一阵风从我的身边扫过，凭借着喘气声和那一身的烟味儿，我感觉出是小常师傅超越了我，跑进了水房。

我先听到了啪的一声很清脆的响声，像是格斗中谁击打了谁一下。紧接着我听小常师傅骂了一句：你浑蛋，是不是人！

我赶紧举着拖鞋冲进了水房。

水房里一片狼藉，很显然，最少有两只保温瓶被摔在了地上，摔得粉碎，水也洒了一地。我没收住步子，直踩着碎玻璃站在了水房的中央。我没看见特务——因为我认为如果赵德、小常师傅面对着的那个陌生人若是特务，那么他的手里一定会端着一把枪，他的表情也一定会很凶恶！

陌生人很瘦小，脑袋像是冬天被风干了的萝卜，脸色有些蜡黄，一副很有深度的眼镜，罩着他那双很呆滞的眼睛，他的脸上没有任何表情，哪怕是惶恐或是凶恶。随着我的眼睛扫向陌生人的下体，我才感到了莫名其妙——陌生人的下身裸露着，裤子滑脱到了脚面上，他两腿间的那个东西黑黢黢地萎缩着，样子相当丑陋，让人觉得既可笑又恶心。

小常师傅再次要上去扇陌生人的嘴巴。

赵德一把拦住了他。

穿上裤子！赵德命令陌生人。

操你妈的，是不是人呢你！小常师傅只得再骂一句。

小常师傅扭头走了之后，赵德让我收拾一下水房，便一个人把陌生人带回了他的房间。

把水房里的碎玻璃扫干净了，我又去了一趟招待所的办公室，那里有一个简易的医务室，我在里面找了点儿红药水，把我被扎破了的脚抹了抹，负责药品的女同志看了看我的脚，非让我去一趟厂医务室，打破伤风针，说不打破伤风针怕我得破伤风，而得了破伤风，说不定人会死。我说没那么严重，我小时候游泳，膝盖被河底的玻璃碴子划了一个大口子，骨头都露出来了，回家之后怕大人知道了挨打，我就用一块破布一包，过几天就好利落了，说完，我还把裤子挽起来让她看我膝盖上的疤。

回到赵德的房间，房间里就这剩下他一个人了。

我问他陌生人呢？

赵德说放了。

我奇怪，问怎么就放了？并且问他那陌生人到底是怎么了，露着那玩意儿？

赵德说，我问过他了，他说他之所以这样是他实在控制不了自己。

什么控制不了自己，明明就是看见常师娘长得漂亮，他要耍流氓！我说。

有一种病，叫露阴癖。赵德让我坐下，跟我说，他应该属于这一种，并且我也问过你常师娘了，她说他也并没有对她怎么样，就只是看见她去打开水，就忽然把裤子脱了，把那东西露出来了。仅此而已。

那就把他放了？我还是不解。

赵德没再说陌生人的事情，他反问我是不是党员。

我说不是。

他说你应该是个团员吧？

我说是。

多少年的团龄了？他问我。

我说我的团龄可长了，我一上初中就入了团，第一批。

他就说那就好，既然你是老团员，就应该有相应的政治觉悟，这样，咱们替他保密吧。

我又多了一层不解，问赵德为什么不处理他，还要替他保密？

赵德说，他是北京来的，北京工业学院的教授，是数学专家。

我说什么教授什么专家也不能就这么算了呀！

赵德拿眼睛示意了我一下，让我把房门关上，之后凑近我的耳朵跟我说，他是为那架飞机专程从北京飞过来的，明白吗？

我忽然明白了。

赵德说完，就又拿起了那个擦不着火的火柴盒，继续尝试着擦燃火柴，点烟。

我就又想起了我的那个打火机。

18

机加工车间锅炉房半掩着的大门，像是一只怪兽咧开的嘴，让人感到一阵随时都会被吞噬掉的寒意。

站在锅炉房门前，透过那半掩着的门，看着锅炉房里面死一般的沉寂，我好长时间都没敢往里挪动脚步。

说实话，我害怕走进去。我不知道从我师傅口中喷出来的鲜血，此时此刻是不是已经被风干了，被尘封了，我不知道我师傅的灵魂，此时此刻是不是还在他工作了几十年的这座锅炉房里面游荡。

我害怕再次闻到那股血腥味儿!

我害怕再次回忆起房倒炉塌的那个时刻!

我更害怕眼前重现我师傅张着大嘴往外喷血的那个瞬间!

傻子旺财没见过那天的惨状，没听见过那天的爆炸，自然，他也绝不会知道，我一定要在领导们召开最后一次会议之前，到这里来的缘故，于是，他走在了我的前面，毫无顾忌地一把把锅炉房的门给推开了。

呼啦啦——锅炉房的门被推开的瞬间，一群嗜血的蝙蝠被惊飞了，慌不择路地扇动着双翅，朝我冲撞了过来。我赶紧闭上眼睛，把头埋藏在了双臂之间。

惊魂未定。我跟在傻子旺财的身后，小心翼翼、蹑手蹑脚地走进了锅炉房。

锅炉房用沉寂，用静止了的画面，开始跟我述说曾经的灾难。

断裂的锅炉，坍塌的屋顶再一次出现在了我的视线中。

我明显地闻到了一股血腥的味道。

我尽量地平静着自己，尽量控制着自己浑身的抖动，并且，站在倒塌了的锅炉面前，我不敢随意挪动脚步，不敢大声呼吸，我怕稍有震动，会引发锅炉房的再次坍塌。我很谨慎地在锅炉前面站立着，如履薄冰一般。我用眼睛努力地在扭曲的锅炉里面翻寻着——黑褐色的，我师傅吐出来的血还在，在血的一旁，小常师傅使用过的那杆撬杠还在，在锅炉的缝隙里，我和小郑使用过的大锤还在。我把眼睛转移了方向，看向了锅炉房的角落，那是锅炉发生爆炸，我被甩出去落地的地方，我用眼睛粗略地计算了一下，这个地方距离倒塌的锅炉竟有五六米远，这么远的距离，我究竟是怎么出去的？是气浪把我掀出去的，还是我在危难来临之际，自己飞身一跃跳出去的？我不知道，我回忆不起来，看着这个距离，我不敢想象奇迹究竟是怎么发生的。我虽然多次参加过学校的运动会，多次参加过跳远这个项目，但是我的最好成绩不过也就 4 米多一点点，并且，更不可思议的是，这么远的距离飞出去，摔在地上，我竟然毫发无损。或许，是我师傅的灵魂在护佑着我，看着锅炉片上的血渍，我想。

把视线从血渍上移开，我开始寻找致使这场灾难发生的爆炸源。

我再次进入锅炉房，目的就是要寻找这个爆炸源。

我要证实我的判断。

我首先向锅炉房的东北角看过去。

因为易燃易爆，氧气瓶和乙炔罐被长期存放在锅炉房的东北角上，两条皮管子一红一黑，分别从氧气瓶和乙炔罐上把气体引出来，皮管子的端头上连接的是焊枪，焊枪就挂在距离氧气瓶不远的墙上。尽管现在氧气瓶和乙炔罐都已经让砸下来的瓦砾掩埋了，但是，我觉得锅炉房的爆炸，不应该是这两个危险物引起的，因为要是它们当中的任何一个发生爆炸，受损最严重的应该是锅炉房的东北角，而绝不会是几十吨重的锅炉，因为它们相距 5 米以上的距离，并且那天我明显的感到，有一股力量或是说有一只手臂，从锅炉里面伸出来，直把我朝锅炉房的角落里推去。

看着完好无损的锅炉房东北角的墙壁，看着东倒西歪的锅炉，我排除了氧气瓶和乙炔罐是爆炸源的假设。

接下来，我要对我的判断进行验证。

要对我推测中的爆炸源进行验证。

我走到了倒塌了的锅炉跟前。

果然，我的这个判断很轻易地便被得到了证实——那个年代的锅炉就像一个吉普车的样式，而支撑着这个吉普车的不是轱辘，而是约计一米高，用耐火砖砌成的炉台——当我把目光放在倒塌的锅炉上时发现，一米高的炉台已经不复存在了。

我觉得我的判断无误。

发生爆炸的地点就在承载锅炉的炉台上。

而爆炸物，则是从今天早上起，就不停地在我眼前闪现的那个东西。

我开始回忆那天我给食堂管理员老梁焊接自行车的地点，回忆我如何掏出打火机点燃了焊枪，回忆我是否一顺手便把那个打火机放在了炉台上。想到了这一连串的动作，我快步走到了倒塌的锅炉前，在确定了我给老梁焊接自行车的位置之后，我蹲下身来，模拟着当时的动作——我从裤兜里袋里掏出打火机，然后将焊枪点燃，焊枪噗的一声被点燃后，便蹿出来一条长长的火焰，火焰发红，亮得耀眼，而发红、耀眼的火焰还没有达到能焊接的温度，因此我便开始用右手旋转焊枪上的氧气控制阀，增加氧气的浓度，以把焊枪喷射出来的火焰，调整到适合焊接的温度。这期间，我的眼睛要紧盯着焊枪的喷射口，要紧盯着焊枪喷射口喷射出的火焰的颜色，直至看到火焰发出淡淡的蓝光。我确定，这个时候我的眼睛紧盯焊枪，右手旋转焊枪上氧气的控制阀，而左手一定是一顺手，便把点燃焊枪的打火机，放在了炉台上。因为这个时候，我做这个动作，远远要比把打火机重新放回到裤兜里方便许多、简便许多，因为我当时不可能一心二用，一面紧盯焊枪，调整氧气含量，观察火焰的颜色；一面摸摸索索地在身上寻找裤兜的所在。

我一定是一伸手便把打火机放在了炉台上。

得出这个结论之后，我便往侧方向伸出了我的左手。手到之处，恰好正是原来炉台的位置。

傻子旺财在锅炉房里转了几圈之后没了兴趣，他走到了我的身边，问我，哥，你蹲在地上干什么呢？说完伸出手来要拉我起身。我把伸到炉台位置的左手伸给了他，在他把我拽起来的一瞬，我突然感到了一阵后怕，我似乎是刚刚反应过来，如若那天不是把那个打火机一顺手放在了炉台上，换句话说，它仍然装在我的裤兜里，我一定就粉身碎骨了！

我的后背一阵发凉！

我感觉到了无比的恐怖——

打火机！

定时炸弹！

调查组召开的最后一次调查取证会议，在招待所的会议室里正点举行。

会议中的气氛十分严肃、十分庄重。没有一个人随便发出一点儿响声，哪怕是咝咝的喝水声、咳咳咳的喉咙清理声，或是肚子里控制不住的气体的排放声。坐在主席台上的领导们一个个都绷紧了脸，并且每眨一下眼睛都显得经过了深思熟虑，都蕴含着无比深厚的含义。与会的每一个人都紧盯着领导们的脸，一个个都显出了紧张的神情。我自然也是。

我此时的位置距离会议桌很远。

我、小常师傅、小郑被安排在了会议室的一个角落里。当然，我们并没有觉得那个角落距离圆形会议桌很远，位置很偏僻，我们都觉得被安排在那里很合适，很恰如其分。我们觉得如果赵德不把我们几个安排坐在那里，我们进入会议室之后，也会很自然地溜着边儿选择那个位置去坐，因为和那些局长、副局长、处长、副处长们相比，我们很清楚我们的位置，很清楚我们和他们的距离和不可比性，哪怕从着装和抽烟上相比较也必须这样，领导们都穿着笔挺的毛料中山装，而我们都是一身皱皱巴巴的工作服。就这一点，我曾经跟小常师傅说过，让他也穿一身毛料衣服来参加会议，可他却说了“我也得有哇”这么一句让人很失望的话。抽烟则更是如此，在当时那个年代，曾经流传着这样一句顺口溜儿，叫：高级干部抽牡丹，中级干部抽香山，一般干部一毛三（工农牌香烟时价1毛3分钱一包——作者注），工人阶级卷得欢（“卷得欢”是指用废报纸和烟叶手工自制卷烟——作者注）。

会议开始后，领导先说了开场白，领导说某厂“69·6·1”锅炉房爆炸事件，经过在座的各位专家认真周密细致的勘察，基本上清晰明了，众专家和众领导均已达成了一致的意见。但是为了慎重起见，在本事件上报国务院安全生产领导小组之前，还想听听大家的意见，有谁还要作最后的补充，特别是那几位工人师傅，还有没有要作最后陈述的。

说完，领导们就拿眼睛，在会议室里，四处搜寻我们三个人的身影。

赵德怕领导们找不到我们的位置，便用手朝我们指点。

领导们终于看到了我们。他们都把目光投在了我们的脸上。赵德也把目光投在了我们的脸上。

我看懂了赵德眼睛里的意思，于是便鼓了鼓勇气，清了清嗓子，像小学生在课堂上发言似的，举起手来，说，我可不可以说一点事情？

领导在会议桌的顶端坐着，我猜想他此时肯定正来回地颤动着位于主席台下面的两条腿，因为我看见他的身子和头都在有节奏地晃动着。

看到了我举起来的手，他很优雅地伸出一只手来指向了我，小金是吧？你的姓儿好记，我记得我还问过你是不是满族，是不是皇亲呢，不是满族是吧？嗯，那就更不是皇亲了。你说，你说，我把话题扯远了，你说，关于“69·6·1”锅炉房爆炸事件，你还有什么补充？

我连忙站起身来，说，“69·6·1”锅炉房爆炸事件之后，我们厂内一时间小道消息满天飞，都说特务……

我的话还没展开，领导便朝我招手，示意我停下来。好了，领导说，我不扯闲篇儿了，你却又扯起了闲篇儿，咱们不说什么小道消息了。说主题，说“69·6·1”锅炉房爆炸事件。

我说我要说的就是“69·6·1”锅炉房事件。我说6月1日那天，我的兜里揣着一个打火机，可是锅炉房发生爆炸之后，我的那个打火机便不见了。

领导很认真地听着，听我说完了打火机不见了就皱起了眉头，问我，什么打火机？

我说是一个造型相当好看的打火机，是个外国货。

领导听我特别强调了一下是个外国货，就赶紧问我，然后呢？

不见了！我回答。

就这么简单？领导再问我。我说嗯，就这么简单。

那么，你的打火机不见了，又跟你说的小道消息，以及特务有什么联系呢？显然领导对我的回答不甚满意，他笑了笑，问我。

领导问完了，我见小常师傅和小郑也同样在用很莫名其妙的眼神这么问我。于是，我就说出了我的猜测：那打火机是一枚定时炸弹。

我刚说出这第一条推测，会场里立即就响起了一片议论声。我听到有人唏嘘、有人发笑、有人咳嗽、有人用手拍击身体的某个部位，不管怎么说，反正是会场上立即就失去了原有的秩序，处于了混乱之中。

领导赶紧咳嗽了一声。

所有的响声随之便停止了。

让自己脸上的严肃保持了一段时间，领导又咳嗽了一声，之后把眼睛一眨，拿下巴朝我点了点，示意我继续。

我就又从第一条推测开始说：

我说那打火机应该是一枚定时炸弹；

它本来是用来炸毁禁区里面那架飞机的；

可是没想到，却意外地在我们工作的锅炉房里爆炸了；

因此，“69·6·1”事件，应该是一次特务的破坏活动！

领导再一次很优雅地伸出一只手来，问我这只打火机也就是这枚炸弹，为什么没能在禁区炸毁飞机，却在机加工车间锅炉房里爆炸了呢？

我说，没能在禁区爆炸的原因，是我从小郝那里要来了打火机——我特别强调了小郝在禁区食堂当炊事员，他每天中午12点钟，要给禁区保密车间里的工作人员送饭，给身在那架飞机里紧张工作的技术人员送饭。我还特别强调了我们锅炉房的爆炸时间正是中午12点钟。

领导似乎是被我的话吸引了，立即问我，那么小郝就是特务了？

我说不是。如果他真是，他就绝不会同意把打火机送给我了。

领导又问我，那么谁是呢？

我说我不敢随便胡乱猜疑，但是我们常在篮球场上打球，这期间有充分的时间可以让特务利用——用炸弹打火机调换小郝的真打火机。

我的话说到这里，会场上再次响起议论声。

我扫了一眼整个会场，听着他们各种各样的猜测和议论，开始注视着领导脸上的表情。

领导听完我说的话之后，面部表情稍微有些凝重，可是忽然间我便见他把笑堆在了脸上。

哈哈哈，小金啊小金，真有你的。你是不是平时总看小说？小说看多了，看多了！不过，还是应该表扬，年轻人，爱看书是好事，是好事啊。好了，大家只当听了一个笑话，缓解缓解情绪。休息一会儿，半个小时之后，咱们继续开会。

会场上开始了混乱。伴随着桌椅的响动人们开始了说笑。说笑中我听到了不少对我猜测作出的嘲讽。

我很扫兴地走出了会议室。

小常师傅和小郑跟在我的身后，不住地拍打着我的肩膀，那意思是说小金，你说的都是什么乱七八糟的啊。可就是在这个时候，赵德把我叫住了，说让我帮他买盒儿烟去，之后他就慢慢地从兜里往外掏钱，等小常师傅和小郑走远了，他把嘴凑近了我的耳朵，说，跟我走，领导找你！

调查小组的领导正在他的房间里等着我。

领导的房间是一个里外屋的套间，我进去后，他把我带进了里面的套间里。和我面对面地坐好之后，他十分郑重地让我再把刚才在会议室里说的打火机的事情重复一遍，并叮嘱我不要漏掉其中的任何一个细节。

于是我就又把我的打火机从何而来，到何时发现丢失，以及特务破坏的猜测说了一遍。

领导听了，没兜圈子，他问我你怀疑那个特务就是食堂管理员老梁吗？

我点点头，说是。

说说理由。领导说话的时候相当严肃。他的两只手在相互地揉搓，手的关节不住地发出嘎巴嘎巴的清脆的响声。

看着他一点儿表情都没有的脸，我说了我的推测：

老梁先在篮球场，用炸弹打火机替换了小郝的真打火机。

知道我把小郝的打火机要走了，之后便赶到锅炉房里去找我，准备换回炸弹打火机——我跟领导特别强调了一点：老梁是亲点让年轻的小师傅帮他焊自行车的，因为年轻师傅只有我和小郑，而小郑又不会焊接。所以，他实际上是来找我的。我若是为他焊自行车就得用打火机点燃焊枪，我用打火机点燃焊枪，他便有了可乘之机。

但是因为我为了惩罚他，一直让他帮我扶着自行车他没找到时机，打火机因此没换成。

他走后，锅炉房就发生了爆炸。

听完我说的推测，领导便把身子靠在沙发上，开始了沉思。

你是党员吗？领导忽然从沙发上支起身子来，问我。

我被问得有些慌张，一时不知所措。

赵德便向领导汇报，说，小金是共青团员，是个刚满 14 岁就入团的老团员。赵德还说小金非常注重政治学习，他现在正在读《鲁迅全集》。

领导听了之后很满意。

他说你反映的情况很重要。说完就指示赵德，让他把老梁的档案调过来。

赵德像战士接到了命令一样，双脚立正，跟领导说了一声：

是！

19

不知道是不是因为食堂管理员老梁的档案无懈可击——我分析特务如果想伪造一份档案，应该易如反掌——不知道是不是对我的猜测、判断有所质疑，抑或是我作为一名学徒的水暖工人微言轻，总之不管是什么原因，在接下来的会议上，调查小组的领导宣布了一个让我感到相当惊讶的结论报告。

报告是这样写的：

“69·6·1”事件是一个非常严重的恶性的安全事件！

事件造成了一人死亡。

事件造成了某厂机加工车间锅炉房爆炸，房顶部分坍塌，锅炉全部毁坏。

事件造成直接经济损失 ×× 万元。在全国上下一片大好形势下，在全国山河一片红的凯歌声中，造成了恶劣的政治影响。

听领导宣读到这里的时候，应该说，我的心里还是怀着十分的兴致的，因为领导所宣读的结论报告当中，许多措辞，诸如恶性事件、造成重大的经济损失、造成严重的政治影响等，与我所作出的特务炸毁锅炉房的判断基本符合。然而，调查组的领导再往下宣读，我就觉得结论报告开始改变味道了，并且那味道越来越带有了让人很不舒服的感觉。

领导接下来是这么说的：

“69·6·1”事件完全系违反操作规程所致。

水暖队工人常立本同志（男，35 岁，政治面貌：群众）、金子英同志（男，18岁，政治面貌：共青团员）、郑晓静同志（男，18岁，政治面貌：共青团员）三人，在明知另一名工友赵武同志（男，45岁，政治面貌：群众，该工友已因事故身亡）在锅炉当中进行锅炉修补操作的情况下，贸然违章拆卸锅炉片，并使用十八磅大锤及超长撬杠在锅炉顶部猛砸、在锅炉底部狠撬，致使锅炉于瞬间断裂并随之发生倾覆。锅炉的倾覆导致工友赵武同志重伤，后经多方抢救无效死亡。

结论报告宣读到此处，调查组领导喝了口水，之后放下报告，补充了两点。

第一点是相关的操作规程。

他说按照锅炉维修的操作规程，在拆卸锅炉片时，应该首先确认锅炉里面没人，这一点是至关重要的！是人命关天的！只有在确保锅炉里面无人的前提下，才可对锅炉进行拆卸操作。除此之外，拆卸锅炉片无论是使用砸还是撬的办法，均应该对所使用的工具，大锤和撬杠有所选择，要选择大锤合适的磅数和撬杠合适的长度，从而保障在拆卸锅炉片的过程当中，大锤不会因为磅数过大和撬杠长度过长，对锅炉施力过大，造成锅炉损毁或坍塌。

第二点是阿基米德原理。

领导说，此次“69·6·1”事件常立本同志所使用的撬杠长度，超过操作规程中所规定的长度标准30厘米，顺便提示一句，阿基米德曾经说过一句名言，他说给我一个支点，我能撬动整个地球，这说明什么？说明撬杠的威力，说明杠杆儿的原理，你不遵循它，就会出问题。常立本同志的撬杠过长，长了30厘米，其撬动的力度自然就会过大。再补充一个细节：机加工车间锅炉的锅炉片呈“門”字形，请大家留意这个“門”字，“門”字很明显的一个特点就是上面重，下面轻！属于严重的头重脚轻的势态！我们测算过，一扇锅炉片重量是200公斤，而这个“門”字的上半部分就占了整个锅炉片重量的90%，这样一个严重的头重脚轻的比例，站还站不稳当呢，你再选用超长的撬杠撬，选用超重的重磅大锤砸，不言而喻，事故自然也就出来了。同志们啊，血的教训要记住啊！

说完了这两点，领导扫视了一眼会场，清了清嗓子，重新拿起了调查报告，继续宣读：

有关锅炉房爆炸事件，领导小组会同安全生产专家经过实地勘察，得出结论：

某厂“69·6·1”事件锅炉房发生爆炸，系乙炔气体在空气中含量过高所致。乙炔是一种易燃易爆的气体，爆炸前水暖队青年工人金子英同志，曾私自使用乙炔气会同高含量氧气，为该厂伙食科食堂管理员梁景和同志焊接自行车大梁，焊接后据金子英同志回忆未关闭乙炔气罐，从而导致乙炔泄漏，锅炉房乙炔气体含量过高，待锅炉发生倾覆时，由于锅炉片在摩擦中产生了火花，乙炔气体被点燃并发生爆炸。

领导一口气将事故调查报告宣读完毕。

会议室里一片沉寂，鸦雀无声。

领导再次端起水杯，很响亮地喝了一口水，之后又很响亮地让水经过了喉咙。水经过他喉头的时候，我看见他的脖子使劲儿地扭动了一下。

喝完水，领导就把报告的几张纸拿在手里，在会议桌上戳齐，然后很仔细地放进他的公文包。放好报告，调查工作便圆满结束。于是，主席台上的其他领导和专家们，便纷纷站起身来用笑脸朝向了领导，领导也立即站起身来，很优雅地把手伸出去，和身边的其他领导及专家们依次用力地握手。

辛苦了，辛苦了！

哪里哪里，不辛苦不辛苦，领导辛苦！

领导们相互寒暄的时候，坐在我身边的小常师傅就站起了身子，自言自语地说，领导们都辛苦了，就咱们不辛苦，领导们都有功劳，就咱们犯了错误，说完话，大概是他肚子里的一股气体实在是忍不住了，急于要突破出来，于是，我又听到从他身上发出的一声长长的、略微有一些拐弯儿的、十分响亮的声音！

那“嘣”的一声长音，显然破坏了会议的气氛，因为，响声过后，让许多人都立刻把头扭到我们这一边来。包括主席台上的领导。

散会之后，领导特意走到了我的身边，看样子他很想把手伸给我，但是我假装没有看到。不过，在我们俩擦肩而过的一瞬，我还是特想问他一句：老梁的档案您看了吗？

“69·6·1”事件调查结束后，住在厂招待所的所有的领导和专家们便纷纷撤离了。他们走后的第二天，我师傅的事情便也有了结论。我师傅赵武被定性为工伤，按照相关的抚恤条例，一次性补发24个月的工资和粮票，我师傅的儿子傻子旺财接班进厂参加工作。所有的事情都有了结果，下面的一件事情是如何发丧我师傅，因为自6月1日锅炉房爆炸之后，我师傅还一直躺在县医院太平间的那个冰凉的冰柜里。当然，在如何发丧我师傅这件事情上，我师娘是有绝对发言权的。发丧前的晚上，我师娘把我叫到了她家，跟我商量相关事宜，我跟我师娘说，是不是简办，因为当时全国的大形势是移风易俗破除迷信。我师娘说简办可以，她没意见，可是我师傅生前有个愿望，他希望死后能进他老家的祖坟。我于是就陪着我师娘找到了赵德，问他这件事情应该怎么办。赵德说既然我师傅有这样的遗愿理应满足，他说他立即就代表组织及家属和老家的村干部们去谈这件事，不过他们老家有个习俗，凡是在外面客死的人，只能直接送入坟地，不能进村，不能办任何祭祀活动。

火化我师傅的那天，汽车准备从县医院出发的时候，我们全水暖队的工人都自发地赶来了，骆驼祥子也夹杂在其中。小常师傅跑在了所有人的前面，他先让我帮他从冰柜里面把我师傅推出来，之后从兜儿里掏出了一瓶酒和一团棉花，开始给我师傅擦洗全身。他把棉花上沾满了酒，先从我师傅的脸部擦起，擦的时候，就像是在锅炉房里聊天一样，他不住地和我师傅说着话。要出门儿了，你先喝口酒。这是好酒，二锅头，从北京捎来的，你先尝尝，味道怎么样？小常师傅说我今天把你打扮得体面点儿，咱们先洗洗脸，他说赵师傅，你张着嘴呢，咱们这是笑着走的，你就笑着走吧，家里头你就不用惦记着了，有我小常还有小金子呢，我们会把嫂子和旺财照顾好的，你就放心地笑着走吧。小常师傅的话，让全体水暖队的人开始唏嘘潸然，整个太平间里顿时哭声一片。

给我师傅擦完了全身，小常师傅让常师娘拿出了一套新棉衣和一双新棉鞋。

给我师傅穿衣服的时候，骆驼祥子也挤了过来，他伸出手，要帮助我和小常师傅。小常师傅使劲儿地用胳膊肘顶了他一下子。骆驼祥子似乎是为了表示忏悔，小常师傅顶了他一下，他一个趔趄过后就又站了回来，并且还继续地把手伸了过来。

你他妈的给我滚蛋！你的手脏！小常师傅暴怒了！

骆驼祥子看了看小常师傅犹豫了一下，没动。

小常师傅于是就抄起了那个空了的二锅头酒瓶，劈头盖脸地朝着骆驼祥子砸了过去！骆驼祥子那小子鬼，一缩脖子，躲了过去。

由于丧失简办，又由于我师傅的老家有那么一个讲究，因此我师傅火化了之后，只有赵德、我、傻子旺财护送我师傅回了老家。

路上，赵德问我，将来怎么对待你师娘和旺财，你小子的保证没忘吧？

我说没忘，我要是对不起我师傅，您就抽我大嘴巴子！

赵德听了，对我说了句好小子，你师傅没白疼你，之后从书包里掏出一封信来递给我，说，调查组的那个领导让我转交给你的。

我一时感到有些莫名其妙，我从未想过那么大的一位领导会给我留下一封信！

20

把故事讲到这里，我猜想您一定会很好奇，那个调查组的领导怎么会在临走时给我留下一封信。我猜您还一定想要知道这封信的内容。

其实，我跟您一样，当我从赵德的手里接过领导给我留下的那封信时，心里同样充满了疑惑。我也觉得这太奇怪了，我不知道领导在走之前，有什么重要的话要对我说。我承认，在调查会议结束的时候，领导曾经朝我走了过来，有要跟我说几句话的意思，而我确确实实是有意地回避了，可是我还是无法想象，这么高级别的一位领导，从首都北京来的，会有什么话要对我这么一个学徒的水暖工讲，并且还专门写了一封信呢?

不过，信的确很重要。

看完领导给我的信之后，我不禁愣住了!

我师傅的事情全部都办妥了之后，我、小常师傅、小郑便又回到了班组上班。

当然，上班之后，我并没有忘记准备写小说的事。因为这个时候，我比当初刚有写小说的冲动时，所掌握的材料更多了。锅炉房爆炸、我师傅不幸去世、领导小组调查取证，特别是我从小郝那里知道了，厂禁区里忽然聚拢了一百来号人，而这些人进入禁区，目标无疑就是解剖和研究那架飞机，这就等于给我的小说添加了一道神秘的色彩。另外，在这些人当中我还认识了一个数学家，一个很怪异的数学家，这家伙竟然是个露阴癖的患者。多有意思的一个人呢，您说我要是把这个家伙也加进去，把他活灵活现地描写出来，小说将会多么生动啊！

不过，我的小说暂时还没办法动笔。尽管我亲身经历的那些事情天天地在我眼前出现，我所思考的东西天天地折磨着我的大脑。尽管我已经确立了故事当中的几个主要人物的原型，尽管经过缜密的构思之后，我已经有了小说脉络的腹稿。

没办法动笔的原因有三。

其一是根据我的分析，我认定机加工车间锅炉房的爆炸，一定是特务所为，而这个特务就是食堂管理员老梁，因此我要在暗中监视他、跟踪他，直至揭开他伪装的画皮。只有揭开了他的画皮，我的小说才能更加生动，更加引人入胜。

其二是我刚一上班，厂保卫科科长赵德便找到了我，他交给了我一个特殊的任务，让我监视那个数学家，并且是一天二十四小时的监视，他给我下达的命令是不能让数学家在我的监控期间出一丁点儿问题。

其三是给我师傅的儿子傻子旺财安排工作。这是一件非常麻烦的事，是一件一提起来就让人如同吃了苍蝇一样恶心的事。傻子旺财虽然按照抚恤条例获准接我师傅的班，可以进厂接班工作，可是我们班长骆驼祥子却始终不肯接收傻子旺财，他的理由是旺财的智力缺陷无法胜任水暖工的工作。骆驼祥子不肯接收傻子旺财，也就意味着他没有工作岗位，而没有工作岗位，所谓的接班便是一纸空谈。

因为这几件事，我的小说暂时无法动笔。

我必须先做非常要紧的事情、非常关键的事情。

应该说，这三件事情当中，哪一件都是非常要紧的、非常关键的事情。

先说跟踪老梁的事情，我怀疑他是特务，我计划监视跟踪老梁，这不仅仅是为了写我的小说，更重要的是相关部门听不进或是不采纳我的猜测和推断，他们对此事充耳不闻，因此，为了保障国家的安全，为了保障我们厂的安全，我必须挺身而出。还有厂保卫科科长赵德托付给我监视的那个数学家，那也不容忽视，赵德把任务交给我时，特别提醒了一句话：别让他再出问题，咱们国家指着他呢！这句话虽然含糊其词，但是聪明人一听就知道，赵德说国家指着他，一定说的是禁区那架飞机的事情，一定也和特务有关！但是尽管上面两件事情相当要紧、相当重要，我也必须先办傻子旺财的事情。

我必须先抓紧时间把傻子旺财的事情落在实处。

因为为了傻子旺财的事情，我师娘几乎天天催我。

因为什么事情也不会比吃饭的事情更大。

刚才我说了，我师傅的事情办完了，我、小常师傅、小郑我们三个就回到了班组上班，不仅如此，上班的时候我们还一同带着傻子旺财。跟我们前后脚儿进锅炉房的，还有我们水暖队的队长老冯和水暖队的工程师司登亮。说到这儿，我顺便给您介绍一下我们水暖队的情况。我们水暖队隶属厂总务处，总务处下面设有伙食科、医务科、保洁科、行政科、保卫科、水暖队、瓦工队、电工队、木工队，等等。我们水暖队属于正科级单位，设一名队长和一名工程师，在两位领导之下水暖队下设两个班组，大眼儿灯郭明班，和我们骆驼祥子老祥班。两个班负责全厂20来个锅炉房和茶炉房的工作，按照约定俗成，以厂禁区为界，禁区以南为南片，禁区以北为北片，禁区里的锅炉房和茶炉房归北片管理，我所在的骆驼祥子老祥班负责北片的锅炉房。

老冯和司登亮来锅炉房，是要跟骆驼祥子说一下或是交代一下傻子旺财到班组上班的事情，因为厂里已经给傻子旺财办理了相关的接班的手续。然而我们班长骆驼祥子似乎已经打定了主意，不买老冯的账。老冯和司登亮进来的时候，骆驼祥子远远地就看见了，但是他依然在高于地面的那把椅子上端坐着，没动。老冯像是有些讨好他，走过去，递一支烟给他，说，老祥，忙着呢？最近你这气色不错啊。我们水暖队历来就有那么一个不好的习气，不管是队长老冯还是工程师司登亮，在两个班长面前都没有威严，凡是他们下到锅炉房里面来，都要点头哈腰地看两个班长的脸色。出现这种本末倒置情况的原因，我分析和我们水暖工从事的工作有关，我们水暖工工作环境差，劳动强度大，危险系数高，同时所担负的责任还大，就像我师傅生前跟我说的一样，水暖工这个行业好汉子不乐意干，赖汉子还干不了，你没体力干不了，你没技术也不行，可是有体力又有技术的人，往往又嫌弃它整天跟污水烟尘打交道，又脏又累不愿意干，因此，我们这些不被人家待见的水暖工就特别横，尤其是两个班的班长，他们的意志就能影响到全厂的供气供暖，无论是两个班组哪一位班长要大爷，不玩儿活儿了，那他们当队长当工程师的可就螃蟹上蒸笼——毛爪儿了。

骆驼祥子接了老冯的烟，却并不理他，不给他让座儿，也不给他倒水。老冯便让我把傻子旺财叫过来，跟傻子旺财介绍说，这是你们班长，祥班长！从今往后，你叫祥叔儿也行，叫祥班长也行，记住了吗？傻子旺财没有开口叫祥叔儿，也没叫祥班长，这家伙的嘴和我一样笨，他只低着头说了仨字儿记住了。骆驼祥子听了傻子旺财嘴里咕噜出来的这几个字，显然很不满意，因此都没拿正眼儿瞧他一下。

骆驼祥子眨巴着他那对小眼睛，依然在他惯常坐着的椅子上端坐着，他的心里早就打定了主意，他在等着老冯先跟他开口。老冯见骆驼祥子烟也抽了，傻子旺财也跟他介绍了，他依然不置可否，于是只能在他的边儿上找了废弃阀门，把上面的灰土掸了掸，讪笑了一下坐了下来。

祥班长，咱们赵师傅工伤去世了，傻子旺财到咱们这儿来接班，工作上的事情，你今天就给安排了吧。老冯仰望着骆驼祥子的脸，带着讨好的表情说。

骆驼祥子这个时候倒像是水暖队的队长，老冯来跟他交代工作，倒像是在跟他作着请示，因此他就继续端着架子，不置可否。

老冯实在没招儿了，就说，这样，让这孩子就跟着小常师傅吧。说完了，见骆驼祥子没表示，没说行，也没说不行，于是他就转身对了小常师傅，说，小常，以后傻子旺财就跟着你了，小金的师傅没了，也跟着你了，行吧？

小常师傅听老冯招呼他，刚要答应，这时骆驼祥子霍地一下从椅子上站了起来，他对着老冯说，嗬，我这班长的位置今天成香饽饽了，连冯大队长都来抢着坐了，行啊，行啊，我老祥让位，让位，冯班长，您请坐。说着话，骆驼祥子就让出了自己的座椅，请老冯入座。我老祥管辖的范围是禁区以北十来座锅炉房，里面是比乾隆他姥姥岁数儿还大的破旧设备，这些锅炉不是豁牙就是露齿，拿秫秸棍儿一捅就破，跟窗户纸差不了多少，并且，前不久还爆炸了一个，这些我今天就算给您交代了，从今往后，您就和咱们的司工程师指挥着这些人，傻子、小金、小郑、他们的师傅小常干去吧！说完了，骆驼祥子也找了个破旧阀门，没掸上面的灰土，直接就在上面坐了下来。

老冯一看骆驼祥子急了，要撂挑子，立即就更软了，他近似于哀求地说，老祥，祥班长，你看你急什么啊，咱们这不是在商量吗？

司登亮这时也紧着说好话，他说我跟老冯没有要抢你班长的意思，我们这点儿能耐你知道，我们哪儿有你那本事啊，锅炉房离了你哪儿转得了哇，你还请坐，请坐。

两个人好说歹说，把骆驼祥子重新请回到了原来那把椅子上，老冯又说，傻子旺财的事，你祥班长看着安排，今天不行明天，明天不行后天，这个月不行，咱们下个月再说。

我们队长老冯和工程师司登亮处世一贯很圆滑，和稀泥几乎成了他们的工作习惯，他们怕因为傻子旺财的事情，骆驼祥子一旦犯起狗怂脾气来，真不玩儿活儿了，锅炉房那些陈年的设备冬天运转不起来，而冬天只要厂里有一间房子暖气不热，他们自己头上的乌纱帽就会让厂长给摘了，于是，说完此番话之后，老冯就站起来，拍拍屁股上的土，说我跟司工还有个会，我们先走了。

见老冯和司登亮要走，我和小常师傅便走过去站在了他俩的面前。我想恳请他们是不是把傻子旺财的事情落实了再走。小常师傅大概也是这个意思。可是还没等我俩开口，骆驼祥子却把他俩给叫住了。骆驼祥子说傻子旺财我安排不了，他说咱们今天打开天窗说亮话，我没有能力安排他。

老冯停住了脚步，问骆驼祥子怎么安排不了？傻子有的是力气，他能干什么你就安排他干什么不行吗？

骆驼祥子说不行，没那么简单。

老冯问他怎么没那么简单？

骆驼祥子把那双小眼睛眨巴了几下，说，结巴赵在我们班是副班长，他是我的左膀右臂，他能帮着我独当一面，并且全水暖队你扒拉着脑袋数数，给锅炉打补丁，有谁还能比得上他？

老冯看着骆驼祥子，等着他的下文。

我则在心里头骂着骆驼祥子，说你他妈的真虚伪，瞎话张嘴就来，我师傅在世的时候，你什么时候这么高看他了？

骆驼祥子把一支烟从他耳后取下来，很熟练地和手里的烟屁做了对接，然后说，我损失了那么一员大将，你今天给我派来一个什么都不会的傻子，我锅炉房的工作以后还干不干？这些个破铜烂铁还收拾不收拾？今年冬天咱们还开不开火？你老冯和司工今天给我句痛快话，你们要是说今年冬天咱们不取暖了，厂长他老人家愿意揣着手儿办公了，咱们就按照你冯队长的意思办！

听了骆驼祥子的话，一时语塞，老冯没话了。司登亮也没话了。

听了骆驼祥子的话，我愤愤不平地开始在心里骂，骆驼祥子你他妈的就是一个小人！就是他妈的一块滚刀肉！就是他妈的一个浑蛋！你拿修不修锅炉、取不取暖来要挟队长，不就是想达到报复我师傅、报复傻子旺财的目的吗？谁不知道我师傅跟你不是一个造反派？谁不知道我师傅平时跟你不和睦？谁不知道那天为了常师娘的事，傻子旺财把你给推到楼下去了！再说，你说班里活儿多人手少，可是平时你他妈的干活儿吗？你那一派的人干活儿吗？什么活儿不是我师傅带领着我们几个吭哧吭哧地干呢？

尽管我在心里骂着骆驼祥子，但是我也深知，我此时此刻绝不能点燃心中的怒气，绝不能当众揭开他的丑恶嘴脸，若是那样，我的嘴一时痛快了，可是傻子旺财工作的事情，恐怕就彻底泡汤了。

尽管我在心里骂着骆驼祥子，我觉得这孙子乘人之危，简直就是猪狗，甚至连猪狗都不如，可是我还是相当清楚地知道，此时此刻，我或许应该跟他说几句好话，替我师傅跟他说几句好话，替我师娘跟他说几句好话，替傻子旺财跟他说几句好话，求他、央告他，跟他道歉，跟他低三下四地赔不是，甚至把他捧到救世主的位置上，可是我这人嘴笨，不是一般的笨，而是出了奇的笨，到了关键的时候，我却一句好话、一句讨好骆驼祥子的好话也说不出来。说真的，我不是不想说，我实在是说不出来，我恨我嘴笨，恨得我真想扇我自己一个大嘴巴！

还是老冯的嘴比我的嘴要好使一点儿，他走近了骆驼祥子，又给他递上去一支烟，说，祥班长，毛主席他老人家说，我们都是来自五湖四海，为了一个共同的革命目标走到一起来了，我们的同志要互相关心、互相爱护、互相帮助。咱们和老赵都是来自五湖四海，为了建设社会主义这样一个共同的革命目标走到一起来了，咱们都是工人，毛主席说亲不亲阶级分，咱们都是阶级兄弟，是一家人，这老赵的孩子，也就是咱们的孩子，你一点头儿，孩子的工作就安排了，我知道你班里人手紧，工作量大，人手紧我将来再帮你解决，好不好？

骆驼祥子接了老冯的烟，把它夹在了耳朵上。我见他笑了笑，我以为他就要答应了，可是没想到他忽然把脸一绷，说不行。要么你先给我派人，要么你把傻子安排在大眼儿灯郭明那个班里，我这儿不行!

听到这里，早就把双手按得嘎巴嘎巴响的小常师傅，忽然就把我和老冯扒拉开，一步蹿到了骆驼祥子的面前。

看到小常师傅霍地蹿过来，骆驼祥子赶紧往后退了两步。

小常师傅抬手要拽骆驼祥子的脖领子，他质问骆驼祥子，说，你刚才说什么？什么不行，没听清楚，你再给我说一遍!

骆驼祥子挡开了小常师傅的手，迟疑了一下，然后说，说一遍怎么着，说一遍你还能把我吃了怎么着?

我吃不了你，我也不会吃你，你说，说，我听着！小常师傅逼近了骆驼祥子一步。

骆驼祥子的那双小眼睛开始眨巴得厉害了，他有些磕巴地说，安排不了就是安排不了，怎么了？你要干什么?

小常师傅把牙咬了咬，说，不怎么着，我就问你一句话，你他妈的是不是人操的，你他妈的有没有屁眼儿，有没有儿子！我问你，老赵是为了谁死的?

你骂谁呢？骆驼祥子被骂急了，他质问小常师傅谁他妈的不是人操的？谁他妈的没屁眼儿?

小常师傅把自己弱小的身躯贴近了骆驼祥子，毫不示弱，他说，你他妈的不是人操的，你他妈的没屁眼儿！你让老冯把傻子旺财打发到郭明那儿去，这是人说出来的话吗？你要是人操出来的，说得出来这种话吗?！说这句话，你他妈的对得起躺在地底下的老赵吗?！说着，小常师傅就一把拽住了骆驼祥子的脖领子。我和老冯怕出事，赶紧上前拦着。

骆驼祥子见有人拦着，就有了胆量，他说你们不用管，我看这小子今天他能翻腾起多大浪来！小常，常立本，你给我把手松开!

小常师傅把骆驼祥子的脖领子越攥越紧，他的牙也越咬越紧，他怒视着骆驼祥子说，我能翻起多大浪来？我就问你，傻子旺财你到底安排不安排?

骆驼祥子装出一副镇定自若的样子，说不安排，这里我说了算，你怎么着？打我？再拿酒瓶子砸我？这么着，你们谁帮着常立本再找一个酒瓶子过来，让他砸，我就不信了，小常，你今天要是不砸我，你就是他妈的我操出来的！还跟你这么说，你今天就是跟我叫爹，你今天就是把你媳妇叫过来让我操了，我也不安排!

我操你姥姥！我听小常师傅从紧咬着的牙缝儿里挤出这句话来，紧接着我就见他松开了骆驼祥子的脖领子，转身奔向了他的工具包，还没看清楚到底是怎么回事，就见他已经把一把长长的刮刀攥在了手里。

再想拦住小常师傅似乎已经是不可能的了。

一阵风从我的身边卷过去之后，他已经把闪着寒光的刮刀抵在骆驼祥子的喉咙上了!

21

办完了我师傅的后事之后，刚从我师傅的老家回来，史乃慧便找到了我。

她找我十分方便，因为从我师傅的老家回来，我首先要去师娘那儿，去跟她说说回老家办事的经过，而史乃慧则去看她爷爷，正好也要从我师娘家门口经过。

史乃慧的爷爷被她接到厂里来之后，就住在了厂区工人宿舍里。那间工人宿舍是史乃慧的师傅田凤彤的，田师傅跟厂里申请了宿舍却一直也不经常住，只是遇到刮风下雨下雪，天气不好的时候偶尔住上三天两天，因此，史乃慧把她爷爷接来后，就跟田师傅商量，是不是暂借她的宿舍住一住。史乃慧说如果行的话，她可以每个月给他 2 块钱的车马费——因为当时厂里有个规定，凡是申请了宿舍的职工，便不再享受每个月 2 块钱的车马费了。

工人宿舍区在厂区的西北角上。在厂《保密手册》当中，那里被标上了白色，属于非保密区域。厂区里像这样标注着白色非保密区域的家属宿舍一共有两部分，一部分是工人宿舍区，名字叫小南庄，是一片平房，专供厂里的工人居住，另一部分在厂区的东北角，是一片楼房，专供厂里干部居住，当然了，我们厂的厂长便也居住在那里，那里的名字既绕口又不好听，被叫作“眷”。一栋栋的楼房，被标上了“眷一”“眷二”“眷三”的字样。当时厂里的工人们大多是从农村招来的，大多数都没什么文化，因此大家基本上也不认识这个“眷”字，更不懂这个字的含义，大家只是觉得这个字念出来很难听，很容易跟猪圈的圈相混淆。正因如此，当住在“眷”里的干部们，很瞧不起住在小南庄里面的工人们，说他们以前就是农民，到了厂里也离不开庄子时，他们便反唇相讥，非常鄙夷地说，你们好？你们不是都住在圈里头吗？有的更刻薄一点儿的还会加上一句，说，你知道我们农村把什么养在圈里面吗？

我师娘和史乃慧的爷爷都住在小南庄，小南庄的平房坐北朝南，一排一排的，井然有序，因此史乃慧那天找到我，或说是找到我师娘家便十分方便。

史乃慧来我师娘家的时候，手里头端着一盆花，就是我让她帮我种的那棵 liú hào。进了门，史乃慧先说这盆花，她说这花真好看，那一个个的小漏斗里已经结了种子了。之后她又告诉我说，她查了辞海了，这花的学名叫蒌蒿。我听了就说嗯，音差不多，liú hào——蒌蒿，liú——lóu，流——蒌。史乃慧说这花还是中药。我师娘就接过话茬儿说，是一味中药，治妇女月经不调，肚子疼什么的。史乃慧听了立即脸就红了起来。

史乃慧来我师娘家找我，名为送花，其实是想让我去她爷爷家吃饭，当她很委婉地表达出这层意思的时候，脸上便浮现出一种很异样的微笑。之所以我说是异样，是因为我不知道用什么样的语言来形容这种微笑，说它腼腆、说它羞怯、说它含蓄都可以，但又都不是很贴切，因为那微笑只能意会不能言传，那微笑只有男人才看得懂，并且看了之后会心跳加速，会浮想联翩。

放下花盆，我和史乃慧准备出门，傻子旺财就跟了过来，他问我说，哥，你上哪儿？我说我出去一下，一会儿就回来，你在家好好待着。可是我跟史乃慧走到了他爷爷宿舍的门口才发现，傻子旺财一直蔫吧出溜儿地跟在了我们的身后，这期间，我的手和史乃慧的手有意无意地碰了好几次，我攥了她好几把，她老老实实地把手放在我的手里让我攥，可能都让那小子给看见了。

晚饭，史乃慧的爷爷请我们吃的饺子，并且还有猪头肉、小葱拌豆腐等几个小凉菜。我很奇怪，南方人也会包饺子。马叔儿说，你别忘了，我可是经过部队这座大熔炉淬炼过的！

正要端饭碗的时候，小郝也着急忙慌地跑来了。于是晚饭便十分热闹。

由于史乃慧跟她爷爷叫爷爷，小郝跟她爷爷叫马叔儿，因此我就又想起了以前老想问小郝和史乃慧的那个问题，我说爷爷，怎么您姓马，史乃慧姓史啊？

马叔儿就说其实我不姓马，跟小史一样，也姓史。

我问那怎么小郝跟您叫马叔儿呢？

史乃慧就接过话题来，说，我们是南方人，南方人史、死不分，我爷爷忌讳那个字，不愿意听人家叫他“老死”，就自己给自己改了姓儿。

我明白了这个缘故后就问小郝，说，你不跟爷爷叫马爷爷，怎么叫马叔儿啊？

小郝已经好几杯酒下肚了，他搂着马叔儿的脖子说，在篮球场上马叔儿怕人叫他爷爷，有人一听说他是爷爷就不敢防守他，因此他让所有的人都喊他叔儿。马叔儿，是这样吧？

我问完了问题，马叔儿就叫我们喝酒，他说多喝点儿，喝多了晚上就不走了。

给我们倒上酒之后，他问我锅炉房的事情是怎么处理的？我就一面喝酒，一面跟他说了领导小组不相信我作出的有关特务破坏的推测，我说我的推断绝对有理有据，那个打火机绝对就是定时炸弹，我说小郝你别不信，你家亲戚给你的那个打火机，绝对是在咱们打球的时候，让特务给调包了，特务是要利用你在禁区，每天中午都要给保密车间的职工送饭的时机炸毁飞机，我说，特务没想到我从中间插了一杠子，打乱了他的计划。我说领导小组独断专行，作了狗屁的违反操作规程的结论。

在我说到领导宣读调查结果，说我擅自点燃焊枪，帮助别人焊自行车之后忘记关闭乙炔阀门，最终导致乙炔外泄，锅炉房爆炸的时候，马叔儿插了一句嘴，说真是一群官僚，要是我当领导小组的组长，一定会耐心地听取每一个职工，哪怕是一个最不起眼的职工的意见。

我说完了锅炉房爆炸的处理结果，马叔儿就转移了话题，问小郝的工作情况，他问小郝食堂添了一百来号人吃饭，伙食科没有增派炊事员过来吗?

小郝说他妈的狗屁，一个人都没派来!

马叔儿就说也是一帮官僚，一点儿不关心职工。这要是我在位做领导的时候，这种情况是绝不能出现的。

由于有史乃慧坐在身边，又由于我多喝了几杯，因此我就开始显摆自己，说完了我对特务破坏的推测，和锅炉房爆炸事故处理的结果之后，就借题发挥，说了我要写小说的打算。

小郝一听说我要写小说，当时就前仰后合地笑了，他说小金啊小金，你胡说什么啊，写小说是那么简单的事吗?你当是吃饺子呢，上下牙一咬就成了?那是要有亲身经历的，你看奥斯特洛夫斯基的《钢铁是怎样炼成的》、那谁，那谁来着，就是杨子荣的《林海雪原》，还有高玉宝的《高玉宝》那都是人家亲身经历了，亲身体验了之后才写出来的，光凭你的猜测，你写什么啊写!别瞎扯了，修你的锅炉吧。喝酒喝酒!

被小郝奚落了，当着史乃慧的面儿我当然不舒服，于是我就跟小郝争执，说我能写，当然能写，谁说我没有亲身经历了?锅炉房爆炸的时候我不是就在里面吗?我师傅出事故的时候我不是亲眼看见了吗?我师傅到医院抢救，我不是也撸胳膊挽袖子的准备献血吗?再有，我有关特务的推断不是也有理有据吗?你能推翻得了吗?跟你说，就是领导小组的领导都没给我推翻了。再说，我已经作好了相应的计划了，这几天我就要对我的怀疑对象采取跟踪和监视了，这些，不都是亲身经历吗？

小郝被问得无话可说了，就转移了话题，问我你怀疑的那个特务是谁？你要跟踪谁？不会是我吧？

我大概是喝多了，嘴上没把门儿的了，嘴一张就把老梁的名字给说了出来。

我跟小郝对话的时候，马叔儿一直静静地听着没插嘴，等我说出了老梁的名字之后，马叔儿就插话道，小金，我觉得你的推测还是挺有理有据的，不过说到跟踪，那可不是一件容易的事情，这样，有些跟踪的技巧我教你。他说我当过侦察兵，我教你几招儿。接着他就跟我说了怎么隐蔽，怎么观察，怎么记忆，怎么伪装等技巧以及心理学上的暂时记忆、豁然性、必然性，哲学上的否定、肯定、否定之否定以及逻辑学上的一些简单的推理，这期间他说了好多术语，如枚举推理、类比推理等，总之名词很多，我一时没记下来。他还举了不少例子，如戴假胡子、假头套，如准备一件正反两面不同颜色的衣服，如准备一瓶香水等，总之他要我准备的东西很多，我一时也没记下来。但是他最后跟我说的那一条我记住了，并且记得相当牢固，他说万一对方有枪怎么办？他说你要声东击西，要引开对方的注意，你要制造一个响动，让对方朝那个发出声音的地方开枪射击，你要制造一个光束让对方朝那束光开枪射击。还有，要是晚上，你拿手电筒的时候，不要把它端在自己的胸前，你要把手举起来，把它伸到身体的一侧，让手电筒距离你的身体越远越好，这样当对方瞄准亮光朝你射击时，就不会打中你。

我们说话的时候，傻子旺财一句话也插不上，不过他不捣乱，也不乱发言，他就那么默默地听着。

我们那天晚饭吃的时间特长。

吃完饭，已经是夜深人静了。

收拾饭桌时，小郝见史乃慧要到屋外的水房去提水，就给我使了一个眼色，示意我跟着一起去。我迟疑了一下，又看了一眼马叔儿的脸色，然后就有些不好意思地跟了出去。

小南庄宿舍区的平房，一排房子只有一个水房，设在正中央的位置上，水房距离史乃慧爷爷的宿舍比较远。

我跟着史乃慧来到了水房。由于已是夜深人静，因此水房里一个人都没有。大家为了节约用电，都养成了随手关灯的好习惯，因此水房里这时黑漆漆的，伸手不见五指。看见水房没灯，于是我就走到了史乃慧的前面去开灯，灯绳一般都会在门框上。但是正在我准备伸手摸索灯绳时，我感觉史乃慧用手攥住了我那只要伸出去的手。我真的是有点儿喝多了，这时候我忽然就觉得从心底深处涌出来了无限的力量，于是我猛地就转过了身子，一下便把史乃慧给抱住了。

史乃慧一声没吭，她很顺从、很柔软地把自己就交给了我……

哥、哥——

我忽然被另一个声音打断。

我猛然回过头去。

傻子旺财就站在我的身后。他问我，哥，她怎么了？

22

在去我师傅老家的路上，也就是赵德把领导的那封信交给我之后，赵德跟我说有件事情要我帮一下忙。

他问我还记得在招待所里咱们抓过的那个数学家吗?

我说当然记得。

他说他又被抓了。

我冷笑了两声说那天您就不应该放他。

赵德说不放不行啊，他是数学家。咱们国家还指着他呢。赵德说这回他是被辉南县公安局抓的，还是那个毛病，坐车的时候对面坐着个女的，据说长得相当漂亮，他就把持不住了，就把那玩意儿掏出来了，那个女的看见了之后被吓得直哆嗦，旁边的人看见了，就高喊抓流氓，于是汽车司机就直接把车开进了县公安局，结果，他就被县公安局给抓了。听说他是北京来的，是到咱们厂来的，人家没敢动他，赶紧给厂里打了电话。赵德说等咱们从老家回来，顺便到县里把他接回来，我这儿带着厂里开的介绍信呢。

我问赵德，您说的帮忙，就是让我跟您把他接回厂里去吗?

赵德说当然不是。他说从今往后的一段时间之内，你要一天二十四小时陪着他。

我说那怎么可能?办完我师傅的后事，我就得回班组上班了，我怎么可能一天二十四小时陪他，再说，他一个臭流氓，干吗要专人陪着他啊?他不是北京来的吗?干脆，送回去得了!

要是能送回去，咱们不就省事了?赵德看了看身边坐着的傻子旺财，把头凑近了我，用手指了指天上，说，上头的指示是就地监管！

关监狱啊？我问。

赵德说不是，是让他劳动改造的意思。上头说他是数学家，禁区里离不开他，但是思想不改造好了他就不能更好地为人民服务，因此必须下放到基层一段时间，参加劳动改造思想。组织上已经作出决定了，把他安排在你们班组，让他一面劳动、改造思想，一面参加禁区里的工作。所以，你今后的任务就是一天二十四小时陪着他。

赵德在一句话里两次提到了禁区，我知道，因为厂《保密条例》的约束，他是用禁区两个字把飞机给掩饰住了，因此，我就故意问他，就为了那么一架破飞机，值当的吗？

赵德立即就用胳膊肘捅了捅我，之后示意我身边还有傻子旺财。他凑近我的耳朵说，那是一架破飞机吗？要真是破飞机，咱们会搭上那么些人力物力，冒那么大的风险，长途跋涉地把它弄过来吗？特务会花那么大的代价要破坏它吗？不动脑子！

赵德说完我不动脑子之后，就问我完成这个任务有问题没有？

我就忽然想起了骆驼祥子对我的处分决定，于是我就跟赵德说，我被禁区抓了之后，骆驼祥子说我犯了错误，让我在班组里接受一个月的监管，我目前还在监管当中，怎么再监管别人？

赵德听了，轻蔑地说了声，屁！他骆驼祥子充什么大尾巴狼啊，他有什么权力监管你？甭搭理他，你只管执行我的命令，他要是敢炸刺儿，我让厂长收拾他！

我和赵德办好我师傅的后事回来时，就直接去了县公安局。

办理交接的时候，我听赵德跟县公安局的审讯员打听情况。

赵德问审讯员那个女的留案底了吗？

审讯员说没有，人家是受害者，留什么呀留。你问这个干吗？想看看那女的长什么样？我跟你说，相当漂亮，可着咱们这辉南县就找不出一个这么漂亮的女人来。

赵德于是问，那就是说，这个女的不是咱们本地人了？

审讯员说，不是。

赵德问口音不像？

审讯员说，口音倒是没什么不像的，一口的咱们辉南县味儿，可是我在这县里待了好几十年了，从来就没见过这个人。

两个人你一句我一句地聊了不少，后来的话我没心思听了，就走到了其他地方瞎转，等我转回来，听赵德跟审讯员说的最后一句话是：这女人有些奇怪。她怎么会在数学家出事之前没人见过，出事之后又不见人影儿了呢？

赵德和审讯员交接完了，我们就把数学家请上了车，数学家就坐在了我的身边，在他身上，我闻到了一股男人的那种味道，我捂着鼻子侧身看向了他，他仍然是我在招待所里见到的那副样子，被冬天的风吹干了似的蔫儿萝卜一样的脑袋，面色蜡黄，一副白边眼镜罩在眼睛上，一脸的没有表情。他的上衣还算干净整洁，可是再看裤子，放射状地布满了斑斑的污渍。他身上的那股子味道就是从这些斑点上发出来的。看了那污渍，我感到一阵恶心。

由于答应了赵德，或者说组织上安排我要一天二十四小时地监管数学家，又因为您知道的原因，我们班长公报私仇，傻子旺财的工作一直也没有落到实处，一天到晚没事可做的傻子旺财整天便跟在了我的身边，加之我跟小常师傅商量好了，他骆驼祥子一天不安排傻子旺财的工作，我就一天把傻子旺财带到他身边，在他的眼前晃悠，因此，我一时间要看管两个人。

同时看管两个人，让我感觉身心疲惫。傻子旺财让我累心的地方是我们在工作当中，无论到什么地方去干活儿，我都要一样一样地嘱咐他，说这个不能动，那个很危险，并且说一遍还不够，还要不断地对他进行提醒，对他监督，因为我稍不留神，他也许就会把我们用来焊接的乙炔气罐打开或是点燃，如若真是那样，厂里再发生一次因违章操作造成的爆炸事件，其后果将无法估量，并且，傻子旺财再想进厂接班工作也几乎是不可能的了。而数学家让我累心的地方在于无论是工作、休息、吃饭、散步，我一刻都不能放松警惕，只要看见有一个女人从我们的面前经过，我都要立即对数学家采取必要的措施，以防他忽然犯病，对着人家把自己的那个家伙掏出来。

说实话，有这两个人寸步不离地跟在身边，让我的神经时刻都处在了紧张当中。不仅如此，同时也让我跟史乃慧的见面受到了影响。见不了面的原因之一是没时间，另一个原因您也相当明白，数学家有那个毛病，见不得女人，我怕他万一见了史乃慧，也把那个家伙掏出来，这对我和史乃慧来说都将是一场灾难，而傻子旺财则在那天晚上，把我和史乃慧吓了一个灵魂出窍。因此，当着他的面，我再也不敢和史乃慧有任何接触。

我把故事讲到这里，您也许已经在心里憋了许久了，一直就想问我那天小常师傅不是拿刮刀抵在了骆驼祥子的喉咙上了吗？骆驼祥子那孙子还不一下子就吓尿了，点头答应傻子旺财接班的事情？为了在这里不浪费笔墨，为了讲述跟“TZ 行动”紧密相关的故事，我只能先告诉您，那孙子那天没点头答应，其他的事情，视故事发展以后再说，好不好？

和史乃慧见不了面，可是我的心里头又十分想念她，非常想每时每刻都能跟她在一起，年轻人嘛，又刚刚有了第一次拥抱接吻的经历，我想我有这种思念，您也是能够理解的。

我的这个苦恼小郝知道了，为了能让我和史乃慧每天都见上一面，于是他就想出来一个好办法，他说让我带着数学家和傻子旺财去篮球场，趁着他俩打篮球的工夫，我和史乃慧在一起待一会儿，说说话。

于是，我就在下班之后，带着傻子旺财和数学家去篮球场打篮球。到了篮球场上，两个人都表现出了从未有过的新奇。我估计傻子旺财长那么大也未必见过篮球这种东西，而数学家也从未走进过篮球场。

因为，两个人刚一走进篮球场，便像看外星人似的，盯着场上打篮球的人目不转睛地傻看。

我开始教他俩打篮球。

我、傻子旺财、数学家三个人一拨儿，跟小郝、马叔儿他们两个对抗。我把篮球首先传给了傻子旺财，然后示意他再把球传给数学家，数学家接到球后把球传到篮下，由我上篮得分，这是一个非常非常简单的战术，简单到只要你能接住球再传出去就行。可是当我把球传到傻子旺财的手里，他立即就抱起球来，像一只猴子抢到了食物，为了躲避群猴的追逐一样，绕着篮球场狂奔起来。傻子旺财拼尽全力地狂奔大家自然谁也追不上，或者说也没有人傻到非要去追他的程度，傻子旺财见大家都追不上他，便以为我们胜了，于是他就高呼我们赢了我们赢了！他的举动，让篮球场上所有的人都忍俊不禁，捧腹大笑。

傻子旺财抱着球跑回来，小郝便示意我去跟篮球场外边看球的史乃慧说话，他则给傻子旺财讲打篮球的起码知识和规则。这时候马叔儿走了过来，他把傻子旺财叫到跟前，很有耐心地给他示范运球和跑步的篮球规则，傻子旺财自然一时半会儿掌握不了，马叔儿便和他并排站着，让他跟着自己的节奏，拍一下球往前迈上一步，拍一下球再往前迈上一步，就这样，两个人随着一下一下地拍球，一点一点地向前迈进。

马叔儿教傻子旺财时，数学家也在一边空着手比画着。马叔儿教完傻子旺财运球，再教他防守，练习防守的时候，我见他俩都用眼睛紧盯着对方，一刻都没有放松过。两个人的眼睛里闪出来的光都透着一股子凶狠。史乃慧看到他爷爷和傻子旺财之间的对视后，跟我说了一句，怎么两个人跟要打架似的？

打完篮球累了，回到宿舍之后傻子旺财洗都没洗，躺在床上就呼呼入睡了。而我和数学家则洗了澡之后，捧起了各自的书。自然，我还是看我从厂图书馆里借来的那套《鲁迅全集》，他看的则是一本外国书，书名很绕口，叫什么《哥德巴赫猜想》，我觉得那肯定是一本数学书，但却不知道那个猜想是什么，是猜想哥德巴赫的什么，还是哥德巴赫去猜想什么。因为数学家毕竟是大学教授，毕竟肩负着禁区里面那架飞机的秘密研究，因此我认为第一这本书一定跟飞机相关，第二它也一定极其深奥。

或许就是很深奥的缘故，数学家看书跟我完全不是一个风格，他看书的时候往往是一面看一面不停地在纸上写，写了之后还会画，画的时候他就会从书包里掏出一盒一盒的工具，其中我认识的有圆规、半圆仪、三角板等东西，不认识的东西则奇形怪状的让我看不出它的用途。我看书则完全是把眼睛盯在书面的文字上不动，只有在看到精彩之处，才偶尔会发出一两声慨叹，慨叹过后，会把书放在胸前闭上眼睛做一番回味。正因为我俩看书的方式不同，因此，我和数学家住到一起之后，尽管我的身份是在监督他，改造他，或者说我就是他的领导，但是我却把窗前的那张写字台让给了他，并且写字台上的东西，书和纸、笔和本我碰都不敢碰一下。

数学家捧着那本《哥德巴赫猜想》很快就进入了状态。傻子旺财那如雷的鼾声，他似乎根本就听不到，此时，他的身子仿佛已经进入了太空，仿佛就置身在宇宙的浩瀚与空旷当中。他又掏出了那一小盒一小盒的工具，铺开纸在上面绘画，他先很认真地画出一个长道儿，弯弯曲曲的，样子像天上的那道银河，画完了，他看了看，摇摇头，马上就把这张纸揉了，扔进了纸篓。喘了口气，他紧接着再画，于是一个北斗七星样的东西，就出现在了纸上，把北斗七星端详了一番，他仍旧摇头，北斗七星于是便又被他揉了，扔进了纸篓。他反反复复地画，反反复复地揉，反反复复地扔，搅得我有些心神不宁，鲁迅那蕴含着深奥哲理的文字，于是便开始在眼前跳动，书我便再也看不下去了。没了心思看书，因此我就看他，看数学家，看他画，看他皱眉头，看他揉纸扔纸的动作和神态。猛然间，我见他开始急躁了，他停止了绘画，停止了揉纸，停止了扔纸。他用手拍了一下自己的大腿之后便开始了暴躁，只见他使劲儿一挥手臂，霍地一下，将桌子上的所有工具一把都胡噜到了地上！

一瞬间，我俩的目光发生了对峙。

一瞬间，数学家从他太空的境界里回到了宿舍，回到了我和傻子旺财的身边。

他的目光忽然有了变化。由一个强者，由一个狮子般的暴怒倏然一下改变成了懦弱——被管制的那种懦弱。他的目光开始游离，开始躲躲闪闪。脸上像火一样燃烧的表情，瞬间被谦卑、被懦弱所替代，于是，他便像一个犯了错误的小学生一样，立即蹲下身子，去捡打落在地上的绘图工具。

我说您休息一会儿，我捡！

我一样一样地帮他把工具捡起来，他伸出双手来接，我们的手碰在一起时，我感觉他的双手在颤抖。

我说挺晚的了，教授您休息吧。

这是我第一次这么称呼他，称呼他教授。

他没有回应我的话。他捧着那些工具傻呆呆地站在原地，没动。他用眼睛直愣愣地盯着我，盯了好久，说，小金，我不行，我真的不行！

我问他什么不行？怎么不行？

他说上级要求我们两个月破译，可我真的不行！我完不成任务！

我知道他说的破译。但囿于保密规定，我不便打听和深问，我只能对数学家进行安慰，于是我说您别急，您不行还有其他人呢，咱们不是来了百十号人呢吗？

数学家不听我的安慰则已，听了反而更加焦躁了，他说，再来更多的人也没用！

我问他为什么没用？三个臭皮匠能顶一个诸葛亮，这百十号人不都是从全国各地抽上来的顶尖的技术人员吗?

数学家说再顶尖也没用!他十分沮丧地把手里的工具抱在了胸前,说,他们都必须等着我,等我拿出一个公式来!

我问他是数学公式吗?

他说对,数学是所有科学的开锁钥匙。没有这个公式,任何一门科学的大门都无法打开!

我听得亦真亦幻,似懂非懂。我开始思考他说的所有科学这个概念,我觉得那架飞机里,应该运用到了所有科学这个概念。我试着猜想,数学家的这个难缠的数学公式,一定就是飞机当中相关科学领域急于运用的钥匙,没有这把钥匙,飞机当中所有的奥秘都无法打开。想到这儿,我就又看了看桌子上摆着的那本书,那本《哥德巴赫猜想》。为了让数学家放松心情,让他恢复平静,我试探着问他,哥德巴赫是一个人吧?这个人是谁?

数学家先是拿眼睛瞟了书一眼,之后把它拿在了手中,跟我说,哥德巴赫是德国的一个大数学家。他对数学曾有一个非常大胆的猜想,因为这个猜想他自己无法论证,于是就在1742年6月7日给另一个大数学家欧拉写了一封信,他在信中请欧拉帮忙证明。可是直到欧拉去世,也没能证明出哥德巴赫的那个猜想。

我问他那后来呢?

数学家说经过了无数代数学家的努力,哥德巴赫的猜想被分别证明出来了。说到这里,数学家的神情渐渐地恢复了以往的平静,他开始津津乐道地给我讲起这些数学家证明哥德巴赫猜想的成果,他说——

公元1920年,挪威的布朗证明了“9 + 9”。

公元1924年,德国的拉特马赫证明了“7 + 7”。

公元1932年,英国的埃斯特曼证明了“6 + 6”。

公元1937年,意大利的蕾西先后证明了“5 + 7”“4 + 9”“3 + 15”

和“2 + 366”。

公元1938年，苏联的布赫夕太勃证明了“5 + 5”。

公元1940年，苏联的布赫夕太勃证明了“4 + 4”。

公元1948年，匈牙利的瑞尼证明了“1+ c”，其中c是一很大的自然数。

公元1956年，中国的王元证明了“3 + 4”，稍后证明了“3 + 3”和“2 + 3”。

公元1962年，中国的潘承洞和苏联的巴尔巴恩证明了“1 + 5”，中国的王元证明了“1 + 4”。

公元1965年，苏联的布赫夕太勃和小维诺格拉多夫，以及意大利的朋比利证明了“1 + 3 ”。

公元1966年，中国的陈景润证明了“1 + 2 ”。

见数学家的神情缓和了，平静了，我便大着胆子问了他一句：这个猜想我听不懂，这个德国人的猜想，跟您的数学公式有什么关系吗？

听了这句话，数学家立即就又焦躁了起来。

愁云即刻笼罩在了他的脸上。

他说，小金，我看哥德巴赫的猜想是要从中找到灵感，找到那个数学公式的灵感！接下来他看了一眼熟睡当中的傻子旺财，然后就跟我悄声说了他之所以焦躁的原因。他说，你大概已经知道了禁区里那架飞机了。禁区里那一百多号人，就是来研究那架飞机的，他们都是研究飞机的专家。他说小金你可能不知道，一架看似简单的飞机，它内部却综合着许多门类的科学，如飞机的外壳，这其中牵扯到材料学；飞机的雷达系统，牵扯到通信学；飞机的动力，牵扯到动力学；飞机的攻击系统，牵扯着流体力学……数学家说，禁区里那架飞机是迄今世界上最先进的飞机，领先于咱们20年，如果我们把它解剖了，把核心技术拿到手，我们国家的飞机制造水平，便一下子就能提升到世界先进水平之列，我们在研制上，一下子就能跨越将近20年的时间！

我恍然大悟，惊奇地张大了嘴巴！

数学家开始兴奋了，他问我，看没看过虎门销烟的书？

我说我没看过，但是我知道林则徐最后输了。

他问我知道输在什么地方吗？

我摇头说不知道，应该是大清皇帝昏庸的过失吧。

数学家说不完全是，他说输就输在炮上了！他说不知道你看没看过虎门的炮台，咱们封锁海面的炮是固定在炮台上的，其角度只能上下移动，不能左右移动，这样我们的这些炮，只能调整炮弹落点的远近，而不能调整炮弹落点的左右。你明白输的原因了吗？

我猛然明白了，可是我又有了疑惑，我说咱们的祖先那么聪明，发明了火药，发明了指南针，发明了造纸术，怎么就会考虑不到要想防守，就要前后左右全方位地调整火炮的角度呢？

数学家说不是没有考虑到，而是没有能力做到。因为让炮体上下移动很容易，制作起来工艺也相对简单，把炮体固定住就行，但是要想让炮体左右移动，那么不仅制作起来工艺复杂，并且还牵扯到更为复杂的，诸如稳定性、可靠性、反作用力平衡等来自材料学、力学、流体力学等相关学科的科研水平和制作水平。

我叹了口气，说明白了！光会养蚕缫丝，织锦刺绣是不行的！

数学家于是就又说到了数学，他说，这架飞机对咱们太重要了。要想把它解剖了，这个数学公式就更重要了！

我说是！我说我理解您了！

数学家说，这架飞机的基础来源于德国，二战结束后，德国的飞机制造技术迅速外流。被缴获，被盗取。他说之所以德国的飞机会在二战时期那么先进，就是因为德国当时拥有无数像哥德巴赫这样的大数学家！

我终于弄明白了他为什么一定要看这本书的原因！明白了他说的

要从这本书中得到灵感的原因！不过，我仍然不知道应该从何处帮他，因为数学距离我相当遥远。我只能说教授，睡吧，有什么事，明天再想。

数学家看了看熟睡的傻子旺财，说我刚才跟你说的牵扯到了禁区里的一些秘密，你一定要严守，否则要出政治问题。

我请他放心，说我接受过厂里的保密教育，并且说禁区里的那些秘密其实大家也模模糊糊地知道一些。

我们俩准备关灯睡觉。

就在这时，数学家忽然制止住了我要关灯的手。他说他想起了一件事。我以为他终于想起了那个数学公式，于是立即兴奋地从床上坐了起来。

数学家问我，今天下午在篮球场上，你见的那个姑娘是谁？

我不知道他怎么会突然想起史乃慧，便迟疑了一下，说，那是我女朋友，之后十分警惕地问他，你要干吗？

数学家非常兴奋地说，今天我见了她，居然没有，没有那种冲动，你明白吗？

23

我开始为监视食堂管理员老梁作周密的计划。

我之前曾经很细致地观察过这家伙的作息时间。

老梁这家伙很擅于伪装。他的作息时间很有规律，以至于让一般的人很难看出其中有任何破绽。他基本上是早起早睡，一般每天早上4点钟起床，之后赶到食堂去做早餐，早餐过后，他要回宿舍休息一个小时到一个半小时，然后推上那辆我给焊接过大梁的自行车，到厂外去采购。回来后要参与中午的做饭和卖饭，午饭过后他仍然要在宿舍休息上一个小时到一个半小时，然后会再次骑上自行车到厂外去一趟，当然这趟外出的名义仍然是采购，采购回来还是参与做晚饭、卖晚饭。一天的工作完成了，他就把工作服脱了，有时到我们锅炉房里去洗个澡，有时不洗澡，直接回宿舍睡觉，直至第二天的早上4点钟准时起床。

掌握了这家伙的作息时间，我便把我监视的着眼点，放在了厂内和厂外这两大部分上。厂内部分，我准备重点监视他在宿舍里的情况。因为这家伙每天都要早起，因此没人愿意跟他合住，所以他就住在了食堂边上的一间堆放杂物的房子里，这个房子不大，但是却很高，那高度和样式，您完全可以把它想象成一个鬼子的碉堡或是炮楼儿的模样。在食堂边上，把一间房子建成这个样子，曾经让厂里的许多职工感到莫名其妙和一种跟禁区类比的神秘感，许多人特别是外来人员，都曾经猜测过这个奇怪建筑的军事用途，想知道它究竟是出自哪位高人的手笔，但当他们知道这房子的设计者是食堂管理员老梁，而里面码放的是跟军事毫不相关的笼屉和墩布扫把，并且老梁本人也在此居住时，不禁大失所望。鉴于设计者和居住者都是老梁，因此这间房子便有了梁公馆的别号。我监视老梁，梁公馆将是重中之重，因为按照我的分析，这家伙独自一人，住在这么一个本身就带有神秘色彩的很独特的地方，一定也会做着同样神秘和独特的事情。监视老梁的另一个部分是厂外。我刚才说了，根据我的观察，老梁每天都要出厂两次——我觉得全厂唯有他每天外出的机会最多且最有借口，这也正是我怀疑他就是特务的依据来源之一。有外出的机会，就方便他和他的上级或是下级进行接洽，因为在厂外接洽总比在厂内接洽相对不那么引人注目，相对比较容易隐蔽或掩人耳目，当然了，更利于接洽之后赶紧疏散。老梁每天出厂两次基本都会去同一个地方，这个地方并不偏僻，就在厂正门的附近，换句话说，就在把守我们厂大门的哨兵眼皮子底下，根据这一点我得出的结论是：老梁这家伙不愧是特务老手儿，老奸巨猾，他选择活动的地域大隐于市，独具匠心。因此，厂门口不远的那个地方，将是我监视老梁厂外活动的另外一个重点。

我开始根据老梁的作息时间作周密的计划。在这个计划中，当然还包括在老梁外出的这两个时间段，我怎么找借口外出，怎么把傻子旺财和数学家那两块膏药贴在小常师傅或者小郑身上，让我有充裕的时间跟踪老梁。

时机就那么恰到好处地来了。

就在我作计划的时候，厂总务处的领导给我们班长骆驼祥子打了个电话，告诉他准备抽调我到厂部去几天。骆驼祥子当然对这个电话很不满，他问为什么非要调我，他跟对方说我们班已经损失了一员大将，现在你再抽调一个大劳动力走，到年底还取不取暖？耽误了取暖厂长要是怪罪下来，你顶着还是怎么的？总务处的领导毕竟不是我们水暖队的老冯和司登亮，他把脸一绷，十分严肃地说，老祥我告诉你，你别光拉车不看路，这斗、批、改是中央作的指示，是毛主席他老人家发的号召！小金文笔好，把他抽调到厂部给领导们写材料，那是厂长亲点的，你有什么怪话少他妈的跟我嘚啵，有本事你找他说去！尽管骆驼祥子嘴里嘟囔着找他说去就找他说去，别他妈的拿厂长吓唬人，但他还是乖乖地到我们干活儿的地方通知了我，让我赶紧去厂部报到，去写斗、批、改的材料。当然了，他通知我的时候是拉着脸的，他阴郁的脸上那双小眼睛是满含着敌意的，通知完了，他甚至还说了一句很难听刻薄的话，他说你干脆调到厂部去得了，省得在我这儿占着茅坑不拉屎！

总务处通知我脱产写材料，自然就像及时雨一样在我作计划，准备监视老梁的时候很恰如其分，很合时宜地飘落了下来。我无论是在中学还是到厂里以后，已经被无数次地抽调上去写有关运动的材料了，因此我已经有了相当的经验，无论写什么材料，无论是大鸣大放的还是斗私批修的，我均谙熟此道，只要我拿上一瓶胶水，一把剪刀，坐在厂资料室里待上不到半个小时，用他们抽烟的人形容，不到一支烟的工夫，我便能像变戏法儿似的，“写”出一篇理论水平绝对一流儿的文章来。因此，只要我到厂部一报到，之后领会了中央有关斗、批、改的精神，领会了厂领导的意图，再把梁效（梁效，两校的谐音，指北京的北京大学和清华大学，当时梁效为四人帮的喉舌——作者注）最近发表的相关社论、批判文章一剪一贴，马上完成任务。而完成了任务，剩下的时间便可以十分从容地对老梁进行监视了。当然了，在我外出的期间，我还需把那两贴膏药处理好，不然，出了乱子也很麻烦。

就这样我开始跟踪监视老梁。

我认定他一定就是特务，代号“利剑”。

决定了监视老梁的第二天，早于他起床的凌晨4点，我便悄悄地来到了梁公馆附近埋伏了起来——在我作监视老梁计划的时候，我曾多次到梁公馆附近作过侦查，因此我已经选好了对梁公馆监视的最佳角度和最佳位置——埋伏好了我才发觉，尽管我在对老梁实施监视之前，作过很周密的计划，作过多次心理预想、心理演练，作过无数个出现了紧急情况的备案，但是百密一疏，我还是在一瞬间发现了计划中的纰漏，这个纰漏尽管不大，甚至可以忽略不计，但是却相当致命，就好比一个构筑在防洪堤坝上的蚁穴，看似无关大局，可是它却能让一条坚不可摧的大堤毁于一旦。

至于这个纰漏或是疏忽到底是什么，我待会儿再告诉您。现在不说是因为我没心情说。我没心情说的时候，您也最好别问。

我埋伏好了，按照我通过侦查选择好的位置。这个位置就在梁公馆窗子对面的那棵大树上面。梁公馆的窗户距离地面约 1.5 米，这棵树距离窗子约 2.5 米，我埋伏的位置在树半截腰的一个枝杈上，枝杈距离地面约 2.5 米，枝杈前方有一些稀稀疏疏的树叶子做着遮掩。这个位置相当理想，既可以把梁公馆内部的情况一目了然，又可以很好地隐蔽自己。

我很灵巧地爬到了树上。之后稳稳地坐在了那个树杈上。

我埋伏好了。只等待老梁起床。

读到这里，细心的读者肯定要问我一个问题，难道梁公馆的窗户不挂窗帘吗？嗯，您问得好，您的这个问题问得相当到位。看来您比我更具备侦察天赋，您在这方面比我要老练许多，因为我就曾经忽略过这个问题，忽略过梁公馆的窗户上有窗帘的事情。这个问题是我昨天晚上忽然想起来的，想起来的原因是我准备去拉窗帘，准备关灯睡觉，当我的手触摸到窗帘时，我猛然就想到了这个问题，想到了我从来就没关注过梁公馆的窗户上有没有窗帘的事情，于是我立即穿好衣服起身往外跑。好在我的宿舍和梁公馆直线距离不足 500 米，我不到五分钟便跑到了。让我非常遗憾的是梁公馆的窗户上挂着窗帘，并且窗帘还很厚实，梁公馆内部的情况无法透过它看到。不过上帝关上了门总又会在其他的地方开一扇窗，就在我很沮丧地准备取消第二天对老梁监视的计划时，我忽然发现有一束灯光从窗户的顶部透了出来，仔细再看，原来这个很厚实的窗帘上面的一个挂钩坏了，窗帘的一个部位便耷拉了下来，以至于形成了一个三角形的缺口，那灯光的光束，就是从这个缺口中投射出来的。这个三角形的缺口虽然从外表上看去不是很大，但是足以能够让我看清老梁房间内的一片活动区域。

急于知道我监视老梁的计划中，出了何种纰漏的读者，这时候一定就将没有把梁公馆窗户上有没有窗帘的问题考虑周全，便贸然地对老梁实施监视，当成了我说的那个纰漏。其实不是，不是那么回事，梁公馆窗户上有没有窗帘，还不是我说的那个可以致命的纰漏。不过，那个纰漏到底是什么我现在真的不想说，原因我说过了，我的心情不好，我心情不好的时候，您最好也不要问我，否则我就没法继续讲故事了。

我按照计划爬到了树杈上。

我准备通过窗帘耷拉下来的那个三角，窥看梁公馆里面的情况。尽管这个三角会使我的视线变得狭窄，但是我相信我必将有所斩获。

我上树的那个清晨是6月8日。选择这个日子去监视老梁其实并没有什么特殊的意义，不是像现在人那样，选择一个“8”作为吉利数字以利于开张大吉。我不是那样。选择这个日期，完全跟厂领导调我去写斗、批、改的文章有关。现在我把我去监视老梁的具体日期告诉您，主要是为下面要发生的事情做好铺垫。

六月的天气，在我们长白山这个地区来说，不算是很热，甚至还可以称得上是比较凉爽。春天虽然没来几天，就急匆匆地赶往了让她更为眷顾的地方；春天虽然没来几天，就急匆匆地要把刚刚被唤醒了的鲜花和青草，交给她的另一个兄弟，火热的夏天。但是她的这个兄弟却十分慵懒，还在很远的地方，蹒跚地迈着迟缓的脚步，不慌不忙地在往这里赶路，那位仁兄的脚步既拖沓又绵软，因此那一份本应该拥有的火辣，便还停留在很远的地方，那股火辣还只是个传说，只是一个若隐若现的恐吓。但是，即便是这样，同样和我们人类一起生活在这个地球上的昆虫和小动物们，却已经被唤醒了，它们已经兴高采烈地从冬眠的藏身之处走出来了、羽化出来了，它们走出来、羽化出来了之后的第一项任务，就是要迫不及待地四处搜寻，它们饿了，整整一冬天的寒冷，已经让它们体内的热量消耗殆尽了。于是它们便开始疯狂地搜寻着一切可食用的东西，它们的牙齿甚至都已经咬得嘎嘎作响了。就在这个时候，我爬上了树。据说昆虫和动物们的嗅觉都十分灵敏，它们的鼻子里都有一个叫作信息素的装置，那个装置大概就相当于我们人类所使用的雷达或声呐探测，无论它们待在什么地方，无论它们是在地上还是地下，只要是有食物出现，它们鼻子里的雷达或声呐立即就会得到反馈，紧接着它们便会举刀杀来。正因如此，我刚爬到树上，便觉得周身发痒，就觉得有什么东西顺着脚脖子、手腕子、脖领子簌簌地往我的身上移动。

我强忍了下来。因为我要监视老梁。我等待着梁公馆里的灯光亮起。

我身上开始感觉到一丝丝的疼痛。朝着疼痛的地方轻轻地拍了几下，我继续坚持。这时我的脑子里，出现的是英雄邱少云在敌人的碉堡前潜伏，身上的衣服被敌人的燃烧弹点燃了，但是他依然咬紧牙关继续坚守的场面。我用英雄的壮举鼓励着自己。

4点钟终于熬到了。老梁的闹钟丁零零地响起来了。

随着几声咳嗽，老梁把灯拉着了。梁公馆里顿时亮堂了起来。我猛然忘记了身上的疼痛，瞪大了眼睛朝屋里窥看。

老梁起床了，撩开了被子，我看见了他那光光的，一丝不挂的身子，看到了他那一脸的倦容和蓬乱的头发。我看见他在床上愣了片刻，之后先用手把蓬乱的头发捋了一把，之后便从桌上拿起手表看了一眼。看过表，他就穿鞋下地，就开始在屋里走来走去地乱转，由于窗帘的遮挡，我看不出来他乱转到底是在干什么，是为了寻找衣服？是为了寻找袜子？我看不清，反正只见他一会儿出现在了桌子旁，一会儿又悄然地隐去了，飘忽不定。飘忽的时候，他光光的身子，在灯光的照射下，泛着白光很耀眼。他那光溜溜白花花的身子，不由得就让我在一瞬间产生了联想，不知不觉地我就想起了史乃慧，就想起了我们两个那天晚上在水房里的情景。应该说这个联想太糟糕了，这个联想来得相当不是时候，因为当我强忍着，将这个邪念压下去之后才发现，刚才还在屋里飘忽走动的老梁已经不见了。梁公馆里的灯耀眼地亮着，屋里空荡荡的，一切都静止了一样。

约莫过了两分钟，在我思忖着老梁哪儿去了，责怪着我自己不该在关键的时刻想入非非的时候，屋里好像又有了动静，随着一个人影儿的晃动，老梁再次出现了。这次出现在我的眼前，他已经穿好了衣服，刚才那一脸的倦容不见了，刚才那蓬乱的头发，也被梳理得平平展展。我忽然发现这次出现，他的手里是端着一样东西的，那样东西的形状呈长方形，大小如同一架电子管的收音机，那样东西被一块灰色的布包裹着，并且包裹得非常仔细。

我的心一下子便被提了起来。电台！？

我差点儿没惊恐地把这两个字呼喊出来。

我强忍着内心的怦怦乱跳，屏住了呼吸，要看老梁下一步的动作。我设想着老梁会打开电台，戴上耳机收发电报。于是我便作好了准备，随时从树上跳下去，一举将其人赃俱获！

哈哈，我觉得距离老梁这名潜伏在厂里多年的特务，露出马脚的时刻已经不远了！

老梁把手里的那个布包轻轻地放在了桌子上，那小心翼翼的举动，更让我相信，里面包裹着的就是一部电台。

老梁开始用双手去解布包上面的结。那结当时一定被系得很紧，因此他用力地解了几次才把那结解开。

灰色的布包被解开了，没想到里面还有另外一层，里面那层布包是蓝色的，依然很严实地封闭着被包裹着的东西，布包顶部依然打着结。

老梁定定神，动手去解蓝色布包的结。

与此同时，我感觉我身上的疼痛在不断地加剧，原因是刚才钻进我衣服里面的东西，只是被派遣在前面的侦察兵，后续的大部队在得到了侦察兵的报告之后，已经浩浩荡荡地赶到了，其中有毛毛虫、蚂蚁、蟑螂、马蜂以及不明身份的多个昆虫和小动物的兵种。它们要在我的身上开一个饕餮盛宴。

老梁很快就打开了那个蓝色布包的结。这层布包是包裹的最后一层。

恍惚之间，我仿佛看到了被两层布包包裹着的那个东西，而那东西也的确像是一部电台的模样。我在这里说仿佛是因为我没看清楚，因为就在老梁把最后那层蓝色的布包打开时，我被一样东西狠命地撕咬了一下，我疼痛地高喊了一声哎哟，之后扑通一下便从树杈上掉了下来。

那样子十分地惨！

24

那天，为了傻子旺财的工作，小常师傅像一头狮子似的冲到了骆驼祥子的面前，他用一把刮刀顶住了他的喉咙。

不过，即便是这样，我们班长骆驼祥子，也没有答应安排傻子旺财的工作。他没有答应不是他英勇无畏，大义凛然，宁死不屈，而是因为傻子旺财在关键的时候解救了他。

那天小常师傅用刮刀抵住骆驼祥子的喉咙时，我害怕了，我的双腿甚至都打哆嗦。我害怕小常师傅真的一刀捅进骆驼祥子的喉咙里，我害怕再次见到血的喷涌，我还害怕小常师傅因此付出惨痛的代价，因为他家里还有常师娘，还有三个幼小的孩子。可即便是害怕，我也没敢出声，没敢走上前去阻拦。不仅我如此，在场的老冯和司登亮也是如此，他们一时间也被吓傻了，不知所措。大家都呆在了原地。

骆驼祥子其实当时也被吓傻了。

因为他绝不会想到，平时一直很懦弱的被他呼来喝去的常立本，竟然会在一瞬间变成一只发狂的雄狮，竟然会抄起刀子来。冰凉冰凉的刀尖儿抵在他喉咙上的那一刻，他感觉自己就要死了，他感觉自己身上的血液已经停止流动了，他甚至感觉自己再控制不住身体的各个器官了，于是，随着周身的一阵哆嗦，他的裤子便湿了，一阵骚臭气扩散了之后，一股水流便小溪一般地顺着他的裤腿流了下来，直至蔓延到地上。

千钧一发之际，我忽然感觉到一阵风从我的身边卷过。

还没等我看清是怎么回事，只见一个身影已经冲到了小常师傅和骆驼祥子的跟前，紧接着便是嗨的一声呼喊，随即便见骆驼祥子飞出去了老远，小常师傅手里的刮刀也应声落地。

好半天，大家才缓过神来。

我第一个走向了小常师傅，老冯和司登亮也起身去搀扶躺在地上的骆驼祥子，傻子旺财则弯腰拿起了那把刮刀。这时我才反应过来，刚才卷起那阵风的竟然是傻子旺财。看着躺倒在地的骆驼祥子，我不知道旺财是用了什么样的办法，他的那声嗨怎么会具有如此的威力。不过有在篮球场上的经历，我相信，没有正常人思维的傻子旺财，一定有他的独特方法。

骆驼祥子被老冯和司登亮搀扶起来之后便开始叫嚣，他把喉咙上渗出来的血往脸上一抹，说，常立本你他妈的等着，我这血不能白流，我要让你用一百倍、一千倍、一万倍的血来偿还！说着话他就要从地上跳起来，就有了要抄家伙的意思，不过当他看到了傻子旺财手里那把明晃晃的刮刀时，立即就萎缩了，在老冯和司登亮的劝说下，他准备去换衣服，临走时他转过身来朝着小常师傅喊了一句你他妈的等着！咱们骑驴看唱本儿——走着瞧！

因为有骆驼祥子你等着这句话，所以在接下来的日子里，我都十分小心谨慎，因为我害怕趁着小常师傅稍不留神，骆驼祥子真的会抄起一根撬杠，朝着小常师傅的脑袋上打过来，于是每天上班我都会待在小常师傅的左右，警惕地盯着骆驼祥子的一举一动。不过，几天过去了，什么都没有发生，一切都平安无事。

事情渐渐地平息了。

这之后我照常带着傻子旺财到班里上班。

傻子旺财的工作一直得不到解决，他总是这么跟着我上班也不是个常事儿，于是我就跟小常师傅商量，骆驼祥子这浑蛋要是实在不收留傻子旺财，咱们要不就去找找大眼儿灯郭明，求他帮帮忙您看行不行？

小常师傅点头表示同意，于是我便跟数学家借了 20 块钱，请大眼儿灯郭明班长吃饭。

郭明坐在饭桌上之后，听了我和小常师傅的请求，放下了手中的筷子，他说按理说，咱们都是阶级兄弟，不该分彼此，按照江湖上的说法儿咱们应该有福同享有难同当，可是你们班的骆驼祥子实在不够哥们儿意思，赵武那是因公牺牲，他就应该毫不犹豫地把傻子旺财的工作给解决了。说到这儿，大眼儿灯郭明把面前的酒杯在桌子上狠狠地蹾了一下，说，本应该他收的事儿，他不收，反而让我收，说实话，我不是收不了，但是我却不能收，我要是收了，那是老公公背着儿媳妇过河——费力不讨好！

我不解地问大眼儿灯郭明，怎么就费力不讨好了？收了傻子旺财，我们都会感谢您。

郭明说，小金你刚参加工作不知道，我和你们班长骆驼祥子这些年矛盾不断，骆驼祥子没事还尽找我的碴儿呢，我要是收了傻子旺财，那就等于得罪了他，我要是得罪了他，将来他还不更得找我的碴儿吗？大眼儿灯郭明说完了，就端起了面前的酒杯，说我郭明历来无功不受禄，今天你们请我，情我领了，但是饭我不能吃，这么着，我喝口酒就代表我谢你们了！说完，便一饮而尽。

大眼儿灯郭明帮不了傻子旺财，我便一点儿办法都没有了。我只得寄希望于骆驼祥子哪天开恩，收了傻子旺财。尽管我觉得这种希望十分渺茫。

我继续带着傻子旺财到班里上班。

我说过了，我们水暖工是一个特殊的工种，赖汉子干不了，好汉子不乐意干。或许就是因为这个原因，从事我们这个工种的人，便不被人们看成一个真正的工人，我们的地位在厂里往往会跟勤杂工们持平，大家经常拿我们跟他们相提并论。水暖工不被看作一个真正工人的另一个原因，是我们这些人不具备产业工人的组织纪律性，我们都比较懒散，如我们厂的上班时间是早上 8 点，每天的这个时候厂区的大喇叭里会响起一阵军号，军号过后像史乃慧她们机加工车间的电闸就会被打开，一台台的车床就会呜呜地转起来，可是军号响过我们这些水暖工们却置若罔闻，我们的工作规律是军号响过之后大家便开始坐下来抽烟、喝水、聊天，聊天的时间依据我们班长骆驼祥子的心情和兴致，他的心情要是好，兴致也很高，自然聊天的时间就会长一些；他的心情若是不好，比方说他头天晚上跟老婆吵架了，比方说他家里的钱又不够花了，粮票又不够用了，他便没了聊天的兴致，于是军号吹过没多久，他就会把我们打发出去干活儿。

小常师傅拿刮刀抵住骆驼祥子喉咙过后的几天，骆驼祥子不仅没有因此而心情沮丧，没了聊天的兴致，反而跟没发生任何事情似的心情奇好，聊天的兴致极高。

这天早上我起晚了，因为数学家总是熬夜寻找那个数学公式的缘故，因此我、数学家、傻子旺财来到班组的时候，厂里的军号已经响过好长时间了。我小心翼翼地推开锅炉房的门，准备迎接骆驼祥子对我迟到的指责。可是他却连看都没看我一眼。坐下来之后我才发现，原来这家伙的聊性正高。

怎么，你小子眼睛看东西模糊了？我听他怪声怪气地问他徒弟色盲青年陈晨方。

色盲青年陈晨方于是就用手背揉揉眼睛，之后再把眼睛眨了眨，说，嗯，不知道是怎么了，从早上起来我的眼睛看什么都是模模糊糊的。

骆驼祥子听罢就朝左右年长的师傅们看了看，接下来年长的师傅们便会意地笑了起来。我觉出来这笑声里隐含着什么，或者说是不怀好意，便悄悄地问小常师傅怎么回事？小陈的眼睛怎么会忽然看东西模糊了？小常师傅示意我别问。

骆驼祥子和年长的师傅们笑够了，便把头转向了色盲青年陈晨方，说，你小子晚上没干好事吧？

色盲青年陈晨方把头低了，不语。

骆驼祥子就像老中医一样，给色盲青年陈晨方像模像样地把了把脉，之后说，你往后晚上好好睡觉，别他妈的尽想那些乌七八糟的东西，年纪轻轻的多想点儿工作上的事，多想点儿政治上的事。说完，便悄声问色盲青年陈晨方，说实话，晚上跑马了吧（跑马，遗精的意思——作者注）？

骆驼祥子说完，所有的年长师傅便又笑了起来。

就在大家笑的过程中，骆驼祥子忽然就把头扭向了窗户。他的这个动作我们都习以为常了，因为到了这个时间，从远处便会有一辆红色自行车骑过来，骑车的人是个女的，很漂亮，是我们锅炉房隔壁合作社的售货员，姓什么叫什么我不知道，只知道她的绰号叫小洋人儿。这个绰号是不是我们班的师傅们给她起的我也不知道，反正从我一被分配到老祥班，一进这座锅炉房，我就听所有的师傅都这么叫她，这其中也包括我师傅赵武。小洋人儿是我们班师傅们的一道开胃菜，一道美滋美味儿的甜点，大家无论是说工作还是说家常儿，都不自觉地要把她给扯上，比方说到焊接某个部件，就有人会说焊不了，那东西跟他妈的小洋人儿的屁股似的，不好焊，它不让你下手。再比方说我们下了班洗澡，洗着洗着就有人忽然冒出一句来，说，这小洋人儿要是能陪咱们爷们儿洗回澡你说那该多美。这位说完，另一位紧接着就补充一句，说，咱们洗完澡出去，把小洋人儿叫过来用这水接着洗，洗完了她准得怀孕。

果然，在骆驼祥子扭头朝外看的时候，从很远的地方过来一个小红点儿。

看到了这个红点儿，骆驼祥子便把话题从色盲青年陈晨方的身上转移了出来，他说哎，小洋人儿来了，咱们打个赌怎么样？你们今天谁要是有本事把小洋人儿抱一下，我输给他一包工农。见没人接话茬儿，他就又加了一包，说两包工农怎么样？又加了一包香烟还是没人接茬儿，于是他就把头转向了傻子旺财，说傻子，待会儿有个漂亮姐儿骑车过来，你敢不敢上去抱她一把，你要是抱了她，我给你两包工农。傻子旺财摇摇头说，我不抽烟。傻子旺财不肯去抱小洋人儿，骆驼祥子就去问小郑，小郑刚要开口说话，小常师傅便狠狠地朝他瞪了一眼。见大家都没有响应，兴致本来很高的骆驼祥子便大为扫兴，他骂了一句真是他妈的一帮怂人！骂声刚落，他徒弟色盲青年陈晨方便站了起来，说，我来！

色盲青年陈晨方大步走出了锅炉房，之后骆驼祥子和其他的师傅们也走出了锅炉房，我看了一眼小常师傅，便和傻子旺财、数学家一起也到外面去看热闹。大家都想看色盲青年陈晨方如何抱小洋人儿。

色盲青年陈晨方迎着小洋人儿的自行车走去，快要接近了的时候，他便站在了她的前面，不过他把小洋人儿想象得有点儿过于笨了，小洋人儿很快就发觉了对方堵路的意图，于是她便把车把一拧，转了一个大弯儿，将色盲青年陈晨方给绕了过去。站在锅炉房门口的我们，见色盲青年陈晨方的计谋没能得逞，便嗷嗷地开始起哄。色盲青年陈晨方见我们大家朝他起哄，脸上有些挂不住了，他便一转身从后面拽住了小洋人儿自行车的后架子，然后向旁边一推，把它弄翻。

你干什么呀？没想到自行车倒在了地上，而小洋人儿却并没有摔倒，她很敏捷地从自行车上跳了下来。你要什么流氓啊？站到地上后小洋人儿指着色盲青年陈晨方的脑门儿质问：你都让保卫科的人抓了一回了，还不接受教训，你是不是贼心难改啊？你是不是还想被关上七天啊？见色盲青年陈晨方不说话，又见我们大家都在锅炉房的门口站着看热闹，于是她就又朝骆驼祥子喊，祥班长，祥班长，你的兵你也不管管，光天化日的就想耍流氓！

一直在色眯眯地笑着看热闹的骆驼祥子，这时忽然一本正经了起来，他走过去，佯装批评了色盲青年陈晨方几句，之后一面关心地问着小洋人儿没事吧？吓着没有？一面趁机要把手放在小洋人儿的身上。

小洋人儿很机敏地往后退了两步，敷衍着说没事没事，没吓着。

骆驼祥子见状，就把手收了回来，转而去看那辆倒在地上的红色自行车，他自言自语地说了一句我看看车摔坏了没有，然后就弯腰准备把车从地上扶起来，就在他弯腰之际，只听哎哟一声惨叫，骆驼祥子瞬时倒在了地上。色盲青年陈晨方一看慌了，忙上前问骆驼祥子怎么了？是不是心脏病犯了？小洋人儿见状也慌了，也忙赶到骆驼祥子的身边问长问短。

骆驼祥子一脸的痛苦表情，他龇牙咧嘴地继续哼哼。色盲青年陈晨方和小洋人儿便同时朝他伸出手去，要把他搀扶起来，到厂医务室去看看。

骆驼祥子从他那双眯缝着的小眼睛里看到了两个人的手，于是他躲开了色盲青年陈晨方伸给他的那只，一把抓住了小洋人儿的手，之后使劲儿一拽，就把小洋人儿拽到了自己的怀里。

看热闹的师傅们发出了一片哄笑！有人甚至手舞足蹈，鼓掌，打流氓哨儿（把拇指和食指伸到嘴里，吹出尖锐的哨声——作者注）。

在我们看色盲青年陈晨方和骆驼祥子耍弄小洋人儿的过程中，我发现站在我身边的数学家一直十分紧张，他浑身不停地在颤抖，双手抖动的尤为厉害，我知道，那是他那个毛病就要犯了。我也知道，那是他在极力地和自己那个毛病作着抗争，于是我赶紧使劲儿地用我的一只手掐住了他的一只手。待小洋人儿走了以后我松开手一看，数学家的手不仅让我给掐紫了，并且他浑身的衣服也都被汗水浸湿了。

一场闹剧结束了之后，骆驼祥子心满意足，给我们分派了工作，在我们起身要去干活儿的时候，他跟我们说，别忘了，晚上还有节目啊！

晚上的节目是洗澡。

我不是已经说过了吗，您别看我们水暖工这个职业不好，又脏又累，浑身上下不是粪水就是汗水，但是我们也有我们的优势，那就是洗澡方便，因此无论是食堂的人还是合作社的人，都会定期到我们锅炉房里来洗澡。

这天晚上正是合作社的几个女人要来洗澡的日子。

其实，合作社的几个女人，定期要到我们这里来洗澡的事情，我自打来到老祥班上班便知道了。但是我不知道的是，为什么每逢这一天，师傅们便显得十分兴奋和十分神秘，他们不仅不着急下班，并且还会排着队轮番地去上厕所。后来还是色盲青年陈晨方首先探知了其中的奥秘（锅炉房里的洗澡池一般都在厕所的隔壁——作者注），原来师傅们为了能观看女人们洗澡，他们在厕所里做了手脚。

晚上我本想早早地就下班，为的是避免数学家碰上合作社的那几个来洗澡的女人。可是事情偏偏凑巧，在我用电焊焊接一处地下管道时，管道由于"年事"已高，焊枪刚和管道接触，管道就噗的一声被焊漏了，就好像一个风烛残年的老人，稍有一阵风便把他刮倒在地。于是，我只能加班。

待我们完工回到锅炉房里放回工具时，正好和前来洗澡的合作社的女人们在锅炉房门口碰面。见到了这几个女人，我立即就攥住了数学家的手，而数学家的身体又开始了抖动。

我们放好了工具，女人们走进了洗澡池洗澡。自然，师傅们又开始一个个地往厕所里跑。怕数学家控制不住自己，我跟傻子旺财和数学家说赶紧换衣服。傻子旺财自然不会领会我的意图，他问我咱们不洗澡了？还没等我说不洗了，回家，骆驼祥子便接过话茬儿来，说傻子，待会儿再洗，你先跟我过来，我让你看个西洋景儿。说罢，他就拉上傻子旺财，一起走进了厕所。

两个人走出厕所的时候，我见骆驼祥子一脸淫笑，而傻子旺财则满脸羞红。

怎么样，傻子，骆驼祥子不怀好意地问傻子旺财，说，看见什么了？

傻子旺财搓着双手，不语。

哈哈哈，骆驼祥子继续着他的淫笑，看见里面的人了没有？

傻子旺财低着头说嗯。

说说，里面的人什么样儿？这儿，这儿，骆驼祥子拿手在自己的胸前比画着，说，这儿跟咱们有什么不同？

多两疙瘩肉……

傻子旺财的话音一落，整个锅炉房里边立即响起了一片哄笑。

洗澡的女人们听到了笑声，但是她们并不知道师傅们为什么发笑，因此，从洗澡池出来后，她们一面用梳子梳理着湿漉漉的头发，一面跟师傅们打听，说得了什么喜帖子了，这么高兴？听了她们的问话，师傅们便笑得更加厉害了。流氓哨儿就又吱吱地响了起来。

没得到答案的女人们便走向了傻子旺财，这时傻子旺财正跟数学家并排地站着。

小师傅，刚来的吧？她们走近了傻子旺财和数学家。

嗯，傻子旺财低着头回答。

你们的师傅们笑什么呢？她们就站在傻子旺财和数学家的对面。高耸着的胸脯儿，跟柔软的水波似的在他们眼前晃动。

就在傻子旺财一脸窘态，不知所措的时候，我看到数学家浑身开始颤抖了，我看到他那两只手，抖动着，几次要伸到腰间，我一个箭步冲了过去，死死地抱住了数学家。

我被抽调到厂部写斗、批、改的材料之后的一天，吃罢晚饭回到宿舍，傻子旺财照旧呼呼大睡，我和数学家照旧捧起各自的书，凑着灯光去看。看了一会儿，数学家从书本上抬起头来，他说小金，我有一种感觉。他说我只要跟你在一起，或者说，只要你在我的身边，我就能控制住我自己。

我朝他笑了笑，说，我只起辅助作用，关键还是你自己把自己克制住了。

数学家说不是，我真的感觉你在我的身边，我就有了震慑，我不自觉地就不敢乱动了。

我听了就哈哈地笑，我说那我不成了钟馗了？那你以后把我的照片贴在门上得了！

数学家却没笑，他一本正经地问我，《儒林外史》你看过没有？

我说没全部看，看过一小部分。

他说，里面描写范进中举的故事你总知道吧？

我说我知道，写得极为精彩。

他于是就往我身边凑了凑，说，范进中举之后疯了，不认识人了，急得全家人手足无措，不知如何是好，这时一个人想出了一个办法，说找一个平时范进最害怕的人过来，扇他一个大嘴巴，让他吐出堵在胸口上的那口痰来或许就能好。最后有人就叫来了他平时最为害怕的胡屠户，胡屠户见到范进上去就给了他一个大嘴巴，范进果真就好了。数学家说，我觉得人跟人从某些方面来说是相互克制的，这也是一种心灵感应。

由于我没有他说的相互克制和心灵感应的体会，因此数学家的话说完之后，我就没再说什么。我看着他发愣，他也看着我发愣。之后，我俩继续看书。

看了一会儿，数学家又从书本上抬起头来，他说我有一个好办法，你要不要听？

我拿眼睛问他关于什么的好办法？

他说，我有办法让骆驼祥子给傻子旺财安排工作。

我忙扔掉手里的书，问他有什么好办法？

数学家也扔了手里的书，他问我毛主席说过的大字报是一个好办法的语录知道不知道？

我说知道倒是知道，只是背诵不下来。你问这个干什么？

数学家说写大字报是你的强项，你何不运用你的这个强项，运用毛主席他老人家的教导，给骆驼祥子贴一回大字报？说完，他又问我知道不知道中共给苏共写的九评？

我说知道，九篇声讨的檄文，篇篇有理有据、文笔犀利，九评之后苏共被中共评得体无完肤。

数学家一拍大腿说，就是，我就是想让你给骆驼祥子这浑蛋也写上他九篇檄文，让他也尝尝文字和舆论的厉害！我跟你说，九篇檄文过后，他骆驼祥子不举白旗才怪，他不体无完肤才怪！

数学家的话一下子把我的心挑亮了！

写文章那是咱的拿手好戏！

说干就干，我立即从抽屉里拿出来笔和纸。没用一个小时，我便写就了第一篇檄文，檄文的题目叫《看——骆驼祥子的用心何其毒也！》。在檄文中，我把平时骆驼祥子因为派性的原因排挤我师傅赵武，不断地在暗中下绊儿，以及明知小常师傅、小郑和我师傅力所不及，还偏偏安排他们三个去主楼拆卸暖气片、扛暖气片，在我师傅被累吐血之后，还强行让我师傅去补锅炉，从而导致了我师傅惨死的事件。列举了骆驼祥子搞派性的恶毒用心之后，我笔锋一转，又说到了我师傅去世后我师娘带着傻儿子艰难度日的困苦，以及骆驼祥子故意刁难，不给傻子旺财安排工作的丑恶嘴脸。檄文中，我把骆驼祥子的人性泯灭描写得淋漓尽致，把我师傅去世后，我师娘没有正式工作，而傻子旺财因为没有岗位无法实现接班，两个残疾人在艰难中茕茕孑立的现状描写得凄惨动人。

写完了檄文，我把它拿给数学家。数学家看过之后提了一条意见，他说不要把你师娘的生活描写得那么凄惨，他说写得凄惨了，对方会抓住你的小辫子，说你是在污蔑社会主义、攻击共产党。我想想觉得数学家言之有理，于是就把相关的文字作了改动。

檄文《看——骆驼祥子的用心何其毒也！》连夜被我抄成了大字报，大字报不多不少一共十张纸。第二天早上一起床，我和傻子旺财、数学家便提上了一桶糨糊和一支秃扫把来到了厂区最为中心的小广场，小广场当时是我们全厂贴大字报和看大字报最集中的地方。我们选了一处最为显眼的位置，把抄成十张大字报的檄文贴了上去。

到了中午，大字报的威力便显现了出来。全厂几乎沸腾了。骆驼祥子害死了我师傅几乎成了全体职工议论的主题，许多人都找到了我，跟我说他们终于知道了骆驼祥子的恶毒用心，于是，到了下午，便有许多声援我的大字报在小广场上贴了出来。尽管骆驼祥子那一派也贴出大字报来予以反击，但是更多的声讨他的大字报，很快就把他们给湮没了。

晚上，我再接再厉，写出了第二篇檄文——《看——骆驼祥子的内心何其色也！》，在文章里，我把骆驼祥子调戏常师娘，调戏小洋人儿，在厕所里做手脚偷看合作社的女人们洗澡的事实一一公布于众。

两篇檄文像两把利剑，直插骆驼祥子的胸膛。两篇大字报像两颗炮弹，轰得骆驼祥子丢盔卸甲。

两篇檄文过后，据小常师傅和小郑跟我说，骆驼祥子开始发蔫儿了，每天上班之后，再不像以往的时候聊性盎然了。小洋人儿骑着自行车从我们锅炉房的门前经过，他也再没闲心扭头观看了。小常师傅和小郑分析他似乎都有些魂不守舍了，因为他们几次见他手里夹着烟却忘记了抽，往往烟都烧到手指头，他才忽然有了感觉，之后慌忙地把烟蒂扔到地上。

骆驼祥子的状态让我感到了文字的威力，让我感到了舆论的作用。我决定趁热打铁，写我的第三篇檄文，我决心一连气儿写出九篇来，非让骆驼祥子乖乖地举手投降不可。

可是，没容我写出第三篇檄文，我们班就又发生了一起重大的事故！

25

早上4点钟之前，我再次来到了梁公馆。

这次我是作好了相应的防护准备才来的。我把我的裤脚、袖口、领口都紧紧地系好，同时我还在身上喷了防蚊剂、虫不叮等药物。

趁着天黑，我手脚并用地爬上了树，再次坐到了那个树杈上。

我开始聚精会神地等待老梁起床。

这时候，忽然有一阵嚓嚓嚓的声音撕开了宁静夜空的一角。说实话，我被这个突如其来的声音吓了一跳。我甚至在一瞬间感到了惊悚。因为据厂里的老职工讲，长白山上有不少棕熊，那些家伙饿急了经常会在黎明之前，下山来寻觅食物。再说我所在的位置又是食堂，熊被诱惑而来极有可能。我感到异常恐慌，赶紧循声观望。

嚓嚓嚓的声音越来越近。一个黑影儿在不远处出现了！屏住呼吸细细看去，那黑影儿竟然是圆鼓鼓、肉乎乎的！

——棕熊？！

是棕熊！

它呼哧呼哧的急促喘息声，让我认定就是一只棕熊！

黎明前，饥饿的棕熊！

昏暗的路灯斜打过来，它身上的皮毛依稀可见。

最可怕的还有，这个家伙正一摇一摆地向我所在的方向逼近。

我立即惶恐了起来。我的第一感觉是完蛋了，传说中那家伙的嗅觉极其灵敏，它一定早就闻到了我身上的气味，它一定早就把我纳入了它的早餐菜单。

果然，伴随着嚓嚓嚓的声音，那个家伙缓慢地逼近了我。我身上一下子便乍起了一层鸡皮疙瘩。怎么办？怎么办？我的脑子在急速地运转着。逃跑？继续往树的顶部移动？我忽然想起来，熊看似拙笨，但它却是一个爬树高手和奔跑能手，这个时候，我无论是选择从树上跳下去逃命，还是选择继续往树的顶部移动，恐怕都不是明智之举，可我要是原地坐着不动好像更不行，因为我所坐的树杈，距离地面高度有限，熊走过来只需站立起身子，一伸爪子就能像摘果子似的把我弄到手里。跑不行，爬树也不行，坐着不动更不行，我在紧张地考虑着，还有没有其他逃离这里的办法。情急之下，我作出了下下之策的选择，事到如今，我觉得也只有这个下下之策能救我的性命，尽管这个下下之策有可能会暴露我监视老梁的企图，会让我精心策划的监视计划付之东流，但是我现在已经没有了选择余地，要想保命，只得如此。

黑影儿更近了，我仿佛已经听到它饥肠辘辘的肚子里，发出来的咕噜咕噜的响声。于是我的心一横，牙一咬，倏地一下从树上跳了下来。随着耳边一阵呼呼的风声，我扑通一声落地，之后不顾身体的疼痛，按照预想，就地一滚，感觉到身体碰到老梁的房门了，立即便用脚使劲儿踹了起来，踹门的同时，我还发出了老梁、老梁、梁师傅开门、开门的大声呼喊。我的期待是老梁听到我踹门和呼喊能够立即将房门打开。

然而，老梁的房门却纹丝未动。

一瞬间，那家伙便蹿到了我的跟前，我被一个巨大的黑影笼罩住了。

紧接着我感觉那家伙用脚踢了我的屁股一下，我猜想，它就要朝我的屁股下嘴了，熊是一种非常聪明的动物，它知道哪里的肉最为可口。

梁师傅，救命，救命啊——我惊慌失措地呼喊了起来。

那个家伙迅速地朝我的身上扑了上来。

老梁的房门依旧紧闭着。这浑蛋居然见死不救！

黑影几乎贴到了我的身上！

我被吓得闭紧了眼睛。

我开始等待着死神的降临。

那家伙又用脚踢了我一下。它并没有急于下嘴。我忽然想起来，动物都有这样一个习性，它们在进食之前都喜欢玩弄一下猎物。

我隐隐地觉得，我可能还有时间寻找机会逃走。我决定利用这个最后的机会。作出了这个决定之后，我觉得我必须睁开眼睛，因为只有这样我才能寻找到机会。这时，我期盼着老梁已经被我的呼喊声给吵醒了，他或许在这千钧一发之际能把房门打开，只要他把房门打开，我就地一滚进了屋子，就得救了！

可是，老梁的房门依旧关得死死的。

我把抱着头的手悄悄地松开，我试着睁了睁眼睛。当我看到那个黑影依旧在我眼前罩着的时候，我立即便再次用双手把头死死地抱住。

呵呵呵呵——

那家伙忽然发出了得意的叫声。这叫声发出后，或许它就要开始进食了。我连忙再次呼喊梁师傅，救命，以作最后的挣扎。

小金，干吗呢，撒癔症呢？！

猛然间我感觉不对，我听见了那家伙仿佛在叫我的名字。我奇怪地停止了呼喊和挣扎。

小金，金子英，别再装疯卖傻的了！赶紧起来！

我真的听到了那家伙在叫我的名字！

我怀着十二分的惊恐和疑惑睁开了眼睛。

奇怪的事情出现了，黑影不见了，而老梁却站在了我的面前。

他从口袋里掏出来一串钥匙准备开门。由于我的身体挡在了他和门之间，因此他就用脚又踢了我的屁股一下。

进了屋子打开灯，我才知道老梁为什么从远处看着圆滚滚肉乎乎的了——他穿了一件很肥大的大褂，大褂里面藏着许多木棍和木板，这些木棍和木板如果被复原了，我想它应该是个类似于桌子的物件儿。难怪他气喘吁吁。

我没问老梁半夜三更的拿这些东西做什么。

显然，老梁也不想问我半夜三更的在他的门口干什么。

老梁把怀里的木棍和木板放在了地上，脱去了大褂，问我，昨天早上闹猫的是不是也是你啊？

由于我总写小说的缘故，因此我编故事的能力很强，听老梁这么一问，我立即就回答说，是我，昨天一不小心从树上掉下来了，结果知了也没逮着。

知了？老梁问，蝉吗？

我说嗯，学名叫蝉。

所以，今天就又来了？老梁摆弄着地上的木棍和木板，问。

我说，嗯，今天想再接着逮，结果刚上树，看见您走过来了，我以为是熊来找食儿来了呢，就被吓得屁滚尿流地想钻进您的房间保命。

我小时候倒是也总逮那玩意儿，炸着吃不赖，但是这么早有那东西了吗？老梁说完就朝屋外的那棵树看了看，那样子好像有些将信将疑。

我连忙说，有，有了，我就是听见它叫了才到这棵树上来逮的。您不信，我踹一脚树，您看看有没有。说完话，我就走出了老梁的房间，来到树跟前，使劲儿地朝树干上踹了一脚。

脚和树发生了碰撞之后我才知道，我从树上跳下来时，脚脖子受伤了。

一脚踹到树上，我的脚脖子钻心似的疼。

听到我的叫声，老梁赶紧走出来，把我搀扶到屋里，然后让我坐在一把椅子上。老梁看着我问，能走吗？

我知道他上班的时间到了，他是准备锁门了，于是灵机一动，就故意装出来十分痛苦的样子，说动换不了了。

老梁皱着眉头看了看我，只得把我一个人留在了屋子里，自己起身去上班。

老梁走了，我立即从椅子上站起来。

我决定在他的屋子里翻一翻，我要寻找昨天看到的那个用灰布包裹着的东西——电台！

26

我们班又出了恶性事故。

班长骆驼祥子的左手，被裁铁机切断了四根手指头。事故发生后上面虽然没派调查组下来，但是厂机动技安处还是很郑重其事地走了相关的程序，调查了事故的经过之后，上报了省里和部里的机动技安部门。

事故发生后，我开始考虑是不是到县医院去看看骆驼祥子。说实话，在我开始考虑的时候，我们班的其他同事都去看过他了，包括小常师傅和小郑。他们两个在去之前曾经给我打过电话，问我要不要一起去，而我借故厂部写材料忙，暂时脱不开身，便没跟他们一起去。

骆驼祥子的手指头被切这件事情，在厂里被传得很快。当然了，不少人都说这是报应，是老天爷的惩罚。在听说骆驼祥子出了事故的一开始，我也是这么想。这么想的时候，我甚至还有了一种很痛快的感觉。于是，我就在那天晚上，给我师傅赵武烧了一张纸，纸上虽然只字未提，但是我在心里，把骆驼祥子出的事故，都念叨给他听了。晚上睡下了之后我做了一个梦，梦里梦见了我师傅，让我意外的是我师傅居然不结巴了，他非常利索地跟我说着话。他问我最近班里怎样？我说又出了一起事故，骆驼祥子的四根手指头被裁铁机切下去了。我师傅叹了口气说，老年间的裁铁机器，没有安全保障，操作的时候全凭自己的精力集中不集中。他说知道当初在使用这个机器时，我为什么总是要求你全神贯注了吧？知道我当时告诉你的那句话：抓铁如抓虎是什么意思了吧？我说我知道了师傅。待了会儿，我师傅又问我，说，听说你给骆驼祥子贴大字报了？我说是，我贴了。我说骆驼祥子那浑蛋太可气，他一直顶着不给旺财落实工作。我师傅说你不应该这么做。即便是他不给旺财安排工作你也不能这么做。他说你看看，你贴了他的大字报，让他在厂里抬不起头来，让他在厂里没法做人就出事故了吧？我师傅说，小金呢，还是那句话，做人要厚道。你看我虽然跟他不是一派，但是我从来就没给他贴过大字报。无论怎么说，咱们都是阶级兄弟，都是一个战壕里的战友。老话儿说得好，是灰就比土热！说完了话，我师傅转身要走，可就在这时，他忽然把一只手放在我的肩膀上，对我说，你明天带上你师娘去看看他。看看骆驼祥子。

第二天早上我还没起床就听有人叫门。把房门打开之后见是我师娘站在了门口。

我师娘见到我的第一句话就说，她晚上梦见我师傅了。

我顿感惊奇，说，怎么会有那么巧的事，咱俩都在晚上梦到了我师傅？

我师娘也开始感到惊奇，她问我，我师傅都跟我说了些什么？

我想了想，说，我师傅跟我说了好多话，但是有好些我记不清了，不过最后一句我记着呢，他让我带您去看看骆驼祥子。

我师娘立即在眼睛里闪烁出了惊悚，她说他也是这么嘱咐我的，让我跟你去看看骆驼祥子。

我带着我师娘去了县里。

我俩去看骆驼祥子。我师娘还买了好几样儿水果罐头。

县医院我已经是相当熟悉了，不用费劲我便找到了骆驼祥子住的病房。躺在病床上的骆驼祥子，见到了我和我师娘先是一愣，继而就说来就来吧，还买什么东西？干吗那么见外？我师娘说其实早就想过来看看，可是她一个人不敢出门。我忙说我这几天在厂部特忙，这才抽出空儿来。说了这句话之后，我立即就后悔了起来，因为一说到厂部，一说到忙，很容易就会让他想到那些大字报，很容易勾起他的心酸事来。

果然，我们三个人便再没话说了。骆驼祥子眨巴着他那双小眼睛，用以掩饰他那游离的目光。我的眼睛也尽量地躲避着骆驼祥子的那只手。我师娘则来回地用两只手，卷着骆驼祥子身上盖着的被子边儿。这么沉默了好长时间，骆驼祥子先开了口，他说我这手往后就残了，干不了活儿了。说着话，他就把手抬起来，让我们看，看着他那只被厚厚的绷带缠着的手，我开始考虑要不要跟他作一下检讨，说真后悔给他贴大字报，说请他原谅自己。但是话几次到了嘴边，我都没能说出口。我在前面也说了，我这人嘴笨，不是一般的笨，有时候我真是恨我的这个缺点，恨我到坎节儿上说不出话来。骆驼祥子似乎是从我惭愧的表情上看明白了什么，他就又说，小金你也真是的，咱爷儿俩能有多大仇恨，至于给我贴大字报哇？至于你把那点儿原本是工作之余逗乐儿的事情抖搂出去呀？

看着骆驼祥子责怪的目光，我无言以对。

看着他举着的手，我忽然就想到了他的后半辈子，想到了他后半辈子的工作和生活，于是便羞愧难当地低下了头，我想说一句祥师傅我错了，可是我仍然没有说出口。

骆驼祥子毕竟是在领导岗位上做了许久的人，他很快地就把情绪调整了过来，他说，我这个人你还不知道吗？刀子嘴豆腐心，你说你要是私底下跟我说点儿好话，至多给我送上两条工农，傻子旺财的事，我不就给你办了吗！

话说到这个份儿上，我觉得我再不说话，再不认个错儿就实在是说不过去了，于是我就鼓了鼓勇气，说，祥师傅，是我的不是！

骆驼祥子听我认了错儿，便把他那只残手收回到了被窝儿里，他把小眼睛眨巴了几下，说，算了吧，谁对谁不对的就那么着吧。你明天就带着傻子旺财去班里上班吧，就按老冯说的，让他给常立本当徒弟，另外，傻子旺财毕竟智力有缺陷，锅炉房里的工作看似简单，但是他不一定每样儿都能干得了，如电气焊，因为牵扯到电，牵扯到氧气和乙炔气，这几样儿哪样儿都不是好玩儿的，你尽量别让他碰，咱们班可千万不能再出事故了！

傻子旺财上班后，正式地拜了小常师傅为师，拜师的那天，我师娘准备了一顿饺子，饺子包好了，她让我把我们全班的人以及常师娘和她的三个孩子也都请了过来。

吃饺子的时候，我师娘嘱咐着傻子旺财，让他要好好跟着小常师傅学徒，不许跟在自己家里，跟在自己的父母面前似的想顶嘴就顶嘴，想干什么就干什么。嘱咐完了傻子旺财，她又跟小常师傅说，傻子旺财从小跟着爷爷奶奶长大，自由散漫惯了，也让老人给惯坏了，所以从今往后他要是不听话，你该打就打，该骂就骂，我不心疼。说不心疼时，我见师娘从嘴里吐出一块饺子里的肉疙瘩来，之后不声不响地把它塞进了傻子旺财的嘴里。

嘱咐的话都说完了，大家就开始议论傻子旺财进锅炉房里，能干什么工作的事情。

小常师傅说，甭听骆驼祥子的，电气焊旺财不一定就不能干。旺财，跟着我学电气焊你敢不敢？愿意不愿意？

傻子旺财立即露出了畏惧的表情，摇头说不干，不敢！

色盲青年陈晨方见状说，除了电气焊，咱们水暖工可就没什么滋润的活儿好干了，要么你就跟着大家伙儿去拆卸暖气片。

我师娘听了色盲青年陈晨方的话，赶紧说这个可千万别让旺财干，他爸就是因为这个累吐血的。

把一个饺子在嘴里嚼了好一会儿，我扭头看向傻子旺财，问他在农村烧过火没有？

傻子旺财立即就回答说我烧过，烧过火！每天我奶奶做饭，都是我蹲在地上烧火。他说烧火可好玩儿了！

听他说烧过火，我就又问他你烧火用的是柴火还是煤？

傻子旺财说柴火。

我问他如果是用煤烧火呢？你觉得你烧得了吗？

傻子旺财说用煤烧火我见过，我们村子里有个铁匠铺，铁匠老李就是用煤烧火的。

我问他你见过，敢不敢用煤烧火？

傻子旺财表露出了从来没有过的兴奋，他说当然敢了，我还帮着老李烧过煤火呢！风箱一拉，火苗子突突的！

吃完饺子，代理班长小常师傅把傻子旺财的工作便确定了下来。禁区里面有一个茶炉房，一天二十四小时给禁区里的工程技术人员提供开水。我们所有的人都认为他到禁区去烧茶炉最为合适。

这个工作傻子旺财说他乐意干！

这个工作我师娘也乐意让他干。

不过，我师娘还是有她觉得不是十分满意的地方。她说，孩子一个人，二十四小时待在禁区里面，怪孤单的。我劝她说，说是二十四小时值班，可是那么一大炉子开水哪儿就喝完了，特别是夜里头谁还喝多少水啊？听我这么说了，大家也都说，把水烧开了之后，照样可以出禁区，照样可以回家来陪您。傻子旺财这时候表现出了从未有过的懂事，他安慰我师娘说，妈，您放心吧，就是在禁区里面我也孤单不了，我哥的朋友小郝就在禁区里上班，没事了，我可以找他去玩儿。傻子旺财这么一说倒是提醒了我，于是我就跟我师娘说，小郝是我的朋友，哥们儿，没的说，我会跟他说让他照顾好旺财的。

说完了工作上的事，大家的晚饭也就吃好了。见大家都撂下了碗筷，常师娘便要动手收拾饭桌，我师娘忙拦住她，说这点粗活儿，让这俩孩子干，你就别沾手了，待会儿咱们喝茶。说完，我师娘就起身去拿茶叶。我也推让着常师娘，让她等着喝茶去，说这点碗筷，我和旺财一会儿就能刷完。

我师娘说完沏茶，就走向了大衣柜，我见她从口袋里掏出了钥匙，把大衣柜打开，从里面拿出一筒茶叶来。看到那把钥匙，看到打开了的大衣柜，我就又想起了我师傅，想起了我师傅把钥匙交给我，让我从里面拿出存折来去合作社取钱，让我从里面拿出一筒茶叶来给小常师傅的事情，以及我师傅说我师娘不识字，发现不了存折上少钱的事情，不由得，我的眼睛便有些湿润了。

离开我师娘家的时候已经很晚了。我让傻子旺财今晚就不要跟我回宿舍了，就陪着师娘住一晚，明天我和小常师傅、小郑送他去禁区茶炉房上班。傻子旺财傻愣愣地答应了。

出了我师娘家，我便往史乃慧的爷爷家走，我想史乃慧应该知道我今天在我师娘家吃饭，她应该在她爷爷宿舍的门口等着我。

六月里的晚风吹拂在身上很清爽，并且让人感到浑身上下都洋溢着无限的活力，于是，我就迈着十分青春、十分劲道的步伐朝史乃慧爷爷的宿舍走去。

或许是我走得过于有兴致了，或许我在进行当中过于集中心思去想和史乃慧的再一次相拥相吻了，因此这个时候，有一双贼亮贼亮的眼睛，在暗处紧紧地盯着我，我却一无所知。

真的，我毫无察觉！

27

第二天早上一上班，我、小常师傅、小郑便带着傻子旺财去厂保卫科办红色通行证。赵德见到我，让我放下傻子旺财的事情，赶紧到他的办公室。我以为他是要表扬我，用智慧战胜了骆驼祥子，把傻子旺财的工作给办妥了，表扬我这一段时间表现不错，把我师娘和傻子旺财照顾得很好，可是到了他的办公室，赵德让我在他对面坐下之后，却对这些事情只字未提，以至于让我满心欢喜的微笑，一下子凝固在了肌肉僵硬的脸上。

赵德从一进办公室就很严肃。他把很严肃很凝重的目光直直地投射在了我的脸上。这便让我感到有些害怕有些恐慌，跟我被禁区的哨兵擒获了之后一样的害怕和恐慌。我活动了一下脸上的肌肉，想调节一下气氛，试探着叫了他一声叔儿，问他叫我来什么事儿？赵德没说话，甚至连眼皮都没眨一眨。他在写字台后面坐好，然后把双臂放在桌面上，把两只手的手指交叉着攥得很紧。我没敢再说话。

赵德咳了一声，声音不大，但在我的心里震了一下。

赵德又用眼睛很严肃很凝重地盯了我几分钟，之后终于开口了。

赵德说小金，金子英同志——领导们都惯于在说话的时候停顿，有时候用于咳嗽，有时候用于喝水，有时候甚至什么都不用于，只是出于一种职业习惯。赵德在说完金子英同志之后便停顿了。他没有喝水也没有咳嗽，只是继续拿眼睛盯着我的脸，我更加紧张了，我感到芒刺在背，浑身刺挠，我想动弹一下，挠一挠，但是没敢。

赵德停顿了好一会儿，说，我现在，代表组织跟你作一次谈话。

我立即把身子坐正。组织这两个字在那个年代非同一般，它是大到国家、党，小到集体、单位的象征。在一般的场合，这两个字是不能随便乱用的。

赵德说准备让你配合厂里的其他人员，去执行一项秘密任务。

我立即感到了庄严和责任。因为按照厂里的《保密条例》，凡是牵扯到组织的派遣，那可非同小可，那就意味着最起码赵德已经走了相关的程式或者说是履行了相关的手续。他要先去厂保卫科领取一张调查表——当然了，他是保卫科科长，这一条可以免去，从自己的抽屉里拿一张调查表即可——然后分别到和我有关系的厂团委、人事处、劳资处、总务处、水暖队以及我被抽调的厂部去作正式的调查，以证明我在历史出身、政治表现、工作表现等各个方面符合组织上的要求，这些问题都准确无误地调查清楚了，记录在案了，那份调查表被锁进人事处保密室的铁皮柜子里了，我才能被组织派遣去执行一次任务，何况是秘密任务。

我感到了事情的重大。我很想知道这是一项什么样的秘密任务，但我知道厂里的《保密条例》，我知道我无权过问。

赵德又停顿了一会儿。在他做停顿的时候，我的脑子里对那项秘密任务不停地作着猜想。

我的猜想基本都朝向了那架飞机。

还有数学家要攻克的那个数学公式。

不过，尽管我感到了组织的信任，感到了我坐在赵德面前很庄严，但我真不知道，我能帮上那架飞机和那个数学公式什么忙，我真不知道我有什么资格去帮那架飞机和数学公式的忙。

数学家要出差几天，路途遥远，这期间难免会遇到女性，你的任务就是一路上保障数学家的安全，不出问题！赵德停顿完了，郑重其事地跟我说。

故事讲到这里，我想把话题稍稍岔开一下。岔开一下并不是要卖什么关子，吊您的胃口，而是我要给您补充一些相关的材料。我不是跟您说过吗，“TZ 行动”被解密之后，我有机会看到了那份十分珍贵的档案，我之所以说要把话题稍稍岔开一下，就是想把这份档案当中的相关记录，原原本本地告诉您，我想您也一定十分想知道这些内容。人人都有好奇心。您看出来了吧，我是一个相当负责任的作家，我是一个在任何细节上都不愿意马虎的作家。虽然作家这两个字是自我标榜的，虽然我的名字至今并不为大家所知。

好了，我下面就给您转述“TZ 行动”当中，有关赵德派遣我去执行的这项秘密任务的相关记录。

首先说赵德很谨慎地代表组织跟我谈话，派遣我去执行的那项秘密任务——它确实如我的猜测。

在那个阶段，数学家遇到了困难，厂里遇到了困难，国家遇到了困难。

一个数学公式扼守在我们的咽喉要道上！

我在前面已经给您交代过，数学家曾经亲口跟我说过，北京方面给他们下达的任务，是一定要在两个月之内，完成那架飞机的解剖研究工作，并且我也跟您交代过，厂保卫科科长赵德曾经亲口跟我说过，为了确保这架飞机里面的军事秘密和高端技术秘密不被泄露，敌方计划要将飞机炸毁，他们派出了特务，并且目前特务“利剑”，很可能已经潜伏进厂里——我个人的分析是这个特务“利剑”本身就在厂里，他就是我已经着手监视的食堂管理员老梁——因此，数学公式便成了关乎“TZ 行动”成败的关键。只有尽快得到它，那架飞机的核心技术才能尽快被解剖，才能在短短的两个月之内，完成北京总指下达的命令，反言之，如果一天得不到它，飞机的解密就要往后延迟一天，潜伏在厂里的那个“利剑”便多一分机会炸毁飞机。

不过，讲到数学公式，我还想为数学家说句公道话，突破不了那道扼守在咽喉要道上的难关，并不是数学家本人无能，也不是他有那个很奇怪的毛病，而是我们手里只有一架飞机，除此之外，没有任何可供参考之物。

咱们继续说那份档案里的相关记载。

简言之，厂里紧锣密鼓地欲对那架飞机进行解剖研究，但是一个关键的数学公式，束缚了禁区里面聚集的一百多号人，这个公式让那些材料专家、通信专家、动力专家们急得围着飞机团团转，却找不到下手的地方。所有的人都一筹莫展。与此同时，远在北京的总指，也在千方百计地为得到这个数学公式寻找着各式各样的办法。

一个紧急会议正在召开。据“TZ 行动”档案记载，这是一个扩大会议，中国几乎所有的神经中枢部门的领导均到会参加，会议上领导们围绕着如何解决这个难题，作了长达数小时的研究。经过众领导的集思广益，会议最终得出了结论——不惜动用外交途径，以最快的方式得到目前掌握在外国人手中的那个数学公式。

中国的情报部门立即展开了行动。

无果！这是我几十年之后，在那份解密的“TZ 行动”档案里看到的两个字。

无果！绝密档案里就只有这两个字，我看得清清楚楚。不过，在无果之后，透过被岁月侵蚀的记录，经过仔细地辨认，还有两行小字作为补充：

□□□□外方很□□□□□□□□十分严密。

□□□□西德□□□□巴黎协会□□□□……□□□□惩罚条例……

将这些只言片语连贯起来，我猜想当时“TZ 行动”的记录应该是说，中国的情报部门首先确定了数学公式的所在，之后做了外交努力，但是经过多方面的外交尝试，几经努力，无功而返。之后情报部门又把希望寄予了资本主义阵营的西德，但是囿于一个叫作巴黎协会的组织，仍是无果。

几十年之后，随着更多秘密档案的解密，我终于知道了叫巴黎协会的那个组织——

二战结束后，为了资本主义阵营自身的发展，以英法美为首的资本主义国家，在巴黎发起成立了巴黎协会，成员国内部有相当严格的规定，凡协会成员国，一律不准把未经协会解密的技术——当然涵盖数学公式——以出售、援助、协作等任何方式，泄露给社会主义阵营所有国家，如有违反，从重处罚。协会还规定，协会成员国的科学技术水平，一定要保持领先社会主义国家 20 年，甚至 20 年以上的先进性。

关于处罚，我还知道了这样一个案例——

二战之后，M、S 两个超级大国，在水下展开了长期的暗战，相互用潜水艇监视对方，以此来获取对方的军事意图和兵力部署。但是在这场暗战中，S 国屡屡战败，原因是它们的制造业技术粗糙，精度不够，致使它们制造的潜艇噪声较大，往往是 S 国的潜艇远在百里之外，M 国潜艇的声呐系统，便已探测到它的位置。

为了改变这一被动的局面，为了超越 M 国，S 国决定从工业的基础加工技术入手改良潜艇。

几年后，S 国的新型潜艇问世。

S 国新型潜艇的问世，立即引起了 M 国人的恐慌，引起了一场巴黎协会制裁日本的轩然大波。

事情到底是怎么回事呢？

原来 S 国在改良自己的基础加工技术时，从日本的东芝公司，购进了一批加工精度非常精准的机加工机械，用这些机械加工出来的潜艇零部件，精度提高了之后，S国潜艇的噪声问题便不复存在了。

简短地说，S国新型潜艇入海之后，M国还在浑然不觉之中，他们还用惯常的手法监控着S国潜艇，可让他们万万没想到的是，这次他们的经验失败了，S国的潜艇都已经悄悄地接近了它们，甚至跟踪、监视了它们很久，但它们的声呐系统却没发出警报!

M国惊讶了!

M国恐慌了!

M国的情报部门立即对此事展开了分析和调查。

最后，调查报告出来了：S国改进了自己的基础加工技术，而在短时间内能够改进自己的基础加工技术，使潜艇噪声锐减，险些在海底造成一场严重的潜艇相撞事件，仅仅依靠S国本身的技术能力是绝不可能达到的，他们一定是得到了先进的加工机械。经过仔细分析，能够给S国提供这样精密机加工机械的唯有日本，唯有日本的东芝公司。于是，M国立即把此事报告了巴黎协会，请求制裁违反条例的东芝公司，于是，在巴黎协会内部，一场制裁东芝公司的轩然大波立即被掀了起来。巴黎协会经过调查取证之后确认M国状告无误，经过提审，东芝公司也如实交代确有其事。结果不出所料，给S国提供精密加工机械的日本东芝公司，受到了巴黎协会的严厉制裁。一场向社会主义阵营国家，出口机械设备的轩然大波才得以平息。

以上材料，应该是当时中国情报部门，没能通过外交手段，在西德获得数学公式的一个佐证。

28

我在上文里说了，某厂坐落在一个大草甸子上，在总用布帘遮挡着的那张军事地图上，它的代号是阿拉伯数字“6”。

因为大草甸子6一望无际，因此某厂就像鹤立鸡群一样，在一片茫茫绿草之中显得十分突兀。

除此之外，某厂正门门前，一两百米处的那一堆堆，或者应该形容为不规则的，歪歪扭扭的一排排的篮子，在那片大草甸子上也十分醒目。

大草甸子的平旷，让我监视食堂管理员老梁遇到了困难。

因为大草甸子的平旷，我好久才找到一个既能隐身，又能把那一堆堆，或是不规则的一排排的篮子，尽收眼底的地方。

我要尽收眼底的篮子并不是什么奇特之物。

它们是某厂职工们每天都提在手里的菜篮子。

至于为什么，我要在监视食堂管理员老梁时，非要把某厂门前的那些菜篮子尽收眼底，您还得耐住性子，听我继续讲故事。听我讲监视老梁的故事。

说到监视老梁，我觉得有必要先给您介绍一下某厂外围的情况。

细心的读者这时候一定会说了，外围的情况您不是已经作过介绍了吗？一片平旷无奇的大草甸子，草甸子上面盛开着各种各样的鲜花，草甸子在一张军用地图上，被标注为6号地区。嗯，应该说您是一个很称职的读者，我刚才是这么说过，以前也这么说过，一点儿没错，不过我现在要给您介绍的是我的推测，老梁外出后一定会出现的那个地方，那个摆放着一堆堆、一排排菜篮子的地方。那个地方跟草甸子一样，没名字，没有统一的称谓。没有称谓的原因是它什么都不像，也什么都不属于。从表面上看，那个地方人来人往，车推担挑，萝卜白菜，它多少有些自由市场的味道，但仔细观察，这个地方虽然很是热闹，但挑担推车的人却从不交易，跟随着他们的行踪再看，这群人都是径直地走到一个固定的地方，把所带的萝卜白菜，往一个固定的地方一放，然后起身走人。

某厂的正门前面有这么一个地方，由于四面环绕的长白山的阻隔，某厂的环境相对独立，创造了它良好的战略位置，然而却给厂里的职工造成了生活上的不便。鉴于厂里有严格的保卫制度，外面送菜的进不到厂区，而厂区的职工又没有时间到外面去买菜，于是一种很原始的贸易方式便应运而生。厂门口每天早上的一道风景，便是各家各户都会有一名代表，把一只菜篮子放到一个固定的地方，然后在篮子里放上相应的零钱，再找一块石头将零钱压住以防被风吹走。菜篮子放置大约两个小时之后，便会在厂门口出现刚才我介绍的一幕，那些推车挑担的老乡，走到有约定的菜篮跟前，根据放在菜篮里面的零钱多少，根据老乡对菜篮子主人家庭情况的了解，取走菜篮子里的零钱，把自己带来的蔬菜适量地放入，之后起身走人。

这样的地方，天底下，似乎只有在某厂才有。这种交易方式，天底下，也似乎只有在某厂才有。

因为每天外出时间，正好和老乡送菜的时间吻合，所以我断定老梁走出厂外，一定会直接走入这群人中，一定会在这群人中和自己的上级或者下级接洽。

因为我没有在梁公馆里找到曾经看到过的，用布包包裹着的东西——电台，所以，我便把监视老梁的重点转移到了这个地方。我的决心是一定要把老梁这只潜伏在某厂的老狐狸挖出来！

在老梁惯常外出的那个时间到来之前，我便做了化装，提前在我事先选择好的位置上埋伏好。

某厂上班的号角吹响了两个小时之后，送菜的老乡推车挑担陆陆续续地来了厂门前，来到了那一堆堆菜篮子的附近。我不敢懈怠，瞪大了眼睛，盯紧着厂门口。

我判断，老梁一定会出现，我预感，老梁一定会出现，因为他要跟他的特务上级或是下级接洽，这是一个绝佳的机会，这是一处绝佳的地点。

厂门口开始有人出现了。

第一个走出来的好像不是老梁，因为他没有穿着食堂配发的工作服。

第二个走出来的好像也不是老梁，因为他没有推着我焊接过的那辆自行车。而据我之前的观察，老梁每天都是骑着自行车进出厂区的。

有东西在我耳边嗡嗡地叫，而且越叫越响，继而我脸上一阵针扎的疼痛。虻子！有虻子！尽管我吸取了上次在树上监视老梁的教训，把裤口和袖口都做了结扎，领口也系得紧紧的，并且还喷了防蚊虫的药水，可是我完全忽略了草甸子上漫天飞舞的那种专门吸食动物血的东西。好在这时候我并不像英雄邱少云似的，一动都不能动，稍微一动便会暴露在敌人面前，因此，我就腾出一只手来，把围着我脑袋飞行的虻子狠拍了一把。

虻子嗡地飞远了。

我再次集中精力，把眼睛望向厂大门。

好像又有人出来了！

那人穿着工作服，推着自行车。

仔细看那工作服，居然像是有伙食科的标志，仔细看那辆自行车，居然也好像是我焊接过的那辆！

老梁！

我的心里立即紧张地打起了鼓。

老梁！

是老梁！

我的心开始狂跳。

我的判断没有错！我的推测没有错！果然是这个时间，果然是这个地点，果然他推着自行车走出了工厂大门！

老梁啊老梁，你躲得了初一你躲不了十五啊。

老梁啊老梁，你在梁公馆里藏得了电台，你在厂门口藏不住你自己啊。

伴随着心跳我想，老梁啊老梁，今天我一定要让你把狐狸尾巴露出来！

老梁一步步地朝老乡的人群靠近。我这才发觉，老梁真是条老狐狸，这家伙真算得上是老谋深算，真算得上是老奸巨猾。你看他走出厂大门时的脚步，你看他走出厂大门的神态，居然不露一丝一毫的声色，不露一点一滴的痕迹。他的脚步迈得很稳，一步一步的不慌不忙，他的神态也很自若，平视出去的两只眼睛把内心掩饰得干干净净、滴水不漏。他在靠近老乡的人群，他在走近接头的地点，走近接头的人，可是他却那样地淡定，淡定得居然就像下了班走回梁公馆为了换工作服，走回梁公馆小憩一会儿那么平常。

不过，他越是这么淡定，越是神情如此自若，就越是加深了我对他特务身份的肯定。依据我的判断，经过特训出来的特务，拥有如此的控制能力，当属必然之必然。

老梁继续朝老乡的人群走去，并且很快就接近了他们。

他似乎和所有的老乡都很熟识，他不断地和他们打着招呼。我见他忽然在一个瘦瘦高高的老乡面前停住了脚步，脸上露出了一直未有过的微笑，并且还比手画脚地跟他说起了什么，不过，由于距离较远，虽然我竖起耳朵使劲儿地想听，但是我还是听不到他们在说些什么。老梁跟瘦瘦高高的老乡微笑完了，便收了手势，继续往人群深处移动。

我猜想，刚才的一幕，或许是他在投石问路，在使用障眼法，分散有可能监视他的人的注意力，因为此时监视他的人，若是把精力过分地注意到高高瘦瘦的老乡身上，他一转眼，便可以金蝉脱壳，逃离监视人的视线，我觉得这或许就是特务们的惯常伎俩，我觉得我不是一般水平的监视人，我不会给他这个机会。

我继续紧盯老梁。

虻子又飞了回来，嗡嗡嗡地又开始围着我的脑袋飞，又是一阵钻心的疼痛，我没敢再拍打，响声很可能传出去，传到老梁的耳朵里，特务的听觉都是很灵敏的，于是我咬牙强忍着，任凭它去吸血。

老梁走到了人群的深处。

老乡们的身影几乎就要把他包围了。

我开始考虑是不是要走出隐蔽的地点。我怕距离太远，一不留神老梁就会逃出我的视线。我开始四处巡视，看哪里距离老梁较近，并且还利于隐蔽。但即便是我在搜寻着新的隐蔽地点，我也始终没有让老梁离开过我的视线。

老梁走到人群当中之后停住了脚步。

他忽然一反常态，开始左顾右盼。尽管他的这个动作做得十分隐蔽，尽管他的这个动作做的时候几乎不动声色。但是，这一举动还是在第一时间被我捕捉到了。我猜想老梁大概是已经接近了接洽的目标，不然，他不会做这样的动作。

老梁迅速地左右看了看自己的四周，之后开始从自行车的后尾架上往下取东西。我这才注意到老梁自行车的后尾架上绑着一个铺盖卷儿。我立即便感到了惭愧，因为我竟然在监视他的过程中，出了如此之大的纰漏，他自行车的后尾架上，偌大的一个铺盖卷儿，我竟然视而未见，这对于我来说，简直是莫大的讽刺和耻辱。

老梁动作麻利地把铺盖卷儿从自行车上解下来后，迅速地将其打开。铺盖卷儿里，是我曾经见过的那些被拆卸的，还原了之后应该是一张桌子的木料，我正寻思着他用铺盖卷儿裹着一堆破木料意欲何为时，只见老梁很隐蔽地在木料里面掏出一个长方形的布包来，之后再朝四周很警惕地扫视了一遍，小心翼翼地将其递给了一个个子矮小，面容猥琐的男人。

这个布包我见过。

梁公馆里。

——电台！

我的心开始了狂跳。尽管我已经料到，此处一定会是特务的接头地点，尽管我已经料到，老梁会来这里跟他的上级或是下级接洽，但是在老梁从铺盖卷儿里掏出布包——电台——后，还是让我感到始料不及，还是让我感到不知所措。说真的，在我的监视预案里，还真没有这种突发情况的应急准备。

怎么办？怎么办？我焦急地在心里问着自己。我觉得此时此刻太需要反特经验了，因为机会稍纵即逝，因为我必须在几秒钟之内作出正确的选择，套用哈姆雷特的“不在沉默中爆发，就在沉默中灭亡”这句话，我的这个决定事关重大，因此，我不知道此时此刻，是将老梁和小个子男人人赃俱获为好，还是放长线钓大鱼欲擒故纵更恰当。

我在努力地想着我该怎么办。我既怕没有当机立断将老梁和小个子男人人赃俱获贻误战机，又怕由于我的打草惊蛇遗留后患。

一时间我竟然觉得自己没了主意。

我不知道现在，我是应该立即冲上去，还是应该继续监视。

犹豫不决之际，我不自觉地就想到了马叔儿，我觉得他现在要是在我的身边，或许能帮助我作出一个正确的决定来。因为他当过侦察兵，因为他当过国家机关的处长。我想他应该有这方面的能力。

我不知道您相不相信心灵感应。实话实说，我以前基本不信，可是在那天之后我信了，因为那天，就在我心里念叨马叔儿的时候，就在我盼望着他能在我身边的时候，马叔儿竟然就真的站在了我的身后。

马叔儿开口叫我小金时，我还在紧张地思索着如何应付面前的场面，我还在紧张地考虑着是不是要冲上去，一举将老梁人赃俱获。待他用手拍了我的肩膀，我才从紧张的思考当中缓过神来。

马叔儿？我先是被吓了一跳，接着我便揉揉眼睛，因为我不敢相信，我在心里刚刚闪过的念头，竟然在一瞬之间十分神奇地变成现实了，就像变魔术抑或时空穿越似的。

马叔儿？我又叫了他一声，以证实眼前的马叔儿是真的，而并非我看花了眼，或是我的幻觉所致。

马叔儿真真正正地站在了我的面前，他微笑着问我穿戴成这样干吗呢？

我从刚才的疑惑中缓过神来，说，化装，监视老梁。说完，就立即把我监视的目标指给马叔儿看，当然，在指给他看的同时我还跟他说了我的犹疑，问他此时到底是当场擒获老梁好还是欲擒故纵更好。

马叔儿拧起眉毛来，顺着我的手指方向，往老乡的人堆里看。他问我老梁在哪儿呢？我说在那儿，那儿……

像是什么东西卡住了我的喉咙，我的话戛然止住了。

我的手僵持在了半空中。

因为顺着我的手指方向，已经没有了老梁，没有了那个小个子男人，甚至连铺盖卷儿、自行车、布包——电台，刚才就赫然于眼前的那些东西也都没了踪影。我连呼奇怪！我像是问自己又像是问马叔儿，说，人呢？这么一会儿哪儿去了？马叔儿又朝我的手指方向看了看，之后把拧着的眉毛舒展了，笑笑没说话。

一瞬之间没了老梁，没了小个子男人，没了自行车、铺盖卷儿、布包——电台我当然心有不甘。我摘了头上的伪装，快步跑到了刚才老梁和小个子男人站立过的地方查看，可是地上除了几个菜篮子，除了一些被踩踏坏了的花草，什么都没有。我又朝大草甸子上凝望，然而平旷的草甸子上，除了手提肩扛的老乡，在花草之间踏出来的那条蜿蜒的小径上行走之外，根本找不到老梁和小个子男人的影子。

我感到异常地奇怪。

就像是奇怪马叔儿，怎么会变魔术似的，突然来到我面前一样。我无法想象，一转眼的工夫，老梁和那个小个子男人怎么就会瞬间消失了，并且还消失得那么彻底，连自行车、铺盖卷儿乃至布包——电台都没了踪影。

我凝望着草甸子，越发地感到这块草甸子6的神奇。

小金！小金！马叔儿连叫了我几声，见我不应，就走过来拍了拍我的肩膀，说，小金，走吧，回厂吧。马叔儿说我买了不少菜，有茄子有豇豆，晚上过来吃饭吧，叫上小郝和傻子旺财。

我没有回答马叔儿，也没有随着他移动脚步，甚至他说了史乃慧最近好像情绪不太好，让我抽出时间来多陪陪她这样的话，我都没往心里去，没反应过来。

我的心仍然在老梁和小个子男人身上。

我继续在刚才他俩待过的地方查看，想从那里发现些什么，以解开二人消失之谜。

马叔儿无可奈何地看了我一眼，转身走了。

顺着他走的方向，我忽然发现了一件东西。

那东西不是别的，正是老梁的自行车！

29

“TZ 行动”的绝密档案里突然出现了一个陌生的名字。

刘英栋

在刘英栋三个字的下面，还有一段文字，虽然年深日久，字迹有些斑驳，有些模糊，但是我还是能把所有的字辨认出来——

刘英栋

男

1900 年 4 月 19 日生于中国山东

1920 年 7 月留学德国

1924 年获慕尼黑大学硕士学位

1928 年获慕尼黑大学博士学位

1929 年博士后留校任迪瓦茨博士实验室助理

1933 年回国，任山东 M 大学教授

1938 年受聘德国某飞机研究机构任总工程师

1945 年回国，任山东 M 大学教授

毫无疑问，“TZ 行动”绝密档案里，记录的是刘英栋的个人信息。虽然这个记录，没有我们现在人填写的个人履历那么详细，那么完备，但是作为“TZ 行动”本身，我想它足够了。

看了我摘录的“TZ 行动”绝密档案里记录的这段文字，我想作为读者，您一定会从其中得到至少两个方面的信息。第一，这个刘英栋有着在德国慕尼黑大学读博士、受聘为德国某飞机研究机构总工程师的背景，那么他必将和我们一直讲述的，悬而未决的那个数学公式紧密相关。第二，这个刘英栋二战结束后已经回国，现在就在国内，在山东 M 大学任教。

得到了这两个信息，我想您也一定能够猜想出，下面的故事就要围绕着刘英栋展开了。

确实如此。

下面故事的核心就是刘英栋。

因为，中方千方百计地要想得到的那个数学公式，就印记在刘英栋的脑子里！

30

峰回路转。

我国情报部门获得了一个非常有价值的情报。

刘英栋这个名字的出现，让久攻不克的那个数学公式看到了些许希望。

北京总指立即着手对刘英栋的搜寻。

几经周折，在南京图书馆保存下来的一批国民党遗留的档案里，终于见到了他的名字。得知他业已归国之后，当即与山东 M 大学取得了联系。

但是得到的回复却再次让人感到了失望，刘英栋因为在德国某研究机构担任过总工程师的缘故，因此，早在“文化大革命”的风暴掀起伊始，就被造反的红卫兵当作德国特务、间谍、反革命揪了出来。

得到这一消息，总指的领导们似乎并没有感到意外。因为他们觉得如果有着在德国，特别是二战期间，在法西斯德国，担任过某研究机构总工程师背景的刘英栋，在这场史无前例的大革命当中不被当作特务，不被当作反革命给镇压了，那才叫怪事！

不过，即便如此，还是有让人担心不已的地方，那就是刘英栋被揪出来之后，被镇压了之后怎么样了，说白了，总指的领导担心这家伙，是不是会被群情激奋的红卫兵小将用乱棍打死，因为在那个时候，别说跟法西斯德国有关联，即便是有一点点海外关系，都像定时炸弹一样，随时潜伏着危机，随时都会被夺去性命。

关于刘英栋被揪出来、被镇压了之后的事情，山东 M 大学的相关领导表示再没消息了。没消息这句话，在当时是一句寓意非常的话，就好像现在官员们总挂在嘴边上的外交辞令“很遗憾”一样，它所能代表的含义很宽泛，寓意也很深刻，它既代表和刘英栋失去了联系，不知道此时此刻他被关押于何处，也可代表刘英栋已经一命呜呼，命丧黄泉。

总指的领导就怕听到这句话！

但是山东 M 大学方面，也的确是从刘英栋被揪出来、被镇压了之后，再没了他的消息！问其没了消息具体的时间，他们很笼统地说了一句，大概就是校园里，铺天盖地地贴了他的大字报，给他头上戴上高帽、脖子上挂上打倒德国狗特务的黑牌子、被两名红卫兵抓着胳膊做了喷气式批斗、开了他的公审大会之后。

那是一张被历史的眼泪打湿了的残页。

谁都知道，在那张残页上字迹凌乱、黑白颠倒、日期模糊。

山东 M 大学方面解释说，即便刘英栋是他们学校资深的教授，但是他们也保护不了他，他们也没有权力或者说不敢过问他被镇压了之后的事情。总指的领导对山东 M 大学方面给出的解释予以理解。他们认为他们做出这样的解释，并不是在推卸责任。

故事进行到这里，有关数学公式的事情似乎就又陷入了僵局。而那架飞机，仍静静地停在某厂禁区的保密车间里，等待着科学家们去解析，时限是两个月，并且特务利剑，正伺机随时炸毁它，销毁里面的一切秘密。

时间紧迫。

任务繁重。

危机四伏。

但是，那个扼守在咽喉要道上的数学公式仍没有解决。

唯一的希望——刘英栋下落不明，不知死活。

故事发展成这样，不是我的个人设计，说实话，不是！真的不是！一千个一万个的不是！因为看着数学家整日为那个数学公式，绞尽脑汁急不可耐的样子，看着食堂管理员老梁频繁地和小个子男人接洽的鬼鬼祟祟，我何尝不想把那个该死的数学公式赶紧拿到手里？我何尝不想让禁区里面聚集的那一百多工程技术人员早日完成上级下达的任务？您要知道，我是一名共青团员，刚一上中学就被组织吸纳了，所以，单凭这一点，单凭这个政治觉悟，我就不会设计这样的故事。

不过，即便是读者您不认为故事的走向是我个人所为，欲意故弄玄虚，您也会提出另一个疑问来，那就是北京总指的领导，为什么不到我国的各个监狱调查一番，若是刘英栋被打成反革命、被镇压之后还活着，那么他就一定会被关押在其中，并且，“文革”期间，不是有许许多多的老干部老革命，都被关押在里面吗？我对您提出的这一问题的解释是，不是不能而是没用。到全国各大监狱去调查刘英栋是否存在，应该是一件不可能的事情。我不知道您是否还记得，我在前面的故事里讲的，因为要进禁区，我曾经被禁区的哨兵抓获的事情，您想想，既然我都被禁区的哨兵在审讯室里关押过三天，我们班组的色盲青年陈晨方，因为在厂区外面的草丛里跟一个女人搂抱接吻都能被关押七天，那么即便是刘英栋尚且活在人间，您又能知道此时此刻他究竟被关押于何处呢？

还是我刚才说的那两句话：

那是一张被历史的眼泪打湿了的残页。

谁都知道，在那张残页上字迹凌乱、黑白颠倒、日期模糊。

因此，没有谁能够知道，到哪里去寻找，在脑子里记忆着那个数学公式的刘英栋，即便他真的活在这个世界上。

接下来的事情，似乎只能等待。

只能把寻找数学公式的希望交给命运。

只能寄希望于事情的新的转机！

还好，幸运的天平，很快就再一次向我们倾斜了过来。

得知北京总指的领导们，正在焦急地寻找一个名字叫刘英栋的教授，一位同样遭镇压，被关押过的高级领导，提供了一条相当重要的线索——在他被关押的甘肃荒漠中的某监狱里，他记得有一名教授，山东人，虽然名字他没记清楚，但是此人在德国给希特勒担任过一家研究机构的总工程师，制造过先进的飞机，他记忆得相当清楚。

哇！上帝关上了门，却又在另一个地方开了一扇窗！这扇窗，让我们又看到了希望的曙光！

知道了刘英栋的所在，我便可以把故事跟前一个章节里叙述的事情，衔接在一起了。

上一个章节里，我不是说保卫科科长赵德，准备派我去完成一项秘密任务吗，他不是说他是在代表组织跟我谈话吗，我不是说，他一说厂里在工作中遇到一点困难，我就立即想到了数学家久未攻克的那个数学公式吗，嗯，所有的事情正好吻合，赵德派我去完成的那项秘密任务，正和刘英栋有关。

北京总指找到了刘英栋的下落之后，应该说是圆满地完成了一项很艰巨的任务，但是这个任务完成了，却又面临了另一个问题，这个问题让总指的领导颇感踌躇。因为他们要找的人现在已是阶级敌人，因此他们不知道这件事情到底应该如何处理。说白了，既然刘英栋已经被定性为德国特务，被定性为反革命，那么他就没有资格再参与那架飞机的解析工作，因为这个工作是保密的，因为解析这架飞机当中的技术秘密和军事秘密，所挑选出来的技术人员，都是经过组织上严格考察的。

但是飞机接下来的解剖研究工作又绝离不开刘英栋。因为，只有他的脑子里记忆着那个数学公式！

总指领导颇为为难。

但解析飞机的工作又迫在眉睫、时不我待。

总指的领导只好上报中央，此事到底应该如何处理。

中央得到总指的报告经过反复研究，认为刘英栋虽然被定性为反革命，但是他脑子里记忆着的那个数学公式尚可利用，于是便作出了大胆利用此人的批示。

接到了中央的批示，北京总指的领导还是很为难。

因为中央做出的批示简单，并不十分明了。

大胆利用此人。大胆可以理解，就是不怕，不怕他是否为反革命。利用，从字面上来讲，也并不难理解，无非指的是刘英栋脑子里记忆着的那个数学公式没有阶级性，可以为我所用。但是问题在于利用到什么程度，或者说是怎么利用。总指的领导认为，这是个核心问题、重大问题。而这个问题处理不好，说不定会出大事情。因为刘英栋毕竟有着二战期间，在法西斯德国担任某飞机研究机构总工程师的背景。于是，总指的领导，便在如何利用刘英栋的问题上，考虑再三，不知道这个利用，是把他从监狱里解放出来，参加飞机的解剖研究工作为好，还是不把他解放出来，让他继续戴着反革命的帽子，一面监管，一面参加科研攻关为好。带着这样的疑问，总指的领导们进行了紧急的磋商，最后决定，为了稳妥起见，以上两种设想全不考虑，对反革命刘英栋的利用仅限于在监狱之中。

这之后，某厂便接到了北京总指领导的命令，命令的大意是指派两名工程技术人员，到关押反革命刘英栋的监狱，将数学公式取回来。在写“将数学公式取回来”这段文字的时候，我犹疑了许久，因为我不知道到底用什么样的字眼更为贴切，更能表达总指命令的意图，因此我的手指便在电脑上先后敲上去了“取回来”“搞回来”“弄回来”等相类似的词。之所以我那么犹疑，我用手指头在电脑上敲上去了那么多词，是因为单从总指下达的命令当中看，那个数学公式好像就在刘英栋的口袋里，执行任务的人只要到监狱走一趟便能将其得到。而事实则证明不然，我们的两名技术人员到监狱见到刘英栋本人之后，却并没有拿到那个数学公式，因为那个数学公式并非在他的口袋里，而是记忆在他的脑海中。

听到厂保卫科科长赵德说他代表组织跟我谈话，让我帮助完成一项秘密任务之后，我曾大为疑惑过，我不知道他们为什么会选中我，我不知道我这个正在学徒的水暖工，能帮上组织什么忙。

赵德没容我把心里的疑问提出来，便主动跟我说，让我协助完成这项秘密任务，是数学家提出来的。他说数学家说，只有你在他的身边，他才会受到震慑，才不会犯那个错误！

赵德问我是否有信心完成组织上交给我的任务？

我说没问题。之所以数学家要我跟在他的身边，是因为我已经成功地阻止了几次他的那个欲望。

赵德说那我就放心了。之后让我到财务科请款，之后批准我休息一天，后天早上六点准时出发。

临走时，我问赵德我们要完成的任务是什么，并且还问他就我和数学家两个人去吗？

赵德用手指指墙上贴着的保密条例，没再说话。

赵德代表组织跟我谈完话之后，我和小常师傅、小郑便把傻子旺财送进了禁区。我指给他看了禁区的茶炉房，告诉他茶炉上各个仪表的功能以及上水排水的阀门，之后又教他如何点火和封火。傻子旺财似乎对烧火有着独到的天赋，凡事我只说一遍他立即便能领会，并且在封火这一技术性很强的环节上，他掌握起来一点儿都不费力气。

把傻子旺财在茶炉房里安顿下来之后，我又跑到食堂去找小郝。我原本想跟他说我要离开厂子几天，陪数学家去完成一项任务，这几天你帮我照看着傻子旺财点儿，但是话到嘴边，我就想起了保密条例，于是，便改口说以后我进来不是很方便，这儿傻子旺财就交给你了，水烧得开不开是小事，可千万不要让他把茶炉烧炸了，捅出娄子来。小郝说放心吧，这事儿包在哥们儿身上。傻子旺财好不容易才得到工作，我保证不让他出一点儿问题，不让骆驼祥子那王八蛋挑出一点儿毛病来。我说谢谢你了小郝。小郝笑笑说，说什么呢你，咱俩不是哥们儿吗？再说，我还欠着你的人情呢！听了小郝的话，我也笑了，我说你要是不提那件事我早都忘了。

说完了傻子旺财的事儿，小郝又问我和史乃慧的事儿怎么样了。我知道小郝是想问我和史乃慧是否已经那个了。我于是便摇摇头，表示还没有。

小郝就眉头一皱，表示怀疑，问我是不是真的？

我说当然是真的了，到现在为止，我只摸过她一回。

小郝听了，忙问，她让你摸了？

我点头说嗯。

小郝说她都让你摸了，你怎么不一蹴而就，把那事儿给办了？

我也皱了皱眉头，说，不是我不想干，是那天我正那么想呢，傻子旺财突然出现在了我俩身后。

真他妈的操蛋！小郝往地上吐了口唾沫。迟疑了一会儿，他说，嗯，这回好了，傻子旺财进了禁区。小金，你记住了我那句话啊，这女人，比男人还要那个，她要是想那个了，你要是不那个，她以后可就不会再理你了。

小郝的这句话已经跟我说了两次了。第一次他说的时候，我还没有接触过史乃慧的身子，所以不是很理解，这次听他又说了，我马上就点了点头，表示明白。

走出禁区之后，我开始休息。

在我当水暖工的那个时候，能够得到一天公休应该是一件很奢侈的事情。在我的记忆中，我们水暖队还没有哪一个除了生病之外，获得过一天的休息时间。于是我便把这一天的时间，很惬意地分成了两个部分，一部分用来读《鲁迅全集》，另一部分用来和史乃慧分享。

我和史乃慧见面的时间定在了下午。她说那个时间她师傅田凤彤有事请假，她便可以跟我外出。

我这样一说，您肯定知道我的《鲁迅全集》没有读好。因为我会一心想着要跟史乃慧约会的事情。事情还真叫您给猜对了。在我设计好了的读书时间里，无论是鲁迅先生的《三味书屋》还是《孔乙己》，我全然没有读进去。我整个脑子里，一直转悠着小郝跟我说的话。我一直设计着如何才能实现小郝说的——那个。最后我想干脆就把她带到我的宿舍，趁着数学家和傻子旺财都不在，我俩就那个了！我越想越美，越想书越读不进去，于是我索性就把书放在了一边，之后开始着手收拾房间。房间收拾好了，我拿出一条新床单来换掉了我床上的旧床单，又拿出一条新枕巾来铺在枕头上。

我正在端详收拾好了的房间时，房门响了。

打开门之后见是我师娘站在门口。

我忙把她请进来，问她您怎么来了，有事吗？

我师娘说心里空落落的不是滋味儿。

我知道她是想傻子旺财了，就说您放心吧，旺财兄弟在禁区里面有小郝照顾着呢，没事儿。

我师娘说我知道，但是我还是不放心。我师娘跟我说，想让我陪着她到禁区里去看看旺财。

我说进禁区得有红色通行证，我的通行证刚过期，您没有通行证，咱俩怎么进去？

她说她去找赵德，让他给开一张。

看着我师娘充满渴望祈求的眼神，我不能再说什么了，于是，我只能跟她去找赵德。

陪着我师娘看完了傻子旺财从禁区回来，已经接近了晚上的下班时间。到机加工车间里找到了史乃慧，然后把她带进了我的宿舍，这时，厂区的空中便响起了下班的军号声。要想跟史乃慧那个，我知道必须要抓紧时间。

史乃慧进入我的宿舍，看到我铺在床上的新床单和新枕巾之后，似乎也明白了我的意思，于是我们谁都没说什么便立即拥抱在了一起。跟第一次我拥抱她一样，一贴我的身子，她立即便软了下来，紧紧用双臂搂着我脖子的同时，把舌头伸进了我的嘴里。我把一只手伸进了她的衣服里，把她的胸攥住了，之后我的头开始了眩晕。

嘭——嘭嘭——

房门被狠狠地敲响了。

数学家下班回到了宿舍。

他进来的同时，我和史乃慧便恐慌了起来。看到我和史乃慧，数学家紧接着也恐慌了起来。他的眼睛开始直勾勾地盯着史乃慧不放，之后我见他的手臂乃至全身开始哆嗦。见他的手抖动着、犹疑着在腹部徘徊，我赶紧一个箭步冲过去，死死地掐住了他的胳膊。

数学家的全身触电一般抖动了一下之后，便瘫软在了椅子上。他的额头上瞬间涌出了一层汗珠。看着他渐渐地平静下来，我送史乃慧走出了宿舍。一路上我俩谁都不愿意说一句话。

到了她宿舍的楼前，我俩停下了脚步。

史乃慧并没有马上要上楼的意思。她低着头，不住地用脚在地上画着奇形怪状的图案。

我觉得再不说什么实在是不合适了，但是一时间我却又不知道该说什么好。我说过了，我的嘴一向很笨，越是到了该说话的时候，就越是说不出话来。

史乃慧停住了在地上画的脚，抬头看了看宿舍楼。我知道她在等着我跟她说点什么。我怕她失去耐心，于是十分紧张地从嘴里挤出了一句话。

我说，明天我要出门。话一出口，我便后悔了起来。我立即便想起了厂里的保密条例。

她立即转过头来问我去哪儿，干什么？

由于我已经把话说了一个开头，再想收住已经来不及了，又因为史乃慧也是厂里的职工，也是共青团员，懂得保密规定，所以我觉得虽然涉及机密，但是跟她说说也无妨，因此就把嘴凑近她的耳朵，悄声说，我跟数学家出去一趟。

史乃慧立即就惊讶了起来，忙问我跟数学家出去干什么。

我说，一定是跟那架飞机有关。

说完了，我甚至还补充了一句，一定跟一个数学公式有关！

31

由于经度的关系，我们这个地方比其他的地方天黑得要稍微早一些。

和史乃慧分手之后，我便去了职工食堂。把一个馒头、一个窝头、一碗粥和一份油少盐多的炒萝卜吃到肚子里的时候，天便昏暗了下来。

离开食堂之前，我瞥了管理员老梁一眼，而老梁的眼睛也正朝我看过来，一瞬间，我俩的目光交织在了一起。

回到宿舍，见数学家仍然在研究那本《哥德巴赫猜想》，于是我便不敢打搅，开始悄声收拾明天出门要带的东西。

数学家瞥见了我的动作，便说多带点换洗的衣服，咱们这次出门的时间可能比较长。

我见他的眼睛离开了书，就问他咱们明天到底去哪儿?

数学家往上推了推眼镜，悄声说去甘肃的一所监狱。

听到监狱两个字我感觉有些莫名其妙，于是便也悄声问他去监狱干吗?

数学家用手拍了拍那本《哥德巴赫猜想》说，去找一个叫刘英栋的教授，他在二战期间，担任过德国一家飞机研究机构的总工程师。数学家把手指头抵在脑袋上，说，这个刘英栋教授的脑子里应该记忆着那个数学公式。

去监狱里寻找刘英栋，以求得到记忆在他脑子里的数学公式，让我感觉事关重大。

感到事关重大之后，我的心里便开始有了些许后悔和些许后怕。

因为我在没话找话时，跟史乃慧说出了关于数学公式的猜测，但没想到我的猜测竟然成了事实，成了如此重大的事实，我真害怕史乃慧一不小心，把这件事情给透露出去。

估摸着老梁已经下班，于是，我再一次来到了梁公馆，趁着夜色，爬到了梁公馆窗子对面的那棵树上。

梁公馆的窗帘紧闭，从掉下一角的窗帘缝隙中往里看，老梁似乎正忙碌着什么。他弯着腰，挥舞着榔头用力地在拆卸一样东西，由于窗帘的缝隙过于狭小，因此他在拆卸什么我一时看不清楚，不过我很清楚地看到了他身边的桌子，以及放在桌子上面的那块灰色的，曾经用来包裹我怀疑是电台的布。

这块布的出现，让我不由得为之一振。

我在树上挪动着身子，尽力地伸着脖子，以争取看清楚老梁正用榔头拆卸的东西，我想看看这东西跟这块布会有什么联系。

正在此时，树下面有了脚步声。我低头往树下望去，见是马叔儿倒背着手，朝我的方向走了过来。我赶紧把身子贴紧树身，以防暴露。但我还是被当过侦察兵的马叔儿发现了。

马叔儿快步走到了树下，他抬头看了看树上的我，又转过头去看了看梁公馆的窗户，以及从窗户的缝隙当中透出来的那一点亮光。看的时候，他仍旧把双手背在身后。

我有些不好意思，赶紧从树上跳了下来。

我讪讪地问马叔儿您这是干吗去？

马叔儿说饭后遛弯儿，没事。说完了就用手指指梁公馆的窗户，示意我正在监视老梁呢？

我点点头。点头的时候多少有些尴尬。

马叔儿迟疑了片刻，之后问我，说，我有个建议，你要不要听？

我说当然要听，什么建议，您说。

马叔儿示意我跟他一起往前走。走出去一段距离之后，他停下脚步跟我说，你毕竟不是专业的刑侦人员，像你这么单枪匹马地去监视一个人，不会有什么好的效果，弄不好还会被对方发现。马叔儿看了看我，继续说，因为你不具备刑侦经验，所以你的监视活动难免会被对方发现，如果你的行为被对方发现了，那么你所有的监视计划将会全盘失败，这一点你想过吗？

我说没有。说完了，我又改口说最初计划监视老梁的时候没有，可是从上次在厂外监视老梁，遇上他和一个小个子男人鬼鬼祟祟地接头，我一时不能作出到底是上前抓获他们，还是暂且放任两个人，从而放长线钓大鱼的抉择后，我想过这个问题。我说，我觉得我还不具备这方面的能力。

马叔儿停住了脚步，他说，所以啊，我给你的建议是监视、抓捕一个具有很高水平的特务，不是哪一个人能办到的事。

听马叔儿这么一说，我误以为他是要帮助我监视老梁，最终抓住老梁的狐狸尾巴，于是就十分高兴地说，当然，当然不是我一个人能办到的事情，马叔儿，您能帮助我吗？您当过侦察兵，有足够的经验，如果您肯帮助我，我们一定能让老梁这家伙原形毕露！

马叔儿听了我的话，笑了起来，他说你我都是老百姓，老百姓做一些辅助工作还是可以的，比方，咱们看的电影里面，为了抓特务，街道的老头老太太们胳膊上戴上红袖标，时刻注视着马路上、家属院儿里的风吹草动，这些都可以，可是去监视特务，抓捕特务，那还是要靠组织，组织，你懂了吗？看我没回答他的话，马叔儿又说，作为年轻人，你敢于担当，敢于付出，这说明你上进，说明你爱国，这一点是应该肯定的，但是，好的出发点要有好的方式方法才能达到好的效果，这一点，你明白吗？

我说嗯，明白。

马叔儿于是说，我给你的建议是把这件事汇报给组织，把监视老梁的事情交给组织。

我俩正说着，就见老梁快步从我们的身边走了过去，消失在了夜幕里。

32

前往甘肃某监狱的有我、数学家还有一个物理博士。

我们三个人一大早先到厂办去等厂办主任给我们派车，等车的时候，我并不知道与我们同行的还有另外一个人，并且还是位物理博士。坐在厂办宽大的、皮质的、弹性非常好的沙发上，我见一个跟数学家同样瘦小枯干的人，蜷缩地坐在我的对面，以为他是某个科室的退休人员，到厂里来办什么跟退休相关的事宜的，因此我便拿眼睛很不礼貌地在他身上从上到下地扫视了一遍。好在物理博士的涵养很好，他对我的眼神并不介意，甚至在上到同一辆车里，在我不知道如何对他表示歉意的时候，他首先跟我自报家门，说他姓唐，唐朝的唐。

我、数学家、物理博士三个人经历了由火车到汽车，最后再到拖拉机等几种交通方式之后，辗转了三天才到达甘肃的某监狱。在坐火车和汽车的两天时间里，我始终没离数学家的左右，尤其是在他身边有女人出现的时候，我尤其警惕，时刻注视着他的一举一动，我那只靠近他的胳膊，始终处于一级战备状态，只要发现他的异常举动，将立即采取行动。好在有我在身边，数学家感到了威慑，他的身边曾经出现过几个女人，有两次有两个女人甚至还坐到了他的对面，眉来眼去地对着他做一些让男人心跳加快的动作，不过数学家的身子只是哆嗦了几下，当他感觉到我的手就在他胳膊旁边的时候，他便很好地控制住了自己。

我们安全抵达了甘肃某监狱。

到达监狱的当天晚上，我们三个便在第一时间跟狱方取得了联系，鉴于我们手里有北京总指的介绍信，介绍信上有中央的字样，有带有国徽图案的印章，因此监狱方面对我们的接待相当热情，他们很快给我们办理了相关手续，并安排我们第二天跟刘英栋会面。安排好了会面事宜，为了表示热情和周到，监狱的领导还特意为我们安排了晚饭。晚饭期间数学家、物理博士和监狱的领导们都谈了什么，我并没有做过多的关心，因为在来的路上，我的任务已经完成了，并且完成得还相当好、相当出色，还因为在出发之前，厂保卫科科长赵德特意嘱咐我，此行要少说话，凡事不插嘴、不议论、不打听，我的职责只是负责数学家的一路安全，于是在他们谈话的时候，我就专注地放开了肚皮尽量多吃，因为一般这样的招待饭，都不收取钱和粮票，况且招待饭的饭菜，是我平时基本见不到的，除了一水儿的净面馒头之外，还有一大堆冒着油的鸡鸭鱼肉。

肉的能量到底要比我平时吃的萝卜白菜大得多，我的胃在消化它们的时候，似乎要调动更多的血液，消耗更多的养分，因此，吃过晚饭不久，困意便一浪紧接着一浪地朝我袭来。于是，在监狱方面给我们安排好了住宿之后，我一见到床，立即便扑了上去，倒头就睡。我迷迷糊糊地很快就进入了梦乡。不过，我做梦也没有离开过数学家，都在恪守着自己的职责，在努力地用耳朵注意聆听着数学家的一举一动。

数学家似乎并没有异常的举动，进入招待所的客房之后，他似乎并没有走出过房间。我听他一直在跟物理博士说话，两个人在探讨着明天见了刘英栋教授之后一些事情应该怎么办。

我先听他俩商量了对刘英栋的称呼问题，他们两个人在称呼不称呼刘英栋为教授的问题上犹豫不决。他们先是觉得应该称呼刘英栋为教授，因为在数学领域，他是前辈，但是囿于刘英栋目前的反革命身份，他们又觉得叫他教授不大合适，弄不好还会引火烧身，造反派会抓住他们的小辫子，说他们对曾经效忠法西斯的反革命大加恭敬顶礼膜拜。如果是那样，回去之后不仅研究不了飞机，很有可能还会被打成反革命。最后他们商量的结果究竟是什么，到底该如何称呼刘英栋，由于我的睡意太浓了，以至于我听到了，却没能记住。

商量完称呼的问题，我听他俩还没有要睡觉的意思。他俩就见到刘英栋时，如何介绍此行的目的，又展开了讨论，他们为在明天见到刘英栋时，是否将飞机的事情和盘托出，再次犹豫不决。他俩先是认为，从情理上说，去求刘英栋要数学公式，理应告知实情，实话实说，可是鉴于刘英栋的反革命身份，鉴于飞机的保密状况，又有必要跟刘英栋隐瞒实情，不然国家的机密就被泄露出去了，他们谁也担当不起这个责任。另外，即便是刘英栋有觉悟，或是没机会，没有将这个国家机密泄露出去，但他们两个人，把一个属于国家级别的高级机密，透露给一个被镇压的反革命，透露给一个曾经效力于法西斯德国，效力于法西斯头子希特勒的人，那也将罪责难逃，不被打成反革命也足够让组织审查一阵子的了。于是，他们两人便一致认为，绝不能跟刘英栋透露飞机的事情，他俩说，这是原则。可是坚持了这个原则，又怎么跟刘英栋张口要那个数学公式呢？因为那个公式毕竟在他的脑子里，他可以找出一万个理由拒绝提供啊。或许是因为时间太晚了，或许是因为一路舟车劳顿，两个人实在是太困了，于是便准备休息。我先听他俩关了灯，之后伴随着床的吱吱嘎嘎声，数学家说，明天见机行事，遇到具体情况再随机应变。物理博士说，希望明天事情会非常顺利。

第二天早上吃过早饭，监狱的领导带领我们去见刘英栋。

刘英栋高高大大，即便穿着一身监狱的号服，也难掩他一身的儒气。看到他的第一眼，看到他满头的白发和下巴上稀稀落落的胡须，以及架在鼻梁上的那个旧式的、用胶布粘着腿儿的白边眼镜，我的第一感觉是此人很谦和，温文尔雅，我甚至觉得他似乎是并不陌生，就好像是邻家的大爷那么眼熟。

刘英栋似乎已经知道了我们的身份，见到我们走进会见室，他立即便站起身来，并且弯下受过伤的腰给我们鞠躬。鞠躬的时候，我听他在跟我们说政府好、政府辛苦这样的恭维话。看着他一脸诚惶诚恐的样子，我感觉心里很不舒服，因为他的这个表情极为扭曲，和我第一眼见到他的那一身儒气极不相称。

见到他鞠躬，我第一反应是要还礼，于是我也准备给他鞠躬，与此同时，我见数学家和物理博士也有此意，但是一瞬间我们都止住了这个念头，因为我们都明白，如果这一躬鞠下去，我们三个人或许也将成为不齿于人类的狗屎堆（不齿于人类的狗屎堆为文革用语，用于形容地、富、反、坏、右之流——作者注）。我们没有还礼，谁也没动，直愣愣地站着，面对着给我们深鞠一躬的满头白发的老人刘英栋。监狱领导或许是看出了我们三个人的尴尬，或许是他从根本上就认为，我们没有必要给反革命分子刘英栋鞠躬还礼，因此，他便很果断地把双手摆了摆，笑着对我们说请坐请坐，然后又转而面向刘英栋，把脸板了，很生硬地命令道坐吧！

北京派来的同志，监狱领导把我们三个人指给刘英栋说，他们有重要的事情找你，你要好好地配合，听见没有！

刘英栋怯怯的眼睛，在用胶布粘着眼镜腿儿的白边眼镜后面眨了眨，说嗯，一定一定。转而他又把那双怯怯的眼睛转向了我们，很谦卑地说，有什么事情，请政府吩咐。

数学家和物理博士没有马上对刘英栋说有关数学公式的事情。我见他俩相互看了看，像是在用目光商量着什么，好一会儿之后，才把脸转过去面向刘英栋。

嗯，是这样，您在德国某研究机构任总工程师期间，应该知道有关，有关，有关——飞行工程的一个数学公式，我们此行是想您能不能帮助我们，帮助我们，我们需要这个公式。

数学家跟刘英栋说这番话的时候，我很明显地听出来，他首先省略了对刘英栋刘教授或者是直呼其名的称呼，但是他还是称他为您，还是对他表示了应有的尊重。

刘英栋应该已经明白了数学家的意思。但他还是在迟疑了一下之后问数学家，我能问教授您一个问题吗？

数学家刚把您请问这三个字说出口，监狱领导便朝刘英栋皱起了眉头，他说，刘英栋，你要注意自己的身份，你现在是接受改造，明白吗？你现在只有老老实实地接受讯问的权利，没有提问题的权利，知道吗？

刘英栋无可奈何地用双手抓抓自己的头发，之后把手张开，再抖一抖，让夹在手指缝里的白发脱离开他的手指，轻轻地往地上飘落。

看着一根根白发悄然无声地落地之后，刘英栋说好吧，我能给你们提供数学公式。说完了，他便请示监狱领导，我能问问这三位教授业务上的事情吗？因为飞行工程方面的数学公式很多。

监狱领导考虑了一下，点点头。

刘英栋于是就问数学家，您研究的方向是飞行工程？

数学家说是。

主攻哪个领域？

数学家说飞行、通信、数据，等等。

刘英栋似乎明白了，于是他接着再问，您的研究遇到了什么问题？

数学家觉得刘英栋的问话已经触及了他昨天晚上和物理博士商量的底线，于是只能含糊其词地跟刘英栋说，我在做一个课题的实验，在实验中遇到了飞行工程方面的问题，所以我们请您帮忙，我们需要那个数学公式……

刘英栋似乎全都明白了，他点点头，说好吧，不过，我需要时间。

得到了刘英栋的承诺之后，我们便回到了招待所开始等待。

在我们等到第三天的时候，监狱领导来到了招待所。他交给了数学家一沓纸，他说这就是刘英栋给我们提供的那个数学公式。

看到这一沓纸，我们三个人立即就兴奋了起来。

我在兴奋之余立即便想到了回家。因为在我的心里还惦记着其他的两件事情。第一件是食堂管理员老梁的事情，我把我监视了他好几天的记录，在临出门的时候交给了赵德，我希望下面的监视能得到组织上的支持和帮助，我希望老梁这个潜伏在厂里的特务能很快被调查清楚。我着急回去是要问问赵德事情是否有了进展。另一件是我的个人私事，这件事您已经都知道了，因此我也没有必要再做掩饰，我已经打定了主意要和史乃慧那个了，可是我一切都准备好了，却一直没能找到机会，您想想，想吃葡萄，可看着葡萄就挂在嘴边上，却偏偏吃不到嘴里，那是个什么滋味儿？是不是十分难受，是不是十分难耐？因此我归心似箭，我恨不得赶紧回家，我想，回家之后的第一件事儿就是去找史乃慧。

尽管我心里猫爪子挠似的痒痒，一心准备回家，可是我仍然要等着数学家的决定。因此我希望数学家和物理博士拿到数学公式之后，也跟我一样急迫地想要回家，回厂里。

不过，数学家和物理博士毕竟没有我的那些私心杂念。他们没有立即想到回家的问题。

他们把自己关在房间里，一天没吃没喝，检查、验算着那一沓纸。检查、验算着那个数学公式。

比那一沓纸又多出许多倍的纸上，密密麻麻地写满了数字，画满了符号之后，数学家和物理博士开始皱眉，开始摇头。我听他们开始悄声说，这应该不是他们想要得到的那个数学公式。听到了这句话，一心想着回家的我立即便着急起来，我赶紧问数学家不是那个数学公式怎么办？

数学家没理我，过了好一会儿，他对物理博士说，这就是咱们没跟刘教授实话实说的报应。物理博士也表示同意，他点点头说，是，咱们不尊重人家，人家自然也会糊弄咱们。

第二天一早，我们只得再去监狱跟刘英栋见面。

临出发的时候，数学家很郑重其事地跟我和物理博士说，他打算跟刘英栋教授述说飞机的实情，他说不管刘教授是不是被打成了反革命，但是他相信他是一个中国人，他的那颗爱国之心，在任何情况下，在任何处境当中，永远都不会泯灭，他在得知了咱们正在跟敌人，跟特务拼速度抢时间后，一定会给咱们提供帮助！

物理博士听了数学家的话，表示他们是一起出来的，要说实情，要冒泄露国家机密的风险，也应该有他一份儿。

数学家说要冒风险，要承担责任有他一个人就够了，因为能一个人承担的风险，没必要牵扯进去两个人。另外，他因为有那个毛病，进出派出所，被关、被押已经不是一次两次了，因此他较之物理博士，更具备心理准备和承受能力。说完了，数学家便显示出了从未有过的果敢，他用很坚定信任的眼睛看了我一下，说，小金，事情你都知道了，我希望如果万一有危险发生，你能出面证明，此事是我一个人的行为，跟唐博士没有任何关系。他说，我相信你，因为你喜欢的书是《鲁迅全集》，他说我知道你欣赏鲁迅的品格。

数学家的嘱托，让我的心里顿时涌起了一阵热浪。

我们三个人再次来到了监狱的会见室。

尽管有监狱的领导以及狱警在场，但在见到刘英栋时，数学家还是毫无顾忌地赶紧走上前去先叫了一声刘教授，之后给他深鞠了一躬，紧接着，数学家便检讨了上次没跟刘英栋实话实说的错误，他以晚辈、以学生的口吻说了请求刘教授原谅的话。刘英栋听了，脸上露出了从未有过的微笑。

在接下来的交谈中，数学家准备原原本本地把飞机的事情叙述给刘英栋听，可是就在数学家刚要开口时，刘英栋却连忙伸手止住了他。他示意数学家不要再说下去，他用一句我们在监狱里面，也天天看报纸关心时事新闻示意数学家，他单凭报纸上的一句“击落敌方飞机”

几个字，已经感知了事情的全部。最让我们三个感到惊奇和喜出望外的是，刘英栋告诉我们，他竟然从跟我们第一次见面之后，便已经开始着手整理，记忆在脑子里的那个我们急需的数学公式了。

刘英栋说，请原谅我跟你们开的那个小小的玩笑。他说我之所以要那么做，也是要测试一下你们的水平程度。他很满意地对数学家和物理博士点了点头，说，那个数学公式再有一两天他便可以整理完毕。

刘英栋那天跟我们说的最后一句话是，谢谢你们对我的信任，谢谢！他在说这句话的时候有些激动，甚至在他的眼睛里都闪烁出了泪光。

我们又回到了招待所里等待。

又过了一天，我们时刻期待着的敲门声响起来了。敲门声让我们三个人的心里同时涌上来一股欣喜。将门打开，把盼望已久的监狱领导请进来，我们同时都向他投去了渴望的目光。然而，监狱领导进门后，却是出乎我们意料的一脸的严肃或者说是一脸的板结。与此同时，我还注意到他两只手是空空的，并没有拿着上次来时那样厚厚的一沓纸。

在屋里站定了，监狱领导把我们三个人轮番看了一眼，之后他怀着十分的歉意，跟我们说了一件无论如何让谁也料想不到的事情——

刘英栋死了！

死因不详，法医正在抓紧调查！

刘英栋整理的那份数学公式的算稿也不翼而飞！

33

我怎么也不会想到从甘肃回来之后，史乃慧会发生如此之大的变化。

在甘肃陪数学家执行任务的时候我便归心似箭，心里一直都在想着赶紧拿到数学公式，赶紧回家，因为我的心里无时无刻不在思念着史乃慧，可是等我从甘肃回来，急不可耐地到机加工车间找她，她却一反常态，对我极其冷淡。

史乃慧隔着车间的大玻璃窗看见我朝她招手，很不情愿地离开了车床，磨磨蹭蹭地走了出来，在她走向我的过程中，我没有从她的双眸里看到久未见面的惊喜以及对我的渴望。她的眼神很黯淡，没有一点神采，也就是说，她见到我就仿佛见到车床上的一个被加工的零件一样，既不冷也不热。史乃慧的这副表情，在我心里燃烧着渴望的火焰上浇了一盆冷水，我的心便嗖地一下子凉了。

史乃慧拿棉丝擦着手走到了我的面前，始终不看我，只盯着手和棉丝。因此，我便把在心里准备好了的许多热切要表达的话咽了回去。我俩一时间好像谁都没话要跟对方说，只好傻呆呆地面对面站着。后来站的时间长了，见车间里老是有人出来进去的从我俩身边经过，我便问她是不是很忙？史乃慧嗯了一声。我便说，那好，你先忙，晚上七点我去你宿舍楼下等你。

晚饭后，我提前到女工宿舍楼下去等史乃慧，可是史乃慧好长时间都没从楼上下来。看楼的大妈大概是见我站在那里挺傻的，有些可怜我了，就说你等着，我上去给你叫她。大妈叫过她之后又过了好一会儿，史乃慧才很慵懒地从楼上走下来。她依旧还是那副不冷不热的样子，站在我的面前，不看我，不理我。我伸出手想拉她的手，可是她却闪电般地躲开了。

最后，我实在是忍不住了，问她你怎么了？是不是我到甘肃没给你写信你生气了？我说，我在甘肃住在监狱的招待所里，写信和打电话都不方便。

见她始终不置可否，不说话，我就又问她你到底是怎么了？我哪里做得不好，让你不高兴了，你倒是说话啊！

史乃慧这才拿眼睛看了我一下，说了一个字：烦！至于她烦什么，烦谁，是不是烦我不知道，问她，她一句话都不说。

史乃慧从未有过的冷淡让我抑郁不已。

除此之外，还有一件事情让我心里头也极为不快。

我回来的当天，跟赵德汇报甘肃之行的情况时，顺便问了他老梁的情况，我担心他对我反映的情况不加以重视。赵德轻描淡写地说对老梁的怀疑基本上可以解除了。我很惊讶，问其缘由，问其是否翻查了梁公馆？是否发现了电台？问其可否见到了和他接头的那个小个子男人？是否对其进行过审问？赵德很耐心地等我把所有的问题一口气儿地都问完了，然后不紧不慢地说，你别看我跟老梁在一个厂里工作了这么多年，但是不经过这次监视，我还真不了解老梁，不知道他的背后还有那么一个不为人知的故事。

赵德说，老梁是十几年前响应党和国家的号召，来到东北支边的知识青年。赵德说，当时来自全国各地，到东北屯垦戍边的知识青年约计有几十万人。这些知识青年组成了一个农垦师，以团为单位，在一片片的草甸子上面边开荒边生活边恋爱。来自山东的老梁和来自北京的女知青小田便是其中的一对儿。赵德说，当时知青们的生活条件很艰苦，卫生条件很差，因此每个人的身上都长满了虱子。他说，老梁和小田的那个凄美的故事，就是这小小的虱子引起来的。

赵德说，当时知青们的生活条件很艰苦，由于没有条件洗浴，因此他们每个人的身上都长满了虱子。为了对付这些虱子，知青们想了很多办法，比方说用手挤，比方说用开水烫，但是即便如此，也永远制止不了虱子在身上的滋生。制止不了虱子的滋生，大家于是又想了尽量避免让虱子滋扰的办法，这个办法就是裸睡，男生们是这样，女生们也是这样。他们在睡觉之前都把衣服脱得精光，甚至连一条裤衩也不留，目的就是不让虱子有藏身的地方，目的就是不让虱子在自己熟睡了之后，吸食身上宝贵的血。

赵德说，那是一个秋夜。小田晚上起来小解。他说那个时候他们知青的宿舍里本应有一个尿盆儿的，可是恰巧的是小田她们宿舍有一个上海知青，她不但娇气，并且鼻子还特别灵敏，容不下一丁点儿异味儿，因此她不允许在屋里放置那个东西。为了照顾这个女知青，因此大家只好在夜里到屋外去方便。

由于是秋天的夜晚，天气并不是很冷，小田从被窝里钻出来到屋外去方便时就没穿衣服，她是想速去速回。可是，等她方便完了再跑回来时，却发现宿舍的门被从里面插上了，原来先于她到外面方便的还有另外一个女生，这个女生方便回来之后，不知道小田还在外面方便，所以一顺手便把房门上了门闩。小田见宿舍的门被从里面插上了，就光着身子在屋外拍门，但此时大家都熟睡了，拍门声谁也没有听见，恰在此时，一个男知青也走出宿舍方便，那男生见一个人影儿在女生宿舍前面晃动，以为有贼，就朝她跑了过来，光着身子的小田于是便恐慌了起来，情急之下慌不择路，一头扎进了农垦团值夜班兼喂马的老光棍儿居住的马房。

赵德说，天亮之后，事情便被传了出去。因为这类事情在那个没有娱乐活动很寂寞的年代，一般都会被传得很快，被传得很远。

赵德说，知道了这件事情，老梁受了很大的刺激。他跟小田好几天都没有见面。尽管小田找机会跟他解释过，说她跑进老光棍儿的马房实属无奈，她和老光棍儿什么也没发生，老光棍儿让她躺在热炕上，让她盖上他的被子之后，自己披着大衣在屋外蹲了一宿，可是老梁还是无法接受这样的现实，无法面对全团人对此事添枝加叶的议论，无法面对全团人看向他稀奇古怪的目光。

赵德说，这件事情之后，小田也不堪舆论的压力，选择过两种方式自杀。第一次她割腕，被老梁发现了，他背着她去了县医院。第二次她上吊，被老光棍儿发现了，他赶紧把她从房梁上解救了下来，并且从此之后，老光棍儿开始形影不离地跟着她，以免她再次自杀。

赵德说，最后农垦团的领导给老梁做工作，让他理解小田，让他谅解小田，但是老梁始终说他心里解不开那个结。最后，迫于压力，出于无奈，小田只好嫁给了老光棍儿。

赵德跟我说，你看到的那个个子矮小、面目猥琐的男人，就是那个老光棍儿。

听了老梁和小田的故事，我的心里酸溜溜的。

我似乎是忘了我是在跟赵德追究老梁是不是特务的事情，我问赵德后来呢，后来他们怎么样了？

赵德说前不久，得知小田的孩子在学习时没有书桌用，老梁就偷偷地把厂里的一张小桌子给拆了，因为怕厂门口的哨兵发现，他就把拆散了的桌子用铺盖卷儿包裹着，偷偷运出了厂外，并且趁着厂外的那个地方人多混乱之际，把东西交给了小个子男人。

听到这里，我问赵德，老梁用铺盖卷儿包裹着的，并且神神秘秘地给小个子男人的是一张桌子？

赵德说，是。

我又问，这老梁真笨，桌子拆散了还怎么用？

赵德说，老梁才不笨呢，要是笨他怎会想到把桌子拆了，然后再让小个子男人拿回去组装的好办法呢？

从老梁和小田的故事里跳脱出来，我问赵德，梁公馆你翻了吗？

没见过一个电台吗？

赵德说，你看到的那个方盒子不是电台，是一台收音机。

我说，不会吧？要真是收音机，老梁为什么不把它摆在桌子上，天天收听广播，而是用布小心谨慎地包裹着，藏起来？

赵德说，那台收音机是他和小田恋爱时攒钱买的，他是要把它当作结婚礼物送给小田的。可是出了那件事情之后，小田嫁给了老光棍儿，因此，老梁就把这台收音机珍藏了起来，留作了永久的纪念。这些年来，老梁每每想念小田了，就会把收音机拿出来看一看，打开听一听，之后再把它包裹起来收藏好。赵德说，为了让小田的孩子能收听到广播，老梁在给小个子男人拆散了的桌子时，还一同把那台收音机送给了他！

赵德解释完了，我长舒了一口气，不过，我的心里依旧还是酸溜溜的。我说老梁这是何苦呢？！

赵德说，是啊，老梁这是何苦呢？赵德说，这人呢，有时候就是这么令人难以捉摸，小田误闯了老光棍儿的马房，老梁耿耿于怀，死活不原谅她，可是小田跟老光棍儿结了婚，老梁却又对小田牵肠挂肚、念念不忘。

赵德说，小田结婚之后，老梁有机会被招工，可是到了咱们厂之后，他一直独身一人，不婚不娶。说到这里，赵德忽然把话停住了，他像是问我又像是问他自己。

他说，你说老梁这家伙，他到底图的是什么呢？

我忽然在心里涌出了一个很奇怪的想法，我说，小田的那个孩子，会不会就是老梁的呢？

赵德听了，立即便很惊奇地看向了我。

34

刘英栋的突然死亡，让我、数学家以及物理博士感到十分蹊跷，与此同时，我们三个人还感到十分惋惜、痛心和沮丧。甘肃监狱方面在接下来几天的调查当中，也没有弄清楚他突然死亡的原因。糟糕的事情还不仅仅如此，刘英栋死后，他答应提供的那个数学公式以及他用几天时间整理的数学公式的算稿，也不翼而飞，这就更为刘英栋的死亡增添了一份神秘的色彩。

刘英栋在关键的时候蹊跷地死亡。

数学公式的事情再次搁浅。

某厂禁区当中那架飞机，依旧要继续默默地在保密车间里停放着。而上级下达的命令，要求破解飞机秘密的日期在日益迫近！

我那天在机加工车间门口和史乃慧默默地分了手。转身路过机加工车间锅炉房时，不由自主地便停住了脚步。这其中的缘由，并不是只为再隔着玻璃看一眼史乃慧，说实话，在这座锅炉房里面，我觉得总有什么在吸引着我，即便是我站在它的面前总是心有余悸，总是胆战心惊，但是我还是觉得它像一只大手，攥着我的心。

我还是想走进去。

因为里面有我师傅吐出来的血。这血，并没有被时间的尘埃所掩埋。

我还是想走进去。

因为里面有爆炸留下来的痕迹。这痕迹，印在了我的心里，怎么擦也擦不去。

我轻轻地推开了锅炉房的门，蹑手蹑脚地走到了里面。我师傅吐出来的血仍然印记在锅炉片上，黑褐色的，清晰可见。炸飞了的炉台，东倒西歪的锅炉，仍旧用触目惊心的场景提醒着我，锅炉房的爆炸绝不是一场偶然事故，那个打火机，一定就是定时炸弹，这枚定时炸弹，一定是被一只看不见的黑手控制着，而控制着这一切的人，就潜伏在厂内。站在倒塌了的锅炉前面，我想，尽管老梁已经被排除了特务的嫌疑，但我还要继续努力，抓住那只黑手，抓住那个特务，只有这样，印记在锅炉片上的我师傅的血，才不会白流！

从机加工车间锅炉房里出来，我到了我师娘上班的地方，几天没见了，我想看看她。然而，到了她上班的地方才知道，我师娘已经调到禁区里面打扫卫生去了。告诉我这件事的大姐说，你师娘老放心不下他儿子，怕他在禁区里面惹事儿，怕他在禁区里面吃不好，怕他在禁区里面受委屈，所以她就一再地跟我们领导申请，调到禁区里面打扫卫生。我们领导为了照顾她，就同意了她的申请，把她调过去了。

经这位大姐这么一说，我才想起了傻子旺财，于是我赶紧借用电话，给小郝打了个电话。小郝正在做饭，手里或许还拿着滴着菜汤的铲子，听我打听傻子旺财最近怎么样，他就说你放心吧，好着呢，茶炉烧得倍儿棒！吃饭你就更放心吧，只要他一来，哥们儿保证给他两勺子菜，保证少收他粮票，放心吧！说完了傻子旺财，他就问我你回来了，见了史乃慧了没有？我说见了。小郝接着又问我，是不是她有点蔫儿？我说是，爱搭不理的。小郝说，我发觉她这两天也不大对劲儿，好像是心里头有什么事儿，哎，你没事多陪陪她，问问她到底是怎么回事儿。

回到宿舍之后，我发现数学家竟然没捧着那本《哥德巴赫猜想》看。因为他用双手捂着脸，所以我不敢断定，他是在思考，还是在为数学公式的事情发愁。我没敢打搅他。因为心情不好，我靠在床头上时，也没有从枕头下面拿出《鲁迅全集》来看。这时候，宿舍的门被敲响了。听到敲门声，我立即从床上蹿了起来，我的第一反应是敲门的人会不会是史乃慧，她会不会是醒悟过来了，跑来检讨她刚才对我的冷淡，我甚至进而想，刚才她的冷淡，或许是她想跟我那个的前奏，因为女孩子大都很会掩饰自己的内心，于是我一面慌里慌张地说着请进请进，一面十分紧张地在地上用脚划拉着鞋准备上前去开门。

门吱呀一声被推开了，但进来的却是物理博士。物理博士手里提着一个大兜子，进屋后，他从兜子里面掏出了好多东西，有啤酒、罐头，还有花生米和猪耳朵。

看到这么多好吃的我愣住了，数学家也把手从脸上挪了下来。

我们问物理博士这是干吗？

物理博士说，没看明白吗？吃！

物理博士拿出来的东西，在当时属于紧俏之物，那罐头，那花生米都是过年的时候凭票证才能买到的，而且还是限量供应。一下子看到这么多好吃的，我立即有了饥饿感，我尤其馋那花生米，因为去年过年时，我妈把凭粮本、按人口一年供应一次的花生米，提前半个月买回了家，为了把它保留到春节时招待客人吃，我妈甚至还把它们偷偷地藏了起来，可是没想到，她为了防止我们偷吃的那些珍贵的花生米，却让躲藏在地下的老鼠们开了饕餮盛宴，为此，我们全家整整一年谁都没吃到一颗花生米。

我一面往肚子里咽着唾沫，一面动手收拾数学家长期占用的那张桌子。一样一样地把好吃的往桌子上摆的时候，我随手从窗台上抽了三张纸，准备把那一包花生分散开，放在这三张纸上，每人的面前摆一份。可是我刚把纸从窗台上抽出来，就听到数学家朝我大喊了一声，你别动！数学家的喊声吓了我一跳，说实话，我俩自从住到一起之后，从来没见他如此严厉过，因此我的手便不由得停在了空中，并且还抖了一下。

数学家从我的手里把纸夺了过去，然后很仔细地看了看纸上的内容，又把纸很仔细地放回到了窗台上。

以后我的东西你别动!

数学家把纸放回到窗台上时，又十分严厉地补充了一句。

物理博士大概是看我有些尴尬，就拿起数学家放到窗台上的纸看了看，说，小金，这是数学家的算稿。你不知道，这算稿，是我们这些人的命。他说，你可别小看了这三张纸，这上面涂的、画的、写的这点东西，可能是我们思考了一年的东西，也可能是我们思考了两年的东西；可能是我们参考了一本书的东西，也可能是我们参考了十本书的东西。

我点点头说嗯。

物理博士放下纸，招呼我们喝酒。

数学家端着酒杯问物理博士，今天这些东西可师出有名?

物理博士说此行甘肃他认识了两个好人，两个在当今社会可以被当作朋友的好人，一个是你数学家，一个是你小金，所以，我就提前把我本儿上、证儿上的东西都买出来了，今天咱们一醉方休!

物理博士说完了，就跟我俩碰杯。我小口地抿了一下酒，之后便把酒杯放在了桌上。

物理博士看到了，就问我怎么了，今天咱们可是要一醉方休的。他说，虽然现在不是桃园三结义的那个年代，可是今天咱们三个实际上就是要借酒交友的。说完了，他就拿起了酒杯，把它往我手里塞，物理博士说，你小金今天要是不喝酒，那就是看不起我，不想交我这个朋友。

我说等等。我重新把酒杯放在了桌子上。我说，我正在思考一件事儿。

数学家用疑问的眼神看着我。

物理博士则直截了当地问我思考什么事?

我问数学家和物理博士，我说你们的算稿是不是从来都不会随便扔掉？

数学家和物理博士几乎是异口同声地回答说当然。他们说那是我们的心血！

我说，我也不扔，从来不随便乱扔。甚至从我上中学之后的各种作业现在都保留着。尤其是我写的小说，尽管这些小说没有机会发表，但是从我开始写作到现在，凡是我写过字的纸，哪怕这张纸上只随便地写过两个字，我一张都没扔过。见数学家和物理博士都眨着不解的眼睛盯着我看，我进一步说明了我正在思考的问题——我说，既然咱们都不随便扔掉自己写过的东西，你们说，刘英栋，刘教授，他能随随便便把自己的算稿给扔了吗？

听了我的话，数学家和物理博士立时便呆住了。许久之后，我见他俩才从呆滞中缓过神来，迅速地相互交换了一下眼神。

数学家把酒杯放在了桌子上，小心翼翼地问我，小金，你是说刘英栋，刘教授的算稿？

物理博士也把酒杯放在了桌上，小心翼翼地问我，小金，你是说刘英栋，刘教授的那个数学公式？

我则把酒杯端了起来，点点头说，我说的正是刘教授那个数学公式的算稿！我说，虽然刘教授死了，可是在他家里，一定还会保存着他从前运算过的那些算稿！

35

史乃慧继续着对我的冷淡。

她急转直下的态度，让我想起了小郝的那个嘱咐，他曾说过，女人在那方面要比男人还强烈，如果她想那个了你不去满足她，她就不会再理你了。我想小郝的这个说法可能是对的，因为我曾经有两次让史乃慧失望过。

我觉得，即便是我再后悔也于事无补了。

我想尽快地去摆脱心中积聚的不快。我试着和数学家聊天，可是数学家一门心思地面对着他的算稿发呆，根本就深入不到我的内心世界里。我试着跟傻子旺财聊天，可是傻子旺财只会一味地傻笑，他或许根本就不知道这个世界上情为何物。于是，剩下的法子只有去打篮球，我觉得，在篮球场上疯跑，我心里的痛苦一定能随着如雨的汗水排遣出去。

我给小郝打了电话，问他有没有时间一起打球。

小郝说正好，我要练球。

我问小郝练什么球？

小郝说当然是篮球了。他问我你不知道吗？全厂马上要进行篮球比赛了，以科室为单位。

我说没听说要进行篮球比赛。

小郝说可能是你外出了没接到通知。一个科室一个队，先在本处淘汰赛，然后每个处再出一个代表队，跟其他处的代表队比赛，最终决出全厂的优胜队。

我对他说的什么比赛不感兴趣，就打断了他的话，说，你练你的球吧，我打我自己的。

尽管我说我自己打我自己的，可是小郝还是立即赶到了篮球场。他说，他知道我这几天心里头不舒服。他说心里头不舒服的时候打打球挺好的，我跟小年闹别扭时，我就自己打篮球，出出汗就痛快多了。说完了，他就给我喂球，让我从中场开始跑篮。接到他扔给我的球，我心里热乎乎的。

我的汗还未出透，篮球场的另一侧就响起了哨子声。我停住跑篮的脚步一看，吹哨子的是马叔儿，只见他的右手拿着哨，左手托着篮球站在篮球架下，俨然一副教练的派头。

没想到马叔儿正是小郝他们伙食科请的教练。他们想拿厂里的篮球联赛冠军。

小郝听到哨子声，立即跑向了篮球场的另一侧。他一面跑一面说，我去练球了。

由于伙食科篮球队要在场上进行训练，因此我只好停止了跑篮，把场地给他们让出来。

在马叔儿的指挥下，我见伙食科的队员被分成了两拨儿，一拨儿是主力，一拨儿是替补。并且在他们开始训练之后，我还看出了伙食科不小的进步，因为在马叔儿的调教下，他们居然掌握了很好的防守技术和进攻手段。第一个，我见他们在演练掩护，掩护就是我们现在看 NBA 时经常说的卡尔·马龙和斯托克顿配合得天衣无缝的挡拆。进攻方的一个队员，先用身体把防守队员挡住，之后另一个进攻队员运球从被挡住的防守队员身边通过，或自己上篮得分，或把球传给其他队员投篮得分。这个配合相当实用，也相当具有杀伤力。在伙食科的训练当中，我见进攻的一方屡试不爽。掩护练罢，马叔儿又让他们练习防守，防守采取的是联防战术，一个小个儿站在前面，四个大个儿站在篮下。我一看这个阵势便知道了其中的奥妙，马叔儿的这个

“一四联防”是针对我设计的，因为我的进攻方式有两种，一是突破之后的上篮或急停跳投，二是两个底脚的远投得分（当时的篮球还未设置三分线——作者注）。而他的“一四联防”，既可以防止我的突破，或是说在我突破之后便于他们对我进行补防，又可以有足够的兵力防止我的底脚远投。看着他们的防守演练，我开始想我们应该如何对付这个老辣的马叔儿，我们应该如何破他们的这个“一四联防”和掩护。

我正想着，眼睛的余光似乎是看到了史乃慧的身影。一身她惯常穿着的深蓝色工作服，一顶蓝色的工作帽，两条长长的大辫子垂在腰间，辫子上面两根红色头绳格外醒目。于是我不由自主地便把头转向了篮球场的外围，转向了篮球场边上为数不多的几位观众。然而，观众当中却没有史乃慧。我又朝观众以外更远的地方望去，仍然没有见到她的影子。我用手抹了抹眼睛，我觉得我应该是出现幻觉了。转过头去继续看伙食科篮球队的演练。可是我总觉得在我眼睛的余光中，有一个史乃慧的影子在晃动。我就又把头转向了观众。这次，我把我的目光聚焦在了一个女人的身上，这个女人从身材上看和史乃慧相仿，从衣着上看也跟史乃慧有几分类似，同样也是一身深蓝色工作服，一顶蓝色的工作帽，两条长长的大辫子垂在腰间，辫子上面两根红色头绳格外醒目，唯一不同的地方是，在她的脖子上，系了一条杏黄色的纱巾。看着这个女人，我在心里想，我到厂这么长时间，我在这个篮球场上打了这么长时间的篮球，似乎还从未见过她，也从未见过她身边坐在轮椅上的那个男人。

或许是因为她长的和穿的，跟史乃慧都有几分相仿，于是我就跟身边一起看球的人打听她是谁。

身边的人告诉我说，她是轮椅上那个男人的老婆。

我感到奇怪，问那个男人，那个坐在轮椅上的男人还有老婆？其实我的意思是说，他，一个残疾人，怎么会有那么一个年轻漂亮的老婆。

旁边的人显然是听出了我话里的含义，就跟我说，那个男人姓刘，以前是禁区里面的一名工程师，刘工因为一次实验，被严重烧伤。

我问怎么烧伤的?

旁边的人说是被炸药烧伤的。

我问炸药怎么会烧伤了他?

旁边的人说大概是实验时失误，将炸药点燃了，于是炸药便发生了爆炸，爆炸引起了大火。见我长时间地把眼睛盯在那个女人身上，旁边的人就又说，她姓庞，刘工被火烧伤抢救过来之后，需要有人长期照顾，小庞是长白山深处的农村人，她当时在咱们厂伙食科当临时工，当听组织上说要替刘工找一个对象的时候，她就主动提出来愿意嫁给刘工。

听到这里，我问旁边的人，有这样的事情?

旁边的人说千真万确，是她主动要嫁给刘工的。说完了，旁边的人又补充了一句，说，长白山深处的农民生活很艰苦，再说了，她嫁给了刘工还能转成咱们厂的正式职工，吃上商品粮，也不算委屈。

此时的小庞还不知道，我因为她跟史乃慧长得有几分相像，正在盯着她看；也并不知道，我和旁边的人，正在悄声谈论着她和轮椅上的刘工。

我用眼睛紧盯着她。

她虽然站在球场边上，可却并没有把眼睛盯在篮球场上。

她的眼睛看了另一个方向。

顺着她眼睛的方向，我看见她把目光放在了小郝的书包和衣服上。

之后，我见她推着刘工来到了小郝的书包和衣服前面，她先很警惕地往四周看了看，随后便借刘工的轮椅挡着身子悄悄地蹲下去。

再之后，我见她朝着小郝的书包和衣服伸出了一只手!

轰然一下，我想起了小郝的那个打火机!

36

北京总指批准了数学家和物理博士的计划，于是，我们开始准备山东之行——到刘英栋家去寻找他的算稿。这里之所以说我们开始准备山东之行，是因为无论数学家走到哪里，他都因为那个您知道的原因，需要由我伴其左右，况且，您也知道，能够想到刘英栋的算稿，还是凭借了我的聪明才智。

在出发之前，赵德还是煞有介事地把我叫到了他的办公室，对我进行了例行的保密教育。把什么不该说的不说，不该问的不问等保密条例又强调了一番，之后便跟我说明天放你一天假，回去准备准备吧。

听说又要放我一天假，我就说不用了，我没什么好准备的，我该上班还是上班吧。

赵德听了，便说，你小子怎么了这是，上次给你一天假，把你乐得屁颠儿屁颠儿的，这回怎么又不要假了？

我没法跟赵德解释史乃慧的事，没法跟他诉说我心中的烦恼，没法说我上班或许还能缓解一下心中的不快，因此就说现在不是号召抓革命促生产吗，咱们工人阶级既是领导阶级，又是革命的急先锋，老休假还怎么实现四个现代化呀！

赵德忽然一巴掌扇在了我的后脑勺儿上，说，少他妈的跟我奔得儿木（奔得儿木，啄木鸟的别称——作者注）翻跟头——耍花屁股，你那些屁话留着跟你们班长骆驼祥子说去，留着跟你们队长老冯和司登亮说去。你休息一天，到你师娘家看看，看看家里头有什么事儿要让你干。跟你说，小金，我还是那句话，我这儿盯着你呢，你小子要是有对不起你师傅的地方，别说我收拾你！

我要求赵德给我开了禁区的红色通行证，之后便到禁区里面去找我师娘。其实，我进禁区还有一个私心，那就是想看完我师娘再去找找物理博士，因为我那个想看飞机的心愿一直未了。

进入禁区后，我先找到了我师娘。

我师娘见到我先是一愣，紧接着就扔了扫把，一面把我往远离保密车间的一棵树下拽，一面说这个车间里停着一架飞机，保密，咱们离远一点说话。

来到树底下，她说你可来了，你今天要是不来找我，我晚上下了班就得去找你。

我问她有什么要紧的事儿？

我师娘面色惊恐地说家里头闹鬼了！

我听了之后不敢相信，反问她什么？家里头怎么了？

我师娘继续着她的惊恐，她说家里头闹鬼了。说完就给我进行了详细的描述，她说，每到晚上夜深人静了，墙角处就会发出闷闷的，咚咚咚的响声，好像是有人刨地，又好像是有人敲墙。

看着我师娘惶恐不安的表情，我问她您是不是心理作用，因为一个人在家里害怕？

我师娘连连摇头说不是，绝对不是。

我又问她是不是幻觉，听差了？

她再次连连摇头说不是，绝对不是。绝对没听差。

我再问她不是猫或狗什么的发出的动静？

她依旧是连连摇头，说不是，那声音像是从地底下发出来的。闷声闷气的，咚咚咚的。说完了，她就抓住了我的手，胆战心惊地问我，说，不会是你师傅，你师傅天天回来找我吧？

我想说怎么会呢，可是根据我师娘描述的那个咚咚咚的声音就发自墙角，就发自她家大衣柜的下面，我也开始有些不大自信了，因为我师娘家的大衣柜里藏着家里所有的值钱之物，并且，我师傅临去世之前，就是让我把大衣柜的钥匙放在了大衣柜下，墙角边的那个鞋盒子里头的。因此我下意识地想，那声音会不会真的就是我师傅的灵魂在地下敲击出来的？因为他一定惦记着那把大衣柜的钥匙，是不是已经拿在了我师娘的手里。

见我不言语了，我师娘六神无主地望着我，问我，小金，你说是不是啊？咱们怎么办呢？她说你今天晚上就来家住吧，那声音实在是瘆得慌！

我攥着我师娘的手，说，您先别急，别怕，您让我想想。

我说您让我想想的时候，其实我是想起了我们家的一件事情。我小的时候，我爷爷去世了，接下来的好多天，我一到晚上就哭，就说害怕，就指着墙角说那里有我爷爷的影子。我奶奶听了，就朝着墙角老混蛋、老不是东西地乱骂了一阵，之后我奶奶就烧了一炷香，跟我爷爷说，你行行好，你千万不要出来吓唬孩子了，说我知道你稀罕你孙子，可是你孙子看见你就害怕，就浑身哆嗦，所以，要是真心稀罕你孙子，就别再来了，要是实在太想你孙子了，就给我托个梦吧。烧完香，我奶奶还把灶膛里的炉灰掏出一铁锹来，在天黑之前，撒在了我家的院门和屋门前。

想到这些，我跟我师娘商量，今天晚上咱们给我师傅烧张纸，您看怎么样？

我师娘说，纸我已经烧过了，可是根本没用，一到夜深人静了，咚咚咚的声音照响不误。

我就跟我师娘说了我小时候的事情，及我奶奶烧完香之后，把炉灰撒在门前的事情。

我师娘听了，好半天才说了试试吧这三个字。

和我师娘有了这番对话之后，我便没了要找物理博士的心情，没了一心要看那架飞机的心情，尽管它近在咫尺，就在身后的那个密级很高的车间里。

晚饭前我便带着数学家来到了我师娘家。之所以要带着他，是因为他尚在组织上规定的监管期，在监管期里，我的职责是对其进行24小时的监控。

吃罢晚饭，等星星在天空上眨起了神秘的眼睛，我便和我师娘来到了屋外，我俩悄悄地将一沓写着告诉我师傅，大衣柜钥匙我师娘已经拿在手里了，旺财已经安排工作了等话的纸在门前烧了，之后，又用手抓起炉灰，一把把，很均匀、很虔诚地撒在了我师娘家的门口及附近的街道上。撒的时候，我师娘还不住地叨唠着，说，老赵啊，我一个人挺好的，小金子也时常来家照顾我，旺财也挺好的，他被安排在了禁区烧茶炉，为了照顾他，我也调进禁区打扫卫生，你就放心吧，不用惦记着我们娘俩了，不用总回来了，你一回来我就害怕。

我们做这些动作的时候，数学家始终处于不屑一顾的状态，他捧着那本《哥德巴赫猜想》，不时地用眼睛瞟一下我俩的那些怪异、神秘的举动。在数学家的心目中，我和我师娘的一系列行为简直是滑稽可笑，既愚昧又愚蠢，但是，奇迹竟然在数学家不住的冷笑之后出现了——那天晚上以及第二天的晚上，我师娘形容的咚咚咚的闷声闷气的响声，居然没再响起！

帮着我师娘处理了闹鬼的事情后，我、数学家、物理博士便赶往了山东。刘英栋的家就在山东M大学家属院的一处平房里。

按照组织程序，我们来到山东M大学之后，先到学校的革委会进行了接洽。革委会的相关领导看了我们的介绍信，看了介绍信上有北京的字样，公章上有国徽的图案不敢怠慢，稍作休息，便把我们带到了刘英栋家所在的那间平房。

路上，革委会相关领导跟我们介绍说，刘英栋是老专家、老教授，他原先住在学校的1号教授楼里，“文革”开始后他被造了反，被打成了反革命，因此他就被抄了家，被扫地出门。相关领导说，说句违反原则的话，我是看着他们全家实在太可怜了，怕他们一家老小在外面被冻死了，才冒着危险给他们开了一间平房，让他们住进去的。

听了这话，我问相关领导，现在刘英栋家还有什么人？

相关领导说，刘英栋被镇压了之后，他老婆也被关押了起来，现在家里应该只有他女儿、女婿和两个孩子。

相关领导介绍了刘英栋家里人员的情况后，数学家和物理博士又相继问了抄家时，他家都被抄走了什么东西，或是被砸被烧毁了什么东西等问题。相关领导说这就不得而知了，因为抄家的时候，红卫兵们不许任何人靠近，不过据他个人估计，对他们这样的反革命进行的抄家，应该是毁灭性的，很多东西，尤其是从外国——德国——带回来的，肯定应该是一律砸了、烧了。

听了相关领导的这番话，我们三个人立即就紧张地交换了一下眼神。

我们一行几人进到刘英栋家那间黑暗潮湿的平房后，立即便引起了刘英栋女儿、女婿及两个孩子的警觉和惶恐。他们不但颤颤巍巍地看着我们，并且还尽可能地把自己蜷缩在了房子的角落里。我忙跟他们解释说，我们不是造反派，我们是来找刘英栋教授一些对国家有用的东西的。可是他们仍然很惶恐地蜷缩着，一动也不敢动。

我们三个人开始环顾刘英栋家的这间住房，家徒四壁的房间里，没有任何遮挡，除了一张床，刘英栋家所有的家当一览无余，尽在眼前。因此，随便码放着的几个皮箱，一堆堆凌乱不堪的杂物，让我们三个人同时感到了希望渺茫。

没用多大一会儿，几个皮箱便都被打开，检查完毕。

没有什么算稿，甚至连一张写着字的纸我们也没见到。

失落写在了我们淌满汗水的脸上。

临走之时，我见数学家朝着刘英栋的女儿走了过去。并且，我见他一面走一面开始了浑身的颤抖。我害怕出事，害怕数学家又犯毛病，于是立即往他的身边蹿去。但是由于房间狭小，我和数学家之间又有东西挡着，因此我没法马上冲到他的身边。

数学家浑身颤抖，两眼直勾勾地接近了刘英栋的女儿，并且我还看见他那个毛病要犯之前的另一个惯常的动作——他的手开始哆嗦，并且朝着自己的腹部摸去。我再想赶到他的身边，去拽住他的胳膊已经来不及了，因为我看见数学家已经把手放在了皮带上。我只能高喊一句数学家，忍住！你不能！我的话音刚落，就见数学家快速而果断地把手伸进了腹部。看到了他的这个动作，我的头皮开始一阵发麻，慌忙地闭上了眼睛。

让我惊讶的是，我没听到刘英栋女儿及她的孩子们发出来的惊叫声。等我睁开眼睛的时候，我见数学家居然没有脱掉自己的裤子，没有把他的那个直愣愣的东西袒露出来。我见他从腹部把手抽了出来，他的手里攥着一沓钞票（那个年代，一般人在出差的时候都要在贴身的地方缝制一个口袋，用以装钱和粮票，以防被盗，在自己的内裤里缝制一个口袋的做法被广泛使用——作者注）。紧接着，我见数学家将这一沓钱递给了刘英栋的女儿。

我听数学家跟刘英栋的女儿说了一串外国话。

我又听刘英栋的女儿跟数学家说了一串外国话。紧接着物理博士也加入了进来，三个人你一句我一句地说起了外国话。三个人之间的外国话我一句也听不懂，只模模糊糊地听到，他们在话语间，好像都夹杂着刘英栋三个汉字的发音。

三个人一番对话之后，物理博士也给刘英栋的女儿手里塞了钱，之后他们转身就走。他们低头的一瞬，我看见他们的眼睛都红红的，潮乎乎的。

数学家和物理博士的举动让我胆战心惊，我忙看向身边的革委会的相关领导，我觉得若是他要对他们刚才的举动产生异议，按照同情反革命，和反革命的家属勾勾搭搭等相关罪名，将他们逮捕甚至处理，也绝不为过。

还好，我身边的革委会相关领导，没对数学家和物理博士的举动有任何反应。他默默地跟随着数学家和物理博士的脚步，走出了刘英栋的小屋。

等等——

我们一行人从刘英栋的那间小屋走出去很远了之后，我忽然听见身后传来了一个女人的呼喊声。回头一看，刘英栋的女儿奔跑着追了出来。

等等——

她气喘吁吁地跑到了我们的面前，之后开始用手比画着，问数学家和物理博士什么问题，她说的依旧是一串串的外国话。她的这番外国话之后，我见数学家和物理博士开始频频地点头，非常兴奋地说耶耶！点头说完耶耶耶，数学家和物理博士便在刘英栋女儿的带领下快步返回去，走进了刘英栋家的那间小屋。

我还是害怕数学家会出意外，会犯毛病，于是也赶紧跟着往回走。

来到屋外的一刹那，忽听屋里面刺啦一声，好像是什么东西被扯破了。我忙冲进了屋子，我怕被扯破的是数学家的裤子。

进到屋里我便被惊呆了，刘英栋的女儿竟扯破了铺在床上的褥子，再看那褥子里面，没有棉花，竟然全是一张张写满字的纸！

算稿！

算稿！

之后，我听数学家和物理博士惊呼了起来。

37

见到刘英栋的算稿我们自然非常兴奋。数学家和物理博士双膝跪在算稿面前，一张一张地将它们捧在手里，像是看自己的亲生儿子似的，把算稿看了许久。

被缝在褥子里的刘英栋的算稿很多，我们把它们收拾起来，打成捆，足足装了一皮箱。

革委会相关领导很仔细地看了看满满一皮箱的算稿，并且还试着用手把皮箱提了提，虽然不知道这些纸是做什么用的，但是，从我们来时开具介绍信的规格和等级上看，他也猜出了它们的价值。于是，他便十分关切地问这些算稿我们打算怎么带回去？

经相关领导这么一问，我们三个人才忽然想到这个问题，因为，在我们出来的时候，谁也没想到过能找到刘英栋的算稿。因为，算稿来得太突然了。

相关领导见我们一时都没了主意，就建议我们走机要。他说这么珍贵的资料走机要比较安全，因为走机要有专门的运输途径，有专人负责护送。

听了相关领导的建议，我们立即表示赞同。

相关领导把算稿安排了机要运送，我们三个人在返回的途中，便感觉轻松了很多。坐在返回吉林的火车上，我开始思考我小说的内容和情节，开始思考我下一步要做或说是要体验的事情。我想，在寻找算稿这一情节上，其故事已经足够丰富，足够一波三折、扣人心弦了。但是，我预计这个故事并没有完结，它还会继续往纵深发展，还会跌宕起伏，悬念再起。因为算稿被找到了之后，通过数学家和物理博士的努力，那个扼守在咽喉要道上的数学公式，不久也将被运算出来，数学公式一旦运算出来，停放在禁区的那架飞机中的军事秘密和技术秘密，便很快会被破解。

我的思考结果是——一旦得知刘英栋的算稿被找到，数学公式被运算出来指日可待，特务必将会疯狂地加紧活动，加速在我们把飞机解密之前，对其进行破坏！

我的思考结果是——返回厂里之后，我的第一项任务便是立即监视小庞。因为我的脑子里，这几天一直印记着，她伸向小郝书包和衣服的那只手；我的脑子里，一直印记着那个打火机。我推测，小庞不是不具备作为特务长期潜伏在厂里的可能。我认为，第一，她青春美貌却积极主动地要嫁给伤残、生活不能自理的刘工不是不值得怀疑。第二，她借着刘工轮椅的掩护，用定时炸弹的打火机，交换了小郝书包里的打火机，不是没有时机。第三，她靠色相引诱好色的食堂管理员老梁，让其去锅炉房找我，欲将定时炸弹打火机换回，再重新送给小郝，使其在禁区的飞机中爆炸不是没有可能。

我的思考结果是——小说暂时还不急于动笔。飞机故事的走向将会更加离奇，更加神奇，更加传奇。我要让这个离奇、神奇、传奇的故事，生动细致地出现在我的小说里。

不过，虽然我的计划是回到厂里之后，立即对小庞进行监视；虽然我都已经做好了如何监视小庞的相应方案，但是我刚一回到某厂，便有人告知了我一件意想不到的事情，知道了这件事情，我的监视计划只得暂停。

38

你师娘搞对象了！

这是我从山东回到厂里之后，听到的第一句话。虽然搞对象不是一件什么坏事，不是一件什么见不得人的事，但是，我还是在心里头有了不舒服的感觉。因为搞对象的是我师娘，并且我师傅才刚刚去世没有几天。

回到厂里没多长时间，又有人接二连三地跟我重复了这句话，这之后，我便开始了茫然。我不知道这个信息是如何传出来的，有没有什么根据。据我对我师娘的了解，我觉得她绝不可能在我出差的这两天时间里，爆发出来青年人的激情，乃至制造出人人皆知的绯闻。因此，我更希望这只是一个传言。或许是我师娘跟某一个男人接触的多了一点，对某一个男人热情了一点。自古以来就有寡妇门前是非多的说法。所以，我认为传播这种言论的人，不过是爱嚼舌根子罢了。

准确无误地知道我师娘的的确确是开始搞对象了，是我回到宿舍之后的事情。

说实话，从山东回到厂里我很疲惫。不仅身体疲惫，而且心也很疲惫。因此，我回到厂里之后便马上回到了宿舍，一头就倒在了床铺上。我打算好好地睡上一觉。这个时候，我宿舍的门被轻轻地、有节奏地敲响了。

房门刚被敲响时，我似乎并没有听到那声音。它很容易地被我的困倦给屏蔽掉了。因为，我已经睡意来袭，意识像喝醉了酒似的，迷迷糊糊地跌倒在了梦乡里。

轻轻的、有节奏的敲门声没有放弃。

我忽然反应过来。

因为我听出了其中的节奏。嘟嘟、嘟，嘟嘟、嘟——1、2/1，1、2/1，这是我和史乃慧的约定，是她用右手的中指敲出来的。我忙一骨碌从床铺上坐起来，揉揉惺忪的睡眼，起身去开门。从床铺到门口的几步距离中，我甚至在想，史乃慧是不是恢复了对我原有的热情了？她是不是趁着宿舍没人，赶过来要跟我那个了？

我一把把门拽开。

我用一脸兴奋对着门外的史乃慧。

史乃慧一点儿也没有表现出相应的热情来。

更看不出她有丝毫的想跟我那个的意思。

她板着脸，低着头走进了我的宿舍。

我整理了一下床铺请她坐。

她却站着不动。

过了好一会儿，她开口说有件事请我帮帮忙。

我问她什么事？凡是我能做到的我都……

史乃慧打断了我的话，没让我把下面的在所不辞四个字说出来。她说你师娘正在跟我爷爷搞对象，两个人现在形影不离了。她说，现在全厂都在议论他们两个，她实在是有些承受不了了。她还说，她也觉得他们两个人不合适，第一个是年龄差的太多，第二个是两个人辈分也不一样，一个是阿姨，一个是爷爷，另外一个是赵师傅刚刚去世赵师娘就谈恋爱，实在是让人难以接受，并且她还有那么大的一个儿子，她也不照顾一下儿子的感受，这也正是全厂议论的焦点。她说，我爷爷跟赵师娘搞对象之后，全厂人都拿奇怪的眼神儿看着我，好像是我做错了什么……

没等史乃慧说完，我便赶紧问她让我帮着做什么？

史乃慧依旧低着头，说，劝劝你赵师娘，让她跟我爷爷——

我点着头说，嗯，我明白了。我，尽量。我先了解一下情况。我回答史乃慧的时候，似乎有些语无伦次。不过，我相信不管是谁在回答这样的问题时，都会如此。

本来在预先的计划中，我休息过后，应该立即去监视小庞，可是，因为我师娘的事情，我只能把这个计划暂缓。

史乃慧走了之后，我洗了把脸，换了换衣服，马上去了我师娘家。

走到小南庄，隔着老远我就听到了我师娘的笑声。那笑声很灿烂，她这样灿烂的笑，我还从未听到过。

走近我师娘家胡同口，我先见到一辆煤车，之后顺着一串稀稀拉拉的煤屑，我走进了我师娘家的院子，院子里马叔儿腰间系着围裙，两只手上端着煤筐，正在往煤池子里倒煤球儿。我见我师娘一面合不拢嘴地笑着，一面拿毛巾给马叔儿擦脸上的汗水。

两个人看见了我，一时间有些尴尬。我师娘的笑声戛然而止，马叔儿也赶紧一扭头，躲开了我师娘手里的毛巾。

其实，见到他们这样，我也相当尴尬，同时还感到心里很不是滋味儿!

马叔儿毕竟有很深的阅历，尴尬的表情只在他的脸上略作停留，之后他便立即朝我微笑起来。

小金，出差回来了？他捡起几个掉在地上的煤球儿，问我。

我朝他点点头，说，嗯，回来了。

你赶紧进屋，马叔儿跟主人似的，说，我搬完这几筐煤球儿就陪你说话，你知道吗，篮球联赛就要开始了，小郝他们伙食科队已经训练得差不多了，我接下来想帮着你们训练训练，你看成吧？

我还没说什么，我师娘就赶紧用胳膊把我往屋里推，她说，你先进屋，这里爆土扬灰的，茶水我都沏好了，你自己倒着喝。我师娘把我推进了屋，便跟着马叔儿走出了院子。

其实，这个时候，我是想我师娘能跟我一起进屋，只有我们俩人了，我才好问问她和马叔儿到底是怎么回事儿，全厂的职工都在议论这件事情，她知道不知道。可是我师娘好像是在有意地躲避，跟在马叔儿的身边，迟迟不肯进屋。

史乃慧让我帮忙的事情我没能办到。看着我师娘和马叔儿亲昵的举动，我甚至觉得，这件事情我根本也办不到。

从我师娘家出来，我准备去找找赵德，问问他这件事情到底应该怎么办。尽管路上碰上了推着刘工的小庞，看见她正跟一群人比手画脚的谈兴正浓，可是我却没有心思对她进行观察监视。

我在保卫科找到了赵德。我问他我师娘的事他是否知道了。

赵德说，好事不出门，坏事传千里。这件事情我想连傻子旺财可能都知道了。

我问他这件事情应该怎么办？

赵德深深地吸了口烟，说，天要下雨娘要嫁人，随她去吧。

几口把一支烟抽完了，赵德跟我说，你来得正好，我还有正经事跟你谈呢。

我赶紧把身子坐正了，等着赵德跟我说正经事。

赵德把烟屁股在烟灰缸里按灭了，说，经过组织上的研究，决定提前解除数学家在你们班组的劳动改造。

我说让他还回禁区吧？

赵德指指墙上的保密条例。

我不敢再问了。

赵德看了看窗外，凑近了我，悄声说，你小子这两次任务完成得不错，好些事情你都知道了，要注意保密啊！

我赶紧说嗯，一定，您放心！

赵德继续悄声地说，刘英栋的算稿不是找到了吗，组织上为了让数学家尽快地把那个数学公式弄出来，决定让他回禁区。但是他回禁区之后呢，你的任务还得接着做。他晚上还得回到你那儿，由你对他进行监控，懂了吗？

我说懂了。我说我跟数学家住的这段时间其实都住出感情来了，他要是不回来了，我还真不习惯呢。

赵德说那就好。说完了数学家的事情，赵德把话题又转到了我师娘的身上，他说，咱们管不了她跟不跟别人搞对象。但是，该照顾她了，你还得照顾她，到什么时候，她都是你师傅的老伴儿，到什么时候，你跟她都有那么一份情谊，懂了吗？

我说我懂，该照顾她我当然还会照顾她。我说我知道了这件事，就是心里有些不好受。

赵德听我这么说了，并且见我的眼圈儿有些红，就把手放在我的头上，抚摸了几下。他说，我知道你心里有你师傅。你是个好小子！

晚上，我和数学家吃完晚饭后，我师娘来到了我的宿舍。

因为赵德已经有了天要下雨娘要嫁人的话，因此我觉得已经没有必要问她什么了，于是我便只问了她您吃饭了没？您有什么事儿？

我师娘说今晚你来家住吧，家里头还是闹鬼。

我问还是一到夜里咚咚咚的像是有人在敲墙吗？

我师娘说不是了，是吱吱嘎嘎地有什么东西在挠墙，那声音特刺耳，特瘆得慌！

答应了我师娘并把她送走了之后，宿舍的门又被推开了。傻子旺财蔫头蔫脑地走了进来。从他的表情上看，他似乎也知道了我师娘的事情。

傻子旺财进屋之后就找水喝。他从暖壶里倒了满满一大茶缸子水，尽管我提醒他，别倒太满，太满了开水不容易凉，可是他执意要倒，直至水跟茶缸子的边缘齐平了为止。

看着他端着满满一缸子水，我怕他把水洒出来，因为他的身边就是数学家，而数学家的手里正捧着一沓刘英栋的算稿，身边还放着一堆刘英栋的算稿。

我让傻子旺财往我这边站站，我说今晚我要回家，你跟我一起去吧。见他不说话，就进一步说，刚才师娘来了，说家里头闹鬼，你也回去看看。

我不去！傻子旺财突然激动了起来，他猛地把胳膊一抡，说，你爱去你去！

真是怕什么来什么，傻子旺财一激动抡出了胳膊，他端着的满满一缸子水，就像天上突降的大雨一样，从上到下地泼洒了下来，数学家手里以及他身边堆放着的刘英栋的算稿，一下子被浇了个精湿。

数学家急了！

他怒吼了一句浑蛋！你要干什么？！就猛地蹿起来，要跟傻子旺财拼命。他的拳头落在傻子旺财的胸口上之后，我才反应过来将其紧紧地抱住。

算稿！算稿！接下来，他的拳头就又落在了我的肩膀上。说实话，我这才体会到兔子急了还咬人呢这句话，你别看数学家平时懦懦弱弱的，可是他一急眼也能发出极大、极可怕的能量，因为我感觉到他的拳头十分坚硬，我的肩膀被他捶得生疼。

算稿全部被傻子旺财泼出来的水打湿了！

没其他的办法，我们只好把床铺上的褥子给掀掉，把算稿摊在床板上晾干。

铺纸的时候，数学家仔细地检查了每一页算稿，还好，外国的墨水儿质地到底过硬，水没有给算稿带来任何伤害。

晾好了算稿我们锁门走出了宿舍。傻子旺财回了禁区，我和数学家去了我师娘家。

路上，数学家的脸上带着些许余怒问我，小金，你不觉得你自己可笑吗？你不觉得你自己读了那么些书都白读了吗？这世界上哪儿有什么鬼！

我说可能是有，要么我爷爷死了之后，我怎么一到晚上就哭，就说害怕，就说墙角里有我爷爷的影子？我说民间都传说，三岁以下的小孩能看见鬼。

数学家听了立即就表示了不屑，他摇摇头，说，没文化真可怕，你学学心理学就什么都知道了！

或许数学家真的是对的，这个世界上真的没有鬼。

晚上我师娘家里一点儿动静也没有。就连我师娘也感到很奇怪。

第二天早起我开始相信数学家的话，认为这世界上根本就没有鬼。但是当我回到宿舍时，我这个刚刚培育起来的信念却被立即摧毁了。

我们的宿舍里出现了灵异事件——

门没坏，锁没撬，窗未开，然而我们晾晒在床板上的刘英栋的算稿，以及数学家放在窗台上的自己的算稿和书，却都不翼而飞了！

39

丢失了算稿在厂里来说，应该是头等大案。我和数学家报案之后，厂保卫科赵德等一干人等没敢迟疑，立即赶到了我们宿舍。但是，接下来的破案故事我现在不想继续讲下去，我想先把这个事件按下暂且不表，先讲我监视小庞的事。我觉得有必要这么做，因为我是一个逻辑思维很缜密的人，因为我认为，凡事都要从根本上解决问题，而监视疑点甚多的小庞，正是解决事情的根本。

我开始监视小庞。

我很快就掌握了她的生活规律。她基本上每天白天，都要用轮椅推着刘工，在外面打发冗长的时光。早上，她一定会去厂门外的那个摆着许许多多菜篮子的地方，她会在人群里转悠，停留在不同的菜篮子跟前，跟不同衣着、不同相貌、不同年龄的老乡打招呼聊天。从她跟他们谈笑不拘的表情，以及老乡们不时地把她拽住，往她手里塞些萝卜白菜的动作上看，他们彼此十分熟悉，十分亲昵。老乡们散去之后，她会推着刘工回到厂里，然后漫无目的地在马路上闲逛。这期间，她或许会走进合作社里，去看一看有什么新鲜的货色，或许会走到食堂边上，去看炊事员们择菜。她会参与合作社售货员和食堂炊事员们的聊天，她会附和着他们的说笑，有时候售货员及炊事员们互相打斗，用手里的菜或是什么物件儿甩向对方，她便给他们呐喊助威；有时售货员和炊事员们互相拿私处开男女之间的玩笑，她也会站在女人们一边，向男人们发起进攻。到了中午，她便推着刘工去职工食堂吃饭，我注意到，基本上每次她都会去排管理员老梁卖饭的那个队伍，而老梁也总是拿色眯眯的眼睛盯着她不放，给她的饭盆里盛了菜，再添上几块肉，然后还会没话找话地多跟她说几句。吃完午饭，她会回家休息一两个小时，午休过后，她依旧推着刘工在厂区里面打发时光，哪里人多，她就会出现在哪里。凭借着她那漂亮的脸蛋儿，人们很乐意跟她在一起说说笑笑，我还见许多男人借着跟她谈天说地，趁机把手摸在她的肩膀、胳膊甚至屁股上，而她对男人们的这个看似不经意的动作，只斜眼看一下，却并没有露出很在意的表情。

我十分警惕地监视着她，我要在她的行踪当中找出破绽。我觉得任何一个家庭的主妇都不会每天如此地在马路上游荡。我思忖她之所以这样，一定是在寻找着机会，寻找着可以对那架飞机下手的机会。

果然，她推着刘工接近了禁区。

她一接近禁区，我便开始紧张。因为我不知道哨兵能不能经得住她那张漂亮脸蛋儿的考验。

她接近哨兵时，微笑着。那微笑，就像是见到了自家的亲人一样。

让我担心的事情真的就出现了，在她推着刘工走向哨兵的时候，哨兵没有表现出一点警惕的样子，不仅没有对她发出任何警示，甚至她越过了警戒的黄线，哨兵都无动于衷。

她走近了哨兵。

她漂亮的脸蛋儿就好比是一剂镇静药，让哨兵一直都很安静，不仅如此，哨兵还对她回予了微笑。

她就那么轻而易举地接近了哨兵！就那么轻而易举地越过了警戒的黄线！她甚至走过去，从哨兵的肩上摘下步枪，拿在自己的手里，做了一个瞄准的动作，再把枪还给哨兵，之后，她竟然获准推着刘工走进了禁区的大门，走进了哨兵的休息室！

我的天！

我彻底地惊呆了！

站在禁区不远处，见她竟然那么易如反掌地就完成了全厂其他任何人都难以完成的事情，我不禁在想，这个人可实在是不一般，她要真是特务，那简直太可怕了！

40

见小庞走进了禁区，走进了哨兵的休息室，我正觉得惊奇，就见又有一个人快步朝着哨兵走了过去。这个人左手提着一个多层的饭盒，右手提着一个保温桶，走近哨兵时，不住地跟哨兵点头，好像是老相识似的。从这个人的走路姿势上看，我觉得他似曾相识，好像是马叔儿，等他把脸侧过来，我定睛一看，果然是他。于是我开始感到奇怪，马叔儿既不是厂里的职工，又没有禁区的通行证，他到这儿来干什么呢？

马叔儿就像是回自己家一样，跟哨兵点过头之后，依旧按部就班地往前走，他似乎并不知道进出禁区需要特别通行证，并不知道禁区门前的那道黄线不能逾越，并不知道禁区的哨兵拥有无限开火权。

我听哨兵非常严厉地朝他嚷了一句，同志，站住！

马叔儿对哨兵的喊声不以为然，抑或他觉得这喊声是朝着别人发出的。他没有减速，朝哨兵笑笑，继续前行。

马叔儿就要接近黄色的警戒线了！

哨兵立即警惕了起来，一下子把枪从肩上卸下来，提在了手中，并且哗啦一声拉开了枪栓。

站住！哨兵朝着马叔儿大喝一声。

马叔儿像是被吓了一跳，突然睁大了眼睛，很惊恐也很莫名其妙地看向哨兵。

哨兵见马叔儿在黄线前面站住了，就将刚才严厉的表情略作松弛。

证件！哨兵朝马叔儿喊道。

我注意到，哨兵跟马叔儿要证件的时候，并没有放下手里端着的枪。

什么证件？马叔儿好像从未听说过，这个世界上，还有证件这种东西似的，眨巴着疑惑的眼睛问哨兵，什么证件？

特别通行证！哨兵依然端着枪。

我，我没有证件。马叔儿把自己的左手和右手分别扬起来，让哨兵看，说，我没有，没有证件。这里面是饭，两个馒头、一份素炒青菜，这里面是汤，普通的鸡蛋汤，放了点儿香油，小伙子你闻闻香不香？哈哈，我就进去给我的，我的未婚妻，女朋友送个饭。我那位你见过的，在里面工作，打扫卫生的，我你也见过的，这两天我不是天天都送她上班来这里吗，哈哈，小同志，我听你口音是江苏徐州的吧？咱们可是老乡啊，俗话说，老乡见老乡，两眼泪汪汪，小同志，咱们不用什么证件，不用证件啊。马叔儿说完，就又朝哨兵笑笑，笑完了，把两只胳膊放下来，就迈步又要朝禁区里面走。

哨兵立即从哨位上冲了下来。

站住别动，再动我就开枪了！哨兵的喊声十分严厉，他对马叔儿命令道：把手里的东西放下，放下！

马叔儿见哨兵把脸绷得冰冻板结，横端的枪口上闪着寒光，迟疑了一下，轻轻地将手里提着的保温桶和饭盒放在了地上。

手抱头！哨兵发出了进一步的命令。

马叔儿好像是没听清楚哨兵的命令，他问什么？手什么头？

把手抱在头上！说着话，哨兵的刺刀已经抵在了马叔儿的胸口上。

马叔儿乖乖地把两只手抱在了头顶上。

转过身去。

马叔儿又乖乖地把身子转了过去，背对了哨兵。

哨兵收了抵在马叔儿身上的刺刀，开始检查他放在地上的保温桶和饭盒，他很仔细地翻看了保温桶里面的鸡蛋汤，和饭盒里的两个馒头及素炒青菜，不仅如此，他还把这些东西分别贴近了鼻子，很仔细地闻了闻。检查完了，又开始搜他的身。马叔儿的身上好像没有什么东西，哨兵很快就翻检完了他的两个裤兜和衬衣上面的一个口袋。这三个地方，哨兵只发现了一个钱包。

把它打开。哨兵命令马叔儿。

马叔儿打开了钱包。

哨兵看见了钱包里的一个红皮的小本本。

这是什么？哨兵的眼睛很犀利地盯着马叔儿的脸问。

马叔儿说是我从前的工作证，他说我以前在政府机关工作，是处长，小同志你看，这上面写着呢，你再看看，这上面还有带国徽的钢印，钢印不会有假的。

哨兵将马叔儿的工作证翻过来调过去地看了又看，之后说，你既然在国家机关工作过，还担任过处长，怎么不知道要遵守警卫制度呢？怎么见了哨兵还要往里闯呢？

马叔儿嘿嘿一笑，说，我怕饭菜凉了，不好吃了，走得有点急，就把这事儿忽略了，下不为例，下不为例。你看，小同志，小老乡，让我进去吧？马叔儿说完了，就提起了保温桶和饭盒又要往禁区里面走。

哨兵立即又把枪端了起来，刺刀对准了他的胸口。

马叔儿看了看胸前的刺刀，然后把一副可怜相挂在了脸上，说，小同志，你行个方便，我，我正跟我的女朋友恋爱，这个你懂的，恋爱，追求，咱们男方得主动，咱们男方得努力，你看，我做了这些好吃的，就是为了讨她的欢心，讨她的高兴，你看我这么大年纪了，又身在他乡，恋爱不容易，你就行个方便，让我进去。我跟你说，我们俩现在正是要紧的时候，过了这一关，我们俩的事就成了，等成了之后，我请你吃喜糖喝喜酒好不好？

哨兵上上下下地打量了马叔儿一番，停顿了一下，说，你女友叫什么？电话给我。

马叔儿还想跟哨兵说些什么，但他鼓了鼓嘴，又看了几眼胸前的刺刀，之后只得把我师娘的名字和电话号码告诉了他。

过了大约几分钟，我看见了我师娘一瘸一拐地从禁区里面往外走的身影。与此同时，马叔儿也看到了，我见他赶紧举起了手里的保温桶和饭盒，朝我师娘示意。

两个人凑到一起后，我师娘十分感动地把保温桶和饭盒接到了自己手里，说，你看你，这两天老说腰酸腿疼胳膊发麻，还给我做什么饭？还那么大老远的送来干吗？

马叔儿把保温桶和饭盒打开了，让我师娘看，说，给你做点饭送来还不是应该的?！再说，做这么点饭菜，腰酸腿疼胳膊发麻根本也不影响。说完，就让我师娘闻闻饭菜香不香。

我师娘便把馒头和素炒青菜贴近了鼻子闻了闻，说，香，真香！说完了香，我师娘就问马叔儿你还没吃呢吧？

马叔儿用手摸摸肚子，说，没呢，我炒出菜来怕凉了，就赶紧给你送来了。

我师娘听马叔儿这么一说，忙用十分歉疚的眼神望着马叔儿的脸，说你看你，空着肚子跑来送饭，真让我过意不去，走，跟我进去，咱们一起吃。

我师娘说完，便把保温桶和饭盒朝哨兵示意了一下，说了一句给我送饭的，我们进去了啊，之后就要带着马叔儿走进禁区。

哨兵哗啦一声又抖响了他手里的步枪。

显然，明晃晃的刺刀让我师娘感到了惊慌失措。她的腿脚本身就有毛病，于是慌乱当中，她的两腿往后一退，身子往后一躲，身体就失去了平衡，之后，只见她的两臂一扬，两手一松，保温桶和饭盒就掉在了地上。

嘭的一声，汤洒了。

嘭的一声，饭盒打翻了。

汤汁从保温桶里汩汩地流了出来，两个馒头也开始咕噜咕噜地在地上翻滚。

我师娘从慌乱当中缓过神来，赶紧去捡地上滚动着的馒头。

但是，我见马叔儿抢在我师娘前面，把馒头捡到了手里。

41

其实，从我师娘家回到宿舍的时候，我和数学家一开始谁都没有发觉房间里少了什么。我们只是感到奇怪，怎么好端端的，我、数学家还有傻子旺财的床上，铺盖卷儿都卷了起来，光溜溜地只露着床板？当数学家坐在椅子上，习惯性地把手伸出去，准备在桌角上，从他摆放着的一堆参考书当中，把他每天都要捧在手里读的那本《哥德巴赫猜想》拿在手里看时，才发现那本《哥德巴赫猜想》没有了！摆在桌角上的所有的书都没有了！继而又发现他放在窗台上的那一堆算稿也不见了！我们这才恍然想了起来，昨天晚上傻子旺财回宿舍来了，一进门他便自己给自己倒了很满的一大缸子开水，之后他在一怒之下，一抡胳膊，把水洒了，满满一缸子水，把刘英栋的所有的算稿都弄湿了，这之后，我们三个人就把床上的铺盖卷了起来，把算稿一张一张地铺在了床板上，打算赶紧把它晾干。

算稿呢?

算稿呢!

看着空空的床板，我和数学家几乎是同一时间，瞪起了同样惊异的眼睛，向对方发出了同样疑惑的询问。

发现宿舍里有了被盗的迹象，我和数学家赶紧翻找个人物品，看看是否安在，我急忙把铺盖卷儿放开，掀起了枕头，寻找我唯一的，仅有的家当。还好，我的钱包还在，把钱包打开，见里面为数不多的几张一元、五角、一角的钞票以及工业券（计划经济时期用于购工业用品的购物券——作者注）一张不少，食堂的饭票和菜票也一样不缺。

数学家急忙打开了他的手提箱，翻检起了里面的衣物，并且很仔细地检查了手提箱里面大大小小明明暗暗所有的口袋，还好，衣服、钱、全国通用粮票、各种证件也一样不少。

经过我俩的彻底检查，宿舍里丢失的，唯有数学家常用的工具书和他本人以及刘英栋的算稿。

费尽千辛万苦得到的，对解析那架飞机最具价值的，刘英栋算稿的丢失，让我和数学家在很长一段时间面面相觑，不知所措。

接到我的报警之后，厂保卫科的数名科员，在科长赵德的带领下，立即赶到了我的宿舍。赵德进门的时候带着一脸的怒气，他用非常犀利的目光盯视着我，我自知刘英栋算稿的关系重大，于是没敢和他对视，只诺诺地说了一句赵科长，我，我犯错误了！赵德狠狠地瞪了我一眼，说，少他妈扯淡，到底是怎么回事？快说！我从未听赵德在工作时间说过他妈的，于是便更不敢看他的眼睛，更不敢说话。见我躲闪着他的目光不开口，赵德就在他的话语里夹杂了更大的火气，他说，哑巴了？抓紧时间，说说情况！我偷偷地瞟了一眼赵德，见他一副怒火中烧的样子，便被吓得嘴唇哆嗦起来，我硬着头皮，结结巴巴，语无伦次地把昨天晚上的事情大概齐地跟赵德作了汇报。不过，我并没有说水是谁泼洒的，更没提傻子旺财，因为我觉得刘英栋的算稿被弄湿了，跟它的丢失并不存在因果关系。

赵德听完了，眉头一皱，反问我，什么？只丢失了刘英栋的算稿？

我忙又补充说还有数学家的算稿和所有的参考书。

算稿？！

显然，赵德对算稿俩字更为敏感，他随即说了声奇怪，之后便不再理我了。当然，他也没再骂我他妈的。他开始指挥手下对房间进行彻底检查。

很快，他的手下便陆续来报告，说，窗子没有被撬动过的痕迹，插销完好无损。门没有被撬动的痕迹，门锁完好无损。听到报告，赵德又亲自走到窗户和门前反复作了查看，之后便感到了疑惑，他问我，这宿舍都谁有钥匙？我说只有我、数学家和傻子旺财有。他似乎是有些不大相信，再问我，你再想想，就你们三个人有吗？我说对，就我们三个人有。赵德又继续走到窗户和门前作检查，之后他问我，有谁有可能有你们宿舍的钥匙呢？听他这么问我，我本想说史乃慧和小郝都有可能有我宿舍的钥匙，因为我曾经把钥匙给过他们俩，可是我鼓了鼓嘴，却没说，我觉得史乃慧和小郝都跟我同时进厂，都同时接受过保密教育，况且两个人一个是共青团员，并积极要求入党，另一个是进步青年，正积极靠拢团组织，参考书、数学家和刘英栋算稿的丢失，应该跟他俩毫无关系。

面对毫无线索的宿舍，面对丢失的参考书以及数学家和刘英栋的算稿，赵德等人一筹莫展。他唯一的办法是让我保持屋里的状态不要乱动。他命令手下，赶紧给县公安局和省公安厅作汇报，请求支援，他准备请县和省的专业刑侦警察过来，用技术手段找出原因。接到命令的手下走了之后，他又命令另一名手下把房间里的一切都拍下来。另一名手下就用脖子上一直挎着的相机，噼里啪啦地把我宿舍的窗户、门、床铺、桌子、椅子、地板等凡能拍的东西和地方都拍了下来。手下拍照的时候，赵德不停地说着“奇怪”俩字，说完了奇怪，他仿佛是在问自己也仿佛是在问我，说，难道窃贼是直奔着参考书和算稿来的？

赵德临走时再三嘱咐我要保护好现场。他说小金你今天就不要上班了，在宿舍里好好看着。嘱咐完了，他又狠狠地瞪了我一眼。看他那表情，在他转身的时候，很想再骂一句他妈的或是其他的什么解气的脏话，可是我明显地看出来，他已经懒得搭理我了。他不想再跟我费一丁点儿唾沫。

我很无奈，只能点头。

赵德走后，我的心情沮丧到了极点。我甚至在心里想，这回事情又闹大了，跟上次锅炉房爆炸一样，说不定就在此时此刻，有关算稿丢失的小道消息又开始满厂传播了；说不定我小金又会被当成主角，被编排在特务的破坏活动里，再次引起所有人的注目了；说不定就在明天或是后天，部里、省里、县里又要组成调查组，对此事作详细周密的调查了；说不定我、数学家还有傻子旺财还会被关在厂招待所里，又要开始接受各方面的、各式各样的质询了。

想到这些，我便有了欲哭无泪的感觉。想到这些，不知道为什么我竟然痛恨起了傻子旺财。我知道，我痛恨他没有道理，因为他跟算稿丢失不沾一点儿边际，即便是他把算稿给弄湿了，也跟算稿的丢失毫无牵扯。算稿一直就在我的宿舍里放着，数学家每天都要翻阅、运算。但是想到傻子旺财不听劝告，执意要倒满一缸子水，最终导致了算稿被淋湿，我还是痛恨起他来。

我对傻子旺财的痛恨确实是没有道理。

可是我还是要去痛恨他。对这痛恨最合理的解释应该是，我当时沮丧到了极点，痛恨他或许能缓解我心里的那股沮丧。就好比人在特别悲愤的时候，要咬牙切齿一样，其实悲愤本身跟牙齿毫不相关。

然而，对傻子旺财的痛恨，并没有让我心里的沮丧得到丝毫的缓解。为了排遣，我狠狠地用拳头捶了光溜溜的床板一下。床板被砸后，立即做出了回应，发出了咚的一声闷响。

咚的一声闷响的同时，宿舍的门突然开了。我顿时感到很震惊，我想怎么会频频发生怪事，我砸了床板一拳，难道会把房门震开吗？我没好气地起身准备去踹门一脚，把它关上，可我站起身后定睛一看，才发现傻子旺财站在了门口。

傻子旺财大概是听到了我砸在床板上的声音。他很好奇地看着我的脸，然后再看看我的手。他侧过头去看了床板一眼，问我，哥，怎么了？

我看了看发红的手背，之后用一只手揉了几下，没说话，我懒得搭理傻子旺财。

傻子旺财见我没说话，又问我数学家呢?

我简单地说了“不知道”三个字。说话的时候，我一副懒洋洋，爱搭不理的样子。

傻子旺财见我不高兴就没再理我，他放下了手里提着的东西，开始背对着我忙活起了什么。我这才注意到了他放在地上的那个东西，这才注意到了他从那个东西里面往外掏的东西。我潜意识地觉得，他放在地上的那个东西很眼熟，那东西似乎就是我们从山东提回来的那个皮箱，他从皮箱里掏出来的东西也很眼熟，那东西似乎就是纸，就是我们曾经晾在床板上的刘英栋的算稿。

我一步蹿到了傻子旺财的身边!

我一把抓住了傻子旺财的胳膊!

傻子旺财被我突如其来的举动吓了一跳。他打了一个激灵，身子哆嗦了一下。

我从他的手里抢过了纸一看，算稿!就是算稿!

我心里立即充满了如释重负般的惊喜。不过，伴随着惊喜，刚才那股痛恨不由得也充斥在了我的心里。我赶紧从傻子旺财手里抢过了所有的算稿，包括地上的皮箱。我瞪着眼睛看着他，质问他这个怎么在你这儿?!

傻子旺财一副无关痛痒的样子，说，我把它拿走的啊。

我恨不得立即就给他一拳，再加上一脚!我问他，你知不知道你拿走了这东西惹了多大的乱子?我们都报警了!厂保卫科都来过了!县公安局和省公安厅的说不定马上也要来!见他一副惊呆了的表情，我问他，那天咱们不是一块儿出的门吗?你不是去禁区了吗?那你又是什么时候把它拿走的?你老实说，你拿它要干什么?!还有，数学家的参考书以及他放在窗台上的那一沓纸，是不是你也拿走了?!

傻子旺财一脸茫然，他说不知道会捅那么大的娄子，他说他只拿了这些纸，没有拿其他的东西。

你没拿，我逼视着傻子旺财，问，那数学家的参考书和放在窗台上的纸哪儿去了？

傻子旺财很无辜地说，我真的什么都没拿，我只拿了这些纸。

我继续逼问傻子旺财，你拿这些纸干吗？它和你有什么关系？

傻子旺财很委屈地回答，我犯了错，我把这些纸给弄湿了，你们走了之后，我就返了回来，拿走了这些纸，我想，我想把它们赶紧弄干。

我不信，问他怎么赶紧把它弄干？你有什么办法把它们赶紧弄干？

傻子旺财说，我把它拿到了茶炉房，把茶炉的温度烧到了45摄氏度，然后把它们一张一张地贴在炉子上烘干。傻子旺财揉揉眼睛说，这一箱子纸，我烤了整整一夜。烤完了，我困了，就躺在锅炉边上睡着了，直到上班后，禁区的工作人员来打开水我才被吵醒。傻子旺财一边说一边在嘴里喘着粗气，他十分紧张地补充说，哥，其他的东西我一样都没拿，真的，我没拿！不信，你翻我！

看着傻子旺财扯开的上衣，我相信了他的话。

我把刘英栋的算稿全部都放进了手提箱。

虽然刘英栋的算稿失而复得，但是我一时还是难解心头之恨，于是，我举起拳头来准备狠狠地给他一拳，再加上一脚。因为，为了这些算稿，赵德骂了我一句他妈的，为了这些算稿，赵德一直对我怒目相视；因为，为了这些算稿，我甚至一直都处在惶恐之中；因为这些算稿要是真的丢了，那架飞机核心技术的解密，又将会遥遥无期！

可是我的拳头伸出去之后却改变了力度、方向和姿势。

我一把将傻子旺财搂在了怀里！

42

自监视了小庞之后，我一直觉得她身上有许多疑点。特别是她能随意进入禁区，更让我觉得大惑不解。我本想把我对她的猜疑汇报给赵德，让组织上对她加以注意，但是从出了算稿丢失的事情，赵德一直对我极其冷淡，于是，我便暗下决心，要自己完成对小庞的监视，我想等我把小庞的真实面目搞清楚了，让赵德在一边惭愧去吧。

不过，监视小庞需要时间。

还好，就在我为如何抽出时间来发愁时，我们水暖队的队长老冯却把时间非常及时地送到了我的跟前。

全厂的篮球联赛开始了。

按照规则，我们总务处内部先要从水暖队、伙食科、木工队、瓦工队、电工队、油工队、机械动力队、处机关等代表队中选拔出一个优胜队，然后再参加全厂的比赛。

我们水暖队对这次联赛十分重视。并且，其重视程度远远地超乎了比赛本身。原因队长老冯虽然不说，但是我们每个篮球队员甚至整个水暖队的每个水暖工都心知肚明——我们总务处目前空缺着一个副处长的名额，而伙食科的科长和我们水暖队的队长是最佳人选。

篮球联赛的通知下发了之后，队长老冯便立即便召集我们篮球队开了会，在会上老冯除了给我们作了比赛的动员之外，还给我们下了硬性指标，一定要战胜伙食科，拿到全处的第一。下达了指标，老冯就问我们全体队员有没有信心，在场的队员们就稀稀拉拉，没吃饱饭似的说了声“有”。老冯对这个回应显然十分不满意，因此他就点了我的名字，说，小金，你代表队友们表表态，拿咱们总务处的冠军，把伙食科那帮家伙给我打下去，有没有信心？于是我从椅子上站了起来，说，信心是有，战胜他们也不是不能，但是……

老冯见我说到了但是便不再往下说了，就问我，但是，但是什么？在总务处拿冠军，你们面前的对手就一个，就是伙食科，其他的木工队、电工队、油工队、机械动力队、处机关尽是女的，阴盛阳衰，根本不堪一击。你们就给我铆足了劲儿，把伙食科给打下去，就齐活了！有没有信心？

我说信心没问题，但是……我还是强调了但是。

老冯显然对我反复强调的但是不甚满意。他问我你老但是但是的，你到底但是个什么？

我说，冯队长，您看我是这么分析的：咱们水暖队要拿冠军不是没有可能，但是，咱们得过五关斩六将，一个队一个队的打吧？尽管您说木工队、瓦工队、电工队、油工队、机械动力队、处机关他们都不堪一击，可是咱们每场四十分钟得在篮球场上跑吧？您不跑赢不了球儿吧？

老冯朝我点点头。他说是，你接着说。

我说，咱们跟伙食科分在两个组，咱们把您说的那几个不堪一击的队拼掉了，才能跟伙食科碰面吧？

老冯继续点头，示意我继续。

我说，一天一场比赛，您说说咱们得消耗多少体力？没体力了，再碰上伙食科，您说咱们的胜算能有多少？

老冯听了，就把桌子一拍，说，你们没体力了，伙食科的也没体力了，两边一样的啊！

我说，冯队长，您不能这么说，虽然打比赛咱们和伙食科都同时消耗体力，可是您得看看，他们是干什么的？我们是干什么的？他们整天吃的是什么？我们整天吃的是什么？

我的话说到这儿，队员们就开始嚷嚷了，有人说对呀，他们整天在食堂里坐着择菜切菜，最重的活儿也就在那站着炒炒菜，蒸蒸馒头，我们呢？整天抡大锤、扛暖气片、搬氧气瓶乙炔罐，能跟他们比吗？有人说对呀，他们足吃足喝的，想吃什么有什么，想什么时候吃什么时候吃，不要粮票不要钱，我们一个月就40斤粮票，16块钱，能跟他们比吗？

老冯听大家这么一说就开始了沉思。

会议的最后，老冯说，给你们解决粮票和钱我都没有权力，这样吧，我决定，从现在开始就给你们放假，不上班。他们伙食科吃得好有体力，咱们放假不干活儿攒体力，大家看这样行不行？

我们连连鼓掌说行！

老冯又问我们把伙食科给我打下去，把他们给我捶扁了，你们有没有信心？

我们齐声喊道有信心！

老冯给我们放了假，我便有了充足的时间。

我做好了上午、下午和晚上监视小庞的计划。

篮球联赛开始了。第一场是伙食科对阵木工队。

我猜想，小庞用轮椅推着刘工必得前去看球。于是我也来到了篮球场，我打算借着观看伙食科比赛的机会，对小庞做进一步的监视。可是没想到，我刚一到篮球场，工会负责篮球比赛的老孙就找到了我，说让我帮帮忙，给吹个裁判。我用从未吹过裁判做推辞，可是他却一脸的恳求，说救场如救火，原本聘请的裁判因故来不了，眼看着比赛时间已经到了，你小金就帮帮忙，你篮球打得好，哨子吹得自然也差不了，说完了，还给我作了个揖。

我只好从老孙的手里接过了哨子。

吹响了比赛的哨音之后，我见小庞推着刘工来到了场边。可惜我要满场跟着比赛双方来回跑动，因此，我对小庞的监视只能落空。

比赛结束后，我见小庞推着刘工离开了篮球场，本打算跟踪而去，可是小郝却挡在了我的面前，他先是问我马叔儿给他们布置的一四联防和掩护怎么样？是不是在比赛当中很实用，然后强拉着我，让我带他去我们锅炉房洗澡。因此，我脱身不得，只能望着小庞的身影渐行渐远。

来到了我们锅炉房，我和小郝准备放水洗澡。

这时小郝很神秘地递给了我几样东西。

我问他是什么？

他有些不好意思，示意让我自己看。

我把那几样东西接过来一看，见是几个避孕套。我的手立即便哆嗦了一下，很难为情地说，什么乱七八糟的，这是什么？

小郝让我把它们收起来，他说这东西留着有用。

我悄声问他这东西你哪儿来的？

小郝一面脱衣服一面说是马叔儿给弄的。

我问小郝他怎么能弄到这玩意儿？这得已婚女工到厂工会才能领到。

小郝说不知道，反正是他给的。

我又问他马叔儿干吗要给你这个？

小郝说废话，当然是用了！

我问小郝，他怎么知道你要用这个？

小郝说他怎么会不知道，我和小年搞对象，他不是早就知道？

小郝说完了，就脱去了全部的衣服。他正准备跳进池子里时，突然转过身来跟我说，小史不是最近冷淡你吗？有可能她是嫌你不跟她那个了，你就抓紧时间，把她约到你那儿，你就把她给那个了，懂吗？

小郝问我懂吗的时候，用手指了指我手里的那个东西，指完了，他就一转身，扑通一声跳进了洗澡池。

43

不知道是不是由于刘英栋的算稿，被傻子旺财无意中用水弄湿幸免于难，没有给飞机的解剖研究造成致命打击的原因，厂里没有像“69·6·1”锅炉房爆炸事件似的，再次招致省里、部里的联合调查。并且，全厂知道我们宿舍被盗的人也并不是很多。换句话说，全厂知道刘英栋算稿的人也不是很多，因此，并没有我想象当中的，有关特务飞檐走壁、进屋行窃的小道消息被四处传播，我也没有再次成为小道消息中的主人公，和大家茶余饭后所谈论的焦点。只是有几个看见赵德带领着手下，急匆匆地赶到我宿舍，以及后来县里、省里来的刑侦专业警察，戴着白手套穿着白大衣，在我宿舍里用尺子、刀片、刷子、放大镜等物比量了好久的人，见到我问出什么事了？得知我宿舍被盗，丢了几本书，对方就只说了一句，呵呵，雅贼啊，孔乙己。

雅贼也好，偷书也罢，尽管这一说法很快就把我们宿舍发生的事情掩盖了过去，但是偷书抑或说是偷算稿事件，还是在赵德和后续赶来的刑侦警察们的心里，留下了无尽的悬疑。窃贼悄无声息地钻进了我的宿舍，没留下一丝痕迹，手段之高超；窃贼视宿舍中其他东西为无物，目的之明确，让他们感到此案非同小可。

不过，他们显然知道窃贼或是对手在暗处，他们或者应该说是我们在明处，我们在明处的一举一动，躲在暗处的对手会看得非常清楚，而躲在暗处的对手我们却很难发现，因此，我很理解赵德对此事件的低调处理，刑侦警察们走了之后，他既没有对此事进行公开的调查或暗地里的走访，也没有对丢失算稿的责任人，也就是我和数学家给予任何形式上的处分，甚至连最一般的批评教育、写个检查什么的都没有。我知道他这么做的原因。他是在以不变应万变，他是在以静制动，他想跟对手换个位置，让对手从暗处走出来，走到明处来，而我们躲在暗处观察对手。与此同时，我也知道赵德的分析和猜想——盗窃算稿事件一定跟禁区里的那架飞机有关，那个窃贼一定就是特务"利剑"。

当时的那个年代，有个大家常常挂在嘴边上的词汇，叫群策群力。不用我解释，您也应该知道这个词的寓意。我们宿舍失窃之后，我就想找赵德说说我对此事的看法和分析，我就想告诉他我对小庞的怀疑，以及小庞能随意出入禁区等多处疑点，可是赵德总不给我机会，他一见到我就把脸呱嗒一下沉下来。因此，我只好把我的话憋在肚子里，再难受我也得忍着。

我还是决定自己监视小庞。

又是一场篮球比赛。

小郝进场做热身之前，很夸张地伸出了左胳膊，从他那从前一直是光秃秃的手腕上把手表摘了下来。

手表反射的太阳光明晃晃的，我的眼睛里充斥了它灿烂和令人羡慕、向往的光芒。我的第一反应是小郝这小子什么时候买手表了？这小子一个月 16 块钱的学徒工资，什么时候攒够了上百块的手表钱了？我的第一反应是想立即走过去，看看他小子那块表是不是新的，是不是他的，可是我还没挪动脚步，就见小郝的身边出现了两个人，一个是小郝他们队的教练马叔儿，另一个是推着轮椅的小庞。小庞的出现让我立即警觉了起来。

我怕工会的老孙再让我当裁判或是当记分员、记录员什么的，便没敢往篮球场的边界上凑，我站在小庞的对面，隔着几排人观察着她的一举一动。

篮球比赛开始了之后，我见她一会儿拍手叫好儿，一会儿跺脚加油，一副非常投入地看比赛的样子，有几次我见她跳起来之后，脚落地时差点儿踩到小郝换下来的衣服和放着手表的书包。我觉得她的这个样子多少有些夸张，有些表演的成分在里面，继而我想她或许就是要用这种夸张和表演来掩饰什么，做特务自然需要这样的掩护。

比赛临近结束时，随着比分的胶着，小郝所在的伙食科队和对手开始了肉搏。忽然哎哟一声惨叫，伙食科队的一个队员就捂着鼻子蹲在了地上。自然，我的目光一瞬间也被那声音吸引了过去，可是就在这一瞬间，我一直注视着的小庞却不见了踪影——看了几眼蹲在地上的队员我很快地反应过来，我的任务不是看球，不是关注受伤人的伤情，而是监视小庞，我立即转移了目光。我的眼睛赶紧穿越人群，透过人群的缝隙寻找小庞，在我没寻见小庞之时，我先看到了一只手（我不敢确定是不是女人的手）伸进了小郝的书包，我仿佛看见那只手从他的书包里拿出了一样东西，很像是一块手表。那只手在做这个动作的时候非常隐蔽，从小郝的书包里把手拿出来时，速度极快，只一眨眼的工夫，以至于我都没看清楚他（她），是不是在手心里攥着小郝的那块手表。看到了那只伸向小郝书包的手，我急忙拨开挡在我前面的人群，准备过去看个究竟，可是一瞬间，手不见了，再找小庞，小庞也不见了！

裁判吹响了比赛结束的哨子。

人群开始往篮球场的外面涌动。

我在人群当中穿梭，还是没有寻到小庞的影子。这个时候，我的肩膀被人拍了一下，回头一看，见是傻子旺财，他问我你找什么呢哥？我没回答他，问他你怎么来了？茶炉的火封好了没有？傻子旺财说早封好了。正说着，他突然就拉着我往前走，并十分惊奇地说，哎，哎，你看看，哥，小郝有手表了，小郝有手表了！顺着傻子旺财的手指，我看见不远处小郝正在往手腕上戴着手表。

看见我和傻子旺财走近了，并且都盯着他的手腕子看，小郝就把胳膊伸到了我俩的眼前。

看着他腕子上明晃晃的手表，傻子旺财试着伸出了一只黑乎乎的手指头，想摸一下，小郝立即就躲开了，说，旺财，你别碰，这东西娇贵。说完了，就用嘴往表蒙子上面哈了一口气，然后又撩起背心来，很仔细地擦了擦。我见了，便说，看你小气的，旺财根本就没碰着，至于的吗？小郝把胳膊伸到自己的眼前，很仔细地看了看表，说，我没说旺财碰着了，是我刚才见表蒙子上面脏。小郝这么一说，叫我想起了刚才看到的一只手伸进他书包里的情形，于是，我便问小郝手表怎么脏了？小郝又把背心撩起来，把表蒙子又擦了擦，说，表蒙子上面有个大手印儿！妈的！准是刚才谁翻我书包了！小郝把表擦干净了，就又把胳膊伸到了我和傻子旺财的眼前，说，看看吧，上海全钢手表，你们听听这声音，嘎哒嘎哒的，多脆生！我跟你们说，只有全钢手表才会这么脆！你们听听，是不是嘎哒嘎哒的纯钢声儿？

傻子旺财首先说是！是嘎哒嘎哒的，纯钢声儿！

我听了听，没说是不是钢声儿，问他，你买的？

小郝很自豪地回答，当然了！

我问他你小子哪儿来那么些钱？

小郝把胳膊收回到自己的耳朵上，听着表的声音，说，自己攒的，互助会又借了点儿。说完了他又开始显摆他的手表，他说，小金你看这表的指针了吗？

我故意没听明白，问他哪个指针。这表上有三个呢。

小郝白了我一眼，说，我指着的这个，秒针！

我说我看见了，这不走着呢吗？

小郝一甩胳膊，不让我看了，说你真是气死活人不偿命，我说它不走了吗？它要是不走那还叫表吗？我是让你看看秒针上面那个红点儿。

我忙把他的胳膊拽回来，笑着说，逗你玩儿呢，让我看看什么红点儿，我还真没注意。

小郝把手表伸到了我的近前，问我看见了吗，红点儿。他说，上海手表，每生产一百块儿抽查一块儿，被抽查过的，就在指针上弄个红点儿做标记。

我忙说那你这块就是被抽查过的了？

小郝不无自豪地说当然，我姨夫在百货商店当经理，他从一盒子表里面给我挑的！小金，等你攒够了钱和工业券想买表的时候，我就带你找我姨夫，也让他给你挑一块秒针上带红点儿的。

我说我跟你不一样。你吃饭不花钱。我一个月 16 块，再交给家里 3 块，入互助会 2 块，剩下的钱刚够吃饭的，攒不出买手表的钱来。

我们一面说话一面往篮球场外面走。看着小郝很潇洒地甩着戴着手表的胳膊，我便眼馋了起来，我多少有些难为情地问小郝，说，你的表能不能让哥们儿戴一天，一天不行就戴半天。小郝听了我的问话就站住了，他看着我，一时没有回答。我知道此时他一定很为难，一块崭新的手表，自己的新鲜劲儿还没过，就马上摘下来让别人戴一天，这让任何人都会恋恋不舍，可是他又有话在先，因为鼓动我进禁区的事情我在关禁闭时，没有把他交代出去，他说过，他永远都欠我一个人情。

小郝愣了好一会儿，终于打着磕巴说好吧，给你、你，戴一天吧。

我见他有些犹豫，就说，你要是舍不得就算了。

小郝打肿了脸充胖子似的说，舍得，没事！说完，就开始小心翼翼地从手腕上摘表。就在他把表摘下来准备递给我的一瞬，冷不防，傻子旺财突然冲了过来，一把抢走了手表，说我先戴半天！说完，就朝远处跑去。

小郝见傻子旺财抢走了手表急得就要去追，我忙拉住他，说你追也追不上他。我说，这样吧，先让他新鲜一会儿，待会儿我去把它给你要回来。

小郝说他愣头青似的，把表弄坏了怎么办？

我跟小郝说，弄坏了我赔你。

小郝说，你的工资连吃饭都吃不饱，你赔个屁啊！说完了就朝傻子旺财跑的方向追了出去。

我俩在大本营锅炉房里追到了傻子旺财。我们进门时，他正把表贴在耳朵上听，并且一面听一面还在嘴里模仿着手表嘎哒嘎哒的声音。小郝立即上前跟傻子旺财要表，傻子旺财见到小郝，马上猴子似的爬到了锅炉上面。小郝怕傻子旺财把表磕在锅炉片上，于是便停住脚不敢继续再追了。

傻子旺财拿着小郝的手表不还，让小郝着实无奈，他只好叮嘱我明天一定把表要回来还给他，并咬牙切齿地说，要是磕坏了你俩赔我一块新的！小郝说完，就去洗澡了。

小郝洗澡时，小常师傅坐在以往骆驼祥子惯常坐的那把椅子上，把我叫了过去，说明天上午让我到禁区去干活儿。

我问小常师傅到禁区干什么活儿？

小常师傅也学着骆驼祥子的派头儿，挥挥手说，咱们不是刚把禁区锅炉房地下的暖气回水管子给换了吗，你去给新管子打打压力，看看各焊口和各接口有没有跑冒滴漏的地方。他眯着一只眼睛，吸着烟说我就不给你派人手了，让傻子旺财临时配合你一下就行了。

我点头说行。转身要走时，小常师傅突然叫住了我，问行什么呀行？

我说就是行啊，去给禁区锅炉房地下回水的暖气管子打压力呀！

他说你就这么去呀？甩手大爷似的？

小常师傅这么一说，我才想起来要带上一样东西，忙呵呵地笑着张手跟他要。

小常师傅把早已准备好了的，厂区锅炉房地下管道的工程图纸递给了我，说，毛毛躁躁的，这要是骆驼祥子派活儿，不整治你才怪呢。

旁边的色盲青年陈晨方接茬儿说道，就是，等你到了禁区发现没带图纸再回来跟他要，你不给他买两盒工农他能给你才怪呢！

从小常师傅的手里接过图纸，我又按照保密规定，在一个登记本上签了名字和日期，因为这张图属于秘密的保密级别。

第二天一早，我就去禁区给锅炉房地下暖气管子打压力。我先把压力泵连接好，然后接通了电源。因为管线较长，打足压力尚需一段时间，我便去找傻子旺财，催他赶紧把表还给小郝。

茶炉房的门被他插上了，不让任何人进，我站在门外使劲敲了半天，喊了半天，他才慌慌张张地将门打开。

见到满桌子的零件儿，我才知道傻子旺财为何如此慌慌张张的了。

桌子上几把螺丝刀让我感到了事情的严重——傻子旺财已经把小郝的手表拆得七零八碎的了！

我冲上去疾呼你这是干什么！

中午，借着给禁区保密车间的工作人员送饭的时间，小郝来跟我和傻子旺财要手表。

在茶炉房门前，他朝我俩伸着手。

我俩尽量用身子挡着茶炉房的门，不让他往里走。

小郝伸手问我俩，表，表呢？

傻子旺财不说话。我也不说话。

小郝似乎是觉得有什么地方不大对劲儿了，他皱起了眉头问我俩怎么回事？怎么狼狈为奸的？是不是把我的手表弄坏了？说完，小郝就扒拉开我俩往茶炉房里闯。我心想，事情再也隐瞒不住了，于是就跟在他的身后走进了茶炉房。我想跟他解释，表虽然被拆开了，但是把它拿到县里，找一家修表店，它还能原封不动地装上。可是还没容我说话，小郝就号叫了起来。

小郝一眼就看见了桌子上摊着的螺丝刀和手表零件。

继而就像是谁捅了他一刀似的发出了号叫。

表，表！我的手表——

他一头朝桌子猛扑了过去。

就在这个时候，就在小郝冲过来，手里攥着螺丝刀，要跟傻子旺财拼命的时候，突然嘭的一声巨响，让他扬起来的手臂，停在了半空中。

有什么东西在附近爆炸了！

气浪随之袭来，茶炉房的玻璃首先被击碎了，紧接着便是稀里哗啦的一阵地动房摇！

操！坏事了，我这才想起来，我的压力泵是不是还一直开着哪？！

44

我们宿舍发生了盗窃事件之后，数学家就把刘英栋的算稿保存在了禁区里面，与此同时，他还曾试着住在禁区，可是没坚持几天便又搬了回来，他说，他已经跟我住习惯了，一个人住在禁区里一时难以适应。说实话，数学家尽管有那个毛病，我跟他在一起，完全是为了完成组织上交给我的监控他的任务，这个任务在身，让我必须时时刻刻地保持着警惕，甚至就连《鲁迅全集》都不能全神贯注地去读，我总要分出神来注意着数学家的一举一动。可是，一旦数学家搬走了，我还是在心里头感到缺了点儿什么。说实话，我还真想数学家。有几次做梦都梦到了他。好在没几天，他又搬了回来。

数学家重新回到我的宿舍之后，物理博士也天天在下班后跟着他一起过来。两个人在一起所有的时间，都是在讨论刘英栋的算稿，都是在运算那个数学公式，有时候讨论晚了，物理博士还会在我的宿舍住下来，就躺在傻子旺财的床上，就盖傻子旺财的被子，说到这一点，我还真佩服物理博士，那么有知识有文化的一个人，竟然盖着傻子旺财的被子，竟然能忍受他被子上熏天的臭气。

数学家和物理博士运算数学公式的速度很慢，几乎一个晚上都没有什么进展，尽管他俩一刻不停地拿笔在纸上写写画画，可是充其量也就是弄明白了刘英栋一张或是半张算稿的内容，我在看书的时候听他俩说，如果在没有计算机的情况下，要想把刘英栋的算稿都运算一遍，从中得到那个数学公式，大概需要一年到两年的时间。

我当时还不知道计算机是个什么概念，就问他俩什么是计算机？

数学家就告诉我，那是一台能自动运算的机器，也叫电脑，是美国一所大学研制出来的，体积有一间房子那么大，如果把刘英栋一手提箱算稿的数字输入进去，只需个把小时便能得到那个数学公式。

惊叹了世界上居然有这么不可思议的东西之后，我问数学家和物理博士，何不申请给你们增加人手搞人海战术，你俩运算这些算稿需要一两年的时间，再增加十个二十个的人，那时间不就会缩短十倍八倍的了吗？

数学家听了，很苦涩地一笑，说，你的这个想法，我和物理博士早就有了，并且也跟北京总指汇报了，可是，可是全国屈指可数的那么几个数学家，不是被打倒了就是被镇压了。

听了数学家这话，我便也担起心来，问，一个数学家也找不到了吗？

物理博士从算稿上抬起头来，说，目前只找到了一个，目前只有他一个人没被打倒，但是靠边站了，在大街上扫马路。

我听说找到了一个，就急忙问，找到了一个，谁呀？问完了我才反应过来，我问也是白问，因为即便是他俩告诉我找到的那个人是谁，姓什么叫什么，我也完全不认识。

不过，数学家还是告诉了我他的名字。乌尔真，厦门大学教授，他国外留学时候的同学。

两天之后的早上，我刚吃完早饭便接到了赵德的命令，他让我陪同数学家外出。我多了一句嘴，问他外出什么事儿？原本对我就没有好脸色的赵德便拿保密条例狠狠地训了我一顿。

我被训之后便和数学家一起来到了厂部，等待厂办主任给我们派车外出。我侧眼看到厂办主任在派车申请单的用途一栏上，填写了“长春接人”四个字。

我暗自猜想，我们去接的人一定就是乌尔真。

上了车之后，数学家告诉我要接的人就是他。他说他跟乌尔真大概有十几年都没见过面了，不知道他是不是已经长了白头发了。他说话的时候，充满了兴奋和期待。不过，我现在告诉您数学家内心充满着的兴奋和期待，在过后的不久，一下子便成了泡影，随着紧张和惶恐化作了乌有，随着额头上的汗冒了出去，您一定会觉得惊讶，会觉得不可思议，会觉得我是一个可恶的，甚至是末流的作家，我是在编造故事，故弄玄虚。其实我说的真的都是实情。真的，我没有一丝一毫要故弄玄虚愚弄您的意思。因为故事讲到这里，我知道数学家肩上的担子有多重，心里的压力有多大，鉴于我和数学家之间的个人感情，我也希望他能把他的同学乌尔真接回厂里，我也希望他赶紧完成运算出数学公式的艰巨任务。可是，这不是我能左右得了的事情。当我们赶到长春火车站之后，摆在我们面前的事实就是如此——

我们没有接到乌尔真！

或者说乌尔真不见了！

看着数学家一脸的茫然，看着他一双呆滞的眼睛，我也满满的失落和不安。

那天，我们去接乌尔真的车上一共是三个人。司机，再加上我和数学家。在我们三个人当中，除了来自北京的数学家，我和司机都从来没进过类似于长春这样的大城市，尽管司机同志经多见广，整天开着车到处乱跑，但是他所到过的最大的地方，不外乎就是辉南县县城，因此，他一进长春，两眼便被高楼大厦和花花绿绿的霓虹灯吸引了。我不敢说他是不是因为目不转睛地盯着街道上，迈着城市步伐的女人，目不转睛地盯着把屁股左一下右一下来回扭动的女人，就迷失了方向，弄不清了东南西北的。

其实，司机迷失方向的同时，毫不隐晦地说，我也正盯着街道上那些大城市的女人在看。我之所以盯着她们看，并不是在想些乌七八糟的东西，我是在心里作着自我安慰，史乃慧不是对我冷淡下来了吗？我盯着长春街道上那些女人，那些比史乃慧，比我们厂最时髦、最引人注目的女人要更时髦、更引人注目无数倍的女人看时想，天涯何处无芳草，天底下的女人多的是，我何必在史乃慧这一棵树上吊死？我何必让一个史乃慧折磨得茶饭不思？

这么想着的时候，司机停了车。

我以为我们到了火车站，便要开门下车。

司机说，小金你老老实实地在车上等着，我下去问问路！说着就把车门啪的一声使劲儿摔上了。从他瞥了我一眼的眼神儿上看，好像他迷路，是我看街道上那些女人，以及我心里在想那些事情的原因造成的。于是，他下车之后我便朝他的后影儿嘟囔了一句：跟我嚷什么嚷！

就这样，我们没能及时赶到长春火车站。

我们很费周折地来到火车站时，从厦门转经北京开到长春的火车已经进站了十几分钟甚至半个小时了。

车一停稳，我和数学家立即就跳了下去。然而，赶到数学家和乌尔真约定等待的毛主席雕像前，却没有看到乌尔真的影子。我们在雕像前来回来去地转悠着，以期他的出现，可是十几分钟过去了，仍不见乌尔真的身影。这时候，我和数学家的心里便有些着急了，因为不知道此时的乌尔真到底在哪里，是不是因为没见到我们接站，就去了其他的什么地方，于是我们决定四处去寻找，司机留在毛主席的雕像前等待。

我和数学家一东一西，厕所、商店、天桥、候车大厅、购票大厅等凡是乌尔真有可能去的地方，挨个儿去找。那个年代出行，特别是乘坐火车飞机是要单位开的介绍信的，因此火车站上绝没有现在的那种人跟人摩肩接踵的场面。一列火车上的乘客出站后，火车站便空荡荡地剩不到几个人了。走进那些没有几个人的公共场所，尽管我没见过乌尔真，不知道他长什么样子，可是凭借着我对教授的心里感知，我见衣冠整齐，戴着眼镜面相很斯文的人就问，没用多长时间便把火车站的里里外外都寻找了一遍，可是，在我去的所有地方，却都没有结果。为了不耽误时间，我赶紧回到了毛主席雕像前，我的期盼是司机已经等到了乌尔真，或是数学家已经找到了乌尔真，可是司机却冲我无精打采地摇了摇头。不大一会儿数学家也走了回来，他的表情告诉我，他也一无所获。

没有等到乌尔真，我们唯一的分析是他已经搭乘便车去了厂里。我们唯一的希望也是这样。为什么这么分析和希望呢？因为我们厂厂大车多，说不准厂里有什么事，就会派出一辆两辆的到长春来，一般来说，我们厂的车，车身上都会赫然地喷着厂标，因此，乌尔真搭乘有这样标志的车子去了厂里不是没有可能。

我们赶紧回返。

可是回到厂里，我们也没有见到乌尔真。

他没有到厂里来。

这个结果让我和数学家立即就感到了恐慌，因为我们俩同时都想到了另一个人，一个已经死了的人——刘英栋！

45

我监视小庞又有了新的发现——每天晚上她都会独自出门，都会走到禁区的墙外，并久久地在那里逗留，直至夜深人静了之后才回到自己的家中。我解释不清小庞此举的目的，我想不明白，她在禁区墙外闲逛，到底要干什么或是都干些什么，特别是禁区里面发生了奇异的爆炸之后，我更想弄清楚，这个爆炸跟她在禁区外面闲逛，有没有相互的关联。因为厂《保密手册》里有明确的规定，任何人都不准在禁区墙外10米之内的地方坐卧停留，否则哨兵拥有无限开火权，因此，我还想，小庞能如此自由地在禁区墙外漫步，为什么哨兵竟然熟视无睹?!

我把我监视的结果和我心里的疑惑汇报给赵德。我汇报给赵德是有原因的。其一就是厂《保密手册》里的那条规定，还有就是我始终记着马叔儿跟我说过的一句话，他让我相信组织，依靠组织，凡事不要自己乱来，乱来了，或许适得其反，不但抓不到特务，反而给了特务可乘之机。

可是，赵德却继续着对我的冷淡，他没听完我的汇报就皱起了眉头。他问我小金你是不是没事干了?是不是锅炉房里整天抡大锤拆卸暖气片，还不够你累的?是不是你满脑子都是你的小说啊、情节啊、故事啊?

我说不是，我说赵科长，真的不是，我是真觉得她有问题！她一到晚上就在禁区……

行了！赵德用家长式的严厉朝我呵斥了一声，他说，我现在已经够乱的了，厂里现在已经够乱的了！今天一个爆炸，明天一个爆炸，我的脑袋都要爆炸了！赵德说着就抄起桌上的茶缸子，喝了一大口水，咕咚一声把水咽下去之后，他狠狠地把茶缸子往桌上一蹾，说，满脑子小说，满脑子虚幻，满脑子假设，你能不能干点儿正经事？能不能在工作上给我做出点儿成绩来？能不能不给我找麻烦？！

我也是个有血性的人，听了赵德的一番质问后，我浑身上下的血都冲到了脑门儿上，于是我冲着赵德就是一句：谁给您找麻烦了？您说，我给您找什么麻烦了？您说！

赵德没想到我会跟他顶嘴，朝他嚷。他先愣了一下，之后又抄起了桌上的茶缸子，不过，这次他没喝水，他只把茶缸子凑到了嘴边上，转而又把茶缸子往桌子上一蹾，茶缸子里的水一蹦老高地溅了出来。你还没给我找麻烦？赵德脑门儿上蹦起了青筋，他拿手指头点着我的脑门儿说，不是你给禁区锅炉房回水的暖气管线打压，它怎么能凭空爆炸？

我不敢相信自己的耳朵。

我金子英怎么会跟禁区里的那一声爆炸有关？！

我金子英要是制造了禁区的爆炸，岂不犯下了滔天的大罪？！

我这才听出了赵德朝我发火的真正原因。我既觉得震惊又觉得滑稽可笑！我十分不解地问赵德，难道你们认为禁区发生爆炸，是我造成的？是我给锅炉房地下管线打压打高了造成的？

赵德稍微平静了一些，他干咽了几下唾沫，说，还没完全定性，专家们正在调查，不过，大致的意向基本如此！

听到这个结论，我不能接受，我准备跟赵德申辩，说我根本就没有打错压力，我完全是按照操作规程办事，只打了 2.5 个大气压！

但是，压力达到 2.5 个大气压时，你停泵了吗？停了吗？他怒不可遏地看着我问。

我心里轰然地震动了一下！

这是事情的关键！

我停泵了吗？停了吗？

这是我从那声爆炸之后，一直在心里转悠着的问题。

我打开压力泵后就去找傻子旺财，之后我发现他把小郝的手表给大卸八块了，我就急了，跟他嚷，再之后，小郝来跟我们要手表，再之后……我这才想起了最为关键的时刻，最为要害的时刻，那个时刻，压力肯定已经达到了极限，但是，但是，我，我停泵了吗？停了吗？

停了。好像是停了。但是，好像是又没停。我回忆了一下跟赵德说，我应该是停泵了！再说，即便是我没停泵，压力泵那点儿有限的压力，也绝不会造成禁区里那样猛烈的爆炸！

赵德显然已经没了耐性。他根本不想再听我作任何解释和爆炸另有原因的申辩及猜测。他刺啦一声拉开了抽屉，从里面拿出一张纸来递给我。赵德说，你来得正好。这是停职办学习班的通知，你好好看看。

我，停职？接过纸，我迅速地看了一眼，惊愕地问。

赵德很冷静地点点头。

我，给我办学习班？确认了我的名字，我愈加惊愕地问。

赵德把眼睛闭了片刻，之后睁开了，依旧很冷静地点点头。

我一阵无语，无语之中强忍着愤怒。我想骂一句什么他妈的调查组！这不是在草菅人命吗？赵德十分及时地用手势制止了我。他朝我伸出了一只手，就和警察指挥过往车辆时伸出的那种手势一样。

赵德说，明天去报到。他说这是组织上对你的爱护！

我又重新看了看那张纸，我的心里忽然有了要把这张纸撕碎了的冲动。

临出门时，我忽然转过头去朝赵德嚷道，我不要这种爱护！我，用我金子英的名字发誓，我没有打错压力！

没有！

绝对没有！

我停泵了！在小郝来茶炉房跟我们要手表之前，我关的压力泵！

46

几天过去了，乌尔真一直没有消息。给其家属打电话，家属证实他的确是坐上了开往长春的火车，火车票是组织上给订的，去北京的一张，北京到长春的一张，都是硬卧。家属还说，因为其不是处级，因此坐飞机和软卧不够资格。再到长春火车站去了解情况，可是却一点儿线索也没找到。火车站，在乌尔真所乘坐的那趟火车，到达的那一天、那一刻十分正常，没有发生过打架斗殴，没有发生过持刀抢劫，更没有发生爆炸或是天塌地陷之类的恶性事件，车站方面肯定地说，乌尔真应该是很正常地走出了火车站。然而，乌尔真走出长春火车站之后究竟去了哪里，从车站的出口到毛主席雕像，仅仅一百余米的距离之间，究竟又发生了什么？

厂里历来就有传播小道消息的传统，有些人甚至整天热衷此道，因此，我们没有接到乌尔真的消息一经传出，便立刻引发各种小道消息。

跟我喜欢写小说一样，在我们厂有很多人也非常热爱口头文学的创作，并且这些人的创作极具专业水准，什么想象了，夸张了，议论了等手法的运用极其娴熟。于是，曾经有过国外留学背景的乌尔真，在很多小道消息的版本当中，已成了潜伏多年的特务，在来厂里的途中突然接到了上级的密令，让他去执行一次非常重要的任务，因此，他没到长春就提前下了火车。在有的版本的小道消息中，还把上面的故事作了更加深入的加工，说乌尔真不仅是国外潜伏已久的特务，并且还在突然之间接到了上级令其将厂内那架飞机炸毁的任务，于是，乌尔真便虚晃一枪，说自己哪天哪天到长春，让数学家去接，可是他却在这之前便已经来到了厂内，就已经潜入了禁区，于是就有了前不久发生的爆炸，至于为什么乌尔真没有将禁区保密车间里的那架飞机炸毁，而是炸坏了茶炉房旁边的地下暖气管道，或许是小道消息的作者尚且例证不足，还没创作完成，其说法便莫衷一是了。

几天过去了，乌尔真一点儿消息都没有。

乌尔真走出火车站后究竟出了什么事？他为什么没有在毛主席雕像前等待我们？他人现在究竟在哪里？一个个谜团纠结着我们。这些谜团解不开，让我们焦急万分。

我带着铺盖卷儿、洗漱用品和毛主席著作四卷以及《鲁迅全集》到厂7号楼参加学习班。接到了赵德的书面通知，我不得不去。我不去的后果不用我说，您也知道那将会很严重。学习班在当时那个年代，是专门给犯了错误的人开办的，那个年代人很容易犯错误，比如你的出身不好，你就犯了错误；比如你的历史有疑点，你就犯了错误；比如你当过国民党兵，你就犯了错误；再比如你有男女作风问题，那也犯了错误。说到男女作风问题我还要强调一点，那个年代和现在大为不同，那个年代实行的是男女之间的情感禁锢，或者叫性禁锢，说你有作风问题，其实你可能就跟一个异性稍微有点儿暧昧，充其量也就是拉拉手亲亲嘴什么的，可那样你就是犯了很严重的错误了，就要被办学习班了。说得更远一点儿，小郝后来之所以出了那样的事，就是因为在那个禁锢的年代，他干了一件禁锢之外的事情。他的那件事情要放在当今，简直是沧海一粟，不值一提。

我带着行李到了厂7号楼。7号楼有工人民兵把守，工人民兵虽然在把守楼门时没有枪，但是其威严的阵势一点儿不亚于禁区。他们对进出楼门人员的盘查，一点儿都不松懈。看到这里，您一定就知道了，进了7号楼，或者进了学习班，实际上就等于被软禁了起来。的确是这样，我本身就是工人民兵，我也曾被派遣看守过7号楼的楼门，监视过 7 号楼里被办学习班的对象，因此，内部的一切行动听从统一的指挥，不许乱说乱动的规定，我十分清楚。

或许我本身就是工人民兵的缘故，我参加学习班之后，负责看管的工人民兵，对我的监管并不十分严密。有的时候，他们甚至不强迫我按照规定，每天都写一份学习毛主席著作的心得，而是和我一起在屋子里聊天。有关厂里那些小道消息，有关乌尔真的那些流言，就是监管我的工人民兵们透露给我的。他们显然对乌尔真的下落非常关注，他们总是问我乌尔真到底是不是特务？到厂里来到底要干什么？你们没在长春接到他，他到底去了哪里？对这些问题，我均表示无可奉告。我说我真的什么都不知道。我说我只知道他是厦门大学的数学教授。除此之外，他们还非常关注禁区里的爆炸事件，他们问我地下的暖气管为什么要打压力？压力到了多大就能造成管道爆炸？他们还问我那天把压力泵开到了多大的气压？他们的问话，让我再次感到了愤怒，我想朝他们喊，喊我没有打过高的压力，禁区爆炸跟我无关！我想喊什么他妈的狗屁专家，那纯粹是一帮吃人饭不拉人屎的浑蛋！他们似乎是看出了我压抑着的愤怒，见我不回答，就不再问这些问题了，他们还是抑制不住自己的好奇，于是，他们便自言自语地说，真是奇怪，不是地下暖气管线爆炸，怎么爆炸的大坑，就正好在地下暖气管线的四周呢？

于是我也自言自语地说，我也说不清。

几天后，赵德来到 7 号楼。说实话，我知道他是冲我来的，因为我从洗漱间出来后，在楼道里看到他径直朝我走了过来。我故意无视他的存在，我没用眼睛看对面走过来的赵德，快速地端着脸盆走进屋子，之后咣当一声将门关上。

赵德似乎对我的态度并没太在意。他很大度，进门后主动问了问我学习的情况，之后就从兜里掏出一个纸包儿，他把纸包儿一掏出来，我便立即闻到了一股令人垂涎欲滴的香味儿。赵德将纸包儿一层层地打开，里面是一块肥肥的红烧肉。他站在我的对面，把肉推给我，示意我吃。见我矜持着不动，他又用手在我的后脑勺儿上抚摸了几下。吃吧，他说，你师娘让我带给你的。听到了我师娘几个字，我的心里顿时翻滚起了热浪。把肉捧在手里的时候，眼睛就湿润了。

吃着师娘给我做的红烧肉，赵德给我交代了一项任务，陪着数学家外出。我问他去哪儿，去几天？赵德这次没拿厂保密规定教训我，他只说他不知道。他说出去后，一切听数学家的，但是，回来之后，你还要回7号楼。

趁着赵德对我的态度转变，我赶紧跟他说了有关小庞的事，让组织上对她进行调查。我说小庞身上有许多的疑点，比如她为什么要嫁给一个残疾人，比如她为什么能自如地出入禁区，比如……听到这里，赵德朝我摇摇手，说，你不要见谁都怀疑，见谁都说是特务，他说，你警惕性高这一点值得表扬，但是不要草木皆兵，杯弓蛇影。

我说，我怎么是见谁都怀疑了？小庞每天晚上都在禁区墙外转悠，您知道吗？这一点不值得怀疑吗？

赵德很淡定地听完我的话，说，小庞的事情以后不要再说了。你怀疑的那些，都是有原因的。

我琢磨着赵德的话，拧着眉毛问他什么原因？

赵德只是讳莫如深地把眼睛眨了几下，不再说话了。

赵德走后，我赶紧写完了当天的读毛主席著作的心得，把它交给了监管我的人，便又赶紧去禁区的门口等数学家。走近禁区的大门，我的心里不由得打了一个寒战。寒战过后，我很想再进去看看，看看那个在地下暖气管线上面炸开的大坑。因为我的红色通行证尚未过期。正在我犹豫时，数学家从里面走了出来。

数学家见到我的第一句话是从未有过的粗话。他说简直是一群吃货，猪！

我知道他是在说那帮鉴定爆炸事件的专家，就狠狠地往地上吐了口唾沫。

数学家回头看了看禁区的哨兵，说，直径好几米，深度好几米的大坑，那要多大的力量才能炸开？他们算过没有？那要多少个大气压？两个？三个？扯淡，那要成百上千个！蠢猪！

我因为事情已成定理论，便不再想谈论这件事情了，况且再谈论，也于事无补，因此就把这个话题跨过去，直接问数学家咱们去哪儿？

数学家说他还是心有不甘，他还是想找到同学乌尔真的下落，否则跟他的家人无法交代。

我问他，他的家人就要来了？

数学家说嗯，他家属这两天就到。

我问他，咱们今天去哪儿呢？要不要到厂部要辆车？

数学家说不，咱们俩就顺着他可能来厂里的路徒步走一遍。说完，他问我行不行。

我说行，当然行！

我跟数学家说着话就走到了厂大门，经过了警卫的哨兵，见前方不远处有一个卖甜瓜的老乡，数学家就快步朝老乡走了过去。

小金，咱们带上几个瓜在路上，既可以当饭吃，又可以当水喝，你看怎么样？数学家说着，就要伸手在老乡的筐里挑瓜。正在这时，他伸出去的手忽然停在了半空。一个匍匐在筐前的，乞丐模样，正在啃食瓜皮的人吸引了他的目光，之后我见他猛地朝那个人扑了过去，并一把将其抱住。

正当我不知数学家将一个衣衫褴褛，蓬头垢面的乞丐抱住意欲何为时，就听数学家突然大喊了一声——

尔真！

乌尔真！

47

乌尔真就这样被奇妙地找到了，真应了那句老话：踏破铁鞋无觅处，得来全不费工夫。乌尔真被找到了之后，您肯定非常急切地想知道他这几天究竟去了哪里？怎么这样一副模样出现在了厂大门前？不过，有些事情急不得，您还需耐心等待，因为我对整个故事，有一个统筹的安排。

乌尔真被意外地找到之后，我又回到了7号楼。也就是在我回到7号楼的当天，就被通知学习班结束。这个通知让我感到十分奇怪也十分突然。一开始，我猜想是不是禁区爆炸事件的真相被搞清楚了，我金子英根本就没有违反操作规程，没有打过高的气压，造成地下暖气管线的爆炸，可是后来才知道，是我们水暖队队长老冯亲自出马把我保了出来，其真实原因是我们和伙食科的篮球比赛在即，他和伙食科科长争夺总务处副处长位置的较量在即。因此，扛着铺盖卷儿走出7号楼时，我的心里并没有如释重负的感觉。

走出了7号楼，在队长老冯的授意下，我们水暖队篮球队开始了每天上午两个小时的紧张训练，老冯还特意聘请了马叔儿给我们当教练，自然，马叔儿在训练我们时，又把如何破他教授给伙食科的“一四联防”和无球人给持球人的掩护，做了战术演练。每天训练完，我们都会被集中到水暖队的会议室里，老冯都会亲自端上一大洗衣盆打着鸡蛋花儿的汤面给我们加钢（加餐的意思——作者注）。有了这样好的训练条件，作为篮球队队长的我，本应该一门心思地投入训练当中了，可是我的精神却始终提不起来，我甚至多次在训练当中走神儿，以至于马叔儿扔过来的篮球砸在了我的脸上，我都恍惚地没有任何反应。我心里压抑着禁区爆炸事件，是我打不起精神的原因之一，原因之二，也就是最让我感到内心压抑的，是我从 7 号楼回到宿舍的当天，史乃慧来过一趟。

那天我正把铺盖卷儿往我的床铺上铺，没有敲门声，门便自动开了。我正疑惑着是不是数学家或是傻子旺财回来了，直起身子一看，出现在门口的竟是多日不见的史乃慧。

史乃慧突然来访，让我的心里在一瞬间曾荡漾起了一丝激情。我立即就想起了小郝送给我的那几只避孕套。然而，史乃慧的冷漠很快地就让我的这一丝激情平静了下来，同时也让我因为有了想到那东西的念头羞愧难当。

史乃慧的双手在身后背着。见我眼睛里喷射出的火苗逐渐地黯淡了下去，最后熄灭了，便把双手伸到了我的面前。她把一个日记本递给了我。我一眼就认出，这是我送给她的纪念物。

一切都明了了。一切都在不言之中。

我只好默默地接了过来。

史乃慧在我脑子里一片空白的时候转身走了。屋子里她的气息散去了之后，我才渐渐地恢复了意识。我看了一眼日记本，发现了里面夹着的一张纸条。我忙把纸条抽出来看，上面的一行字立即让我崩溃了——

子英，让我们把彼此忘了吧！

我在练球的时候打不起精神来，似乎是人人都感觉到了。就在马叔儿传过来的一个球，砸在了我的脸上之后，我摇摇头，似乎有了振作起来的欲望，但是史乃慧在纸条上写的那句话，立即就让我又萎缩了下去。恰逢这时小郝来看我们训练，他见到了马叔儿扔给我的球砸在了我的脸上，于是就走上来问我，小金，你怎么了？进了几天学习班，被关傻了？见到了小郝我有种见到了亲人的感觉，立即就拉着他走出了篮球场，之后把史乃慧还给我日记本，以及她在纸条上写的那句话告诉了他。

小郝听完，愣住了，好半天没说话。一阵沉默之后，小郝突然开口说，行了，大老爷们儿，看开点儿，不就是他妈一个史乃慧吗？她他妈的也是胸口上长着俩咂儿，不比其他人多一个，忘了她，哥们儿往后给你踅摸一个比她还好的！

说完，为了逗我开心，他就从书包里掏出一个纸盒子递给我，说，刚买的，我还没舍得穿呢，给你先试试脚。说罢就把盒子打开，我见一双雪白的、崭新的回力篮球鞋躺在里面。

回力！我惊讶地差点儿蹦起来。

回力！怎么样？小郝很兴奋地问我，够份儿吧？（当时青年人之间的常用语。够意思，够厉害的意思——作者注）

我说太够份儿了！这在咱们厂简直就是头份儿了！说着就急忙把鞋掏出来穿在了脚上，系鞋带的时候我问小郝哪儿来的？

看着我把鞋穿在了脚上，小郝多少有些恋恋不舍地看着我，说，马叔儿托人给我买的，刚给我。你先穿一会儿，试试新，哥们儿，不许再想那些事情了，听见没？咱们是大老爷们儿！

我穿着耀眼的回力篮球鞋来到了篮球场上，队友们见到之后都不约而同地把我围住，用十分羡慕十分好奇的眼睛盯着鞋看，他们七嘴八舌地问我哪儿来的？这上海回力鞋就连辉南县体委一年都不一定能分配一两双，小金你真有路子，怎么搞到的？我情不自禁地在地上跺跺脚，说，这鞋真棒，舒服，弹性好，说罢，就示意大家闪开，我一个垫步冲向了篮筐，我感觉自己的身子跟燕子似的飘了起来，之后就把篮筐抓在了手里。

接下来的训练，我便觉得周身轻松了许多、投入了许多。我觉得我似乎是忘却了那些不愉快的事情。

训练结束后，马叔儿擦着汗来到了我跟前，他指着我脚上的回力鞋问我你的？

我不好意思地说，小郝的，他说是您给他买的。说完，就又补充了一句，您真有路子，要是还能买到，您再帮我买一双呗？

马叔儿把我的脚盯了一会儿，说，嗯，行，我的一个老战友在国家体委任职，我一定帮你搞一双，这双鞋，你赶紧还给小郝。

我说说好了，我就试试新，我回去后就把鞋还给他。

训练之后，吃完老冯送来的汤面，回锅炉房洗完澡正好是上午10∶30。我本打算回宿舍把鞋擦干净，之后赶紧还给小郝。可我正擦鞋的时候，傻子旺财突然回到了宿舍。傻子旺财一进门，见了我手上正擦拭着的那双崭新的回力鞋，立即就把它抢了过去，他惊喜地喊着回力回力！之后就脱了他那双脏乎乎的布鞋，把回力穿在了脚上。我想制止他，但已经来不及了。

就这样，傻子旺财就穿着小郝那双崭新的、洁白的回力鞋回到了禁区。至于我的叮嘱，让他千万不要把鞋弄脏，千万不要把鞋弄坏，千万要在吃中午饭前把鞋还给小郝，他听没听进去，记没记得住，是否当回事，只能听天由命了。

傻子旺财穿着回力鞋走了之后，我赶紧给小郝打了电话，我告诉他回力鞋让傻子旺财穿走了。

小郝一听这话，立即就朝我发起火来，他说小金你懂不懂点儿人情世故？我是为了安慰你，才把鞋给你穿的，你他妈怎么拿我的鞋做顺水人情儿给了别人？

我忙解释是傻子旺财从我手里抢走的，我说他那人你还不知道，他不讲理，你拿他没辙……

小郝没等我说完就摔了电话，在摔电话之前，我听他说了一句，倒霉就倒霉在傻子身上，我的手表就是他弄坏的！

到了中午，我接到了小郝的电话，他怒气冲冲地跟我说，小金，我的回力鞋让傻子给撕破了！你说怎么办吧？

听到小郝的话，我的心里倏地一下便变的冰凉了。真是怕什么就来什么，千叮咛万嘱咐的，让傻子旺财千万千万不要把小郝的鞋给弄脏了、弄坏了，可他还就真的，就偏偏地把小郝的鞋给弄坏了。旺财啊旺财，我可拿你怎么办呢！我举着电话咬牙切齿地直跺脚，可是面对小郝在电话里不住地质问，我却无言以对。我想说小郝你别急，鞋撕坏了我赔你，我想说小郝对不起，傻子旺财他脑子不健全，你包涵着点儿，可是这个时候，我一句话也说不出来，我想小郝也什么话都不想再听。

就在我举着电话，不知说什么好时，我突然听到话筒里传来了一声闷响……

这是一个爆炸的声音。

这个声音和上次的爆炸声一模一样，并且时间都在12点整！

48

得知禁区里再次发生爆炸事件之后，我知道您一定非常急切地想知道事件具体的情况、真实情况。爆炸是怎么发生的？爆炸的地点在哪里？您甚至还担心禁区里面那架飞机的安危。不过，非常遗憾的是，我没有在禁区里，许多细节我也不得而知。另外，我想，您一定还在惦记着乌尔真的事情，想知道他从长春火车站出来之后，到底发生了什么？遇到了什么？嗯，他走出火车站后，确实是发生了一连串很奇特的事情，事情的过程不仅离奇而且惊险，但是，现在不是我告诉您这件事的时候，请您耐心等待，我在适当的章节里，会给您讲述这一段传奇故事的。

禁区再次发生爆炸，把我和小郝的电话给打断了，以至于我一度认为，是不是小郝当场被炸上了天。我开始为他担忧。于是，我就守在电话机旁没敢挪地方，我时刻等待着他能从禁区里再把电话打过来。时间过去了好久，见还没有电话打过来，我有些沉不住气了，我犹豫了一下，把电话打给了傻子旺财，其实，把电话打给他的时候，我的心里也在打鼓，我不知道他所在的茶炉房还是否安在。

电话接通了，我听到了傻子旺财的声音，我这才把心放在了肚子里，我问他哪儿爆炸了？

他回答说还是上次那个地方。

我问他你和小郝都没事吧？

他说没事。

把心放下之后，我才想起了他把小郝回力鞋弄坏了的事情，便埋怨他，我嘱咐了你半天，让你小心点儿小心点儿，千万不要把小郝的鞋弄脏了、弄坏了，可你还是把他的鞋给弄坏了。我说，你让我怎么跟小郝交代？你让我的面子往哪儿搁？我说，上次你把小郝的手表给拆了，事情还没了结，你马上又弄坏了他的鞋，你说，你说让我怎么办？我往后还怎么有脸跟人家交往？

听到我在电话这头儿的埋怨，傻子旺财在电话那头儿不乐意了，他说，你跟我嚷什么？嚷什么？跟你说，就是我爸我妈都不敢跟我嚷，别说你了，不就是一块手表一双鞋吗，我赔他行了吧？

我听了这话简直是气不打一处来，我朝他吼道，你赔，你赔得起吗？买手表要表票儿，买鞋要凭关系，你上哪儿弄去啊？！可是我的话还没说完，傻子旺财就已经把电话给挂了。

我撂下电话，气呼呼地往宿舍走。还没进门，就听传达室的电话铃声又响了起来，之后便听传达室的老张头儿喊我的名字，说我的电话。我又赶紧跑了回去，我原以为是傻子旺财又把电话打了回来，本想在电话里再继续教训他几句，出出我心里的恶气，可是拿起电话来一听，电话却是史乃慧的师傅田凤彤打过来的。

田师傅问我今天看见小史了没有？

我说没有，说完之后，又补充了一句：我，我跟她已经分手了。

田师傅并没有理会我是否和史乃慧分手了，她跟我说，小史到现在还没来上班，我不知道她怎么了，是不是出了什么事情，因为她从工作到现在，从来就没有无故不上班过。

我说，我也不知道。估计不会出什么事，可能是临时遇上什么事情了，耽搁住了。说完，我和田师傅就同时挂了电话。

放下电话往宿舍走的时候，我还没有想史乃慧上没上班的事，我的心里还在生着傻子旺财的气，还在想着怎么弥补小郝手表和那双回力鞋的损失的事，等我走到了宿舍，等我在床铺上坐下来，目光忽然触及了史乃慧前几天还回来的日记本时，我的心才猛地揪了起来。我才陡然反应过来，史乃慧特意来还给我日记本，并且还在里面夹了字条——子英，让我们把彼此忘了吧！可能是有用意的！她或许是来跟我诀别的！想到这里，我赶紧跑向了女工宿舍楼。

女工宿舍看楼的大妈见到我风风火火地跑过来，笑着问我是不是哪儿着火了？怎么消防队没来，你小金先到了？我没工夫跟她开玩笑，喘着粗气问她史乃慧在不在宿舍里？大妈说刚多大一会儿不见啊，就想成这样儿了？你先给我一块糖我再告诉你。我跟她耽误不起工夫，在她面前停顿了一下，之后就朝楼里冲了进去。大妈见我闯进了女工宿舍楼，忙跟在我身后高喊，小金，你站住，你站住，你再不站住就犯作风错误了，你就得进学习班了……

我来到史乃慧宿舍门前，用手推推门，门被反锁着。

看楼的大妈大喘着气追到了宿舍门前，她一把把我薅住，说，小金，你怎么这样啊，你自己不怕犯错误，还想连累我犯错误啊？说着，就要拽我下楼。

我恳求地说，大妈，史乃慧的师傅刚才给我来电话，说她到现在还没上班，我，我怕她出了什么事儿！

大妈说，她一个大活人，能出什么事儿啊？你赶紧下去，下去！

我再次恳求她，说，您帮忙把门打开，看看她是不是……在里面！

大妈突然警觉起来，问，你小子跟我说实话，你是不是干坏事了？

我急忙说，没有，我什么坏事也没干，大妈，您赶紧帮忙把门打开吧！

大妈用疑惑的眼睛把我又盯了好一会儿，那样子是在鉴定我刚才的话是真是假，是在鉴定我到底干没干什么坏事。鉴定完了，再去下楼拿整栋楼房的房门钥匙。

我实在是等不及了，就用力朝史乃慧的房门撞了过去。

大妈急忙朝我喊，我的小祖宗，你要惹祸啊？可是没等她的话喊完，我已经把门锁撞开了。

屋里，史乃慧衣着整齐，静静地在床上躺着。被子盖到了胸口。

我和大妈喊她的名字，她没有一丝反应。

猛然，我和大妈的眼睛同时都被一个小小的玻璃瓶子吸引了过去。瓶子在地上躺着，瓶盖距离它很远。我抢在大妈前面把地上的瓶子捡了起来，瓶子上面印着三个可怕的字：安眠药！

厂医务室的大夫很快就赶了过来，把史乃慧抬上了卡车，之后，便和送我师傅去县医院一样，一个穿着白大褂的大夫站在车上挥着白毛巾，给卡车开道。

往后的故事咱们删繁就简。直接说史乃慧被抢救之后推入病房里的事情。

史乃慧被抢救的第二天，才从昏迷当中醒过来。

她醒过来时的第一个动作，是翕动了一下嘴唇。我心里一阵惊喜，我感觉她可能是在要水喝，于是就拿起手边的缸子，用饭勺给她的嘴唇上抹了点儿水。

史乃慧伸出舌头来舔了舔嘴唇。我忙对着她喊，小慧，史乃慧！

她的眼皮跳动了一下。

看到了她的这个动作，厂里派来照顾她的女工和马叔儿也赶紧上前叫她，小史，史乃慧，小慧！

史乃慧的眼睛眨了眨，睁开了。她首先看到了我，我见她的眼睛里忽然闪烁出了一股光芒。这光芒当中有渴望、有欣喜、有羞愧。

我忙朝她微笑了一下，我说小慧，你醒了？！

史乃慧的嘴微微张了张，但是她没说出话来，我觉得她可能是要表达什么，而自己的力量又不够，于是我赶紧把耳朵贴近了她的嘴。这次我听到了她的声音，她的声音非常微弱，以至于我只听清了她话中的几个字，而那几个字却让我感到了极度的震惊——

特务……是，特务……

听她反复强调了两遍特务，我急忙把嘴凑近了她的耳朵，悄声问，你说谁是特务，特务是谁？

史乃慧的声音更微弱了，我听她又说了一句特务，之后便昏睡了过去。

49

我和数学家在厂大门口发现了乌尔真，立即跟厂部要了车，把他接回了厂里。在赵德的安排下，我先去总务处给他领了一套工人的工作服，之后我俩负责给他洗了澡。说实话，在整个洗澡的过程中，我一直都想问明白他出了长春火车站之后，都遇上了什么事儿，以至于最后到了流落街头形同乞丐的地步，可是乌尔真始终一言不发，始终处于萎靡的状态之中。虽然他也时不时地说上一句半句的话，如谢谢、抱歉之类的，但是对我的问话，他始终避而不答。给他洗完澡，数学家安排他睡下。乌尔真大概真是困极了，因此躺在床上没多长时间就呼噜呼噜地打起了鼾声。数学家坐在了他的身边，像是守候着一个婴儿似的，不住地拿手在他的身体上抚摸着，看见我不停地在屋子里面来回走动，数学家便停住了抚摸的手，跟我说，小金你别急，等一会儿吃饭时，我给他敬酒压惊，这家伙的脾气我知道，三杯酒下肚，究竟发生了什么他就全说了。

中午，厂领导和赵德过来看望乌尔真，我知道几句寒暄过后，他们会请乌尔真到厂招待食堂用餐，他们会给他接风压惊，因为我觉得自己水暖工的地位太低，进不得厂招待食堂，上不得领导的餐桌，因此在厂领导们进屋后不久，便讪讪地回避了。所以，所有乌尔真叙述的，他从长春火车站出站之后，发生的离奇古怪的事情，我都是听数学家跟我转述的。并且，数学家在转述时特别提示我说，乌尔真把那些事情前前后后叙述了好几遍，在他的叙述中，前后次序混乱，逻辑关系混乱自不必说，就连每一遍和每一遍之间，在一些情节上都有出人，都不太一样。数学家说，他是在听了乌尔真好几遍的叙述，进行了大致的梳理之后，才得出了这样的故事——

那天，乌尔真从长春火车站出站后，第一眼就看到了位于车站广场中央的毛主席雕像，他目测了一下，出站口距离雕像的距离有七八十米的样子，于是他就没有着急，迈着不紧不慢的步子，朝雕像走去。走到半途中的时候，他觉得有一个很高很壮的人靠近了他，并且还用一只胳膊，很有力地挟持住了他的一只胳膊。他问那个人你是谁，要干什么？那个人则虎着脸回答说别说话，只管跟我走！乌尔真便停住了脚步，借着出站时人多，高声问那人，你要干什么！我跟你说，我可是有人来接的，人就在那个雕像下面！可是他的话音未落，就见一辆面包车突然开了过来，在他的面前急刹车停住后，车门开了，从车里又跳出一个家伙来，之后，两个人一人一只胳膊，便将他扭上了汽车。乌尔真说，他被扭上车立即便被用黑布蒙上了眼睛，堵住了嘴。

车开了很长时间之后才停下来，乌尔真被带到了一间房子里。房子里很黑，很潮湿。房子只有一个门，没有窗子，只是在接近房顶的部位，有一个不大的方形的窟窿，用以通风和透光。没人告诉他把他带到这里来究竟是为什么，究竟要干什么，只是他被带到这间房子里之后不久来了一个人，这个人不是在广场上挟持他的那个人，这个人很瘦弱，很猥琐，嘴的两角上长着稀稀拉拉的胡须。这个人进来后朝他上下打量了一番，之后命令他把衣服脱了，全脱了。他坚持不脱，用双手护在胸前，结果就招致了一番毒打。毒打之后，他所有的衣服便被扒光了。

乌尔真没受过如此的侮辱。

乌尔真说，他光着身子，一丝不挂地在那间屋子里待了两三天，这期间没人理他，甚至都没人问他是干什么的，从哪里来，没有人问他到长春来干什么，找谁。乌尔真说，他终于理解为什么古代实行流放的酷刑了，他说原来寂寞竟是一种极大的折磨！就好比是有人拿刀子，在一条条地割你身上的肉一样。有一天，他被这种精神上的折磨煎熬得几乎要崩溃了，于是就在屋子里大喊大叫，可是他大喊大叫的后果，是那个瘦小猥琐的人开门进来，用拳头和皮鞭子将他教训了一顿。

没有饭吃，只给一点点水喝，几天下来，他便昏厥了过去。乌尔真说，他从昏迷中醒来，是因为他的身体猛然受到了撞击，撞击之后，他的意识便有些恢复了。他借着月光睁眼一看，自己光着身子躺在了一个大坑里。他说，当时他觉得，是那些人见他快死了，就把他扔进了那个大坑，等到风一刮，雨一下，再有人往坑里一倒脏土，他便自然地被掩埋在了里面。

被扔到了大坑里之后，乌尔真便开始奋力地往上爬。他说人求生的本能是巨大的，是什么也阻挡不住的。乌尔真说，由于他几天没有进食浑身乏力，他经过了一夜的努力，也没能爬出大坑，他每一次都是爬到坑的半腰，之后双手便再没了力气，身体就滚落了下去。多少次攀爬都失败了之后，乌尔真便坐下来休整了一下，定了定神。这时，恰好一阵风朝他吹了过来。风的凉意，让他的身体忽然激灵了一下，激灵过后，仿佛有人钻进了他的脑子里，告诉他不能这样直线地爬，应该迂回着走“Z”字。乌尔真豁然开朗。

走“Z”字，乌尔真成功地爬出了大坑。

在黎明的时候，他用尽最后一丝力气，爬到了一户人家的大门口，之后便昏倒了。

又过去了不知多久，那户人家的大门吱呀一声打开了，早起出门劳作的女主人，忽见一个男人一丝不挂地躺在大门口被吓了一跳，慌忙跑了回去。

乌尔真就这么获救了。他说，救他的那家人是一户好人家，他们收留了他，他们给了他饭吃，给了他衣服穿。他们还问他从哪儿来，准备到哪儿去，问他怎么被弄到了这步田地。乌尔真说，当时他的意识很清醒，他觉得自己一点儿都不能透露有关某厂的事，一点儿都不能透露有关数学公式的事，因此他对他们的问话避而不答，只请求他们将他送到附近的汽车客运站。

按照他的请求，主人将收留了两天的他用自行车送到了汽车客运站。

之后他便搭乘汽车进了山，辗转着进了草甸子，再摸索着来到了厂门口。

乌尔真说，他在厂门口待了好长时间了。因为他身上没有介绍信，没有证件，他不敢上前接洽。乌尔真还说，由于他衣衫褴褛，厂里进进出出的人都把他当作了乞丐，不过，也正是他们把他当成了乞丐，时不时地扔给他点儿东西吃，他才得以活了下来……

50

史乃慧从昏迷中醒来，反复两次告诉我“特务……是，特务……”的那句话，让我十分震惊。把她最近一直对我采取的冷淡态度继而还我日记本然后吞食安眠药自杀的举动连贯起来看，她说这句话绝非偶然。她一定是知道了或是掌握了相当的证据。我还分析，她的自杀一定是有原因的，如果不是特务的活动涉及了她、影响到了她，甚至是威胁到了她，她是绝不会想到要了结自己生命的。我觉得，史乃慧的自杀，一定是为了摆脱什么事或是什么人，以此进一步推理，她要摆脱的人，就应该是她要告诉我的那个特务，她要摆脱的事情，就是那个特务的活动。而她之所以要冷淡我，还我日记本，实则是在保护我，不愿意让我受到任何牵连。想到此处，我觉得应该帮史乃慧一把，我要首先弄清楚那个特务到底是谁。我试着开始回忆史乃慧跟我说“特务……是，特务……”时的情形。我忽然想起了她的一个眼神，在说“特务……是，特务……”之前，她的眼睛似乎是朝着她的左边下意识地瞥了一下，当时她的左边，站着陪护她的同车间的女工和她爷爷马叔儿。我还回忆起了史乃慧跟我说“特务……是，特务……”之前，没有发出声音的那个口型，她的口型是半圆的张开的，根据这个口型，我觉得她所要发出的，应该是 O 或 A 的音。这或许应该就是那个特务的姓氏。我试着从汉语拼音里面找出她要告诉我的那个字。可我绞尽了脑汁，除了“O= 奥、我”或者“A= 阿”之外，没有再想出其他的发音，没有联想起相关的姓氏。我一时间觉得自己的脑子很乱，我理不清头绪，不知道史乃慧要告诉我的那个特务究竟是谁，他的名字到底叫什么，和她圆形的口型以及O或A的音有什么关联。

我决定立即离开医院，立即把史乃慧告诉我有特务的这一重要情况，汇报给厂保卫科科长赵德。

我借故出来时没跟单位请假，并且马上要跟伙食科篮球队比赛和马叔儿告别，说我必须回单位了，等周末有空了再来看小慧。

马叔儿一面说着谢谢，要不是你及时发现了小慧，小慧恐怕就抢救不过来了，一面把我送出了县医院。临别时，他站住了脚，问我刚才小慧醒过来时，都跟我说了什么？她是不是想吃什么？小慧这孩子命苦，从小就没了爹妈，她要是想吃什么，我就是自己不吃不喝倾其所有也给她买！

我想回答他说，小慧说“特务……是，特务……”，可是当话刚要说出口，特务两字都含在嘴里了，不知道为什么就突然把这两个字给咽了下去。我马上就摇了摇头，说我不知道，她的声音十分微弱，她究竟说了什么我也没听清楚。

回到了厂里，我赶紧去厂保卫科找赵德。可是当我气喘吁吁地赶到保卫科，水没顾得上喝一口，甚至连脸上的汗水都没来得及擦，就急匆匆地把我听到的，史乃慧告诉我的，有特务的消息汇报给了赵德。

赵德用一脸的不屑听完了我的汇报，之后问我，说完了？

我对他的表情相当惊讶，并且相当莫名其妙，我回答说说完了。

赵德见我满头是汗，就伸手给我擦了擦，说，向后转，齐步走！回去休息！

我彻底搞不懂了，我心中的惊讶一瞬间变为了愤懑，我不解其意，他作为一个厂的保卫科科长，怎么能这么敷衍前来跟他汇报有特务这样一个重要情况的人呢？我一把将赵德摸在我额头上的手拨开。

有特务您听清楚了没有？我凝视着赵德的脸，问他。

听清楚了，赵德还是一脸的冷漠和淡然，他说，你说，机加工车间，服毒自杀的史乃慧从昏迷当中醒来，跟你说了一个重要情况，咱们厂里有特务，对吧？

我说对呀，我跟您汇报了这样一个重要情况，您怎么无动于衷，怎么就这么一句轻松的向后转，齐步走！回去休息！就把我打发了？

赵德听了我这番话，就做出了一脸的疑惑，问我，让你向后转，齐步走！回去休息！这不对吗？你辛苦了一整天了，回去休息不应该吗？

我说您别跟我玩儿文字游戏，我要的不是回家休息，是答案，答案！

赵德见我跟他急了，就也跟我急了，他说，小金，你让我给你什么答案？让我怎么给你答案？仅凭一个昏迷着的人一句有特务，难道就叫我派出所有的保卫干事，骑着摩托车绕世界去给你抓特务吗？！

赵德的话，让我哑口无言！

我窝着一肚子的火回到了宿舍！

不过窝火归窝火，事情归事情。回到宿舍之后，洗了脸，换了衣服，躺在床上，让自己从刚才急匆匆地跑回厂里的焦急中冷静下来，我觉得赵德刚才的话，不是一点儿道理都没有。仅仅凭借一个处于昏迷当中的人，在意识尚未完全恢复时的一句话，让他作出某种决断，就像他自己说的那样，派出手下所有的保卫干事，骑着摩托车绕世界去抓特务，也的确是有些例据不足，不仅唐突，并且还有些滑稽可笑。

想到此处，我对赵德的怨气便化作了一股动力，我决计给他找出例据来，到时候让他无话可说。

我开始顺着史乃慧说的“特务……是，特务……”往下思考，我觉得，既然她跟我说了“特务……是，特务……”，那么她就一定知道谁是那个特务；既然她知道谁是特务，那么她一定就掌握了特务的罪证。我们那个时代，一般的青年人都有记日记的习惯，特别是女孩子，她们的日记记得尤其细致，比如哪一天杨树长出了细长细长的树毛毛；哪一天小草从地缝里探出了鹅黄色的小脑袋；哪一天听到蝉的第一声稚嫩的嘶鸣。总之，她们会把所有听到的、看到的都记在日记本上，顺便说一句，这也就是当时青年男女把互赠日记本当作定情之物的重要缘由。这也就是在五四青年节之际，我为什么会把日记本送给她。我想，史乃慧也有记日记的习惯，她一定会把我想象不到的疑惑的东西，记在日记里。

想到此处，我忙在我的枕头底下翻找史乃慧还回来的那个日记本。我的期望是她能在上面记录些什么。

日记本很快就被我摸在了手里。我急忙把它打开。可是日记本崭新崭新的，仿佛根本就没被动过，翻开一页页的纸，里面竟然什么都没有。

没有一个字。

空白的日记本，让我感到了空前的失望。

我随手把它扔在了床上。

然而，就在日记本啪的一声落在床铺上的瞬间，我突然想起了化学课上，老师曾经讲过的一种神奇的化学药水儿，把这种药水儿当墨水儿写在纸上，谁也看不见，等到需要看的人，把纸拿到火上一烤，字迹便显露了出来。于是，我突发奇想，史乃慧会不会也用了这种神奇的药水儿，在日记本上记录了什么呢？我忙从抽屉里翻出蜡烛来点燃，之后重新拿起日记本，逐页地放在蜡烛的顶端烤。

日记本一篇一篇地烤了过去，没有，还是什么都没有。胳膊举酸了之后，我开始失去了信心，我开始认为我的想法过于天真了。我一口吹灭了蜡烛，把日记本扔在了窗台上。

下午的太阳从玻璃窗上透进来，照射在了窗台上。窗台上一片耀眼的白色。日记本落在了窗台上，我先见一阵烟尘被惊扰了，它们懒洋洋地升腾了起来，在空中左扭右摆地发泄着不满情绪，然后我见翻开页的日记本上，布满了刺眼的太阳光。太阳的光线，立即让原本非常洁白平整的纸，显出了细微的，不易察觉的凹凸。

我的眼睛被纸上的细微凹凸吸引了。我忙凑近了日记本。为了看清楚纸上那些凹凸到底是什么，我围绕着它转动着身子，变换着角度。

奇迹居然就在这一刻出现了！

在我的眼睛和太阳的光线恰巧成了45度角的时候，我霍然发现，纸上那些凹凸竟然是一串文字，一串用没有墨水儿的钢笔尖儿在纸上留下的划痕——

我爷爷是特务，他有电台！

51

我知道您一定惦记着禁区第二次爆炸的事情，您的心里一直疑惑着，怎么好端端的，禁区会在短短的几天之内连续发生两次爆炸呢？其实，我跟您的心情一样，我也一直惦记着禁区里突然发生爆炸的缘由，可是不知道这次爆炸后，厂里为什么一反常态地采取了无动于衷，或叫漠不关心的态度，既不着手调查，也不暗中走访，县、省公安局没来人，机动技安部门也没来人，更加让人感到奇怪的是，按照惯例，凡是有重大事故的发生，厂里都会立即下发的红头文件《情况通报》，也没有对此进行通报。偌大的爆炸，就只用了一句“化粪池老化，产生了沼气，沼气浓度过高自然爆炸”，此次事件便不了了之了。

尽管官方对此次爆炸的态度是漠然处之，但是在民间，在全厂的职工当中，此事还是一如既往地被传得沸沸扬扬。爆炸声平息了之后，流言骤起，小道消息以燎原之势迅速地覆盖了厂里所有的公共场所，食堂啦，澡堂啦，公共开水房啦，合作社啦，等等。凡是人员密集的地方，谈论的话题无一例外，都是有关爆炸的事情，更有甚者，居然为此还到了废寝忘食的地步，有关特务混进了禁区，将一枚烈性炸弹放进了飞机附近的垃圾箱，准备炸毁飞机，可是无意中，扫垃圾的大妈（指的是我师娘——作者注）一勤快，把本应该晚上才倒掉的垃圾午饭前就给倒掉了，于是，特务设计好了的，要在正午 12 点爆炸的定时炸弹，便在远离飞机的车间之外，在存放垃圾的地方爆炸了的传奇，被越发地传播开来。

我对这些小道消息一直是嗤之以鼻的。面对那些谣传，我唯一想到的是庆幸。觉得那天我幸亏没在禁区里面干活儿，没有给锅炉房的地下回水暖气管线继续打压力，如果我还继续再做这项工作的话，说不定爆炸的缘由又要追究到我的头上，说不定我又要进7号楼，被办学习班了。

好了，禁区再次发生爆炸的事情，咱们就讲过了，它蹊跷也罢，离奇也罢，厂保卫科调查也罢不调查也罢，反正咱们不提它了，咱们省出笔墨来说后面更重要、更精彩、更惊险的故事。

故事该讲小郝了。

早上刚吃过早饭，我就接到了合作社小洋人打来的电话，她跟我说让我赶紧到合作社来一趟。

我问她什么事儿？

她说电话里不能说，你赶紧过来！

放下电话，我一边猜测着小洋人到底要我过去干什么，一边往合作社走去。

到了合作社的门口，小洋人赶紧从里面迎了出来，之后把我拉到了一个背人的地方，说，小金，好消息，咱们这儿昨天来了几双篮球鞋！

我一听篮球鞋立即就来了兴致，问她，是回力吗？

她连连点头，说哦，是，是！是回力！

我再问她，真的？

她说当然是真的了，我知道你喜欢这种鞋，昨天来货了之后就没敢拿出来卖，我要是拿出来，不到十分钟，保证被一抢而光了！说着，她就拉着我往合作社里面走，她说，你先挑一双，剩下的我再摆在柜台上。说完了，她问我，小金，大姐对你怎么样？

我说够意思！

她说，够意思以后你就得报答大姐，像上次骆驼祥子他们在暗中偷看我们洗澡的事，你得立即向我们报告。

我说一定！

我跟着小洋人兴冲冲地进了合作社，小洋人从柜台里面拿出一双鞋来递给我，我急忙把包装盒子打开，可是里面的鞋却让我大失所望，原来那不是回力，而是跟回力貌似一样的双钱。

5.5 元一双，好不好？小洋人问我。

我说这不是我们想要的那款回力，这是双钱，你看商标，回力是一个大力神拉弓射箭，而双钱是两个古代铜钱儿，看明白了？

小洋人这才注意到了鞋的商标，看了一会儿，她说，都是高帮儿的，都是篮球鞋，不一样穿吗？拿一双吧。

我说我问问小郝吧，我欠他一双回力，他要是喜欢这双钱鞋，我就给他买一双，他要是不要，我也就不要了，因为我最近钱紧，上次为了傻子旺财的事，我借了数学家 20 块钱请客还没还呢。

从合作社出来，我就急忙找小郝。电话打到禁区，食堂里的人说他还没到呢，不知道这小子今天犯什么毛病了，早上他该上 4 点的早班，可是到现在还没到，就因为他事先没请假，今天禁区食堂的早餐都推迟了半个小时。

禁区没找到小郝，我又赶到了他的宿舍，正好他的室友小苗刚刚起床，我问他小郝呢？小苗无精打采地说，昨晚一夜未归，我不知道他上哪儿了。

宿舍没找到小郝，我又到女工宿舍楼去找小年，我想问问她小郝在哪儿，可是到了女工宿舍楼，看楼的大妈却告诉我，小年这几天都没回宿舍住。

一圈儿下来没找到小郝，我觉得十分奇怪，彻夜未归，没有上班，甚至小年也好几天没回宿舍，小郝去哪儿了呢？他俩出了什么事？

到了晚上，终于有了小郝的消息——

草甸子深处，发现了两具尸体，一男一女，小郝和小年。

两个人的身边发现了一个空农药瓶，还有一封遗书。

52

看到了史乃慧在日记本里写下的秘密，我并没有特别震惊，我只是很畅快地觉得，我终于解开了一个谜，我在看到这行字的一瞬间，便想到了史乃慧在医院里跟我说“特务……是，特务……”时，半张着的嘴以及她那圆形的口型，我当时只分析出了，这个口型，应该是她想发出却没有发出来的O或A的音，可是我却联想不起这两个发音所能代表的字，而史乃慧在日记本上写的那行字，让我恍然大悟，她爷爷马叔儿的马，正是把嘴张到这个程度所发出来的声音。

我以前说过，我是一个逻辑思维十分严谨的人，从日记本上看到了那行字之后，我立刻想到了许多事情，我先想到了刘英栋，想到了刘英栋的离奇死亡，从刘英栋的离奇死亡往回捯，我想到了有一天马叔儿——老马——请我和小郝到他家去吃饺子，吃完饺子收拾厨房的时候，他示意我跟着史乃慧一起到屋外的水房去打水，在漆黑的水房里，我和史乃慧有了第一次拥抱和接吻，这之后，他让我多照顾着点儿史乃慧，于是，我俩便频繁接触，就在我准备陪同数学家和物理博士一起去甘肃某监狱的前夜，我和史乃慧有过一次差点儿越轨的约会，在那次约会时，我无意中透露了我要出差，要去甘肃某监狱寻找刘英栋以及算稿等全部秘密。我想，马叔儿——老马或许就是从史乃慧那里知道了这些秘密，因此才出现了刘英栋突然死亡的事件，才出现了之后我们宿舍被盗，险些造成来之不易的算稿丢失的事件。与此同时，我还想起了另一件事情，我在监视小庞时，曾经在禁区的门口看到过老马，他以给恋人送饭为由，千方百计地说服哨兵想进入禁区，特别是当我师娘从禁区里出来，从他手里接过饭盒后，受到了哨兵的威吓，一不小心将饭盒打翻在地，馒头咕噜咕噜地滚了出来后，他表现出了高度的紧张，他抢在我师娘前面，把滚动着的馒头拿在了手里。想到此处我心里忽然产生了一个猜测，那个馒头里面，或许装的就是炸弹。

想到了这些事情，我确定了史乃慧在日记本上说出了真正的秘密。

想到了这些事情，我觉得我有必要去做两件事情了——第一，赶紧去找赵德汇报；第二，赶紧把这个消息告诉我师娘，让她千万不要再跟老马来往了。

我带着日记本先去了厂保卫科。说实话，去的路上我十分得意，心里充斥着我是一个救世英雄的畅快，我甚至有了这回赵德应该对我刮目相看，对我顶礼膜拜，我今后在厂保卫科应该拥有一席之地了的美妙遐想。然而，当我走进保卫科的大门，赵德用一种很鄙夷的目光看了我一眼之后，我的这些想法立即便被打压得萎缩了下去，因为在赵德的眼神里，明显地带着你小子怎么又来了的蔑视和不屑。

我讪讪地走到了赵德的面前，我把日记本递给了他。

赵德没接日记本，他很生硬地问我有事吗？

我说嗯，有事，您看看这个日记本。

赵德把日记本接过去，象征性地把它翻了翻，问，你让我看什么？看这些白纸吗？

我忙把日记本翻到了那一页，让赵德对着太阳光调整角度，说，您看看。

赵德看到了那行字。我爷爷是特务，他有电台。赵德笑了，把日记本啪的一声合上，交给了我，说，嗯嗯，我爷爷有电台，是特务，你想跟我说什么？

我十分不理解赵德此时的态度，因为他的态度，完全不是一个保卫科科长，一个共产党员，对待一项重大事件应该表现出来的态度。

于是，我就提醒他，说，赵科长，这可不是小事！

赵德听了，笑笑，说，不是小事吗？

我说当然！

那你想让我怎么做呢？赵德点上烟，很悠闲地晃荡着两条腿问我。

我这时真想上去把他的烟给夺下来扔了。我说您是保卫科科长，您说怎么办就怎么办！反正情况我都跟您汇报了！

赵德看出了我的不满情绪，就把烟给掐了，说，我爷爷是特务，他有电台，这能说明什么呢？仅凭这么一句话，就能断定老马是特务了吗？

我说当然不是，说完，我就想给他列举我的联想，想说刘英栋的事情，想说算稿的事情，可是话到嘴边我又戛然止住了，我突然想到要是我把这些都说出去，我就有了泄露国家机密的嫌疑，那可是要受到相应处分的，于是我就只说了老马借着给我师娘送饭，想进禁区的事。

这一条例子果然力量不足，赵德听了哈哈大笑，说，小金，咱们打个比方，要是小史在禁区上班，你为了表示爱情，去给她送饭，我们也要怀疑你是要闯禁区，进去搞破坏吗？咱们再打个比方，小史说他爷爷是特务他就真是特务吗？这不会是小史在逗你玩儿呢吗？就好比傻子旺财某一天说我哥是特务，我们就相信你是特务了吗？

听赵德这么不相信史乃慧所说的话，我就立即又作了强调，我说，小史不仅说了她爷爷是特务，还说了他有电台！电台！我把电台俩字反复地说了两遍。

赵德听了，就又把不屑挂在了脸上，说，电台？她说有就有了吗？你还说过人家老梁有电台呢，有吗？啊？小金，金子英同志，有吗？

我哑口无言。

赵德伸出双手，向后扳动着我的肩膀。小金，稍息、立正，目标锅炉房，任务抡大锤，齐步——走！

我被赵德推出了保卫科。走出门口的时候，我回了一下头，我在心里愤愤地说，抡大锤、抡大锤，您就知道抡大锤，我们还有电焊气焊呢，那可是技术活儿！

走出保卫科大门的时候，我的心里有着十二分的不服气。

走出保卫科大门的时候，我的心里又有了一个新的打算。

我要去证实一件事情，我非要把老马是特务的这件事弄清楚。于是，我快步去了我师娘家，因为我知道，我师娘今天轮休在家。

我师娘很关心史乃慧，她问我小史怎样了？醒了没有？

我告诉她醒了，但是又昏迷过去了。

我师娘就叹了口气，说这孩子，有什么事儿这么想不开的？说完了就拐着腿去给我沏茶。我忙拦住她，说要问她一件事儿。我师娘便停住了脚步，问我什么事儿？

您，您家，最近，最近，没再闹鬼吧？

我师娘显然没想到我会问她这个问题，于是便迟疑了一下，说，没，没有。她像是回味着什么，说，哎——真是，这两天那嘎吱嘎吱的挠墙声还真没了！你说怪不怪？

得知我师娘家里这两天没再闹鬼，我不由得就点了点头，因为这和我的猜测正相吻合！

我说，师娘，您放心吧，往后这鬼不会再闹了！

我师娘不解其意地问我，怎么呢？你怎么知道这鬼往后不会再闹了呢？

我十分有把握地说，对，不会了！过几天您就知道为什么了。对了，您往后可千万不要再跟老马来往了！

我师娘听我没说马叔儿而直接说的是老马，先是有些奇怪，继而便有些不好意思地低下了头，说，其实，其实我倒没什么，就是他，他总来找我……说着，我师娘就转移了话题，问我你怎么知道这鬼往后就不会再闹了呢？

我见师娘还醒不过闷儿来，她没明白这两天没有闹鬼，是因为老马没在家，没在厂里，他去了县里陪护史乃慧，于是我不得不点破了，说，老马是个特务，他用闹鬼的手段来达到让您害怕，继而对他有所依赖的目的；他用闹鬼的手段来达到接近您，继而利用您的目的！

我的话还没说完，我师娘便怔住了。

53

小郝自杀之前留下了两封遗书，其中一封是写给父母的，一封是写给单位领导的。两封遗书的大体内容是小年怀孕了，他和小年觉得无地自容了，无颜以对父母和单位的同事了，因此选择了死亡。

未婚怀孕，在当时的确属于大逆不道有伤风化的大事。当时厂里有明确的规定，学徒期间不许恋爱，否则轻则推迟出徒时间，重则开除厂籍。小郝和小年作为积极要求上进的青年，作为积极靠拢团组织的青年，违反厂规厂纪，不仅恋爱还造成了怀孕，其后果可想而知。然而即便如此，我也觉得他和小年走这一步实在令人愕然惋惜。

得知了小郝的噩耗，我的心里十分沉痛，十分难过，特别是想到我还欠他一块手表、一双回力鞋时，我的心里就愈加悲伤，愈加歉疚。

不过，这几天我得到的不都是史乃慧服毒，小郝自杀这类的坏消息。数学家在我为史乃慧昏迷不醒，小郝服毒自杀黯然神伤之时，告诉了我一个令人欣喜的好消息——乌尔真就要从精神萎靡、恍惚当中苏醒过来了！

乌尔真从被我和数学家接到厂里来之后，一直处于精神错乱当中，他语无伦次，精神萎靡，一天到晚总反反复复地说着，他从长春火车站出来之后，所遇到的那些离奇古怪的事，并且每次的叙述都有出入，都不相一致。为了尽快医好他的病，总指从北京派来了医学专家，经专家的诊断，乌尔真应该是曾经受到了强烈的电击，从而造成了严重的脑细胞休眠和死亡。医学专家给出的治疗方案是增加营养，同时采取刺激脑细胞恢复活力的办法，争取让乌尔真尽快从萎靡当中苏醒过来。乌尔真的家人来了之后，治疗开始了，可是家人和专家想了无数刺激乌尔真的办法都不奏效，就在大家对乌尔真仍旧萎靡不振大伤脑筋时，数学家请求用他的方法试一试，得到批准之后，数学家就拿着一沓刘英栋的算稿走近了乌尔真。乌尔真见到了数学家，仍然一副混沌不醒的样子，仍然跟他逻辑混乱地叙述着发生在他身上的离奇故事，数学家便对他不理不睬，他坐在了乌尔真的面前，一张一张地翻动着刘英栋的算稿。在数学家不停地翻动中，乌尔真渐渐地停止了叙述，继而他开始表现出了专注的神情，再之后，他的眼睛里开始有了光亮，有了惊奇渴望的闪烁。

数字和符号像一把钥匙一样开启了他的心智。

数字和符号像一把钳子一样攫住了他。他振作了起来。他猛然把数学家手里的刘英栋的算稿抢了过去，贪婪地一如一个饥渴已久的人捧起了食物一样，从上到下地读了下去！

54

傻人或许都有倔脾气。从我因为傻子旺财把小郝的回力鞋弄坏的事，跟他生气了之后，他便再不理我了。不仅不回宿舍，并且连我的电话都不接了。

他开始跟禁区的哨兵们接近，逐渐地跟他们成了朋友。人家练俯卧撑，他也练俯卧撑；人家练双杠，他也练双杠，接下来哨兵们开始练拼刺，他也想跟着练拼刺。可惜的是他手里没有哨兵们训练时用的木枪，一时间只能徒手跟在人家的屁股后面瞎比画。不过，傻人也有傻办法，空手比画了一阵子之后，他拆了茶炉房烧火用的铁锹，把锹把儿当了木枪。锹把儿当木枪攥着不舒服，拼刺用不上力，还无法保护自己的手。这些还是其次，最主要的是他把铁锹拆了，再烧茶炉时，就没了工具往茶炉里添煤。您想想，烧茶炉没了添煤的东西，茶炉还能烧得好吗？就这样，水老烧不开，禁区里的工作人员就有了意见，一来二去的，这些人就把意见反映给了老冯，老冯正跟伙食科的科长较着劲当总务处副处长呢，您说他的部下里头有这么一位，在人人都抓革命促生产大干社会主义之时，却总是供应不开的水给大家喝，他能在办公室里待得下去吗？于是他就气势汹汹地赶到了我们锅炉房，命令小常师傅要严查严办此事。可是他经过小常师傅的提醒，想起来是傻子旺财在禁区里面烧茶炉后，便无可奈何地在地上跺跺脚，朝小常师傅骂了一句真他妈的操蛋，算了，你去看看究竟是怎么回事吧。接到了命令，小常师傅便带着我、小郑一起来到了禁区茶炉房，见是傻子旺财把烧火的家伙什儿给拆了，赶紧让我跟傻子旺财把锹把儿要了回来，重新安上，并且还在锹把儿和锹头儿的连接处，钉上了一个特大号儿的洋钉子（当时那个年代，工人师傅沿袭老的习惯，把钉子一律称为洋钉子——作者注）。把铁锹安好了，我抽出空儿来走出茶炉房，往两次爆炸的地点看了看，可是地上平平的，两个大坑被填得瓷瓷实实，要不是有一层新土在地的表面上作着昭示，根本就看不出那个地方曾经发生过爆炸。

没了锹把儿，傻子旺财绝不甘心，他历来就有那么股子犟劲儿，凡事不达目的绝不罢休，于是，他便开始在禁区里面踅摸，以再得到一件称手的兵器，可是踅摸来踅摸去，除了又拆了两把扫帚之外，他一无所获。

没有称手的木枪跟哨兵们一起练习拼刺，傻子旺财自然不会善罢甘休，他又开始在禁区里面满院子踅摸，最终，他看中了禁区墙边上，那棵歪脖树上的一个枝杈。一提歪脖树，我想您一定不会陌生，因为我就是在一心想进禁区的时候，顺着那棵歪脖树，伸到墙外的那个枝杈爬上树身的，想起来了吗您？对，就是那棵歪脖树，傻子旺财看中的，就是歪脖树伸到墙外的那个枝杈，因为那个枝杈前段直直的，像个枪管儿，后面有个自然弯儿正好是个枪托子的形状，傻子旺财一看见这个枝杈立即就回到了茶炉房，从煤堆旁边抄起一把斧头，三下两下爬上了树，嘁里咔嚓，没用三五分钟，便将树杈斩断。树杈断了之后，咣当一声砸在禁区的墙上，墙上的铁丝网（电网——作者注）被砸短路，短路之后引起了一片警报声，当哨兵们如临大敌般地端着枪冲过来，见傻子旺财拖着一个大树杈，满头是汗地站在树下时，一时间竟不知该如何是好了。

傻子旺财砍下来一个大腿般粗细的树杈，想要把它加工成一个跟胳膊一样粗细的木枪，这让人想到了铁杵磨成针的故事。铁杵磨成针需要耐心和恒心，需要细心和技术，可是这几样儿傻子旺财似乎是哪一样儿都不占，于是，他举着斧头，将树杈砍了几下便再没信心了。

傻子旺财砍了歪脖树的树杈却做不成木枪，急得他火烧眉毛，不过，吉人自有天相，正在他为做不成木枪茶饭不思之时，有个人却向他伸来了援助之手，您问此人谁呀？不是外人，老马。

老马要帮着傻子旺财，用大腿一般粗的树杈，做成一把胳膊一般粗的木枪。怎么做的，做成没做成暂且不表，咱们接着说傻子旺财砍树。为什么要继续说砍树呢？因为禁区里面有严格的规定，任何一样东西，都不准许乱动，更不许挪作他用。偌大的一枝树杈，偌大的一个动静，墙上的铁丝网都被砸坏了，禁区肯定要向厂里汇报，赵德肯定会受命带着手下迅速赶来勘察。

果然，警报响过没多久，赵德便带着手下赶来了。他察看了一下树，察看了一下墙，察看了一下铁丝网，又察看了一下傻子旺财砍下来的那个树杈，最后他又看了看傻子旺财，还围着他转了好几个圈儿。赵德最终无可奈何地摇了摇头，没说什么。他走进哨兵的值班室，给小常师傅打了个电话，骂了句娘的，之后朝小常师傅发了几句火儿，说，你的徒弟你怎么带的？这是要受处分的你知道不知道？小常师傅赶紧在电话那头儿说好话：他是个傻子，砍个树杈就砍个树杈吧，只要他不把禁区的树都砍了就念阿弥陀佛了。说句不好听的话，他要是杀个人都判不了他死罪，他傻，你别跟他一般见识，咱们不看僧面看佛面。赵德举着电话迟疑了一会儿，问小常师傅，说，你说不跟他一般见识我跟谁一般见识？我怎么处理这件事？我怎么跟厂领导汇报？小常师傅就嬉皮笑脸地说你回去就跟厂长汇报，说刮了一阵大风，一阵妖风，把树杈子刮折了，把铁丝网砸坏了不就结了？赵德无可奈何，最后说了一句：要么都说你们水暖工瞎胡闹，铅油麻当焊药呢，你们他妈的整天就是糊弄，你就糊弄吧，我看你能糊弄出什么好兵来！

傻子旺财砍了歪脖树的树杈自然给赵德找了麻烦，给禁区找了麻烦，可是他这一砍，却无意中帮了厂里一个大忙，却无意中阻止了一个事件的发生。

您问怎么无意中阻止了一个事件的发生?

您问阻止了一个什么样的事件发生?

当然是大事件。

和那架飞机有关。

55

尽管赵德对史乃慧在日记本里写的那句话根本不信，但是我始终觉得史乃慧绝不像赵德说的那样，写下这句话是随意为之，信手玩笑。特别是在我证实了从老马去县医院陪护史乃慧，我师娘家再没闹鬼之后，我便更加坚信了这一点。

我说服不了赵德。

但是赵德对此事的漠不关心，倒更加促进了我对老马进行监视的决心。这时候我下这个决心，绝不再是为了写什么小说了，绝不是为了写小说体验什么生活了，而我真是在被赵德奚落了之后，要证明给他看看，让他往后别再在门缝儿里看人，别再拿白薯不当干粮。这或许就是人们常说的逆反心理。

我想再证实我的一个推测。

我从县医院回来的那天，老马一直把我送到医院的门口，除说了许多的感激话之外，他特意问过我一个问题，他问史乃慧醒过来的时候，都跟我说了些什么。他当时这么问我，我并没多加在意，可是当我回来之后，当我看到了史乃慧在日记本里写的那句话之后，我猛然意识到了，老马当时看似漫不经心的问话中，所蕴含着的真正用意——老马一定是急于想知道，史乃慧是不是把他是特务的秘密告诉了我。而不管史乃慧把那个秘密告没告诉我，以他的职业嗅觉和职业素养，他也应该很敏锐地意识到一个问题，那就是史乃慧的自杀，一定会把他是特务的事情牵扯出来，一定会让许许多多不为人知的内幕浮出水面。因此，我推测，老马肯定由此便有了紧迫感，他会在短期内采取特务行动，而他要在短期内采取特务行动，就势必要丢下史乃慧不管，尽快从县医院跑回厂里。

为了证实我的推测，晚上我借着夜幕去了一趟厂工人宿舍区小南庄。我悄悄地走近了老马的宿舍，我当时的想法很简单，只想看看他的房间是否亮着灯，如果他房间的灯亮着，毫无疑问，我的猜测便顺理成章了。然而，当我走近老马的宿舍，看到的却是一个漆黑的窗户。我犹豫了一下，试着走过去敲了几下门，可是屋里空空的只回应了几声敲门的回音。

我有些怅然若失地往回走。我甚至开始有些泄气。我一路走一路想，难道我的推测是错误的？难道我真的是在胡思乱想？

不知不觉，我就走到了女工宿舍楼跟前。女工宿舍楼的楼门亮着灯，灯光从楼门里投射出来，在楼前的空地上打上了一个长方形的光影。

忽然，我看见光影里面出现了两个人影儿，一个男的，一个女的，男人手里抱着一堆东西，女的手里提着许多东西，两个人影儿长长的，映在了楼前的空地上。

不多一会儿，两个人就从楼门里走了出来。

男的说就送到这儿吧。

女人问这么多东西你怎么拿回去？

男人回答说，我有自行车。

女人便说那好，我帮你捆捆。这孩子啊，让咱们当长辈的永远都操不完心，你别着急别上火。

男人回答说，是，我也是这么劝我自己，别着急别上火，可是谁能真的做到不着急不上火呢？

循着两个人的说话声，定睛看过去，我先认出了那个女人，看楼的大妈，继而我的心里轰地一下怦然跳动了起来，原来那个男人，正是我要寻找的老马！

在女工宿舍楼前看到了老马，我不由得佩服起他的棋高一着。他已经先走了一步，提前把史乃慧宿舍里的东西——里面很可能就藏匿着有关他的特务罪证——拿走了。这不能不说是他的老谋深算。

我抑制着紧张的心情离开了女工宿舍楼。回到宿舍，我有些激动。我便开始推测，下一步老马将如何采取特务行动。不过，这个推测不再像以前我所作的推测那么简单了。具体老马将用哪些手法进行特务活动，我一时想不出来。但是，依照我个人想闯入禁区不成，就选择了那棵歪脖树，作为进入禁区的依托的经历，我很容易地就想到了老马会不会也步我的后尘，也采取如此的办法。

有了这种想法，立即从床上坐了起来，我决定到禁区外面进行监视，既然老马已经有了自身即将暴露的危机感，既然我推测他一定会在短期内采取特务活动，那么夜幕应该是他作案最好的掩护。

我很快就来到了禁区墙外，来到了那棵歪脖树附近。我把自己埋伏好了，开始了静静的等待。

两只恋爱的猫，被我惊扰了，它们先是发出了一声惊悚的嚎叫，紧接着就各奔东西，跳起来逃窜了出去，一串噼噼啪啪的响声随即响起。响声在寂静的夜空里被传出去了很远，撞击到了禁区的墙上后，又很猛烈地反射了回来。

猫的惊叫和一连串的声音，惊动了一个人。确切地说，惊动了黑暗中的一个黑影。这个黑影立即便蜷缩在了一棵大树的后面。

我赶紧屏住呼吸，紧贴地面，一动不动。

蜷缩在大树后面的黑影有些类似于某些昆虫，当它遇到危险时便一团身子，掉在地上装死不动，之后等危险过去，四肢一伸就又活了过来。那个黑影就是这样，在树后面蜷缩了一阵，发现声音没有了，再四处张望不见异常，才从大树后面走了出来。

黑影接近了禁区的墙边。我紧紧地盯住了他。

我盯着黑影弯着腰逐渐地接近了那棵歪脖树。

黑影在歪脖树下停住，直起了身子。

黑影伸出手向头顶的上方抓去!

一阵紧张，让我激灵一下打了个哆嗦。

可是他的手却抓空了——这里我反复地说黑影，是因为我不敢确定或是说我看不清楚，那到底是不是老马——因为不仅他，即便是我也没想到，傻子旺财为了要给自己做木枪，已经把那个伸到墙外的树杈给砍掉了。

56

我的推测得到证实。我看到了老马从史乃慧宿舍搬走了东西，一个疑似老马的人，夜里准备从歪脖树上潜入禁区。

但我没再找赵德汇报。我已经摸清楚他的套路了，他一定会非常不屑地跟我说，老马从县医院里提前回来，就一定是要搞特务活动吗？老马从史乃慧宿舍里拿走的东西，就一定是特务罪证吗？不会是史乃慧住院急需的东西吗？他一定会说，小金，稍息、立正、向后转——目标锅炉房，齐步走！

我没有跟赵德汇报，我不想再听他给我的逻辑分析。

我想进一步找到证据，找到让他哑口无言的证据。

小郝自杀后，我的内心十分烦闷。我甚至非常自责，因为小郝走了，而我却还欠着他一块手表和一双回力鞋。

得知了小郝自杀的噩耗，他的父母从老家赶了过来，我主动地担负起了照顾他父母的任务。使我万万没想到的是我因此得到了小郝留下来的，一本十分珍贵的日记。

您问小郝的日记怎么珍贵了？里面都记录了什么？我等会儿一定告诉您。

咱们先说傻子旺财做木枪的事情。

傻子旺财的木枪还是没有做好，因为大家都知道的原因，他是不可能把一个大腿粗细的树杈，仅凭着一把砸煤的斧头，加工成一支胳膊粗细的、很精巧的木枪的。

傻子旺财为不能把树杈加工成一把木枪，焦急得像困兽一样，拖着树杈在禁区里面四处乱窜的时候，正逢老马来到禁区门前，给我师娘送午饭。哨兵依然用枪拦住了他的去路，让他在黄线外面等候，他去给他通报一声，让我师娘出来取饭。可是电话打过去，我师娘却说她已经吃过饭了，让老马回去。老马自然还不甘心，便说让我师娘把饭拿进去，给傻子旺财吃也行。我师娘于是就发了一声牢骚，说这小子现在走火入魔了，一心就想把树杈加工成木枪，你送饭给他，他也没心思吃！老马听说傻子旺财想做一把木枪，就把活儿揽了过来，说，你跟旺财说，别让他着急，让他马上到禁区门口来找我，我帮他做。

很快，傻子旺财就来到了禁区门口。老马看了看他拖着的树杈，又看了看他手里提着的斧头，就说你放心吧，不出两天，我保证给你做一把真正的木枪。

傻子旺财听老马说两天之内能帮着他做好木枪，喜出望外，马上问老马，真的？你能帮我做跟哨兵们训练用的一模一样的木枪？

老马把手里的饭盒递给他，说当然。

傻子旺财一面吃着老马递给他的饭菜，一面再问，真的？一模一样的？

老马就把树杈拿在手里比量了一番，又说了一句当然！

老马答应给傻子旺财做枪的第二天，傻子旺财兴冲冲地去找老马要枪。老马正在他的宿舍里忙活着，他给傻子旺财看了木枪的毛坯，说，木料是湿的，做起来有些难度，先要做出毛坯，之后用火烧烤，等把木料烤干了才可以制作木枪，否则即便是把枪做好了，用不了多久也会变形。

傻子旺财见老马没能如期把枪做好，有些失望，他根本不管什么木料干与湿的事情，只问他到底什么时候能做好？

老马回答说再给他两天时间。两天之后，肯定能做好。说完，老马又说有件事让傻子旺财帮帮忙。

傻子旺财问帮什么忙？

老马指着桌子上的一堆书说，你看我买了这么些书，我想给它们包上书皮儿，你能不能在锅炉房里帮忙找些比较厚、比较硬的纸？

傻子旺财不假思索地说，硬纸？有，工程图纸，行吗？

老马问他，什么图纸？可别是有用的、保密的，那样的你要是拿出来，会挨你们班长批的。

傻子旺财说，肯定没用，我哥上次来禁区，给锅炉房地下管线打压力时带进来的，之后就扔在锅炉房里了。

老马十分满意地说，没用就好！这样，两天之后，你把图纸拿来，我给你枪！

57

该说小郝的日记了。

我已经说过了，我们年轻时候，大家都有记日记的习惯，不像现在年轻人似的，无论是走着、坐着、躺着、卧着，都整天捧着手机或是平板电脑，有点儿什么事儿，不是用QQ说，就是用微信说，要么就是编辑短信，手懒得一个字都不愿意写，以至于每个人都提笔忘字，并且仅记住为数不多的几个字，不得不写出来时，都跟蜘蛛行走留下的痕迹似的惨不忍睹。

小郝每天都有记日记的习惯。

我帮助他父母收拾他的遗物时，见到了他的日记本。日记本一看就知道是女友小年送给他的，因为日记本的封面上，是一男一女两个人各捧一本书学习的图案，这个图案是当时青年人恋爱的标准范本，它既可以表达两个人相恋，又可以表达相互督促、努力学习、积极向上的愿望。

拿到小郝的日记本时，其实我并没有要打开的意思，因为我觉得，即便是小郝死了，他的隐私也应该得到保护。因此，我便把他的日记本连同其他的书、杂志什么的一起捆成捆儿，交给了小郝的父母。后来我之所以看了他的日记，并且从中读到了非常重要，非常令人震惊的内容，完全是小郝父母的委托。委托的过程是这样的——晚饭后他们托着小郝的日记本来找我，他们说请我给他们念念里面都记录了什么。我当时表示过犹豫，我说我看小郝的日记不大方便，可是他父母执意让我给他们念，他们说，他们的眼睛花了，本子里的字，他们看不清楚了。

下面就是小郝日记当中的部分内容——

1969年5月20日，晴。

今天我在篮球场上认识了一位马叔儿，他是曾经的侦察兵，曾经的国家机关的处长，他篮球打得非常好，一场篮球打下来，我们便成了无话不说的好朋友。

1969年5月22日，微风，晴。

马叔儿是个非常细致的人，非常善解人意的人。下午打完球，他偷偷地把我叫到了一个没人的地方，悄悄地塞给了我一盒东西，我低头一看，是避孕套，便觉得非常不好意思，脸腾地一下红了。我忙把那东西退还给他，马叔儿却执意让我收起来，他说这东西在西方国家，是个很普通的玩意儿，就连中学生都免费发放，他说咱们都是成年人了，没什么不好意思的，年轻人恋爱是正常的事，冲动也是正常的事，冲动了有它，可以避免不必要的麻烦。说完，马叔儿便转身走了，望着他的背影，我心里充满了感激之情。

1969年5月28日，阴。

突然发现坏事了，我和小年做完那事后才发现出了严重问题，避孕套破了！怎么那么不结实呢？唉，倒霉！但愿小年不会有事！

1969年5月31日，微风，阴转多云。

马叔儿对我一直很好，经常送我东西，吃的、喝的还有好玩儿的。今天下午打球时，他又送给了我一只打火机，特好看，特别致，国内根本见不到的样式，我喜欢极了。小金看到了之后也非常喜欢，爱不释手，他求我把打火机送给他，我就编瞎话说，这是我在国外大使馆工作的亲戚回国探亲时送我的礼物，是纪念品，不能送人，可是他说我欠他的人情，我说过无论他有什么要求都一定满足他，愣是把打火机揣进了兜里。一提我欠他人情的事，我就嘴短，没辙，我只能忍痛割爱，把打火机送给了他。

1969年6月8日，晴，下午有风。

下午打球，马叔儿问我想不想当兵，我听出了他的话外之音，我猜他一定在军界认识不少大官儿，于是我说当然想了，您能帮我吗？我跟您一样，也想当一名侦察兵！果然，马叔儿就说，想当兵不难，我在13军司令部有战友，打个电话就成，不过，你要想当侦察兵就要事先有所准备。我忙问马叔儿有什么准备？他说有素质上的准备，说完，他就说考考我，测测我的观察和记忆能力，他让我试着把我们食堂的内部结构画出来，结果，我蹲在地上画了半天也没画出来，因为我虽然整天待在食堂里，可是食堂的内部结构是怎么样的，外部环境是怎么样的，食堂内房子、灶台、储藏间还有冷库的具体位置我却熟视无睹，想不起来它们的具体布局。马叔儿见我画不出来，就又考试了我另一个问题，他问我从禁区的食堂出来，到保密车间有多少米？我想了半天说有五六十米吧。马叔儿不太满意，又问我保密车间的大门距离那架飞机有多少米？中间还摆放着什么？我依旧不能很确切地回答出来，只说了有二三十米和好像是摆放着几台什么机器似的。马叔儿对我的回答相当不满，他说你这样我怎么能送你去当兵？我要送就得保证送一个合格的战士，这样才对得起我的战友，才对得起部队。听马叔儿说我不合格，我立即表示一定抓紧时间练，刻苦地练，我说，我绝不会让您丢脸的。马叔儿见我决心很大，便指导我说，我之所以回答不出他提的问题，是因为我平时不认真观察、记忆的原因，他说，要想当兵，特别是当侦察兵，就一定要在平时多观察，多分析，多记忆。接着，他就给我布置了训练任务，让我从现在开始，就对我身边的事物进行观察和记忆。马叔儿说，两天以后看我的成果。

1969年6月11日，小雨。

今天因为下雨打不了篮球，所以马叔儿便让我去他宿舍坐坐，顺便对我进行了考核。他给了我几张纸，让我把这两天观察的东西画出来。为了证明我的努力，我很认真很细致地把我们食堂的内部结构画出来，交给了他。马叔儿看了图，不住地点头，不住地说不错不错。见他满意，我就又给他画了傻子旺财所在的茶炉房，画了茶炉房的内部结构和外部环境，因为茶炉房距离保密车间比较近，所以我在画的时候，还把保密车间画上了一部分。马叔儿看了这张图，更加满意了，他拍拍我的头说，嗯，孺子可教，孺子可教，你小子就是聪明，有些事一点就透，你看看，这图画得多好？还观察哪儿了？见马叔儿拍了我的头，还夸了我聪明，我便有些忘乎所以，提起笔来就把保密车间的内部结构给他画了出来，画的时候我极为认真，极为耐心，极为细致，我以飞机为中心，把它周边的桌子、椅子、绘图板、操作台以及地面上，一个暖气地下管道竖井的井盖，无一疏漏地详尽地描绘了出来。我画完了，马叔儿一把将图从我手里夺了过去，他的眼睛里闪着亮光，不住地说太好了！太好了！

1969年6月25日，风，雨。

尽管一直提心吊胆，祈祷不要出事，可是还是出事了。到县医院检查之后发现小年怀孕了。天哪，这可让我怎么办呢？

1969年6月26日，微风，晴。

早上马叔儿来宿舍找我，他让我帮他干件事。他交给了我一个小盒子，说让我趁中午给保密车间的人送饭时，将它放进飞机里面。我觉得这事很蹊跷，便问他小盒子里面是什么？为什么要把它放进飞机里面？马叔儿说，你什么都不要问，也什么都不需要问，你只执行就行了。马叔儿在跟我说话时一反温和的常态，表情很严厉，完全是一副命令式，仿佛我就是他手下的一员兵卒。我没敢接小盒子，我忽然感到有些害怕，害怕的原因之一是马叔儿一反常态的严厉表情，二是我知道，凡是牵扯到飞机的事都是国家级的大事，再有禁区里面连续发生了两起爆炸事件，已经闹得人心惶惶了，小道消息说特务“利剑”已经潜伏进了厂里。我再次问马叔儿盒子里面是什么？为什么要把它放进飞机里面？这时马叔儿的表情由原来的严厉转而变得恐怖了，他说跟你说了，你什么都不要问，也什么都不需要问，你只管执行。中午12点之前，你把它放进飞机里。说着，马叔儿便用眼睛逼视着我，他的目光非常犀利，就仿佛是两把刀子，直刺我的心脏。我倏地一下打了一个寒战。面对马叔儿的逼视，我不由自主地后退了一步。我心里再次想起了有关特务“利剑”的传言，慌乱中，我战栗着、语无伦次地问他，您，您，到底是什么，什么人？马叔儿紧逼着我不放，他一步跨到了我面前，仍旧用那种非常犀利的目光穿刺着我：你觉得呢？他几乎把我逼到了墙角上，他的问话恶狠狠的。我，我，我不知道，您是，您就是……那个……马叔儿没等我用颤抖的声音把话说完，便点头说，对，对，你猜对了，我就是，就是那个！说完，他一把将我的脖领子抓在手里，说，今天你必须完成这个任务，拿着！我推挡着他塞给我的小盒子，问他，我为什么要听你的？马叔儿咬牙切齿地说，你必须听我的！我问他，为什么？他说为什么？还用问为什么吗？你早已加入我们的行列了！我慌忙推托，说没有，我不是你们行列里的！马叔儿把我的脖领子攥得更紧了，说，没有吗？不是你告诉我，禁区的保密车间里有架飞机吗？不是你给我画的保密车间结构的图纸吗？说啊，是不是？你违反了国家的保密条例，是不是？你给我们提供了情报是不是？话至此处，我才意识到，我无意中跟马叔儿说的，保密车间里有架飞机，以及为了当兵，我给他画的保密车间结构图纸，竟然如此致命。一时间，我的心里慌乱极了，紧张极了，后悔极了。我从未碰到过这样的事情，我一时不知该如何应对。这时候，我真期盼小金能站在我身边，有他在，我的胆量或许会壮一点儿。你到底干不干？马叔儿见我不说话，从牙缝儿里挤出一句话来。他的逼问，让我的脑门儿上布满了汗珠，让我的手心里布满了汗珠，让我的浑身上下都被汗水浸湿了。您，您让我想想。我尽量平静着自己回答说。你还有想的余地吗？马叔儿松开了我的脖领子，说，如果我没有猜错的话，你的女朋友小年应该怀孕一个月了吧？对不对？看着他奸佞的冷笑，我猛然意识到了什么，我反问他，避孕套是你做的手脚吧？马叔儿继续着他奸佞的冷笑。我说你真卑鄙！马叔儿把食指竖在嘴上，示意我小声点儿，说，这不是卑鄙，是谋略，谋略！所以，我说你没有想的资格，你唯一的选择只有跟我干，执行我的命令。你今天把这个小盒子放进飞机里面，之后我带你去那边，那边要吃有吃要喝有喝，吃喝玩乐你随心所欲，如果你要是不干，别说你泄露了国家机密要受到国家的审判，就单单小年怀孕这一件事，就足以让你受到开除厂籍处分的了！我的心理防线彻底垮塌了，我哀求他说，您，您让我再想想，行吗？给我一天时间。最后马叔儿说好吧，明天你要是不去完成任务，你就死定了！

1969年6月27日。

爸爸妈妈，单位领导，我做了一件对不起你们的事，我违反厂纪厂规，在学徒期间恋爱，不仅如此，我还造成了小年怀孕。我没脸见人了，我没脸再活在这个世界上了。我最后请求你们原谅我，原谅我这个不孝之子，原谅我这个落后青年。永别了……我不知道还有没有来世，如果有来世，我一定做一个好儿子，做一个好工人……永远不再梦想当兵……

永别了爸爸，妈妈。

永别了单位领导。

永别了我的好朋友小金。

58

每天看着禁区的哨兵们练习拼刺，傻子旺财的心里十分焦急。

他急切地想要得到老马给他做的那把木枪。他盼望着能够早一天，或是哪怕早一会儿得到木枪，然后很威武地端着它，加入哨兵们拼刺的行列——当然了，所谓的加入哨兵们的拼刺行列，只不过是站在远处，跟随着哨兵们的动作一起比画，他的假想敌人、拼刺对手或许是一棵树、或许是一扇门，还有可能是一把竖在墙根儿的扫帚，即便如此，傻子旺财也乐此不疲，在他的心目中，当下能拥有一把跟哨兵们一模一样的木枪，能把假想的敌人打败，就是他心中最大的乐趣和快慰，就是他梦寐以求的事。因此，老马答应两天之后给他把枪做好，他便答应了马叔儿的请求，帮他找一张硬纸包书皮儿，并且于两天后取枪时交给他。

故事讲到这里，傻子旺财的性格，我想您已经相当清楚了。他有多偏执，他要是认准了的事情，往往会一条道儿走到黑的那种一根筋的偏执，我想您也一定知道原因了。因此，此时他的脑袋里面装满了木枪，装满了拼刺，装满了把扫帚横扫于地的快慰便不难理解了。

我想，还有一件事情您也能理解，并且不用我说，您也猜得出来，那就是他等不及两天之后，取枪时把图纸交给老马了，他觉得那样太漫长了，他觉得那样太煎熬了，他甚至觉得自己如果马上把图纸交给老马，老马也会马上把枪给他做好，于是，从老马家出来之后，他便急匆匆地赶回了禁区，去锅炉房里给老马取图纸，然后用图纸换取木枪。

傻子旺财往禁区锅炉房跑的时候，我刚好看完了小郝的日记。

一切真相大白！

合上小郝日记的同时，我立即有了要去找赵德汇报的冲动。我认为，我手里已经有了足够的证据证明老马就是特务，就是“利剑”。我认为，赵德再不会用那种不屑的眼光看我了。

不过，我很快就恢复了平静。我说过了，我是一个思维非常缜密的人，我要把掌握的关于老马的情况再梳理一下，分析一下。我要作出我自己的决断。

第一，我得出了确切的结论，老马就是特务“利剑”。他的任务就是炸毁禁区里面的那架飞机。

第二，老马为了完成任务，已经作了各方面的尝试——

他引诱、利用小郝给他提供了禁区，特别是保密车间内部的结构图。

得到了这张图之后，他试图利用跟我师娘搞对象的假象混入禁区。

混入禁区不成，他又妄图利用禁区里那棵歪脖树，伸到禁区外面的树杈铤而走险，偷偷潜入禁区（虽然那天我没看清楚那个黑影的面孔，但我推测此人一定就是老马）。

几番努力均告失败，他不得不原形毕露，威逼小郝把小盒子放进飞机里（为了完成任务，他或许也曾经威逼过史乃慧）。

第三，如我以前的分析，老马已经感到了威胁，已经感到了自己即将暴露。他一定会抓紧时间，尽快完成自己的任务。而完成任务，炸毁禁区飞机，非亲自动手不可了。虽然我从我师娘那里知道了他正在给傻子旺财做木枪的事情，但是我很确切地知道，他绝不会委托或是威逼傻子旺财去把小盒子放进飞机里，因为傻子旺财根本无法走进保密车间。他的工作区域仅限于禁区的茶炉房。因此，我分析，已经经历了自己想闯入禁区的多种挫折，又经历了威逼小郝或者还有史乃慧失败的老马，剩下的就只有自己亲自进入禁区这一条路可走了。

于是，我开始思考第四点，老马将如何进入禁区，去炸毁飞机。

由于是水暖工的缘故，我很容易地就想到了地下。

想到这一点，不仅仅是因为有一次当着老马的面，我跟小郝斗嘴，说到禁区里面的那架飞机时，为了给我们水暖队挣面子，让他知道我们水暖工也地上地下的管着厂里所有的地方，就顺口说了一句，我们能顺着地下暖气管线，一直钻进禁区的保密车间，保密车间里就有一个暖气管线的井盖。还因为我觉得屡次从地面尝试，无法进入禁区之后，他一定会想到地下，这是目前他唯一的选择。

想到了地下暖气管线，很自然地，我就想到了我放在禁区锅炉房里面的那张工程图纸。在那上面，标注着整个厂区锅炉房地下管线的走向。我的第一反应是，如果老马拿到了它，他就可以很顺利地从地下钻进禁区，钻进保密车间，去完成炸毁飞机的任务。

我心里咯噔一下开始紧张了。该死，我怎么竟然把它给忘了？！

因为我已经从我师娘那儿知道了，傻子旺财要给老马找一张硬纸，让他包书皮儿用。

我分析，傻子旺财所能找到的硬纸，就只有我放在锅炉房里面的那张图纸。

刻不容缓，我必须立即到厂保卫科找赵德，让他知道此事，让他制止住傻子旺财的行为，同时抓捕老马。

我拼尽全力跑到了厂保卫科。

保卫科里面，出奇地清静，赵德的办公室空无一人，其他科员的办公室里也空无一人。我焦急地敲击着赵德的房门，敲击着其他科员的房门，我在保卫科的几间办公室门前不停地跑动，脸上和身上都布满了冰凉的汗水。时间一分一秒地过去了，敲击声在整个楼道里回响着，可是保卫科所有的房门都紧闭着，里面没有一丝一毫的回应。

我开始了恐慌。我担心傻子旺财已经把图纸送到了老马手里。因为每一分每一秒都存在着这种可能性，因为每一分每一秒都存在着老马钻进禁区，把飞机炸毁了的危险性。

顾不了那么多了，我开始在保卫科的门前高声喊赵德的名字。

我的呼喊，让其他科室的许多人都从自己的办公室里探出了头，并且都是一脸怒气。

恰在此时，我忽然看见了一名保卫科的科员从其他科室里走了出来。

我一个箭步朝他冲了过去，一把将他抓住，像是怕他跑了似的，我问他赵德呢？赵德呢？

他使劲儿地把我的手扒拉开，问我跟狗似的瞎叫唤什么呢？

我没有计较他的措辞。这要是在平时，我非得质问他谁是狗，你说谁呢，可是此时此刻，我没心思没跟他计较，我执意地问他赵德呢，我心里觉得，此时赵德就是安全的保障，只要找到了他，就能保证图纸不落入老马之手，就能保证禁区里那架飞机的安全，就能一举擒获特务老马。

可是那人却说不知道，并且话还没说完，就要从我身边走过去。

我再次截住了他。我说情况十分紧急，我说老马有可能将要拿到一份图纸，我说如果老马拿到了那张图纸，就能从地下钻入禁区，我说他一旦从地下钻入禁区……

我的话还没说完，那人便再次推开了我，说，得了得了，写小说走火入魔了吧？什么图纸，什么特务的？你先前怀疑人家老梁是特务，之后又怀疑小庞是特务，现在又怀疑上老马了，哪儿来的那么些特务啊？你以为我们保卫科是幼儿园，能整天陪着你玩儿过家家呢？

我依然没计较他对我的态度，我忙把小郝的日记本拿出来给他看，想让他知道，这回我对老马特务身份的判断，是有根有据的。可是那人看也没看，只说了一句知道《狼来了》的故事吧？你说一次两次狼来了还有人信，你再三再四地说狼来了，谁信呢？回去编故事，写你的小说吧！

受了一番奚落并没有使我难堪，因为这时我根本就顾不上什么难堪。

我心里只有找不到赵德的焦急。

没有其他的办法，我不能去对老马做什么，限制他的自由或是把他抓起来，我知道我没有那个权力，甚至我知道老马做过侦察兵的身手，要是我和他厮打起来，根本不是他的对手，因此，我只能想办法去截住傻子旺财，我的期盼是他尚且没有把图纸送给老马。

从厂保卫科跑出来，我立即便赶到了禁区门前。

在那道黄线前面，我跟哨兵申请使用电话。那个我很熟识的哨兵点头同意了。

我十分紧张地，用抖动着的手指头，拨通了禁区茶炉房的电话。我的期待是傻子旺财在里面，图纸也在里面。

电话的听筒里，嘟嘟嘟地有节奏地响着铃声。可是好长时间过去了，也没人接听。挂上电话，迟疑了一下，再拨。我的期盼还是傻子旺财在里面，图纸也还在里面。

终于，电话在嘟嘟嘟地又响了半天之后，有人接听了。我急不可耐地叫了一声旺财。傻子旺财显然也听出了我的声音，他或许还记恨着我为了小郝的回力鞋，跟他发脾气的事情，因此没出声，便把电话挂断了。回应我“你是不是要把图纸送给老马，你千万不能把图纸送给他”两句话的，只有一串滴滴滴的刺耳的忙音。

59

您一定还记得我在本故事开篇的时候说过，我曾经因为要讲述的故事被禁区的哨兵抓获过两次吧？嗯，我想您一定记得。

的确，我因为要闯入禁区，曾经被那个我十分熟悉的哨兵抓获过两次。

那天因为傻子旺财挂断了我的电话，我要闯入禁区被抓，是第二次。

傻子旺财挂了我的电话，像是给我原本焦急的心头上又浇上一桶汽油。我的心里立即便腾起了焦灼的火焰。放下电话，我就十分急切地跟哨兵商量，能不能让我进入禁区，其急切的劲头儿，一点儿都不亚于憋着一大泡尿，盼望着要赶紧跑进厕所。我给哨兵看小郝的日记，我给他讲老马是特务，我给他讲傻子旺财要把锅炉房里的那张秘密图纸送给老马，我给他讲老马有可能就顺着地下暖气管线钻入禁区，钻入保密车间。可是哨兵就是哨兵，他只执行命令，只看证件，其他的一切对于他来说，均属对牛弹琴。他把枪横在了我前面，表示禁止通行。

我心里焦急的火焰上就又被浇上了一桶汽油。

我心里立即便腾起了第二股焦灼的火焰！

我只能铤而走险。趁其不备，我突然起步，冲入了禁区的大门。

我跑得飞快，只要再往前跑三五步，便能把自己隐蔽在一棵大树后面，之后往左一拐，弯腰侧身借着一道松墙的掩护，就能跑进茶炉房。可是正在这时，我突然听到身后传来的哗啦一阵拉枪栓的声音，紧接着，哨兵发出了最后通牒，站住别动！再动我就开枪了！

我跑动的脚步戛然而止。鞋底在地上划出了一道很深的划痕，随着划痕还有一阵烟尘往上翻滚着，直裹着我的身子。

我知道禁区的哨兵拥有无限开火权。

我知道子弹的飞行，一定比我跑的速度要快。

哨兵很快地就端着上了刺刀的步枪走近了我。之后稍一用力，就把我的双手给反剪了过去。

我被押解到了审讯室。

审讯室里，有些昏暗，好在我是第二次进来。我很容易地就找到了我该坐的那把椅子。

坐在椅子上后，我渐渐地冷静了下来。准确地说，是我强迫自己冷静了下来。

冷静了下来，我便开始思考下一步我该怎么办。首先，我觉得我应该在最短的时间之内逃出去。至于原因，我想您应该知道。

简短截说，我开始想我如何能逃出去的办法。

砸窗户，不行。这个办法过于愚蠢。因为玻璃的响动，无异于给哨兵通风报信。

把哨兵诓进来，然后将其打昏，不行。这个办法也过于愚蠢。因为此举最大的可能是我还没有将哨兵打昏，哨兵就已经把我给打昏了。

不过，我还是很快地想到了另一个办法。

我们水暖队队长老冯，经常假模假式地到锅炉房里体察民情，经常装模作样地来劳动一两个小时，每次他来了或是知道他要来了，我们在骆驼祥子的带领下，都会捉弄他一番。我就在骆驼祥子的授意下，捉弄过老冯两次，一次是在他撅着屁股拧螺丝时，用排笔沾上红油漆，抹在了他屁股上，一次是在他到锅炉房来之前，将一个盛满了水的脸盆，放在了半开着的门的顶端，等他来到锅炉房的门口将门一推，放在门顶端的脸盆就随之掉下来，整整一脸盆的水，就哗啦一下浇在了老冯的身上。

用脸盆戏弄老冯的这个办法对付哨兵，让我觉得具有一定的可行性。

我决定试试。

我的计划是在脸盆和水落下来时，趁着哨兵被砸，被水浇没反应过来的一瞬间，迅速逃出审讯室。

我很幸运地在审讯室里找到了一个水桶，并且水桶里还有半桶水。

我开始实施我的计划——把审讯室的门打开一道缝儿，把水桶放到门的上方，在门框上靠稳，之后喊我熟悉的那个哨兵。

哨兵听到我的喊声，迅速地端着闪着刺刀寒光的步枪，朝门口跑了过来。

60

据说，我逃出审讯室之后，禁区里响起了警报声。不过我好像什么都没听见。我听到的，只是风在我的耳边飞速划过，吹响的呜呜声。

从审讯室里逃出来，我没回宿舍，因为在那里，追出来的哨兵们很容易找到我。我一口气跑到了机加工车间锅炉房，在那个凌乱不堪的地方躲了一会儿，见没有任何动静，我便悄悄地走了出来，进了旁边的机加工车间。我跟史乃慧的师傅打了声招呼，让她把我带进了休息室，之后用休息室的电话给赵德和禁区茶炉房分别打了电话。

禁区茶炉房里没有了傻子旺财。

保卫科里赵德仍旧不在。

两个电话都没人接听，我立即开始思考我应该怎么办。我分析，禁区茶炉房里，傻子旺财没接电话，很有可能是他已经拿着图纸动身去找老马了。而老马拿到了那份图纸，定会尽快钻入地下，潜入禁区。因为他必须抓紧时间，因为他已经预感到了危险，预感到了身份即将暴露。

而赵德不在，则让我倍感压力。他的不在对我是一个严峻的考验，考验我敢不敢直面老辣的特务老马。

我迅速地作出了只身夺回工程图纸和阻拦老马钻入地下的决断。因为我想即便是我向县公安局报警，即便是县公安局相信我的报警，但由于长白山和大草甸子的阻隔，他们也鞭长莫及。

我返身又回到了锅炉房，我在断壁残垣当中翻找出来两样东西，一顶柳条帽（那个年代的安全帽，用藤条编制——作者注），一根小常师傅曾经使用过的撬杠。这两样东西，一样可用于防护，一样可用于进攻。将这两样东西拿在手里，我没有迟疑，快速地跑向了厂工人宿舍区小南庄。

按照军训时学得的知识，接近小南庄后我便放慢了脚步，轻手轻脚地溜到了老马宿舍的院子门前，透过院门的门缝儿，观察了一会儿院子及屋里的动静，之后我便从地上捡起一颗石子，扔进了院子。石子落地，砸在了老马房门前面的水泥地上，啪的一声。石子响过，院子里仍不见动静，老马的房门没开，屋子里也没有任何反应。这时候，傻子旺财在我的脑子里忽然闪现了一下。我的心里忽然一下预感到了什么。一个我从未想过的问题倏然从我的脑海里划过——傻子旺财不会出事吧？想到此处，没顾上再多想，我忙一脚将院门踹开，直冲进了老马的宿舍。

屋里静悄悄的，我手握撬杠四处踅摸，没有老马，也没有傻子旺财，地上只有一堆木屑和一把未完成的木枪。看到木枪，就更加重了我对傻子旺财的担忧，我甚至开始怀疑，他会不会被老马杀人灭口。不过，时间已经不准许我再作过多的推测了，从老马宿舍人去屋空的迹象分析，他或许已经拿着图纸，从附近的地下暖气管线竖井钻入了地下。因为老马作为一个职业的特工，他在从傻子旺财手里接过工程图纸时，一定会加问一句，你拿图纸出来都有谁知道？而傻子旺财也一定会跟老马实话实说，我哥，小金知道，他还特意打电话到茶炉房，让我千万不要把图纸给你包书皮儿使。

看着地上的木屑和木枪，我认为老马在知道了我已经掌握了他用木枪换取工程图纸的诡计之后，定会立即采取行动。

于是，我暂且放弃了对傻子旺财的担忧，提着撬杠便赶往了小南庄附近的那几个暖气竖井。

我一连找了五六个竖井，一点儿都没发现井盖有被掀开再盖上的痕迹。于是，我就又按照我的记忆，寻找其他的暖气地下管线竖井。

很快，我又找到了三处，可奇怪的是，这三处竖井的井盖，仍然没有任何被掀开过的痕迹。我开始感到不解，我开始怀疑我的推测是不是出现了偏差，或许傻子旺财根本就没有给老马送工程图纸过来，或者老马根本就没有从地下钻入禁区的企图，也或许老马要钻入地下不一定就在这个时候。想到此处，我便坐在了一个竖井盖子上开始寻找不解的答案。我想您一定记得，我在故事里不止一次提到了，我是一个思维十分敏捷、十分缜密的人，思维敏捷和缜密的人，是擅于从正反两个方面去思考问题的。从正面，也就是老马会就近掀开竖井的井盖钻入地下找不到答案后，我立即从反向作了推理——他会不会舍近求远，绕道其他地方潜入地下？有了这个推理之后，我豁然想到了老马的老到，他时时处处显示出的老谋深算，他不按常理就近钻入地下，而舍近求远绕到其他地方采取行动，正是在运用声东击西的手段，巧布疑团，让按照正面思维的人，在追踪他时，费尽心机、耗尽时间，他从而得以顺利地潜入禁区。

反向思考得出结论之后，我立即钻入了地下。

厂区暖气地下管线的坑道不是很宽大。其宽和高一样，都只有一米，再加上两根粗大的暖气管线一左一右悬挂在坑道墙壁的中央，因此，人钻进地下坑道，只能弯腰侧身前行。我的手里虽然没拿工程图纸，但是凭借着骆驼祥子欺负我和我师傅以及小常师傅和小郑，我们经常被派往地下作业的原因，我已经对厂区的地下暖气管线十分熟悉了，再加之我年轻，体力充沛，我想，我肯定能很快地在漆黑一片、空气污浊的地下坑道中，追上不常在地下匍匐着钻来钻去的老马。

果然，追了一阵之后，借着从竖井井盖上透出来的微弱的光，我看见一个人影在我前面不远处晃动，从对方的体型上我一眼就认出了此人就是老马。我想拿撬杠猛地敲击了一下旁边的暖气管线，高喊一声老马，站住！可是我忍住了，因为学军时教官讲过，在追击敌人的时候，禁忌高声叫喊，因为对方听到了你的声音，很有可能顺着声音开上一枪。不过，即便是我加着十二分的小心，响动还是发出了。撬杠碰到了墙壁上悬挂着的暖气管线，当的一声很清脆的响声，传出去了很远。老马立即停止了前行，还没等我判断出他要做出什么样的反应时，只见一团火光很耀眼地闪了一下，接之而来的便是一声刺耳的枪声。枪响的瞬间，我的手腕麻了一下，紧接着我手中的撬杠便咣当一声坠落在了地上。我闻到了一股血腥的味道，我感到有无数条蚯蚓在我的手臂上爬行。我知道我受伤了。我一把攥住了自己的手腕，咬着牙躺在了地上。过了一会儿见我没了动静，老马大概以为我被打死了，就又开始匍匐前行。看到他行动了，我便坐了起来。我从衣服上撕下一块布来给手腕做了简单的包扎，之后奋力地朝前方追了过去。

钻到了一处涂着红漆的暖气管线的接口处，我意识到，自己已经进入禁区的地界了。因为我跟我师傅有一次钻到此处时，他告诉我说，这个有红漆的接口，便是禁区和外面的交界，我师傅还说，原本地下坑道是不允许通往禁区里面的，但是考虑到禁区当中一刻都不能停止供暖供气，为了防止禁区锅炉房有突发情况意外停暖停气，因此，在这个接口的地方，就打通了和禁区相连的地下坑道，把禁区外其他锅炉房里面的供暖管线，接了过来做备用。我师傅还嘱咐我说，地下坑道能通往禁区是个秘密，这个秘密只在工程图纸上才有标注，你一定要注意保密。

见进入了禁区的地界，我分析老马绝不敢再开枪射击了，因为枪声很可能会顺着竖井传到地面。于是，我便大起胆子来，高喊了一声，老马，站住！你跑不了了！喊声过后果然没再听到枪声，我的胆子越发地壮了起来，我一面喊着站住！老马，老马站住；一面奋力地爬着，向前追去。

前面出现了一处拐弯儿，出现了这个拐弯儿，就证明距离禁区的保密车间不远了。因为我清晰地记得，拐过这道弯儿，再直行几十米，便是禁区里面的最后一口竖井，爬上这口竖井，推开井盖便可以进入停放着飞机的保密车间。我咬咬牙，又把手腕上的包扎紧了紧，快速朝前爬去。

老马或许是体力不支了，来到拐弯儿处之后，我忽然见他就在面前不远处大口地喘气，我想我已经追上老马了，我想我伸手就能抓住他了，于是我便朝他伸出手去。可万万没想到的是，我刚把手伸向了他，他却提前伸出手来攥住了我的手腕，之后一拧便夺去了我手中的撬杠，再之后，他就抡起来撬杠，砸在了我的头上。

头上的柳条帽咔的一声被砸烂了。断裂的柳条扎进了我的头皮里。伴随着一阵钻心的疼痛，我的眼睛开始出现重影，呼吸也一下比一下困难了起来，我的头开始渐渐地发沉了。但这时，我的内心，仍被一股强大的意志支撑着，这股意志，让我依旧拥有着向前爬行的微弱力量，让我依旧拥有着喊出站住，老马，站住的微弱声音。

我拼尽全力爬完了最后几十米的坑道，我来到了保密车间的那口竖井的下面。

竖井下面，一片光亮。

看到这片光亮，我的第一意识是老马已经爬上去了，老马已经进到保密车间里面了，老马很有可能已经把炸弹放进飞机里面了！

我的心里开始了极度的紧张和恐慌，我朝竖井的把手伸出了手臂，试图攀爬上去抓住老马！然后再把他扔进飞机里的炸弹掏出来，扔到车间外头去！

我抓住了竖井第一级的把手，使足了全身的力气把整个身子贴了上去，我想借助着手臂的力量从地上站起来，再把脚放在把手上，向地面一级一级地攀爬。然而我那只受伤的手腕再也控制不住手指了，我的身子便又重新跌回到了原处。望着高高的竖井，望着从竖井上方投射下来的光亮，我剩下的力量似乎只有呼喊。

我努力地张开嘴。我努力地把自己的声音放到最大。我喊——

抓特务！

抓老马!

有炸弹!

保护飞机!

我眼睛里的重影更加厉害了。

我再也支撑不住了。

我感觉在一瞬间自己便睡着了。

睡着了的时候，我隐约听见竖井的把手上有脚步在响，仿佛有人从上面走了下来，之后便有一双手把我抱了起来，并且还不断地有人在我的耳边呼喊哥、哥……

再之后，我闻到了一股很清新的空气。于是我便轻轻地睁了一下眼睛。我眼睛睁开的一瞬，看见了一幅很奇怪的景象，我仿佛是置身在了保密车间里，因为不远处停放着一架飞机，我的身边还围着许多人，有赵德，还有赵德的所有手下，包括刚才那个在保卫科办公室门前奚落我的人。看到他们我心想，我说怎么找不见他们呢，原来都在这里呢。我还想，他们不待在办公室里，跑这儿来干什么？让我最奇怪的是抱着我的那个人，我觉得他应该就是傻子旺财，鼻子、眼睛、眉毛哪儿哪儿都一模一样，并且他还不住地叫我哥，可是我却不敢认他，因为他此时竟然穿着一身军装，扎着武装带，并且在武装带上还挎着一把手枪。

我又恍恍惚惚地闭上了眼睛。

我觉得眼前的一切应该是我做的一个梦。

61

我躺在县医院的病床上昏迷了两天两夜。

这期间我师娘、赵德、傻子旺财轮番在我身边陪护我，从死神的手里挣脱出来的史乃慧苏醒了之后，也来看过我，可是我却全然不知。

这两天两夜对于我来说，只不过是一个漫长的夜晚，在这个夜晚里，我不住地做着各种各样的梦。

我先是梦见了我去厂保卫科报案，跟赵德以及他的手下说老马是特务，他已经拿到了锅炉房地下管线的工程图纸，得赶紧抓住他，否则他会随时钻入地下，潜入禁区，可是赵德和他的手下谁都不理我，他们把头埋在桌子上，自顾自地看着报纸。我见他们不信我的话，就拿出小郝的日记给他们看，他们仍然对我不理不睬，仿佛我的话他们根本就没听见。之后，我又梦见我追击老马，来到了禁区保密车间的竖井下面，我看着老马在我前面爬上了竖井，打开了井盖，并从口袋里掏出炸弹来朝那架飞机冲了过去。我想赶紧爬上竖井，抓住他，从他手里抢过炸弹，可是我的腿非常软，身子也非常软，我没有一点儿站起来攀爬竖井的力量，因此我就呼喊，抓特务，老马是特务，老马手里有炸弹，可是我的声音却无论如何也发不出来。再之后，我又梦见了史乃慧，她用双手抱着我，并且还用嘴亲吻我的额头，我想问她你醒了？好了？她却不答，并且一转眼就变成了一个男人，这个男人我仿佛认识但却又不认识，仿佛是傻子旺财但却又不是傻子旺财，并且，这个男人还穿着一套绿色的军装，扎着一条武装带，武装带上还一左一右别着两把双枪，老太婆使用过的那种王八盒子。于是我赶紧挣脱了他，猛地高喊一声你是谁？

哥，哥，我是旺财。哥，哥，你醒醒！

随着坐在我身边傻子旺财的连声呼唤，我睁开了眼睛。

阳光很刺眼。强光在我的眼前形成了一片光晕，让我感觉似梦非梦，似幻非幻。

哥，哥，你醒醒！

我渐渐地看到了身边的傻子旺财，看到了一身工作服的傻子旺财，我才意识到我刚才一直在做梦，一直在昏睡。

我问傻子旺财，旺财，是你吗？

傻子旺财赶紧回答说，哥，是我，是我。哥，你可醒了！说完，他的眼圈就有些红了。

我感觉脸上有什么东西绑着，就动手去抓，傻子旺财赶紧攥住了我的手，说，哥，你别动，你受伤了，绑着绷带呢。

我用手一摸，果然头上被厚厚地包裹着。摸着头上的绷带，我想起来了，我是在地下坑道里追老马的时候，让老马用撬杠砸了一下。想到了这里，我便又想起了其他的好些事情，于是我一把抓住了傻子旺财，问，飞机被炸了吗？傻子旺财摇头说，没有。老马抓住了吗？我赶紧继续追问。傻子旺财点头说，抓住了。听他说老马抓到了，飞机也没被炸，我的心里便踏实多了，我这才想起来埋怨他，于是就问，你为什么不接我的电话？你为什么把图纸给了老马？我说，你知道吗，你这是违反了厂保密条例，我说，你知道吗，你这样做帮了敌人，险些让国家蒙受损失！傻子旺财听着我的埋怨，一言不发。他开始用湿毛巾给我擦洗手和脸。我继续教训他，说，往后可要注意了，知道吗？傻子旺财说知道了。我又说，你应该好好受受保密条例的教育。我们进厂的时候学了一个礼拜呢。等哥好了，给你念念保密条例好不好？傻子旺财回答说好。

我正教训着傻子旺财，赵德来了。我害怕因为图纸的事，厂里会处分傻子旺财，于是便赶紧跟赵德说，我刚才跟旺财谈了，他已经认识到把图纸给老马这个错误的严重性了。再说，他不识字，也不知道那张图纸有多重要，所以能不能从轻处理，批评批评得了。见赵德不置可否，我又说，要是追究责任的话，您就追究我的责任，旺财把图纸给了老马，责任主要还是在我身上，我师傅曾经跟我说过这张图纸的重要性，提醒过我要保护好这张图纸，可是我没做到，把它带进禁区就随手放在了锅炉房里，给了敌人可乘之机，起到了阶级敌人起不到的作用。赵科长，要是处分，您就处分我，让我再去7号楼办学习班我没意见。

让你进7号楼？给你再办学习班？赵德回答我说，有那么便宜的事儿吗？

赵德的话，让我有些害怕了，我赶紧问他，难道，难道给处分？

赵德的脸板得严严实实的，说，处分？处分就够了吗？同志，金子英同志，你丢失的可是图纸，牵扯到禁区的秘密图纸！

我感到了事态的严重，结结巴巴地再问赵德，开除……开除……吗？

傻子旺财大概是见我的脸变了颜色，便跟赵德说，赵科长，别跟我哥逗了，把实情告诉他吧。

赵德的脸上于是就有了笑容，他跟傻子旺财说，告诉他？那好吧，你先把你的证件掏出来给他看看。

傻子旺财点点头，之后便从工作服口袋里掏出来一个红色的小本。哥，你先看看我的证件。

我从傻子旺财的手里，接过封面上烫着中国人民解放军某某部队金字的军人证，迟疑了一下，打开。

一张很英武的年轻军人的照片。

照片很像是傻子旺财，但那双炯炯有神的眼睛，又让我有些不敢确定。

姓名：张德才

性别：男

年龄：22 岁

职务：中国人民解放军 ×× 部队侦察排排长

我反复地把军人证上的照片，跟眼前的傻子旺财作着比较。

看着军人证上，一身戎装的傻子旺财的照片，看着加盖在照片上的钢印，再看看身边的傻子旺财，我把疑惑、吃惊的眼睛向赵德望去。

尽管我的脑袋让老马打了一撬杠，尽管我的头还疼痛不已，并且还伴随着眩晕，但是我在望向赵德的一瞬间，还是立即明白了许多事情。

傻子旺财——他，不是傻子。

他不是我师傅的儿子。

见我明白过来了，赵德就说张德才是解放军某部的侦察排排长，是北京总指派到咱们厂里来的。

我接了赵德的话说，他，傻子旺财，张德才是借着我师傅出工伤事故死亡，儿子能进厂接班的时机，潜入咱们厂的，是来对付特务“利剑”的，对吧？

哥，是这样。傻子旺财，张德才攥着我的手说，这是一个非常恰当的时机，我在这样一个时机进入厂里，不会引起任何人的怀疑。

我又拿起傻子旺财，张德才的军人证，很仔细地看了看，我说——旺财，德才，那么，你把图纸给老马，是故意的？

傻子旺财，张德才点头，说哥，对，我是故意的，我要让他钻进我们的包围圈，然后给他来一个瓮中捉鳖！

我恍然大悟，我说，原来如此，怪不得我跑到保卫科去报案，保卫科里空无一人呢，原来他们都已经埋伏到禁区保密车间，去等着老马自投罗网了！

这些事情弄明白了之后，我又想起了更多的事情——

我想起了傻子旺财，张德才刚来时在招待所里的吵闹，想起了他执意说墙上挂着的我师傅的遗像是他爷爷，哭着喊着要把遗像摘下来送回老家去的固执。

我想起了傻子旺财，张德才第一次走进篮球场，第一次跟老马直面交锋时的愚钝，想起了他突然把篮球抢到手之后，在篮球场上疯跑的憨态。

我想起了傻子旺财，张德才在骆驼祥子的引诱下，偷看了小洋人洗澡后脸上的羞红，想起了他说女人胸上，比男人多两个肉球时的窘态。

我觉得，他这一系列表现，都是在刻意地掩饰着自己的真实身份，在丑化着自己，把自己装扮得更接近一个傻子。

我问傻子旺财，张德才是不是这样？

傻子旺财，张德才脸红了，他不好意思地点点头，说哥，是。

我又看了一眼他的军人证，我说你 22 了，你比我大，以后咱俩把称呼改改吧，我应该跟你叫哥才对呢。

傻子旺财，张德才执意不肯，他说我已经跟你叫了这么长时间哥了，习惯了，咱俩还那么论吧，你还是哥，因为我是傻子旺财，我是你师傅的儿子。

提到了我师傅，我就自然地想到了机加工车间锅炉房，想到了我师傅被倒塌的锅炉砸在底下时，从嘴里喷射出鲜血的一瞬，同时想起了那轰的一声巨响。我赶紧再问傻子旺财，张德才，问他机加工车间锅炉房的事故，是不是因为炸弹爆炸所致？炸弹是不是就是那个打火机？而这个打火机，是不是因为我无意中跟小郝要了过来，因此没能在禁区爆炸？

傻子旺财，张德才说你的推理很有道理，机加工车间锅炉房，炉倒房塌，肯定是因为炸药爆炸所致，不过，待我们审问了老马之后，才能作最后的结论。

听傻子旺财，张德才把我的推理作了肯定，我又转过头去问赵德，问他当时召开调查组最后一次会议时，调查组的领导已经都认可了我的推理，认可了锅炉房事故，是一场特务活动，也让您去调老梁的档案了，怎么后来就又突然宣布，此次事件是一次因为违反操作规程导致的事故呢？

赵德把眼睛眯了一下，说，小金，我只能跟你说两个字：政治。我想你能明白这两个字的含义。

政治这两个字，让我立即想起了事故调查组那个领导给我的那封信。因为他在信里也写了政治两个字，并且跟赵德的口气一样，也说了我想你能明白这两个字的含义这么一句话。

政治两个字，让我们三个人把话都止住了。

隔了好一会儿，我又问起了禁区两次爆炸的事情。我问赵德，第一次爆炸，把我关到7号楼；第二次爆炸大事化小小事化了，最后只字未提，是不是也是因为那两个字：政治？

赵德把一支烟拿到鼻子底下闻了闻，说，不是政治，是另外两个字：策略。

我觉得赵德的话太玄，不管是政治还是策略，都不是很好理解，于是就又转而去思考和这两次爆炸相关的两件事情。

第一次爆炸前，小郝在我面前炫耀他的新手表，上海全钢的，秒针上带着红点儿的。我跟傻子旺财都被这块表诱惑了，我有些垂涎欲滴地乞求小郝把表借我戴一天，就在小郝很勉强地把表摘给我的一瞬，傻子旺财，张德才飞速地将表抢走了，之后，他便把手表给大卸八块了。再之后，禁区里就发生了爆炸。

第二次爆炸前，我因为史乃慧的冷落而失魂落魄，小郝为了安慰我，把一双尚未上脚的回力鞋借给了我，期盼我穿上它能心情好一些，可是傻子旺财，张德才又抢走了它，之后，他把鞋给撕破了。再之后，禁区里就又发生了爆炸。

我推理，傻子旺财，张德才从我手里抢走这两样东西是有目的的，小郝的手表和鞋里面一定有东西，一定有致使禁区爆炸的那个爆炸物。我问傻子旺财，张德才是不是这样？

傻子旺财，张德才点点头，说是这样。

我又问他，既然你已经料到了，手表和鞋里面有炸弹，也把它们给拆出来了，为什么还要让它爆炸？

傻子旺财，张德才说，哥，你忘了，我是傻子，傻子旺财！我拆手表、撕破回力鞋是傻子的行为，可是我要是不让炸弹爆炸，那可就不是傻子的行为了。

我不得不佩服傻子旺财，张德才，我不得不佩服这个隐姓埋名，装扮成傻子的侦察排排长。佩服之余，我又想起了他的另两个举动——一个是假借生气，用一缸子水，泼湿了刘英栋所有的算稿；一个是为了做木枪，砍掉了禁区墙边那棵歪脖树伸向墙外的树杈——一个傻人办的傻事。前者，巧妙地保护了算稿；后者，不仅阻止了老马妄想进入禁区的翻越，还顺理成章地把锅炉房地下管线的工程图纸送到了老马手里，最后给老马来了个瓮中捉鳖，人赃俱获！

想到了这些，我就又把傻子旺财，张德才的军人证看了一眼。我有些恋恋不舍地把它还给了他。看着傻子旺财，张德才把军人证很仔细地装进工作服的口袋里，我又忽然想起了小郝的手表和回力鞋，我叹了口气，说，你如果不把这两样东西抢过去，小郝在给保密车间里的工作人员送饭时，就跟飞机一起报销了。我说，旺财，德才，你两次救了小郝。可是，可是小郝他还是，还是……

说到了小郝，我和傻子旺财，张德才便再没说话。

过了好长时间，我又问傻子旺财，张德才，你们是不是早就识破了老马的特务身份？

傻子旺财，张德才说对。

我继续问他，那为什么不早点儿把他抓起来，要是早点儿把他抓起来，小郝也不会自杀了。

傻子旺财，张德才说，老马很狡猾，他一直不露马脚这是其一。抓特务要谨慎行事，要有充足的证据，要把证据坐实，无懈可击，因为有些特务是拥有外交豁免权的，这是其二。另外，我们一直也不知道小年怀孕的事情。

说到这里，赵德插话道，其实，我们是准备放长线钓大鱼，不但要抓住老马特务的证据，并且还要把他和他身边的特务一起抓获，因为我们分析，他肯定不是单兵作战，他的上级和下级一定就在附近，可惜这次，我们只抓住了他一个。

赵德的话，让我忽然想起了刘英栋的离奇死亡，以及乌尔真走出长春火车站时的蹊跷失踪，于是我便问赵德，刘英栋的死亡和乌尔真的失踪，是不是跟特务有关?

赵德继续把烟放在鼻子下面闻，说，这两件事到现在还是一个谜。另外，在辉南县县城，把数学家送进公安局的那个漂亮女人到底是谁，也一直是个谜。

我忽然又想起了小庞的事情，想起了她能随意进出禁区，能随意在禁区墙外徘徊，便问赵德，小庞到底是怎么回事?

赵德把烟收回到了烟盒里，迟疑了一会儿对我说，你最好忘了这件事。说完了，他又补充了一句，有些东西，应该是永远的秘密，懂吗?

62

其实史乃慧早就出院了，只是她没联系我，我不知道而已。

我出院的第二天，她给我打电话，说晚上让我去她宿舍，跟我一起吃晚饭。

史乃慧在宿舍里摆了许多好吃的。有排骨，有带鱼，有鸡蛋挂面，还有花生米和啤酒什么的。把酒杯斟满，端起来的时候，史乃慧表情淡淡地跟我说了一件事，她说她就要调离了。她这么一说，我猛然醒悟过来，这是因为她曾经给老马提供过情报、提供过我宿舍钥匙等好些事情的原因，我知道，厂里有这样的规定，任何犯过错误的人，即便是已经认识到了自己的错误，改正了自己的错误，即便是受到了处分，后来又被撤销了处分，都不能继续留在厂内。因此我便问她调到哪儿？什么部门？史乃慧低着头说，不知道，她说等有了具体单位，我再写信告诉你，如果你愿意的话。

我默默地跟史乃慧碰了杯。

我知道，这将是我俩最后的晚餐。

无言中，史乃慧用筷子夹给了我一块排骨，我把一年当中难得吃到的排骨接过来，咬了一口，却怎么也咽不下去。我自斟自饮地又喝了几杯酒。忽然感觉到有些头晕。大概是见我的脸涨红了，史乃慧就让我到她的床上躺一躺。说完了，就先走过去，在她的床铺上铺上了一块布单。我感到头愈加晕了，不仅如此，太阳穴旁边的血管也开始嘣嘣嘣地快速跳动。我感到有些体力不支，便跌跌撞撞地把自己放倒在了史乃慧的床铺上。

我躺在了床上。史乃慧就把杯子里的酒一口干了。之后她便开始照镜子，照完了，就开始梳头，她把自己的头发梳得很认真，唰唰唰，一下一下的，从前到后，从左到右，一根头发都没落下。梳完头，她又从抽屉里拿出了一张红纸。见她手里拿着红纸，一开始我不知道她要做什么，待她把红纸对折了一下，然后把自己的嘴唇舔湿了，再把红纸放到两唇之间不住地抿后，我才明白，她这是在给自己涂红嘴唇儿。我潜意识地感觉到，有什么事情就要发生了。因此，我的心跳加快了。

史乃慧涂完了红嘴唇儿，就又用红纸往自己的两腮上涂抹。

两腮被染上红晕之后，她又照了一遍镜子。

她把自己前后左右都照了，之后，就径直地走到了床边。

我的心就此开始了狂跳。有一种欲望开始在我的躯体里膨胀。

我不知道接下来要发生什么。

史乃慧很快就在我的身边躺了下来，她把我的手放在了她的胸口上。

我浑身的血液一下子便激荡了起来。一瞬间我便把她搂了过来。我开始亲她，我开始摸索着，伸手解她胸前的扣子。就在这时，我的嘴里混合进了一股咸咸的味道。

泪？

我停止了亲吻，抬起了头。

史乃慧紧闭着眼睛。头发被泪沾湿了，紧贴在脸上。

63

潜伏在厂里的特务“利剑”被捕，引起了社会上的很大轰动。报纸上、杂志上、广播中连篇累牍地报道了无数遍之后，厂里为了庆贺，决定召开一次庆功大会。

在这个庆功大会上，有两个人，或说两件事情，是我万万没有料到的。

我第一件没有料到的事是，我们的班长骆驼祥子，被评为了破获特务活动的立功受奖人员。我很奇怪他怎么会被评选上。傻子旺财，张德才从来到我们班组之后，他对他百般刁难，不安排工作，甚至拿他是傻子，无法完成厂里的工作任务要挟队长老冯这些暂且不提，在整个破获特务的过程中，他都做了什么？我不明白。我只知道从他的手指被裁铁机给裁掉了之后，他便一直住院，安假肢，时至庆功大会召开才刚刚露面。然而，就是他，就是这样一个只会搞派性的骆驼祥子，却堂而皇之地坐在了庆功会的第一排，佩戴着大红花，并且还上台讲了话。

骆驼祥子的讲话让人简直啼笑皆非。他站在台上，眨巴着他那双小眼睛，大言不惭地说，他早就看出来傻子旺财，张德才不是凡人，早就看出他不是赵武的儿子，是上级派来的卧底，他来是要破获特务的，因此，他就故意在安排他的工作时刁难他、戏弄他，他说他知道，他越是刁难他、戏弄他，就把戏演得越真实，只有他把戏演真实了，傻子旺财，张德才才能在厂里立住脚，才能不被敌人识破，才能破获特务案件。他说，这个戏可不是那么好演的，同志们，演不到位和演过了都不行，都会砸锅，因此，为了配合傻子旺财，张德才，他绞尽了脑汁，以至于有一天，因为想这件事情精神不集中，让裁铁机切断了手指。

骆驼祥子的讲话，让我和小常师傅觉得他简直是恬不知耻。可是厂里的其他同事并不知情，他的讲话还获得了一阵经久不息的掌声，有的人甚至还一面鼓掌一面被感动得流泪。

第二件我没料想到的事情便更加奇特了。

这件事要从庆功会召开前半个小时说起。

按照赵德的嘱咐，我搀着我师娘，提前半个小时来到了庆功会会场。

进门的时候，我和我师娘都很紧张。原因是我俩谁都没见过这么大的阵势。就在我和师娘不知所措之时，赵德走近了我们。他朝着一个方向伸出了一只胳膊，并且用从未有过的客套说了一个请字。我顺着他的手指，看到了他请我们去的地方，不禁还感到了一种诚惶诚恐，因为那是一间贵宾休息室。我的第一反应是那里根本不是我们，一个清洁工和一个学徒的水暖工有资格去的地方。

见我和我师娘没动，赵德就拉起了我的手，果然，他就把我俩拉着朝贵宾休息室走了过去。

到了贵宾休息室的门口，我师娘首先止住了步子，我便也从赵德的手里扯出了我的手。赵德似乎并没有介意我俩停止下来的脚步，他径自走上前去，一把推开了贵宾休息室的大门。那面皮质的大门，显然比我们锅炉房满目疮痍的大门要高级得多，因为它打开的时候，我竟然没听到一丝一毫的声音。就在我用两眼盯着它看，疑惑地想着它怎么就会那么轻盈，那么顺畅地打开时，站在我身边的我师娘突然大惊失色地惊叫了一声——鬼！紧接着她便用双手紧紧地搂住了我的一只胳膊。

我被她突如其来的喊声吓了一跳！

忙顺着她惊悚的目光朝贵宾室里看去。一件难以预料，甚至是难以置信的事情突然发生了！

我心里陡然就颤抖了一下，惊恐了一下，麻木了一下。

灵异?！鬼魂?！

我眨眨眼睛。

我师傅赵武?！

鬼！伴随着我师娘的第二声鬼，一个似曾相识的人，或者说一个跟我师傅赵武长得几乎一模一样的人，就从贵宾休息室的皮沙发上抬起头来。

鬼！我师娘的第三声鬼，也让我的心里产生了阵阵恐慌。

我晃了晃脑袋，镇定了一下自己，强迫着自己，把眼睛继续在那个似曾相识的人脸上，寻找着不解的答案。他的确跟我师傅赵武长得别无二致，无论脸上拉拉碴碴的胡子，还是额头上蚯蚓般的皱褶。无论是一举手一投足，其表情、其动作，哪儿哪儿都一模一样，除了他比我师傅稍白一点、稍胖一点之外。

我和我师娘在惊恐中战栗着。我师娘搂着我胳膊的手臂，哆嗦的频率越来越高！尽管赵德在贵宾休息室里面朝着我俩招手，示意我们走进去，可是我和我师娘的腿都像是钉在了地上，一寸也挪不动。

这时，似曾相识的人脸上率先出现了激动的表情。

继而，我听到了从他嘴里发出的，我所熟悉的那个结结巴巴的语调——小、小、小金……子……

我被电击了一下！

师傅?这个念头在我心里倏地闪了一下之后，立即便被我给否定了，因为从我师傅被砸在锅炉底下，直至之后给他办丧事的所有经过，在我的脑子里留下的印象太深刻了！

县医院的大夫亲口告诉我，我师傅在抬进县医院的大门之前，便已经去世了。

我和小常师傅，亲手把我师傅从县医院的冰柜里推出来，并给他擦洗了全身。

我们水暖队所有的员工，一起将我师傅的遗体护送到了火化场。

我和赵德亲自去我师傅的家乡，给我师傅办理的下葬。

晃了晃脑袋我准备再确认一下。

晃脑袋的时候，我觉得世界上无论如何，不会出现人死而复生的奇迹！

在我晃脑袋的时候，那个似曾相识的人朝我和我师娘快步跑了过来。

小……小……金子……子……

他被憋得喘不上气来了。

我师娘忽然之间松开了紧紧搂着我的双臂，她大叫了一声老赵，便一头迎了过去。

我师娘迎过去的一瞬，仿佛是有一只手臂在我的背后推了一把，我鬼使神差地就叫了一声师傅，之后也朝那人扑了过去。

我师娘又叫了一声老赵，我又叫了一声师傅，我们三个人便紧紧地相拥在了一起。

一瞬间，我们三个人的眼泪伴随着鼻涕纵情地流淌了出来。

我们三个人抱头痛哭的时候，好像是赵德拍了拍我和我师傅的后背，我听他说了一句赵武，你没看错人，小金这小子不错！你疼他，为他吐血，值得！

庆功大会之后，我才从赵德那里打听清楚，我们机加工车间锅炉房发生事故之后，北京总指立即就作出了让张德才冒名傻子旺财潜入厂里的决定，于是，我师傅佯装死亡，傻子旺财借机进厂接班。

弄个假尸体做我师傅的替身这很好理解，不过，我始终不明白的是，既然傻子旺财，张德才潜入厂里，组织上让我师娘认其为子，为什么就不能告诉她我师傅没死的实情呢？我把这个问题跟赵德提出来之后，赵德郑重其事地把我看了半天，他拧着眉毛问我，你不认为，同时保守两个秘密，比保守一个秘密的难度要大一倍吗？

我忽然又想起了另一个问题，于是我便拽住了赵德，悄声问他，我师娘，我师娘跟老马的那个事儿，是不是也是组织上安排好了的？

赵德很谨慎地问我，你说的是她跟老马搞对象的事儿？

我说啊。

赵德看了看不远处的我师傅赵武，悄声地跟我说，这事以后千万不要再提，千万不要让你师傅知道，明白吗？

我还是有些掰不开镊子，奇怪地问赵德，这事儿不是组织上安排的吗？

赵德突然一瞪眼，伸手给了我后脑勺一巴掌，他说你傻啊！

庆功大会结束后，为了庆祝我师傅“死而复生”，我师娘让我和赵德跟她回家吃饺子。说完了，她就满处踅摸傻子旺财，张德才。旺财，旺财！她高声叫着。一身戎装的傻子旺财，张德才听见喊声，急忙朝我们这边跑了过来，他一面跑一面孩子似的答应着，哎，来啦来啦，等跑近了，他就忽然来了一个标准军人的立正，脚后跟儿跟脚后跟儿使劲儿往一处一磕，霍地一下举起了右臂，给我师傅和师娘敬了一个军礼。

爸、妈——我听他这么叫了他们一声。

64

到了七月末，草甸子进入了一年当中最炫美动人的时刻。花，红的、黄的、粉的、紫的、白的、蓝的，五彩缤纷，呈现给人们一个繁花似锦的童话世界。

大概就是史乃慧帮我栽种的那棵蓝色的萎蒿，开出一年当中最艳丽的那朵花之后，她离开了。她走后便再没了消息。没有给我来信，也没有给她的师傅田凤彤来信，因此，没有人知道她去了哪里。

她走后的某一天，女工宿舍看楼的大妈给我打电话，让我去取一样史乃慧留给我的东西。

我从她的手里接过了一个纸包，我问她里面是什么？

大妈瞥了我一眼，说你对象给你的东西，我怎么知道是什么？

回到宿舍，我将纸包一层层地打开，打到第八层的时候，里面是一块手绢，白色的，真丝的。再把手绢打开，里面是一朵被干制了的萎蒿花。花被压得平平的，它的颜色湛蓝湛蓝的，十分鲜艳，好像比它开在枝头上时还鲜艳。

史乃慧离开了之后，可以说咱们的故事，咱们关于那架飞机的故事，基本上也就讲完了。因为她走后不久，飞机的解析研究工作便完成了。拆解之后的飞机，被送到了北京军事博物馆展出，而聚集在禁区里的那些科研人员，便也陆陆续续地回到了各自的单位。这其中当然包括数学家、傻子旺财，张德才、物理博士、乌尔真。他们几个人要走的时候，原本我们准备小聚一下以示惜别，可是我们的班长骆驼祥子从中作梗，有意派我去县城拉暖气片，以至于我错失了与他们告别的机会。这里还要说明的是，在得知我们班长派我去县里拉暖气片，不能跟数学家等人告别之后，我赶紧跟水暖队的互助会借了 20 块钱，然后把钱，用数学家的一本书，压在了我宿舍的桌子上，在钱的下面，我给数学家写了一张字条，说明这是我上次，为傻子旺财的工作，请大眼灯郭明吃饭跟他借的，请他收下，并且还写了谢谢您之类的话。可是等我从县里回来，见桌子上仍旧放着 20 块钱，钱的下面另附着一张字条，字条是数学家留给我的，他说小金，你还给我的钱我收下了，不过这 20 块钱也请你收下，你是一个上进的青年，你喜欢读书，喜欢写作，这钱留作你今后买书之用，字条的末尾是海内存知己，天涯若比邻云云。

禁区的保密车间机走人空了之后，关于飞机的事情，就很少有人再提起了，有关它的小道消息，一时间也就停止了传播。只是一天的中午，人们好像是又议论起了它，说它在北京展出，竟然有人看了之后不以为然，说什么为了这么个破铁疙瘩，闹出那么多事，又是爆炸又是死人的，值得吗？那天中午，大家的话题只有一个，那就是这句话是哪个浑蛋说的？他什么阶级的人？替谁说话？北京有没有人管他？要是没人管，你让他到厂里来，他要是敢来，甭别的，一人撒一泡尿，就能把他小子给淹死！这次议论结束后，飞机的事情再没人提起了。

长白山的夏季非常短暂。

美丽的七月过去，随之而来的便是万物肃杀的秋天。

大草甸子上的花朵，一束一束地在肆虐的秋风中枯萎了后，在整个厂里，或许就只有我的手里还有一朵蓝色的蒌蒿花，依然开着。

我会经常想起 1969 年的那个六月，想起许许多多跟那架飞机相关的人和事。我会想起史乃慧，想起我师傅和我师娘，想起小郝和小年，想起傻子旺财，张德才和数学家，甚至想起甘肃监狱和刘英栋。而每当我想这些人或事的时候，我都会把那朵蒌蒿花，从夹着它的日记本里拿出来，看一看，闻一闻，然后再在脸上贴一贴。

八年过后，我找到了女朋友。见第二面时，她问了我一个问题，你以前有过女朋友吗？听后，我就把我和史乃慧的事情如实地跟她说了，并且，我还从日记本里拿出了那块手绢和那朵蒌蒿花。

婚后，我和爱人少不了拌嘴、怄气，甚至吵架，每当这个时候，她便把史乃慧抬出来，说我知道你心里一直惦记着她，你根本就没诚心跟我过。

我忙解释说，我没惦记着她，真的，没有，真的没有。

她便反唇相讥，说，怎么没有，她的手绢，还有那朵花，你不是一直精心地保存着呢吗？

我知道，史乃慧留给我的东西，断不能再留存了。

我想了许多办法，如何处理了它们。

扔了？毁了？烧了？我觉得都不行，我都下不了手。

后来，我想出来了一个好办法。

有一天，我手里举着那朵蒌蒿花，在大街上徘徊。我想给它找一个喜欢它的主人，愿意收藏它的主人。不一会儿，一个穿着花裙子的小姑娘朝我跑了过来，她怯生生地问我：叔叔，您拿的是什么呀？我蹲下身子告诉她，这是一朵干花，这花的名字叫蒌蒿。小姑娘就露出了惊异的表情，说这花可真漂亮，叔叔，您能把花送给我吗？于是，我就用那块白色的、真丝的手绢把蒌蒿花包好，在鼻子上闻了一下，递给了小姑娘。

65

1970 年的春天依旧来得迟缓。残冬徘徊着，迟迟地不愿意从大草甸子上退却。

一个狂风卷着雪花的下午，我收到了一封来信。信封是棕色牛皮纸的，信封的右下方，印着中国人民解放军 ×× 部队的红字。

看到这封信，我的心里一下子便激动了起来。

我忙把它拆开。

如我所料，信是傻子旺财，张德才来的。他告诉我，清明节，他要回厂，他要跟我一起去给小郝扫墓。

清明节这天，天阴着。大草甸子上穿行着风，风裹挟着细小的雪粒儿，雪粒儿打在脸上，有些痛。

我和傻子旺财，张德才来到了小郝的墓前。我俩把一块手表和一双回力鞋摆放在了墓碑下。

我先给小郝倒了一杯酒。之后说，小郝，我和旺财来看你了。我说，小郝，我和旺财给你带来了你最喜欢的两样东西，手表和回力鞋。

傻子旺财，张德才说，小郝，回力鞋是真正的上海出品，真正的回力。手表是上海全钢，秒针上带红点儿。小郝，你听听，听听，这表嘎哒嘎哒的，纯钢声儿，小郝，你听听，是全钢的，你听见了吗……

图书在版编目（CIP）数据

图纸／金少凡著.—北京：中国工人出版社，2016.12
ISBN 978-7-5008-6607-7

Ⅰ.①图… Ⅱ.①金… Ⅲ.①推理小说—中国—当代 Ⅳ.①I247.5

中国版本图书馆CIP数据核字（2016）第307331号

图　纸

出 版 人　芮宗金
责任编辑　宋　杨
责任校对　董春娜
责任印制　黄　丽
出版发行　中国工人出版社
地　　址　北京市东城区鼓楼外大街45号　邮编：100120
网　　址　http://www.wp-china.com
电　　话　（010）62005043（总编室）
　　　　　（010）62005039（出版物流部）
　　　　　（010）62379038（社科文艺分社）
发行热线　（010）62005049　（010）62005042（传真）
经　　销　各地书店
印　　刷　三河市东方印刷有限公司
开　　本　880毫米×1230毫米　1/32
印　　张　11
字　　数　200千字
版　　次　2017年5月第1版　2018年8月第2次印刷
定　　价　38.00元

本书如有破损、缺页、装订错误，请与本社出版物流部联系更换